钱谦益诗选

裴世俊 选注

古典诗词名家

中华书局

图书在版编目(CIP)数据

钱谦益诗选/裴世俊选注. –北京:中华书局,2005.1(2008.5重印)
(古典诗词名家)
ISBN 978–7–101–04313–6

Ⅰ.钱… Ⅱ.裴… Ⅲ.古典诗歌–作品集–中国–明代 Ⅳ.I222.748

中国版本图书馆CIP数据核字(2004)第073940号

书　　名　钱谦益诗选
选 注 者　裴世俊
丛 书 名　古典诗词名家
责任编辑　张　耕
出版发行　中华书局
(北京市丰台区太平桥西里38号　100073)
http://www.zhbc.com.cn
E–mail:zhbc@zhbc.com.cn
印　　刷　北京未来科学技术研究所有限责任公司印刷厂
版　　次　2005年1月北京第1版
2008年5月北京第3次印刷
规　　格　开本/850×1168毫米　1/32
印张8¾　字数183千字
印　　数　8001—12000册
国际书号　ISBN 978–7–101–04313–6/I·564
定　　价　16.00元

出版说明

诗词是中国古典文学传统最深厚、最具魅力的形式之一，由于它充分体现了汉语的特点，兼具文学性与音乐性两大艺术特质，以简约的形式蕴涵了丰厚的韵味，所以一直受到作者与读者的青睐，其社会参与的广泛程度是其他形式难以比拟的。时至今日，诗词在海内外仍拥有大批爱好者：自发成立的众多业余创作团体，大量的相关读物，为数众多的诗词网站，无一不在昭示着这种古典形式在新时代的强大生命力。

在长达千年以上的发展过程中，经由社会各阶层无数爱好者的不断实践，特别是通过一大批天才作家示范性的工作，诗词较好地解决了继承与革新、规范与灵活等艺术矛盾，成为表达思想、抒发感情的便利工具。人们或浅吟低唱，或慷慨高歌；或率尔操觚，或精雕细刻，尽情倾吐他们对人世的种种感受，留下用心血甚至生命写就的诗词篇章。诵读这些篇章，犹如穿越时空的隧道，步入历史，与一个个鲜活的生命对话，总能带给我们丰富的人生感受和审美体验。

中华书局过去出版了许多古代文学作品的总集、别集。精选历代诗词名家的名作，汇聚最新研究成果，为社会提供一套兼具学术品位和可读性、雅俗共赏的系统诗词选本，一直是我们的夙愿。为了达成这个愿望，我们特意邀约了全国二十多家单位的三十多

名专家学者,编撰了这套“古典诗词名家”丛书。我们的做法是:一、以传诵程度作为作品入选的首要标准,同时兼顾思想性和艺术性。二、选文尽量使用权威版本,特别是权威的整理本,不出校勘记,一般异文不作说明,重要异文在注释中加以说明。三、每种书正文前设“前言”,对入选的作者、作品及其他相关内容作较全面、精到的评介。四、作品及其注释按编年为序,不能编年的作品集中放在编年作品之后。五、每篇诗词正文下设“题解”和“注释”,题解根据具体情况对诗的写作背景、主旨、作法、艺术特色及涉及到的人名、地名、年号等方面做出介绍;注释则针对一般读者的切实需要,特别注意对典故、名物、典制等专有词和难懂语词的解释,生僻字加注汉语拼音,难懂的句子有串讲。

我们希望读者朋友通过阅读这套书,对中国文学史上优秀的诗词作家、作品能够有比较充分、系统的了解,在精神上产生共鸣,增加人生的兴味和体验;或者得到学习、仿效的榜样,有益于诗词的创作,那将是对我们莫大的鼓励。

最后,衷心感谢参与撰稿的专家学者,在这套丛书编撰的过程中,他们都竭尽全力,无私地做出了自己的奉献;其中几种选本所经历的艰辛,更远非心血二字可以概括。同时,希望读者朋友多提宝贵意见,以使这套书能在将来进一步得到完善。

中华书局编辑部

2004 年 9 月

目录

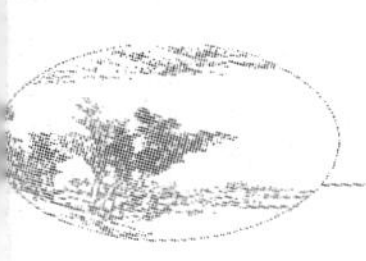

前言

一

钱谦益(1582—1664),字受之,一字牧斋,晚号蒙叟,又自称牧翁、虞山老民、东涧遗老等,世称虞山先生,江苏常熟人。明万历三十四年(1606)举于乡,三十八年(1610)中进士,时任主考官的首辅、东林党人叶向高置诸第一,因党争至发榜改为第三名探花,授翰林院编修。接着丁父忧回里,被置闲十年。光宗朝起复,次年充任浙江乡试主考官,落入韩敬设计的圈套,虽回京补右春坊右中允,却遭到乡试"关节受贿"的劾奏,被迫引咎辞职。天启三年(1623)复蒙召还,任太子谕德兼翰林院编修,充经筵日讲官,以詹事府少詹事纂修《神宗实录》,兼侍讲学士。但举朝水火,东林党和阉党的斗争尖锐激烈;宦官魏忠贤专权,借汪文言狱逮捕杨涟等六君子,钱谦益因属籍东林,被阉党《点将录》目为"浪子燕青"而遭削籍。崇祯元年(1628)明毅宗朱由检登基,魏忠贤等阉党伏法,起用旧人,他再次入朝,擢升礼部右侍郎兼翰林院侍读学士,协理詹事府事。参加枚卜大典,但在会推阁臣时,却被温体仁以浙闱旧事攻陷,再次革职。在家乡闲居十年后,温体仁仍不肯罢休,又借邑人张汉儒诬告,将钱氏及其弟子瞿式耜逮入狱中,幸化险为

夷，得以生还。他在前明六十馀年，屡起屡踬，仕途坎坷，堪为东林党人遭受摧残的一个缩影。唯一惬意之事，是崇祯十三年(1640)柳如是过访半野堂，在花甲之年得到"无双艳福"，于情场得意洋洋，"缠绵吟咏"。

崇祯十七年(1644)农民军攻入北京，明毅宗自缢死。南都谋立帝嗣，钱谦益参与策划迎立潞王，但马士英等已先拥戴福王，他应诏就任礼部尚书，并称颂马、阮，却不料"一年天子小朝廷"，清顺治二年(1645)清兵渡江，他与总督京营戎政赵之龙、大学士王铎等迎降，清廷授官礼部侍郎管秘书院事，充修明史副总裁。仅任职六月，即告病归里，从事著述，开始进行秘密的反清活动。资助黄毓琪、姚志卓起兵，为黄毓琪一案，曾系江宁狱经年。顺治六年(1649)与南明永历朝取得联系后，曾带去一封给桂林留守瞿式耜的密信，以"棋枰三局"为之策划(书载瞿式耜《报中兴机会疏》)。第二年又多次往返于金华、松江等地，游说清军将领马进宝反清复明。他还移居长江边白茆港之芙蓉庄，与明遗民黄宗羲、归庄、屈大均、吕留良等往还其间，接应海上复明斗争。当顺治十六年(1659)郑成功发动入长江攻南京之役，钱谦益极为振奋，写了《金陵秋兴八首次草堂韵》的诗歌，为其唱起战歌。郑成功功败垂成，他愤激不可遏止，陆续写十三叠，命名为《投笔集》，表达"投笔从戎"之义。该诗从顺治十六年写起，到写完已是康熙二年(1663)，次年便病逝，享年八十三岁。

他死后多年，至清中叶的乾隆时期，著作遭到禁毁，并多次受到清高宗的咒骂，乾隆三十四年(1771)六月"谕旨"斥其"本一有才无行之人，在前明时身跻朊仕。在本朝定鼎之初，率先投降，洊至列卿。大节有亏，实不齿于人类。朕从前序沈德潜《国朝诗别裁集》，曾明斥钱谦益之非，黜其诗不录，实为纲常名教之大关。"

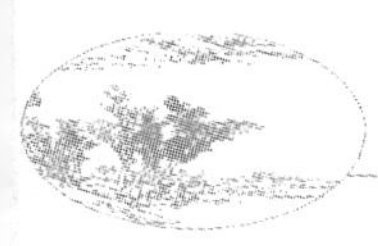

"今阅其《初学集》、《有学集》,荒诞背谬,其中诋毁本朝之处,不一而足。"(《清实录》)下旨"此等书籍""必当早为销毁",毋使存于人间。《清史列传》也将钱氏编入"贰臣传"乙编。著作至清末的宣统二年(1910)才由邃汉斋重印刊行。

二

钱谦益一生以文字为亲,他是学者、诗人、古文家和文艺理论家。作为"宗匠儒林"的学者被时辈推崇,称为"虞山之学",他在经、史、释、道等领域造诣都很精湛。阎若璩曾说:"吾从海内读书者游,博而能精"者,"仅得三人焉,曰钱牧斋宗伯、顾亭林处士及黄南雷先生而三"(《潜邱札记》)。他承袭明代归有光以经学为实学的传统,提出通经汲古,"讲求实学,由经术以达于世务"(《常熟县教谕武进白君遗爱记》),针对明代学术之失,"束书不观,游谈无根",将矛头指向败坏之源的宋明理学和八股文,与清初批判理学相汇合。倡导治经宗汉,正本清源,去虚就实,改变空谈心性的虚浮学风,以期经世致用,有裨实学思潮。在"穷经学古"时,"经经纬史",倡导以治史补益社会,明亡巨变后,更强调"治史所以经世"的史学之为鉴的作用,肇开浙东史学的门户。他编写的《明史》、《国初群雄事略》,辑录的《昭代文选》和《列朝诗集》,保存一代文献,具有丰富的史料价值。在佛学领域,他提倡重教抑禅,反对禅宗的"直指""心性"棒喝家风,恢复经典的权威和传统,并以身作则,笺注释籍,他用缜密的逻辑和翔实资料,所写宗教史方面的《景教考》、《释迦方志辨》等,均可备一说。

钱氏在诗文理论方面"建镳一代",影响巨大。他从"汩没俗学"到"幡然易辙",对七子弊病知之甚悉,反戈一击,将矛头指向诗的"学

古而赝”和古文“僦”“剽”“奴”，还有竟陵派的幽深孤峭，斥之为“诗妖”。标举杜甫的“别裁伪体”、“转益多师”，一以疗救七子，一以针砭竟陵，从返经本祖出发，强调在时代、遭遇和学问的基础上，建立起“有本”“有物”的诗文之道，以真诚的具有时代意义的感情为核心，达到性情、世运、学养三者并重。他说：“诗文之道萌拆于灵心，蛰启于世运，而茁长于学问，三者相值，如灯之有炷有油有火而焰发焉。”(《题杜苍略自评诗文》)因重视学问修养，故主张广收博取，推陈出新，散文由归有光、宋濂、唐宋八大家而上溯先秦、两汉，探源求本；诗歌则以杜甫为宗，出入李商隐、苏轼、陆游、元好问，组唐纬宋。这对补救明七子只知模拟秦汉盛唐和公安、竟陵的粗疏草率、凄声寒魄，转变和确立有清一代的诗文风气，起了“导夫先路”的作用。

钱的领袖地位，一直为世公认。黄宗羲说他“四海宗盟五十年。”(《八哀诗·钱牧斋宗伯》)顾炎武虽鄙视其人品，但他与朋友论诗文时，历叙文章宗主“至牧斋，牧斋死而江南无人胜此矣”。(《霜红龛集》注引)承认他是一代“宗主”。沈德潜编选《清诗别裁集》曾将他列为首位，说他论诗“一时帖耳推服，百年以后，流风馀韵，犹足耆人。”《晚晴簃诗汇》的作者徐世昌评价说：“牧斋才大学博，主持东南坛坫，为明清两大诗派一大关键。”故《清史稿·文苑传》亦以冠首，其小序说：“明末文衰甚矣，清运既兴，文气亦随之一振，谦益归命，以诗文雄于时，足负起衰之责。”认为从他开始，明诗告退，清诗方滋，才出现发展的新纪元，这使他居于开山的地位。清初虞山诗派，由他倡导发起，门人冯班接武振兴，势力很大。冯班诗论，康熙年间又为益都人赵执信所宗。钱培养的诗人中王士禛成为康熙诗坛领袖，被奉作“一代正宗”。黄宗羲是钱氏后辈深交，继钱谦益倡宋元诗，与吕留良等选辑《宋诗钞》，促进了清宋诗派的兴盛。从乾隆时翁方纲起，到道咸年间，程恩泽、祁隽

藻、郑珍等为首宋诗派，以及同光间陈三立、沈曾植、陈衍等再掀宋诗高潮，使学宋成了清人主要倾向。清中叶钱氏著作遭受焚禁，"遂少嗣音"，但潜在和间接的影响依然存在。乾嘉诗坛三鼎足的袁枚、沈德潜、翁方纲的理论和创作，都可以找到钱氏潜移默化的痕迹。其对清代影响，自不容忽视。乔亿说："观钱受之之诗，则知本朝诸公体制所自出。"(《剑溪说诗》)郑方坤说："本朝诗人辈出，要无能出其范围。"(《国朝名家诗钞小传》)都是平心之论。

三

钱谦益以诗的成就最高，既能叙事，更擅抒情；兼善各体，尤工律绝。融唐、宋于一炉而自成面目，"博大宏肆，鲸铿春丽"，具有鲜明的风格特色。

钱谦益在明朝仕途蹭蹬，立朝不过五载，其馀五十馀年退居林下，感时愤世，郁塞苦闷，《初学集》中诗歌，愤慨党争阉祸，痛心内忧外患，所谓"感时独抱忧千种，叹息常流泪两痕"。(程先贞《阅钱牧斋初学集却寄》)《乙丑五月削籍南归十首》、《费县三首》、《狱中杂诗三十首》等诗，既有清正之士的孤愤，也有失意者的感喟，写出东林人士的命运："未成鳞甲先供伐，稍出蓬蒿已被锈"；前后六君子被逮："黄门北寺狱频仍，录牒刊章取次征"；以及自己劫后馀生："抱蔓摘瓜馀我在，执手俱为未死人"，并与忧虑国事融作一体。如《狱中杂诗三十首》之十一：

三韩残破似辽西，并海缘边尽鼓鼙。
东国已非箕子国，高骊今作下句骊。
中华未必忧寒齿，群虏何当悔噬脐？
莫倚居庸三路险，请封函谷一丸泥。

这是在身陷囹圄、不顾个人安危所写的诗，他以唇齿相依作比，提醒朝廷不要幻想依仗居庸关的天险，加强防守才是上策。当他狱解南还，拜望事功卓著而削职在家的孙承宗，曾作《谒高阳少师公于里第感旧抒怀八首》，希望他再度出山，统筹边防，经略辽东，寄托收复失地的爱国之情。对李自成、张献忠纵横川、豫，杀明藩王，他仇视憎恨，但也有《王师二十四韵》，揭露“王师”疯狂屠杀，“堑沟填老弱，竿槊贯婴儿。血并流为谷，尸分踏作蹊”的罪行。指出农民“相将持棓梃”揭竿而起，是“割剥缘肌尽，诛求到骨齐”的结果。《葛将军歌》则不惜笔墨，讴歌市民领袖葛成，把他与反抗阉党而牺牲的五义士并列，推崇备至。在闲居林下期间，他最为得意的是与柳如是定情，所写恋慕诗、唱和诗，以及游黄山的一组诗歌，清新可诵。而描绘黄山壮丽美景的山水诗，更是不可多得的佳作。

经历故国沧桑、身世荣辱的巨大变故，他入清后的诗歌显现出鲜明艺术个性和创作特色，除了悲悼亡明、反对清廷和恢复故国的主调外，还弥漫着“楚奏钟仪能忘旧，越吟庄舄忍思他”（《见盛集陶次他字韵诗重和五首》）的“羁囚”哀音。《有学集》中《夏五诗集》、《高会堂诗集》等，是记载反清复明的“专集”。《西湖杂感二十首》、《哭稼轩留守相公一百十韵》、《书梅村艳诗后四首》等，哀感顽艳，沉郁恻怆，既有“冬青树老六陵秋，恸哭遗民总白头”的失国之苦，也有“水天闲话天家事，传与人间总泪零”的败亡耻辱，以及从心底发出的“莺断曲裳思旧树，鹤髡丹顶悔初衣”的忏悔自白，还有诋斥新朝、描写清兵蹂躏破坏的作品，如《吴巨手卍斋诗》：“人民城郭总凄迷，华观琼台长蒺藜。几家高户无蛛网，是岁空梁少燕泥。”而在《后秋兴》结集时题名《投笔集》的诗里，一改哀悼明亡的悲怆凄苦，为郑成功反清复明的胜利唱起响亮的凯歌。如第一叠《金陵秋兴八首次草堂韵》之一：

龙虎新军旧羽林，八公草木气森森。
楼船荡日三江涌，石马嘶风九域阴。
扫穴金陵还地肺，埋胡紫塞慰天心。
长干女唱平辽曲，万户秋声息捣砧。

中兴在望，欣喜若狂，对郑成功进军南京和人民的支持，给予热情的歌颂，气魄宏大，音调高亢。随着军事失利，进攻受挫，他又一叠再叠，记录郑成功与南明永历政权的军事斗争，以及他和柳如是的抗清活动，成为一部"诗史"。如《后秋兴八首之二・八月初二闻警而作》，听到郑成功兵败城下，他以棋为喻，要"小挫我当严警候"，不为所动；"换步移形须着眼"，再振旗鼓，转败为胜。第三叠《八月初十日小舟夜渡，惜别而作》记载只身入江中会见郑成功，以及柳如是的慷慨资助："破除服珥装罗汉，减损齑盐饷佽飞。"南明永历桂王被杀消息传来，他"鼠忧泣血，感恸而作"，在《后秋兴十三》里说："海角崖山一线斜，从今也不属中华。"明朝灭亡，孤寂无主，无所归依的失落和葬身无地的哀痛，使《投笔集》笼罩上沉郁悲凉的情调，表现出"不成悲泣不成歌"的愤慨，是一生集大成之作。

钱谦益的诗从唐宋入手，宗杜甫，入其堂奥，有苍凉沉厚之风；崇玉溪，撷其风神，得婉曲典丽之长；学苏、陆，面目近宋，纵横雄建，宏肆奔放。在诗体上，七律最工，《后秋兴》的大型组诗，八首一组，十三组诗浑然一体，连叠杜诗原韵，一叠再叠至104首，另附自题诗四首，澜翻不穷，无斧凿凑韵之痕，是一种创造性的史诗巨制，显示炉火纯青的艺术造诣。

钱谦益认为"自唐以降，诗家之途辙，总萃于杜氏"，故宗崇杜甫，其读杜见解，汇成《草堂诗笺》，《后秋兴》则是和《秋兴八首》诗韵的大型组诗。由于杜甫遭遇安史之乱，和钱谦益的黍离板荡颇多相似，同为"戎羯之祸"，故其对杜甫描述坎坷流离、忧时念

乱，反映安史大祸的篇章，极为敏感，最易拨动他的心弦，引发抒写亡国之怀。《西湖杂感二十首》、《燕子矶舟中作》、《人日示内二首》、《哭稼轩留守相公一百十韵》等，情词恻怆，沉郁悲凉，具有杜甫七律诗的神髓气骨。《和盛集陶落叶诗》之二：

秋老钟山万木稀，凋伤总属劫尘飞。
不知玉露凉风意，只道金陵王气非。
倚月嫦娥徒有树，履霜青女正无衣。
华林惨淡如沙漠，万里寒空一雁归。

此诗借杜甫《秋兴八首》第一首起兴，把自己故国飘零之感和失节的怨悔之叹，通过秋景的描绘，给予纡徐曲折的传达，其中不忍明言，也不能尽言，而又不得不言的苦衷，成了积压在内心深处的悲苦，使秋景的描绘，句句关情，有杜诗浑厚凝重、悲痛压抑的气质。到了《后秋兴》则兼及沉郁苍凉和慷慨悲壮，尤其第一组诗《金陵秋兴八首次草堂韵》，高亢激越，雄浑悲壮，而又一往情深，成为鼓吹郑成功胜利的嘹亮号角，只有杜甫《闻官军收河南河北》，"生平第一首快诗"可以相比。他所写诸事，"为其所身预者，与少陵之诗仅得诸远道传闻及追忆故国平居者有异"，故能音韵不穷，成为明清之际一部用诗写成的历史。

钱谦益的另一学习对象，是晚唐诗人李商隐。除了家学渊源，还有李商隐的"古来才命两相妨"，在牛、李党争中坎坷挫折，与钱在前明的遭遇极为类似，同病相怜。故从早期，便"胎息玉溪"，转而提倡李商隐的"有本"之诗，为虞山诗人开启诗学路向，形成以他为首的虞山诗派。其《读梅村宫詹艳诗有感四首》，被阎若璩赞为"七百年无此诗"的独步一时之作，如第一首：

上林珠树集啼乌，阿阁斜阳下碧梧。
博局不成输白帝，聘钱无籍贯黄姑。

投壶玉女知天笑，窃药姮娥为月孤。

凄断禁垣芳草地，滴残清泪洒蘼芜。

它以神话传说为主，渲染一种温馨氤氲气氛，倾注作者追忆思恋的惆怅惋惜情绪。用典精工巧妙，语言华美绚丽，感情缠绵悱恻，确实达到很高的艺术水平，是虞山派风格的代表作品。

钱谦益《初学集》写于前明，风格基本一致，明显看到受李商隐影响的痕迹。如《和徐于悼响阁前小松之作》，就近于李商隐的《悼小松》：

提壶自挂石栏前，每为庭柯一怅然。

可是孤根难蛰地，也应造物忌参天。

未成鳞甲先供伐，稍出蓬蒿已被镌。

回揽沧江更谁是，直须云壑卧千年。

这是一首咏物诗。钱谦益学习李商隐借物喻志，用以抒发对坎坷遭遇的不平，"可是"、"也应"的跌宕，"未成"、"稍出"的对比，抨击统治阶级对人材的摧残戕害，和李商隐抒写才高运厄，用事心切而进身无路的愤慨，是完全相通的。

钱氏认为："古今之诗，总萃于唐，而畅遂于宋。"既不是七子派言必盛唐，也不是公安派惟宋是尚，肯定唐诗至高地位，也看到宋诗价值，克服了左右摇摆，为后来融通唐宋铺平道路。北宋诗人苏轼，才气横溢，钱谦益说他："根本六经，又贯穿两汉诸史，演迤弘奥，故能凌躐千古。"苏轼的政治遭遇和他骤起骤落颇为相似。明崇祯二年枚卜失败，他做《十一月六日召对感恩述事二十首》，在第四首说"出山我自惭安石，作相人终忌子瞻"，以苏轼自比。他的《和东坡西台诗韵六首》，不仅次韵和诗，甚至典故词语，都与苏轼有关。如第一首诗：

朔气阴森夏亦凄，穹庐四盖觉天低。

青春望断催归鸟，黑狱声沉报晓鸡。
恸哭临江无壮子，徒行赴难有贤妻。
重围不禁还乡梦，却过淮东又浙西。

除前四句描写牢狱黑暗，揭露清朝统治残酷肆虐外，其馀均化用苏轼诗文材料故实。他在"弇州晚年定论"，说后七子领袖王世贞"病革，方手东坡诗不置"，为其倡导宋、元张目。他由推崇"得杜之大"的苏轼，进而到学习善于继承苏轼的陆游。陆游永不衰竭的爱国精神，是汉族人民遭受外族入侵时，进行斗争吸取鼓舞力量的一个精神源泉。钱谦益《题纪伯紫诗》，盛称"杜陵之一饭不忘，渭南之家祭必告"，就是以杜、陆之诗，表达自己哀思明亡、恢复故国的志愿。如《简侯研德并示纪原，用歌字》一首：

当飧休听暇豫歌，破巢完卵为铜驼。
国殇何意存三户，家祭毋望告两河。
击筑泪从天北至，吹箫声向日南多。
知君耻读王裒传，但使生徒废蓼莪。

计东在《梅村题词》说"虞山暮年之诗，心摹手追于眉山、剑南间"。他的创作虽早已阑入苏、陆，但至晚年，遭遇家国之变，才发展到"心摹手追"。钱谦益又"腹笥富而才情赡"，宋诗"以文为诗，以议论为诗，以才学为诗"，给其提供了驰骋学问才力的天地。像《戊寅元日偶读史记戏书纸尾》等诗，纯用议论，类似史评；而其《华山庙碑歌》、《戏为天公恼林古度歌》、《新安王氏收藏目录歌》等，横空排奡，澜翻汹涌，上追"文起八代之衰"的韩愈，下承苏轼，以驰骋为豪，才情汹涌，具有宏肆奔放、纵横雄健的风格特征。

初步统计，钱谦益近2400首诗中，七律1148首，七绝727首，五言排律（百韵以上）6首。七律占了一半，思想性和艺术性结合最好的《投笔集》是清一色的七言律诗。七绝近三分之一。故其

主要成就在七言律绝。五言排律,动辄百韵以上,亦极为罕见。

钱谦益诗以七律最工。钱师仲联在《梦苕庵诗话》说:“余以为牧斋七律,为清代第一。”其七律有杜甫的苍凉沉郁,兼李商隐的沉博藻丽,还能以苏轼、陆游纵横豪宕之气调剂期间,并吸收元遗山的沉痛激昂,融唐宋金元为一炉,洵为清诗七律冠冕。风格上沉雄博丽,典切高华。如《西湖杂感二十首》之二:

潋艳西湖水一方,吴根越角两茫茫。
孤山鹤去花如雪,葛岭鹃啼月似霜。
油壁轻车来北里,梨园小部奏西厢。
而今纵会空王法,知是前尘也断肠。

感慨苍凉,沉痛激切,中间四句似在写景,其实化用典故,亦虚亦实,造成凑泊回环、流转自如的警秀效果。类似的七律颇多,而佳句则如行山阴道上,目不暇接,如“桃叶春流亡国恨,槐花秋踏故宫烟”,“烟月扬州如梦寐,江山建业又清明”,“南渡衣冠几人在,西湖烟水是清流”等,沉雄博丽,情韵俱佳。

钱谦益七绝,数量仅次于七律,而且越到晚年七绝越多,《初学集》仅有266首,到《有学集》高达461首,还出现大量的七绝组诗,有多至25首一组、30首一组的。用以感怀身世,喟叹兴亡。他生当易代之际,清朝血腥镇压汉族人民的反抗斗争,防范复明的火种蔓延,在严酷的现实环境里,李商隐诗“寄托深而措辞婉”,迂曲其旨,隐约其词,便于亡国遗民抒发似往已回、如幽匪藏的深衷心曲,倾吐隐微不尽的愁思哀怨,和颤动在心灵深处的浓重思绪。故“托旨遥深”,“情真而体婉”,是其七绝诗的显著特征。

如《丙戌南还赠别故侯家妓人冬哥四绝句》之二:

天乐荒凉禁苑倾,教坊泣断旧歌声。
临歧只合懵腾去,不忍听他唱渭城。

此诗为流连妓人的艳情诗,艳诗而写得情苦词哀,酸辛味浓,正显示了作者的艺术本领。诗中全是历史上亡国灭家的惨淡图景,运用的语言频繁出现愁苦之词,音调哀婉。"天乐荒凉","禁苑"倾圮,"教坊"歌声,"阳关"别曲,组成一幅幅神伤欲绝的惨景,而作者肠断腹痛的哀怨,如泣如诉,悲怨缠绵。它以典故的委曲婉转,纡徐盘折,使思绪如剥茧抽丝,连绵不绝,情流翻滚却不一泻殆尽,显得深厚绵长。这种艳情寄慨的诗歌,还有《金坛逢水榭故妓四绝句》、《赠歌者王郎十四绝句》、《丙申春就医秦淮留题水阁三十首绝句》、《金陵杂题二十五首》等,都写得缠绵和哀丽凄绝,虽然"纵浪香奁",但"有义山、致光之遗感",自不应以"浪子嗤点"。

钱谦益五言长篇排律,也引人瞩目。排律创始于唐初,至杜甫始作大篇,有五十韵至百十韵者。其五排以杜甫为楷模,驰骋才学,骈俪辞藻,六首百韵以上排律,皆有特殊价值。而《哭稼轩留守相公一百十韵》诗,堪称其心血结晶,他在《浩气吟序》说:"呜呼!八百三十纪之算,鸿朗庄严,一千一百字之章,鼎钟铭勒。岂徒托诸诗史,终有考于斯文焉。"当作史著来写,是《有学集》压卷之作。七古诗,也有人认为和七律写得一样好。朱庭珍说他"为诗长于七言,以七律七古为上,七绝次之。"(《筱园诗话》)他的七古诗雄奇奔放,恣肆汪洋,较多地受到韩愈和宋诗的影响,以游黄山诗为典型代表,是黄钟大吕式的山水佳作。其他《华山庙碑歌》、《新安王氏收藏目录歌》等,学韩愈《石鼓歌》,是明显地以学问、议论为诗,句式也散文化,是典型的以文为诗的代表。

四

钱谦益享年既长,又十分勤奋,据说"目下十行,老而好学,每

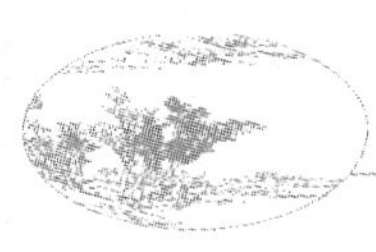

手一编，终日不倦，暑日夜读，苦蚊，辄以足置两瓮中”（《今世说》），他不停写作，著述宏富。其自撰主要有《初学集》110卷（钱仲联师点校，上海古籍出版社，1975年出版），《有学集》50卷（钱仲联师点校，上海古籍出版社1989年出版），《投笔集)2卷，《苦海集》1卷，《钱牧斋尺牍》三卷，《牧斋晚年家乘文》1卷，《牧斋外集》6卷，《有学集文集补遗》3卷，并有《有学集文钞补遗》12册（今残存抄本6册）和清末人辑录《牧斋集补》等。选有《列朝诗集》81卷并附录小传（古典文学社1957年出版），《吾炙集》1卷，《草堂诗笺》20卷（今有上海古籍出版社1958年版《钱注杜诗》上下两集）。其他学术著作《开国群雄事略》30卷（《明史稿·艺文志》云15卷，今有中华书局1981年版《开国群雄事略》14卷）《明史断略》，《楞严经疏解蒙钞》十卷，《金刚心经蒙钞》四卷，《关壮缪集》三卷，俱有印本或抄本流传于世。

《初学集》、《有学集》、《投笔集》三种有钱曾注本，有的很可能是钱谦益自注，这对我们了解其诗歌内容有很大的帮助，但对一般读者来说读懂仍然十分困难。本书选钱谦益诗一百九十六首，《初学集》82首，《有学集》96首，两书均选自上海古籍出版社本；《苦海集》4首，《后秋兴》12首，选自江苏古籍出版社《清诗纪事》本；唯《投笔集》两首自题诗选自宣统二年风雨楼铅印本。为钱谦益诗词作注是件苦差事，学贯中西的国学大师陈寅恪先生且叹其难，自认“不能通解者尚多”（见《柳如是别传》），何况我辈？因此，书中缺点错误肯定不在少数，敬请海内外专家学者指正、批评。

作者

2003年12月30日于济南

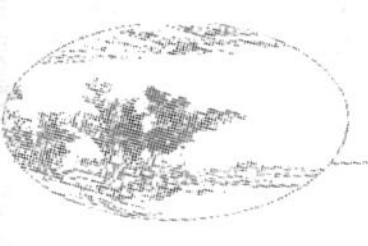

吴门送福清公还闽八首

其　五

甘陵南北久分歧[1]，鹓鹭雍容彼一时[2]。
抗疏有人盈琐闼[3]，颀名无阙省罘罳[4]。
恩牛怨李谁家事[5]？白马清流异代悲[6]。
八载调羹心赤苦[7]，临行谆复外庭知。

题　解

吴门是古吴县城（今苏州市）的别称。吴县为春秋时吴国都城，故称。福清公，指叶向高（1559—1627），字进卿，福建福清人。万历进士，累官礼部尚书兼东阁大学士。明神宗末年朝内廷臣结党互争，叶向高调停其间，被不满者指为东林党魁，终被罢职。熹宗朝复为首辅，其时权归魏忠贤，叶向高知时不可为，乃累疏致仕，回里病卒，谥文忠。这一组诗注明时间是"甲寅"，即明神宗万历四十二年（1614），属于附录的旧诗。《初学集》收诗起自明光宗泰昌元年（1620），此前之作基本删除，故以时间说这组诗最早，所选第五、第八两诗，作于万历末叶向高罢职回籍途经苏州时。钱谦益前往吴门，在阊门外横塘为座师设宴洗尘、慰问饯别，表达尊崇和敬仰之情。他特意在卷一附录此诗，也表明当时虽处于田间林下，但仍属于东林党的鲜明政治态度。

注　释

〔1〕"甘陵"句：甘陵，地名，故址在今河北清河县。原名厝县，东汉安帝

以孝德皇后葬于此，改名甘陵。此处指周福，初桓帝为蠡吾侯，受学于他，及即帝位，擢为尚书。时同郡河南房植有名于朝。乡人谣谚："天下规矩房伯武，因师获印周仲进。"两家宾客，互相讥诋，各树朋党，甘陵分南北之部，东汉党议自此始。 〔2〕"鹓鹭"句：鹓，传说为凤一类的鸟。鹭，水鸟名。鹓鹭二鸟群飞有序，用以比喻百官朝见皇帝时班行排列次序。雍容，仪态温文大方。 〔3〕"抗疏"句：抗疏，上书直言。琐闼，宫殿门上镂刻连锁图，故称宫门为锁闼。此指叶向高稳妥处理"妖书案"、福王"之国"、制止千人伏阙上书等事。 〔4〕罘罳(fú sī)：门外之屏。刘熙《释名·释宫室》："罘罳在门外。罘，复也；罳，思也。臣将入请事，于此重复思之也。" 〔5〕恩牛怨李：即旧史所称"牛李党争"。唐代牛僧孺、李宗闵为首的牛党与李吉甫、李德裕父子结成的李党，斗争激烈，相互攻击。 〔6〕"白马"句：白马，即白马驿。唐天佑二年(907)，朱全忠专权，杀大臣裴枢等七人于滑州白马驿，受牵连而死者数百人，皆被诬为朋党。清流，指品行高洁之士。朱全忠谋士李振因屡试不第，怨恨朝中大臣，对朱说："此辈清流，可投浊流。"朱竟笑而从之，把裴枢等人尸体抛入黄河。 〔7〕"八载"句：八载，叶向高万历三十五年入阁至四十二年罢职，约八年。调羹，指宰相之职。出自《尚书·说命》："若作和羹，尔惟盐梅。"意谓欲治理国家，如调鼎中之味，使之协和。后因以调羹为宰相职责的喻称。

其 八

闽海争传岳降神〔1〕，匝天弧矢护生申〔2〕。
契丹使亦知元老〔3〕，回纥占应见大人〔4〕。
代许孤忠留一柱，帝思耆德抚三辰〔5〕。
吴门咫尺邻闾阖〔6〕，珍重东山五庙身〔7〕。

注 释

〔1〕"闽海"句：闽，福建省简称。岳，高大的山。 〔2〕"匝天"句：匝，

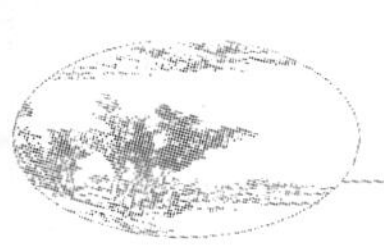

布满，遍及。匝天即盖天。弧矢，指男儿从小立志。《礼记·内则》："国君世子生，射人以桑弧蓬矢六，射天地四方。"陆游《鹅湖夜坐书怀》诗："弧矢志四方。" 生申，申伯诞生之日。申伯为周代贤臣。后来生申则为生日之祝辞，语出《诗·大雅·崧高》："维崧降神，生甫及申。"意即所立之志保护一生平安，是对叶向高的祝福。 〔3〕"契丹"句：以宋代名相寇准比喻。出自李焘《资治通鉴长编》："大中祥符元年十二月辛亥，命户部尚书寇准知天雄军兼制泊都部署。契丹使尝过大名，谓准曰：'相公望重，何故不在中书？'准曰：'主上以朝廷无事，北门封钥，非准不可耳。'" 〔4〕"回纥"句：以唐代名将郭子仪比喻。《新唐书·回纥传》："怀恩反，诱回纥、吐蕃入寇。俄而怀恩死，回纥诣泾阳，见郭子仪，虏数百环视。子仪命酒与饮，遗以缠头彩三千。始虏有二巫，言此行必不战，当见大人而还。及是相顾笑曰：'巫不绐（按，欺）也。'" 〔5〕"帝思"句：耆德，德劭望重的长者。抚，顺应，追随。《尚书·皋陶谟》："百工惟时，抚于五辰。"三辰，日、月、星。 〔6〕阊阖：宫之正门。《文选》晋左思《咏史诗》之六："被褐出阊阖，高步追许、由。"注："晋宫阙名，曰：'洛阳阊阖门，西向。'"泛指宫门。这是钱谦益自指。〔7〕"东山"句：东山，山名，在浙江上虞县西南，晋谢安早年隐居于此。又临安、金陵均有东山，也为谢安游憩之地。后因以东山指隐居。五亩，出自《孟子·齐桓晋文之事章》："五亩之宅，树之以桑，五十者可以衣帛矣。"这是对叶向高的慰藉之辞。

除夕再叠前韵和季穆寄黄二子羽之作兼示子羽

其　三

黄帘绿幕漏徐徐[1]，短檠频挑夜勘书。
艺苑残丛稂莠在，文人凋谢槿花如[2]。

金华绝学吴、黄后[3]，金华谓宋文宪公，吴渊颖、黄文献，文宪之师也。

太仆遗编欧、柳馀[4]。谓昆山归熙甫。

寄语吾徒须努力，张罗休效一囊渔[5]。

题 解

作者依第一首《夜泊浒墅关却寄董太仆崇相四首》和《叠前韵答何三季穆》原韵写作此诗，故称"再叠前韵"。季穆，何允泓，排行三，江南常熟人。忧生叹世，抑郁愤懑，死时年仅41岁。黄子羽，名翼圣，号摄六，江南太仓人。明贡生，官吉安知州，入清不仕，自号莲蕊居士，有《黄摄六诗选》二卷。此诗写作时间注明"戊午"，即明神宗万历四十六年（1618），仍是《初学集》卷一附录旧诗。这组诗共四首，所选为第三首，表明钱谦益"幡然易辙"，洞悉七子复古派"文必秦汉"的弊病后，转而以宋濂、归有光为明文正宗，上溯吴、黄、欧、柳等形成的古文传统，还力劝友人也遵循此道，不要"汩没俗学"，受其误导。这首诗便成为其思想、学术和文学观念转折的一个里程碑。

注 释

〔1〕漏：古计时器。《说文》："漏，以铜受水，刻节，昼夜百刻。"引申为时间、时刻。 〔2〕槿花：花名，即木槿花。槿花朝开夕落，用来形容人心易变，也用以比喻文人像槿花一样容易凋谢。 〔3〕"金华"句：金华，宋濂（1310—1381）字景濂，号潜溪，浙江金华人。与刘基同为明朝开国文臣之首，善文章，为明初大家。有《宋学士文集》。吴，吴莱（1297—1340）字立夫，元代浦阳人。受学于方凤，工诗古文。死后门人私谥渊颖先生，著有《渊颖集》十卷，宋濂是他最著名的学生。黄，黄溍（1277—1357）字晋卿，元代婺州义乌人。延祐进士，累官侍讲学士，知制诰同修国史、同知经筵事。在朝廷挺立无

所附,史称清风高节。为学博极群书,而约之于至精,于经史疑难及古今因革制度名物之属,颇有前人所未发。有《日损斋稿》等。 〔4〕"太仆"句:太仆,归有光(1506—1571)字熙甫,人称震川先生,江南昆山人。嘉靖进士,官南京太仆丞。其为文好司马迁《史记》,反对前后七子文必秦汉的复古主张,推崇唐宋古文,是明中叶后一大作家,有《震川先生集》等。欧,欧阳修,宋代著名作家。柳,柳宗元,唐代著名作家。 〔5〕囊渔:所捕之鱼仅有一布袋,用以形容所得或收获极少。

过滁州怀李三长蘅,长蘅偕上公车,爱滁阳山水,有异时吏隐之约,故及之

十五年前再经过[1],停车犹记并开颜。
风霜宛尔如君秀[2],泉石依然笑我顽。
行役总归鸿爪迹[3],怀人仍在马蹄间。
环滁官舍琴台畔[4],柱笏知谁解看山[5]。

题解

滁(chú)州在今安徽省滁州市,地当滁河之阳,又名滁阳,山高水清,有醉翁亭、丰乐亭等古迹,为江淮间胜地。李长蘅(1575—1629)名流芳,又字茂华,号香海、泡庵、慎娱居士,排行三,嘉定(今上海市)人。万历举人,与唐时升、娄坚、程嘉燧合称"嘉定四先生",又与归昌世、王志坚称三才子,工画善书法篆刻,著有《檀园集》等。公车,汉代曾以公家车马接送应举之人,后作为举人入京应试的代称。吏隐,旧时士大夫常以官职低微,自称吏隐。意思是隐于下位,享受滁阳山光水色。本诗回忆"十五年前"与李长蘅公车赴考,第一次听到他对七子的尖锐批评,对钱谦益震动很大,不啻是当头棒喝。二人就此定交,建立一生的情谊,并由

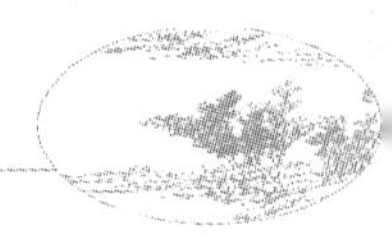

李长蘅介绍唐宋八大家的散文,扩大了眼界,开拓了思路,使文学观念开始产生根本变化。李长蘅对其跳出七子复古派樊篱起了最初的引导作用。

注 释

〔1〕十五年前:即明神宗万历三十五年(1607),钱谦益与李长蘅都是第一次参加会试,结果二人名落孙山,铩羽而归。 〔2〕宛尔:明显,真切。〔3〕"行役"句:行役,泛称行旅、出行。鸿爪,大雁的爪印,用来喻往事的痕迹。 〔4〕琴台:欧阳修尝知滁州,日与僚属宴游诸山,以诗文自娱。曾作《弹琴效贾岛体》诗:"琴声虽可听,琴意谁能论?"故滁州有琴台。〔5〕"柱笏"句:柱,支撑。笏,手板,古代朝会时所持,有事则书于上,以备遗忘。柱笏,以手板支撑面颊。用《晋书·王徽之传》事:"桓冲尝谓徽之曰:'卿在府日久,比当相料理。'徽之不答,直高视,以手板柱颊,曰:'西山朝来,致有爽气。'" 解,懂得,明白。

徐州杂题五绝句

其 三

柳老花残木叶稀,西风斜日总牵愁。
天涯大有多情客,不思经过燕子楼[1]。

题 解

钱谦益于明神宗万历三十八年(1610)因父亲去逝丁忧回籍,直至神宗皇帝朱翊钧驾崩才补官诣阙,置闲十年。临行曾作《嫁女词四首》,抒其"别母北上,中心恻怆"的悲情。这组诗作于路经徐州的途中,选诗为第三首,想起张尚书死后,关盼盼不嫁,以及苏

轼写关盼盼的《永遇乐》词，不禁大动“多情客”的旖旎风情，以及与关盼盼适相对照的感慨。

注 释

〔1〕燕子楼：楼名，在江苏徐州市。唐贞元中，张尚书镇徐州，筑楼以居家妓关盼盼。张死后，盼盼不嫁，居此楼十馀年。宋神宗熙宁变法时期，苏轼因和王安石政见不同，自请离职。熙宁七年（1074）先调任密州知州，又改知徐州，曾作《永遇乐》“彭城夜宿燕子楼，梦关盼盼”词。据王文诰《苏诗总案》说：“戊午（1078）十月，梦登燕子楼，翌日往寻其地作。”

河间城外柳二首

其 一

日炙尘霾辙迹深〔1〕，马嘶羊触有谁禁〔2〕？
剧怜春雨江潭后〔3〕，一曲清波半亩阴〔4〕。

题 解

这是行进于河北途中所作，以柳树姿态虽美丽可爱，但被日晒尘袭、马嘶羊触，处境不佳为喻抒发置闲十年，对浪掷年华、抛残岁月的不满和牢骚，有不平之意。

注 释

〔1〕“日炙”句：炙（zhì），烤、晒。霾（mái），空气中浮动着大量烟尘而形成的混浊现象。辙（zhé）迹，车轮辗过的痕迹。　〔2〕“马嘶”句：羊触，羊用角撞物。意谓马儿在柳树下嘶叫，羊儿用角撞树，有什么人来禁止呢？

〔3〕“剧怜”句:剧,很。潭,深水坑。　〔4〕“一曲”句:一曲,犹一弯。阴,树阴。两句的意思是最惹人怜爱的是春雨过后,水边的柳树以其浓密的枝叶遮掩着半亩大的青波。

其　二

长条垂似发鬖鬖[1],拂马眠衣总不堪[2]。
昨夜月明摇漾处[3],曾添归梦到江南[4]。

注　释

〔1〕鬖鬖(sān):毛发细长下垂的样子。此诗抒发作者别家北上的思乡之情。钱谦益是南方人,要到京城去做官,流寓北地,仕途又未必是一片平坦,瞻念前途,不觉以柳寄兴,表达对江南依依不舍的感情。　〔2〕“拂马”句:拂马,鞭马。　拂,击。　眠衣,睡眠所用衣被,里面要装填绵絮保暖。此处指柳絮。意即柔软的柳条虽像下垂的长发袅娜动人,但柳枝既不能用来鞭马,柳絮也不能用来当绵絮御寒。以其比喻自己在北方生活的很不得意。〔3〕摇漾(yáng):指柳枝在月明之夜迎风摇曳的姿态。　〔4〕归梦:回家之梦,意即柳树只能惹起伤别归家的离愁。

碧云寺

丹青台殿起层层[1],玉碣雕阑取次登[2]。
禁近恩波蒙葬地[3],内家香火傍禅灯[4]。

西山诸寺,皆司礼大阉葬地香火院也。

丰碑巨刻书元宰[5],碧海红尘问老僧[6]。

诸阉碑版,皆馆阁大老之文。

礼罢空王三叹息[7],自穿萝径拄孤藤。

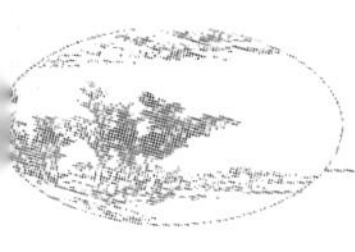

题　解

碧云寺在北京西山，建于元代。明正德年间，御马监太监于经扩建，并于寺后营建自己的墓地。后来魏忠贤又加重修，其富丽堂皇为西山诸寺之冠。寺北有大宦官坟墓数十所。明熹宗天启元年(1621)清明节前，作者受命往昌平州祭祀皇陵，途中写有《昌平唐刘去华故里》，谴责唐末宦官专政："千秋流恨成甘露，两字惊心是北司"。归途中顺路游西山，又写这首《碧云寺》，讽刺宦官权势薰天。当时魏忠贤已开始控制朝政，弄权肆虐，齐、楚、浙三党寻找靠山，投入魏阉门下，结成阉党集团，一场报复东林党人的血腥屠杀即将拉开帷幕。

注　释

〔1〕丹青：红绿颜料，借以描画碧云寺的巍峨辉煌。　〔2〕"玉舄"句：舄(xì)，柱下石。雕阑，雕镂花纹的栏干。取次，随便。　〔3〕禁近：皇宫。〔4〕"内家"句：内家，即大阉，指宦官。香火，即香火院，供奉亡灵的祠堂。司礼大阉，主管司礼监的宦官。《明史》卷七十四：宦官分十二监，其中以司礼监权力最大。明末称司礼太监为"内相"，意思是居于宫禁中的宰相。这一联的意思是说西山寺院的前身都是宦官的祠堂，他们生前富贵，死后荣华。〔5〕"丰碑"句：元宰，即馆阁大老、宰相。这句是说大宦官墓前的碑文出自宰相的手笔，可见宦官的势焰之大。　〔6〕碧海红尘：即"沧海桑田"之意，比喻历史的变化。出自《神仙传》："麻姑谓王方平曰：'接待以来，已见东海三为桑田，向到蓬莱，水又浅于往者会时略半也，东海行复扬尘乎？'"〔7〕空王：指佛像。《观佛三昧经》："过去久远，有佛出世，号曰空王。"

春日过易水

驱车信宿驿程间〔1〕，双鬓萧骚春又还〔2〕。

易水到来偏易感[3]，酒人别去更相关[4]。
暮云宫阙愁心绕，落日衣冠古道闲。
老大不堪论剑术[5]，要离坟畔有青山[6]。

题 解

易水在今河北省境内，发源于易县。在定县西沙河流入合于中易者为北易，即今之易水。此诗作于浙闱关节事被讦，以咎辞归返家途中。用荆柯刺秦失败之典，抒其遭人暗算、宦海险恶的真实感情。朱庭珍在《筱园诗话》说钱谦益的诗："即以要离反形荆柯剑术之疏，又寓功名无成之感，所谓诗中有我也。牧斋吴人，故用要离典故，非泛填故实，所以深婉有味。"

注 释

〔1〕信宿：连宿两晚。 〔2〕萧骚：稀疏。 〔3〕"易水"句：即荆柯刺秦事。战国燕太子丹命荆柯入秦刺秦王，白衣冠送之，至易水上，高渐离击筑，荆柯和而歌曰："风萧萧兮易水寒，壮士一去兮不复还！" 〔4〕"酒人"句：相关，彼此关联，互相牵涉。此句指高渐离事。荆柯刺秦未遂，身死，渐离变姓名为庸保，秦王物色得之，矐其目，仍使击筑。渐离乃以铅置筑内，乘隙扑击秦王，不中，被杀。 〔5〕"老大"句：《史记·荆柯传》："鲁勾践已闻荆柯之刺秦王，私曰：'嗟呼惜哉！其不讲于刺剑之术也。'" 〔6〕"要离"句：要离，人名，春秋时刺客，吴人。吴公子光为了夺取王位，杀了吴王僚，担心僚子庆忌在外，日后报仇，于是遣要离行刺庆忌。要离来到卫国，见了庆忌，诈称帮他回国夺取王位，渡至江中，将他刺死。要离坟在苏州吴县西四里阊门南城内。

甲子秋北上渡淮寄里中游好

其　三

世事闲来细忖量[1]，不如高卧味差长[2]。
盾矛互陷多奇疾[3]，食宿相兼乏好方[4]。
细雨秋蝇寻旧册[5]，微风春燕试新妆[6]。
故人别后应怜我，头白关山一夜霜[7]。

题　解

甲子秋指明熹宗天启四年(1624)秋八月。里中游好，乡里好友。钱谦益于天启元年(1621)八月由熹宗皇帝任命为浙江乡试主考官，前往杭州主考，不料曾与他争夺状元的浙党归安人韩敬给他设下“浙闱关节”的圈套。他以失职和疏于举察受到处罚，引咎辞职，返回常熟。这是他仕途上第一次蒙受打击。到天启四年秋，又接到以翰林院编修原官还朝的诏命。这一组四首诗，写于晋京的路上，心情显然与前大不相同，挂念时局，系怀友朋，情绪颇为低落。所选第三首诗，写出朋党之争下的复杂局面和再赴召的忧虑之情，透露内心翻腾着激荡不平静的思绪。

注　释

〔1〕忖(cǔn)量：思量，考虑。　〔2〕差：稍微地、比较地。　〔3〕“盾矛”句：盾矛，比喻事物互相抵触。语本《韩非子·难一》：“楚人有鬻盾与矛者，誉之曰：‘吾盾之坚，物莫能陷也。’又誉其矛曰：‘吾矛之利，于物无不陷也。’或曰：‘以子之矛，陷子之盾，何如?’其人弗能应也。”　〔4〕“食宿”

句:比喻幻想同时实现两个互相矛盾的目标。语本《艺文类聚》卷四十引《风俗通·两袒》所载齐人女欲同时与丑而富的东家子,及好而贫的西家子婚配,云:“欲东家食,西家宿。” 〔5〕秋蝇:秋天的苍蝇,以喻趋炎附势者。〔6〕新燕:新来的燕子,以喻卖身投靠者。秋蝇、新燕皆指以魏忠贤为首的阉党集团。 〔7〕关山:关隘山岭。也可用来比喻难关。

王师二十四韵

六月王师捷,东方息鼓鼙〔1〕。
潢池皆赤子〔2〕,京观即黔黎〔3〕。
割剥缘肌尽〔4〕,诛求到骨齐〔5〕。
相将持棓梃〔6〕,只似把锄犁。
大将兵符集〔7〕,中原战马嘶。
可怜禽狗鼠,还与僇鲸鲵〔8〕。
兔已无余窟,羊偏畏触羝〔9〕。
侦犹烦地穴〔10〕,攻亦舞冲梯〔11〕。
贼缚加钩索〔12〕,师还布蒺藜〔13〕。
堑沟填老弱,竿槊贯婴儿〔14〕。
血并流为谷,尸分踏作蹊〔15〕。
残膏腥灶井,枯馘挂棠梨〔16〕。
处处悬人腊〔17〕,家家占鬼妻〔18〕。
虎饥伥亦泣〔19〕,人立豕能啼〔20〕。
穴颈同蒿艾〔21〕,刲腸见草稊〔22〕。
旋风来凛凛,哭鬼去凄凄。
虚市稀烟突〔23〕,乡邻断犬鸡。
暗行燐自照〔24〕,舂作齿成泥〔25〕。

兵候天犹惨，荒郊日易低。
停车心悄悄，不寐夜栖栖[26]。
寇灭欣弹指[27]，奴强恐噬脐[28]。
天心留儆戒[29]，人事识端倪。
庙算纡筹策[30]，王功费品题[31]。
丰碑并崇庙[32]，矗矗夕阳西[33]。

题　解

钱谦益熹宗天启四年（1624）再赴召，渡江后沿扬州、徐州进入山东省，过清流关、磨盘岭写了这一首诗。此诗共二百四十字，可说血泪斑斑，是统治者镇压农民斗争的罪状书。因细节的描写和深入刻画，读来触目惊心。作者虽然站在统治阶级立场上看待王师对农民的镇压，但严酷的社会现实，宦途的风云变幻、升沉浮降，使他有机会接触下层生活，写出同情人民的作品。

注　释

〔1〕鼓鼙（pí）：乐器，指大鼓和小鼓，进军时以励战士，借指征战。〔2〕"潢池"句：潢池，池塘。《汉书·龚遂传》："其民困于饥寒而吏不恤，故使陛下赤子盗弄陛下之兵于潢池中耳。"意即百姓被迫为盗，犹如幼儿盗窃兵器，戏弄于池塘之畔，非有意作乱。　〔3〕"京观"句：京观，古代战争胜者炫耀武功，收敌人尸体，堆土成高冢，称为京观。《左传·宣公十二年》："君盍筑武军，而收晋尸以为京观。"黔黎：黔首。黎民的合称，即百姓。〔4〕肌尽：肌肉割尽，比喻剥削残酷。　〔5〕"诛求"句：诛求，征求，需索。骨齐，只剩骨头。　〔6〕"相持"句：相持，相互手拿。棓梃（bàng tǐng），木棒。　〔7〕兵符：国家调遣军队的符节凭证。　〔8〕僇鲸鲵：僇（liáo），杀戮。鲸鲵，鲸鱼。《左传·宣公十二年》："楚子曰：'古者明王伐不敬，取其鲸鲵而封之，以为大戮'。"杜预注曰："鲸鲵，大鱼名，以喻不义之人。"

〔9〕“触羝”句:触羝,即触藩羝,以角抵撞篱垣。羝(dī),公羊。《易·大壮》:“九二,羝羊触藩,羸其角。”意即羊怕碰壁,农民斗争也怕碰上王师。〔10〕“侦犹”句:侦,侦察。地穴,在地下挖地道或洞穴。〔11〕冲梯:古代攻城的战具。《后汉书·公孙瓒传》:“冲梯舞吾楼上,鼓角鸣于地中。”〔12〕钩索:即钩锁,以铁链相钩连,囚禁一起。〔13〕蒺藜:古代用木或金属制成的带刺的障碍物,布在地面,以阻碍敌军前进。因与蒺藜果实形状相似,故名。〔14〕贯:穿。〔15〕蹊(xī):小路。〔16〕“枯馘”句:枯馘(guó):指被割下已干枯的左耳。古代战争以割取敌人左耳多少来计功。棠梨:木名,俗称野梨树。〔17〕人腊(xī):枯干的人尸。李绰《尚书故实》:“尝见人腊,长尸许,眉目手足悉具,或以为僬侥人也。”〔18〕鬼妻:死者之妻。《博物志》:“越之东,有骇沐之国,父死则负其母而弃之,言鬼妻不可与同居。”〔19〕伥(chāng):古时迷信传说被老虎咬死的人变成鬼后,又引虎食人。〔20〕“人立”句:意即像人一样站立的猪能啼哭。《左传·庄公八年》:“齐侯田于贝丘,见大豕,从者曰:‘公子彭生也。’公怒曰:‘彭生敢见!’射之,豕人立而啼。”〔21〕“穴颈”句:穴颈,洞穿脖颈。蒿艾,野草。〔22〕“刲肠”句:刲(huī),割。草稊(tí),草名,结实如小米。〔23〕烟突:烟囱。〔24〕燐(lín):即燐火,夜间在野外常见忽隐忽现的青色火焰,是人和动物尸体腐烂后,分解出磷化氢,常在夜间田野中自燃,俗称鬼火。〔25〕胔(zì):腐肉。《汉书·娄敬传》:“徒见羸胔老弱。”颜师古曰:“胔,音渍,谓死者之肉也。”〔26〕栖栖(xī):恐惧孤寂。〔27〕“寇灭”句:欣,愉快,高兴。弹指:佛家语,一弹指,喻时间短暂。《翻译名义集·时分》:“二十瞬名一弹指”。〔28〕噬脐(shì jì):自噬腹脐,比喻不可及。《左传·庄公六年》:“亡邓者必此人也,若不早图,后君噬脐,其及图之乎”。〔29〕儆戒:犹戒备。〔30〕“庙算”句:庙算,由朝廷制定的克敌谋略。纡,从容。筹策,谋画。〔31〕品题:进行评论。〔32〕崇庙:尊崇朝廷的威重。〔33〕矗矗(chù):高峻。

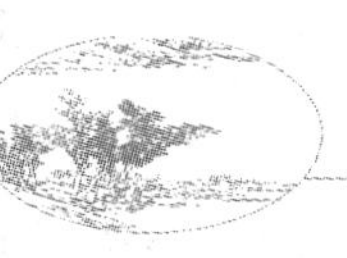

天启乙丑五月奉诏削籍南归，自潞河登舟，两月方达京口，途中衔恩感事杂然成咏，凡得十首

其　一

破帽青衫出禁城[1]，主恩容易许归耕。
趁朝龙尾还如梦[2]，稳卧牛衣得此生[3]。
门外天涯迁客路[4]，桥边风雪蹇驴情[5]。
汉家中叶方全盛，五噫何劳叹不平[6]。

题　解

天启乙丑为明熹宗天启五年(1625)。削籍，官吏被革职，或官籍中除名。潞河，水名，即今潮白河，为北运河上游，南经潞县为潞河。潞县故城在今北京通县东。京口，城名，即今江苏省镇江市。天启五年魏忠贤采纳徐大化的建议，借中书汪文言之狱，逮捕杨涟、左光斗等六人，诬指六君子接受辽东经略使熊廷弼贿赂，拷掠追赃。阉党王绍徽等也为固宠制出《东林点将录》、《同志录》，开出一系列黑名单，欲将东林党人一网打尽。钱谦益名列党籍，被欲投靠阉党的御史陈以瑞借口浙闱关节事弹劾，再次谪官南归。这次变故本在意料之中，故以"主恩"表示感激，选择了归老林下为出路。诗末故作达观，谴责牢骚不平，实则用汉代梁鸿"五噫歌"反衬朝事日坏的现实。

注　释

〔1〕青衫：古时学子所穿衣服，借指学子、书生和微贱者服色。此处与破

帽一起指谪官。　〔2〕“趁朝”句:趁朝,上朝。白居易《酬芦秘书二十韵》诗:“风霜趁朝去。”　龙尾,即龙尾道,唐代含元殿前甬道,自上望下,宛如龙尾下垂,故名。唐张籍《赠赵将军》诗:“身贵早登龙尾道。”意即在朝作官如同梦幻,已不可能。　〔3〕“稳卧”句:牛衣,供牛御寒的披盖物,如蓑衣之类。《汉书·王章传》:“章疾病,无被,卧牛衣中。”意谓在乡间林下贫穷困阨中度过一生。　〔4〕迁客:贬谪在外者。　〔5〕蹇(jiǎn)驴:驽钝的驴子。〔6〕“五噫”句:五噫,即五噫歌,东汉梁鸿作,诗共五句,每句末都有一噫字,故名。《后汉书·梁鸿传》载:“因东出关过京师,作五噫之歌,曰:‘陟彼北芒兮,噫!顾览帝京兮,噫!宫室崔嵬兮,噫!人之劬劳兮,噫!辽辽未央兮,噫!’”后来诗文中多以“五噫”作为告退之意。

其　三

双鬓飘萧类转蓬[1],布帆无恙向江东。
岂知路鬼揶揄曰[2],犹借河神舶趠风[3]。

舟抵甲马营,余祷于金龙神,有反风之异。

远驾那须存老马[4],高飞谁与弋冥鸿[5]?
江天回首真寥廓,不碍微云缀碧空。

注释

〔1〕“双鬓”句:飘萧,飘动貌。转蓬,蓬草随风飘转,用以喻身世飘零。〔2〕路鬼揶揄:《世说新语·任诞》:“襄阳罗友有大韵”注引《晋阳秋》:“出门于中路逢一鬼,大见揶揄,云:‘我只见汝送人作郡,何以不见人送汝作郡?’”揶揄,耍笑,嘲弄。　〔3〕舶趠(chào)风:梅雨后的东南季风。苏轼《舶趠风·引》:“吴中梅雨既过,飒然清风弥旬,岁岁如此,湖人谓之舶趠风。是时海舶初回,云此风自海上与舶俱至云尔。”　〔4〕存老马:《韩诗外传》:“田子方出见老马,问御者何马?曰:‘故公家畜也,罢而不为用,故出放。’子方曰:‘少尽其力,而老去其身,仁者不为也。”束帛而赎之。”此句反其意而用之。　〔5〕“高飞”句:弋,以绳系箭而射。扬雄《法言·问明》:“治则见,

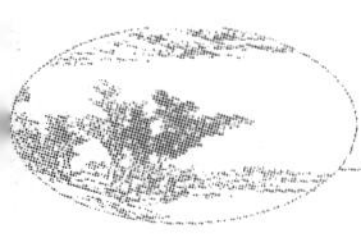

乱则隐。鸿飞冥冥，弋人何篡焉？”鸿飞入于远空，距远形微，矰缴不及，用以喻脱羁远害。　〔6〕缀（zhuì）：装饰，点缀。

投　老　丙寅闰六月廿一日

投老经年掩荜门[1]，清斋佛火自晨昏[2]。
衣裳旋觉蜉蝣改[3]，篱落频看木槿繁[4]。
时至雄风生左角[5]，梦回斜日照西垣[6]。
水边林下君知否？定有高人一笑论[7]。

题　解

丙寅，明熹宗天启六年（1626）。此诗以第一句首二字为题，写作者削籍回里后生活情景，跃动着一颗不甘雌伏、时时欲出的雄心。吴伟业于《龚芝麓诗序》说：“牧斋深心学杜，晚年更放之于香山、剑南，其《投老》诸什尤为工。”对本诗以杜甫的沉着雄厚兼以宋诗的纵横雄健、宏肆奔放，给予赞扬和肯定。

注　释

〔1〕荜（bì）门：荜同筚，荆条竹木之属，可用来编篱落成简陋的门墙。荜门，编荆竹为门，言贫者居室之陋。　〔2〕清斋：清静之室。《楞严经》：“我时辞佛，宴晦清斋。”　〔3〕“衣裳”句：蜉蝣，虫名，幼虫生活在水中，成虫褐绿色，有四翅，生活期极短。《诗·曹风·蜉蝣》：“蜉蝣之羽，衣裳楚楚。”闻一多《类钞》：“蜉蝣的羽极薄而有光泽，几乎是透明的。古人形容麻织品做成的衣服，往往比成蜉蝣的羽，因此便称这种衣服为羽衣。”此处比喻换上平民的服饰。　〔4〕“篱落”句：篱落，俗称篱笆。木槿，见前《除夕再叠前韵和季穆寄黄二子羽之作兼示子羽》注释[2]。　〔5〕“时至”句：左角，左侧之一角。《史记·景帝纪》：“月贯天庭。”索隐：“天庭，即龙星右角也。按，《石

氏星传》曰:‘龙在左角曰天田,右角曰天庭。’”杨炯《浑天赋》:“左角右角,两曜之所巡行。”此句用来比喻潜伏的雄心壮志。 〔6〕梦回:从梦中醒来。李煜《摊破浣溪纱》词:“细雨梦回鸡塞远。” 〔7〕“定有”句:高人,具有超逸情致的隐者。胡仔《苕溪渔隐丛话》引《遯斋闲览》云:“诗人类以弃官归隐为高,然鲜有能践其言者,故灵辙《答韦丹》云:‘相逢尽道休官去,林下何曾见一人。’盖讥之也。赵嘏云:‘早晚粗酬身事了,水边归去一闲人。’若身事了则仕进之心愈炽,愈无归期矣。”此意即作者并不甘心在水边林下隐居。

和徐于悼晌阁前小松之作

其 二

提壶自挂石栏前〔1〕,每为庭柯一怅然〔2〕。
可是孤根难蛰地〔3〕,也应造物忌参天〔4〕。
未成鳞甲先供伐,稍出蓬蒿已被镌〔5〕。
回挽沧江更谁是〔6〕?直须云壑卧千年〔7〕。

题 解

徐于,一名锡祚,字于王,常熟人。其家为邑中甲族,身为贵公子,不问家事生产,贫如寒素。酷爱晚唐、宋、元诗,多所采辑。晌阁,楼阁名。诗作于明熹宗天启七年(1627),所选第二首。阉党魏忠贤及其爪牙制造杨涟等冤狱后,又以提督苏松制造太监李实诬劾,再兴大狱,将已罢职的前吏部员外郎周顺昌等七人逮系京城,除高攀龙闻讯赴水自死外,其馀六人仍以追赃名义严刑拷打,冤死狱中。钱谦益则是大难不死,他在短暂的仕宦生涯中三次离

开京城，先是丁忧回籍，天启元年因科场案引咎辞职，接着天启五年又被人参劾，削职告归，未有机会参与直接对抗。但对东林党人迭遭迫害的悲剧忧虑愤慨。此诗以传统的咏物言怀手法，抒写仕途坎坷的抑郁和对党人横受摧残的不平，近于李商隐的《悼小松》，是学玉溪得其婉曲典丽之长的作品。

注 释

〔1〕"提壶"句：提壶，鸟名。刘禹锡《和苏郎中寻丰安里旧居寄主人张郎中》诗："池看科斗成文字，鸟听提壶忆献酬。" 挂，悬挂，引申为落。〔2〕庭柯：庭院中树木，这里指响阁前小松。陶渊明《停云》诗："翩翩飞鸟，息我庭柯。" 〔3〕蛰（zhé）地：昆虫蛰伏地下。蛰，此处指埋藏。 〔4〕参（cān）天：高入天空。 〔5〕镌：削除，铲去。 〔6〕回挽：扭转。〔7〕云壑：耸入云霄的山谷。用黄庭坚《愁思寄子由》诗："老松阅世卧云壑，挽著沧江无万年。"诗末塑造一个不容于当权势力的孤愤者的形象。

丁卯十月书事四首

其 四

黄门北寺狱频仍[1]，录牒刊章取次征[2]。
死后故应来大鸟[3]，生时岂合点青蝇[4]。
苍茫野哭忧邦国，寂寞家居念友朋。
痛定不堪重拭泪[5]，清斋勤礼佛前灯[6]。

题 解

诗作于明熹宗天启七年（1627）十月。这一年八月熹宗朱由

校死，遗诏皇五弟信王朱由检嗣位，以明年为崇祯元年。钱谦益这组诗共四首，所选第四首，沉痛回忆天启年间的党祸阉难，对东林党人不畏强暴、抗击虐政的视死如归给予歌颂，也为失去好友痛心疾首，悲哀悼念，内中包含着伤时悲世而洒下的痛愤之泪。

注释

〔1〕“黄门”句：黄门，官署名。北寺狱，东汉监狱名，属黄门署，主管监禁、审讯将相大臣。因在宫省北面，故称北寺。《后汉书·党锢传》：“帝愈怒，下（李）膺等于黄门北寺狱。”频仍，连续不断。 〔2〕“录牒”句：录牒，名册。刊章，删去告发人姓名的捕人文书。取次，见前《碧云寺》注释〔2〕。〔3〕“死后”句：《后汉书·杨震传》：“震改葬华阴潼亭，先葬十馀日，有大鸟高丈馀，集震丧前，俯仰悲鸣，泪下沾地。葬毕，乃飞去。……震孙奇，灵帝时为侍中，帝问奇：‘朕如何桓帝？’曰：‘亦犹虞舜比德唐尧。’帝不悦，曰：‘卿强项，真杨震子孙，死后必复至大鸟矣！’” 〔4〕“生时”句：合，应当，应该。点，污辱，同“玷”。 〔5〕“痛定”句：悲痛的旧事，事后追思，倍增痛苦。本韩愈《与李翱书》：“今而思之，如痛定之人，思当痛之时，不知何能自处也。”〔6〕清斋，见前《投老》注释〔2〕。

群狐行

一狐缢死镲琅珰〔1〕，一狐缢死悬屋梁〔2〕。
群狐作孽两狐当，公然揶揄立道旁〔3〕。
昔日群狐假狐势，一狐为宰一狐帝。
一朝狐败群狐跳，杀狐烹狐即尔曹。
两狐就缢皆号咷〔4〕，狐不生狐乃生枭〔5〕。
狐已死，枭尚肆，捕枭作羹亦容易。
群狐群狐莫戏嬉，夜半睒忽雷火至〔6〕。

题　解

明毅宗上台伊始，即将魏忠贤放置凤阳，魏阉于途中畏罪自杀，熹宗乳母客氏也被处死，其馀党羽相继伏法，阉党土崩瓦解，人心大快，朝政有了转机。此诗以比兴手法，将阉党魏忠贤一伙比作狐狸，一旦狐败，杀狐烹狐，落得身败名裂的可耻下场。这是作者对阉党窃权造成"朝署一空"、祸害酷烈的切齿痛恨，也正告阉党馀孽且莫戏嬉过早，自取灭亡的日子不会太远了，从而流露出对崇祯改革、朝政一新而满怀兴高采烈的喜悦心情。

注　释

〔1〕"一狐"句：鏁，同锁，锁链，以铁环相钩连，用作刑具。琅珰，以铁链锁人，后亦指带上镣铐。这句指魏忠贤流放凤阳，行至安徽阜城，魏与其党李朝钦皆缢死，诏磔其尸。　〔2〕"一狐"句：这句指崔呈秀，他被视为魏忠贤的五虎之首，闻魏忠贤自缢后，也在家中上吊自杀。　〔3〕揶揄：耍弄、嘲笑。　〔4〕号咷：也作嚎啕，即放声大哭。　〔5〕枭(xiāo)：鸟名，也作鸮，俗名猫头鹰。旧传枭食母，故以喻恶人。　〔6〕睒(shǎn)忽：电光闪烁貌。

众香庵赠自休长老

略彴绿溪一径分〔1〕，千林香雪照斜曛〔2〕。
道人不作寻花梦〔3〕，只道漫山是白云。

题　解

众香庵在苏州西郊风景点铜坑附近。长老，对高龄和尚的尊称。崇祯元年(1628)正月十四日，江南早春，作者受崇祯改元后

形势的鼓舞，兴致勃勃畅游苏州西山太湖边的著名风景胜地，他由城内横塘出发，到达光福，登玄墓山，过熨斗柄，上茶山，历西碛、弹山，抵铜坑，还憩众香庵，写下一组记游诗。置身在明媚春光里，他既感到冬天过去，恶梦结束，又看到春回大地，前程似锦。这首诗描写众香庵附近梅花之盛，还以末二句道人讳言赏花寻梦，只说满山白云，反衬梅花铺天盖地，用"不作"、"只道"转折对比，越见雅趣横生，富有新意。

注 释

〔1〕略彴(zhuó):独木桥。此句说遍山梅花，只有架桥的溪壑处才见路径。 〔2〕"千林"句:香雪，梅花。《苏州府志》:"邓尉西行，历……熨斗柄、西碛山、弹山……出入湖山间。山人以圃为业，尤多树梅。花时一望如雪，行数十里香风不绝。"斜曛(xūn)，夕阳馀光。 〔3〕道人:这里泛指众香庵中的和尚。

戊辰七月应召赴阙车中言怀十首

其 一

三年严谴望修门〔1〕，随例趋朝又北辕〔2〕。
圣代故应无弃物，孤臣犹有未招魂〔3〕。
夕阳亭下人还过〔4〕，端礼门前石尚蹲〔5〕。
重向西风挥老泪，馀生何以答殊恩。

题 解

戊辰指明毅宗崇祯元年(1628)。赴阙，入朝，也指陛见皇帝。

天启年间的党祸阉难，使东林党人大受摧残，创办书院的顾宪成、高攀龙离世，杨涟、左光斗等惨死厂狱，领袖和代表人物丧失殆尽，其他成员或贬或逐，打击沉重。钱谦益侥幸留得一命，地位迅速上升，名气渐大，物望所归，推到党魁地位，俨然成为后期党人领袖。随着明毅宗登基，朝政革新，昭雪冤案，东林党人出头日子到来，重振旗鼓、再接再厉的重任义不容辞落到肩上，也离圆宰相之梦不太遥远了。因此在登程上京路途上，他性情格外亢奋，写下"车中言怀"诗十首，所选第一、第二首。在诗中既为能重返政坛感到庆幸，也对皇恩浩荡感激不尽，决心用残年馀生，效犬马之劳，报答新君的"殊恩"。

注　释

〔1〕"三年"句：严谴，官吏谪降称谴，严谴则是指削职回籍的严厉处分。修门，本宋玉《招魂》："魂兮归来，入修门些。"修门为楚都郢城南关三门之一，后泛指京师城门。　〔2〕随例：按照惯例。此指钱谦益作为起复的废臣，又应召赴京。　〔3〕未招魂：古人迷信，认为将死者之衣升屋，北面三呼，即可招回死者之魂。这里作者指己身健在，还仍在世间活着。〔4〕"夕阳亭"句：夕阳亭，古代送行饯别地方，故址在今河南洛阳市西。东汉延平三年，杨震被谴返里，行至夕阳亭饮毒酒自杀。见《汉书·杨震传》："震谴归，行至城西夕阳亭，乃慷慨谓其诸子门人曰：'死者士之常，吾蒙恩居上司，疾奸臣狡猾而不能诛，恶嬖女倾乱而不能禁，何面目复见日月？'因饮鸩而卒。"　〔5〕"端礼门"句：石尚蹲，指立于端礼门的元祐党籍碑。北宋徽宗崇宁元年，蔡京为相，尽复新制，乃籍元祐反新法诸臣司马光、文彦博而下一百二十人，等其罪状，立石碑于端礼门。见《宋史纪事本末·蔡京擅国》。这二句用来说明党祸阉难对东林党人的迫害。

其　二

已办腰镰学耦耕〔1〕，悠悠真悔逐人行〔2〕。

长吟颇惜齐三士[3]，抚卷谁知鲁二生[4]？
白马清流伤往事[5]，南箕北斗愧虚名[6]。
巢由至竟非无谓[7]，坚作深山谢圣明。

注释

〔1〕“已办”句：腰镰，束紧腰带（劳动时装束），拿上镰刀。镰，收割或刈草用的工具。耦（ǒu）耕，两人并耕。也泛指耕种。 〔2〕逐：追赶。 〔3〕齐三士：齐国三勇士：公孙接、田开疆、古冶子。传说齐景公时，晏婴劝景公除去三人，并设计让景公送去二个桃子，要他们论功来领取，三人各不相让，彼此争论，先后自杀，此即二桃杀三士之典，后来比喻施用阴谋杀人。见《晏子春秋·谏》下二。〔4〕鲁二生：鲁国二个诸生。《史记·叔孙通传》：“通说上征鲁诸生共起朝仪。鲁有二生不肯行，曰：‘公所事者且十主，皆面谀亲贵。公得矣，毋污我。’”〔5〕白马清流：见前《吴门送福清公还闽八首》之五注释[6]。 〔6〕“南箕”句：南箕北斗，星中二十八宿，和南北东西四方相连为名的只有箕、斗、井、壁四星。当箕斗都在南方时候，箕南而斗北，故叫南箕北斗。后来用作徒有虚名而无实用的比喻词。《诗·小雅·大东》：“唯南有箕，不可以簸扬；维北有斗，不可以挹酒浆。” 愧，惭愧。 〔7〕巢由：巢父和许由、相传为尧时的隐士，尧欲让位二人，皆不受。诗文中多用为隐居不仕的典故。至竟，犹言到底、毕竟。此诗披露钱谦益急欲出仕而又顾虑重重的复杂心态。

临城驿壁见方侍御孩未题诗

驿吏逢迎旧赭衣[1]，生还今日是耶非？
纶竿喜值金鸡放[2]，华表真同白鹤归[3]。
抱蔓摘瓜馀我在[4]，破巢完卵似君稀[5]。
循墙叹息看题句，淅淅秋风起夕扉[6]。

题解

临城，县名，在今河北省西南部，城临泜河。方侍御孩未，名震孺，寿州人。万历进士，除少县知县，擢湖广道御史、巡按辽东，被逮下狱，拟大辟，以皇子生暂免。崇祯初得释，起广西参议，擢右佥都御史，巡抚广西。有《孩未先生集》。御史又称侍御。天启一朝，由于熹宗年幼，童昏庸暗，宦官魏忠贤和客氏乘机窃权，齐、楚、浙三党又卖身投靠，阉党集团一时称盛。他们以封疆之事发难，诬控杨涟等接受杨镐、熊廷弼贿赂，欲将东林党人置于死地。方未孩曾巡按辽东，于是首当其冲，成为阉党惩治对象，而今逃脱魔掌，大难不死，故钱谦益于驿壁上见其题诗，不禁同病相怜，感慨万端，抒发“抱蔓摘瓜馀我在，破巢完卵似君稀”的九死馀生庆幸之情。

注释

〔1〕赭(zhé)衣：赤褐色衣。古代囚徒穿红衣，因此也称罪人为赭衣，此指方孩未。　〔2〕“纶竿”句：纶(guān)竿，配有青丝带的长竿。金鸡，古颁赦诏日，设金鸡于竿，以示吉辰。鸡以黄金饰首，故名金鸡。《新唐书·百官志》：“中尚令供，赦日植金鸡于仗南，竿长七丈，有鸡高四尺，黄金饰首，衔绛幡长七尺，承以彩盘，维以绛绳。将作监供焉。击㭎鼓千声，集百官父老囚徒。坊小儿得鸡首者，官以钱购，或取绛幡而已。”　〔3〕“华表”句：华表，古代用以表示王者纳谏或指路的木柱，此处用后一义。白鹤归，本《搜神后记》丁令威化鹤故事。传说丁令威是汉辽东人，在灵虚山学道成仙，后化鹤归来，落城门华表柱上。有少年欲射之，鹤乃飞鸣作人言：“有鸟有鸟丁令威，去家千年今始归，城郭如故人民非，何不学仙冢累累。”后常用以指人世的变迁。　〔4〕“抱蔓”句：用乐府《黄台瓜辞》：“种瓜黄台下，瓜熟子离离。一摘使瓜好，再摘令瓜稀。三摘尚自可，摘绝抱蔓归。”意即劫后不死之人，钱谦益自指。　〔5〕“破巢”句：《世说新语·言语篇》孔融被收，“谓使者曰：‘冀罪止于身，二儿可得全不？’儿徐进曰：‘大人，岂见覆巢之下复有完

卵乎?’寻亦收至。”此处反其意,比喻破家或被祸后幸存之人,指方孩未。

〔6〕淅淅(xí xí):风声。用杜甫《秋风》二:“秋风淅淅吹我衣,东流之外西日微”中语。

十一月初六日召对文华殿,旋奉严旨革职,感恩述事凡二十首

其　三

久知不去又将钳[1],无奈时情似蜜甜[2]。
薄命东华縻月俸[3],虚名南斗动星占[4]。
出山我自惭安石[5],作相人终忌子瞻[6]。
伏阙引刀男子事[7],懒将尺书效江淹[8]。

题　解

十一月初六日是崇祯元年(1628)在文华殿举行枚卜大典的日期。明代后期大学士(宰辅)任用,由吏部尚书领衔,会合群臣共推,将一名单放入金瓶,由皇帝拈出,用来确定阁臣人选,叫作枚卜。东林党积极推举钱谦益参加枚卜大典。而在廷臣推举名单上,却无温体仁和周延儒,他二人极为愤怒,转而把矛头指向承命召回的钱谦益,以“浙闱关节”一案攻击钱操纵会推,引起廷臣不满,纷纷指责和争辩,但也让明毅宗怀疑朝臣结党营私,心中甚怒。钱谦益为入阁执政,与温体仁等廷辩,也叫阁讼。结果是东林党人的政治希望在“龙威大怒”中化为泡影。作为当事人,钱谦益更是痛愤伤感,一连写诗二十首,喇喇不休,所选诗第三、五、十首。

注 释

〔1〕“久知”句:《汉书·楚元王交传》:“元王敬礼申公等,穆生不嗜酒,常为设醴。及王戊即位后,忘设焉。穆生退曰:‘可以逝矣。醴酒不设,王之意怠。不去,楚人将钳我于市。’”钳(qián),古刑具,以铁圈束颈。〔2〕蜜甜:甜言密语。《开元天宝遗事》:“李林甫常以甘言诱人之过,谮于上前。时人皆言林甫甘言如蜜。” 〔3〕“薄命”句:东华,明清紫禁城在北京旧皇城中,城垣周六里,为四门:南为午门,北为神武门,西为西华门,东为东华门,即今故宫东门。縻,通靡,浪费。 〔4〕“虚名”句:南斗,星名,南斗六星,总称斗宿。见前《戊辰七月应召赴阙车中言怀十首》之二注释[5]。〔5〕安石:谢安(320—385)字安石,晋阳夏人。少有重名,累辟皆不起,每游赏必携妓以从。年四十方有仕宦意,桓温请为司马,官至尚书仆射,领吏部加后将军。符秦攻晋,安为征讨大都督,遣侄谢玄等大败符坚于肥水,以功拜太保,卒赠太傅。 〔6〕子瞻:苏轼(1036—1101)字子瞻,号东坡居士,宋眉山人。嘉佑进士,因反对王安石变法,以作诗“谤讪朝廷”罪贬谪黄州。哲宗时召还,任翰林学士,端明殿侍读学士,曾知登、杭、颍,官至礼部尚书,后又贬谪惠州、儋州,赦还,卒于常州。 〔7〕伏阙引刀:拜伏宫阙下,抽刀自杀。〔8〕“懒将”句:书尺,信札,书信。《汉书·韩信传》:“奉咫尺之书,以使燕。”江淹(444—505)字文通,济阳考城人。出身孤寒,历仕宋、齐、梁三代。梁代官至金紫光禄大夫,封醴陵侯。《南史·江淹传》:“淹随建平王景素在南兖州,广陵令郭彦文得罪,辞连淹,言受人金。淹被系狱,自狱中上书,景素即日出之。”意即不效法江淹上书自陈。

其 五

事到抽身悔已迟[1],每于败局算残棋。
都门有客送临贺[2],廷辩何人是魏其[3]?
杨柳曲中游子老[4],车轮枕畔逐臣知。
寒灯冷炕凄凉夜,不醉何因作酒悲?

注 释

〔1〕抽身:引退,脱身。苏轼《答李颀以画山见寄》诗:"云泉劝我早抽身。"钱谦益平生以宰相自许,为此终日栖栖惶惶,劳心费力,枚卜是他离圆梦最近的一步,结果又被政治浪潮抛起摔落,撞得体无完肤,他"悔已迟"、"作酒悲",苦闷灰心,感慨命运的捉弄。　〔2〕"都门"句:《新唐书·杨凭传》:"凭贬临贺尉,姻友无敢往候者,独徐晦送至蓝田。权德舆曰:'君送临贺诚厚,无奈为累乎?'晦曰:'方布衣时,临贺知我,今忍遽弃耶?'德舆叹其直,称之朝。"意即钱谦益遭遇不公,朝中人纷纷为他送行。　〔3〕"廷辩"句:《汉书·灌夫传》:"魏其侯窦婴上书,言灌夫醉饱事不足诛。上然之,曰:'东朝廷辩之。'婴东朝盛推夫善,蚡盛毁夫。上问朝臣:'两人孰是?'汲黯、郑当时是魏其,馀皆莫敢对。"钱谦益感慨朝中没有像窦婴这样的有力者为其进行辩护。　〔4〕杨柳曲:即杨柳枝。汉横吹曲辞,本作《折杨柳》,至隋时始为宫词,唐白居易依旧曲翻为新歌,七言四句,与《竹枝词》相类。

其 十

破帽青衫又一回〔1〕,当筵舞袖任他猜〔2〕。
平生自分为人役〔3〕,流俗相尊作党魁〔4〕。
明日孔融应便去〔5〕,当年王式悔轻来〔6〕。
宵来吉梦还知否〔7〕? 万树西山早放梅。

注 释

〔1〕破帽青衫:天启五年(1625)作者曾被阉党陈以瑞参劾,作《天启乙丑五月削籍南归……》诗,在第一首说:"破帽青衫出禁城",此次再被降罪削职,故云"破帽青衫又一回。"钱谦益这次是兴冲冲而来,甚至还看到登堂入室、身为宰辅入朝柄政的前景,以为入赞中枢垂手可得,不料阁讼大败。这当头一棒,打得格外沉重,久久未能缓解过来,视为奇耻大辱,耿耿于心,诗中的"应便去"、"悔轻来",便是此种心理的表露。　〔2〕"当筵"句:当筵,指在

筵席现场。舞袖，挥动衣袖。　〔3〕“自分”句：自分，自料，自以为。人役，仆役，奴婢。《后汉书·逢萌传》：“萌家贫，给事县为亭长。时尉行过亭，萌候迎拜谒，既而执盾叹曰：‘大丈夫安能为人役哉？’遂去。”　〔4〕“流俗”句：流俗，此指世间平庸的人。党魁，党人中最有影响或被奉为首领的人。《后汉书·夏馥传》：“馥虽不交时宦，然以声名为中官所惮，遂与范滂、张俭等俱被诬陷，诏下州郡，捕为党魁”。　〔5〕“明日”句：孔融（153—208）字文举，鲁国（今山东曲阜）人，曾任北海相，时称孔北海。又任少府、大中大夫等职，为人敢直言，以触怒曹操被杀。《后汉书·杨震传》：“操托彪与术婚姻，诬欲图废置，奏收下狱，劾以大逆。孔融闻之，不及朝服，往见操曰：‘横杀无辜，海内观听，谁不解体？孔融鲁国男子，明日便当拂衣而去，不复朝矣。’操不得已，遂理出彪。”　〔6〕“当年”句：王式，字翁思，新桃人。授鲁诗，征为博士，为江公所辱，谢病归。《汉书·儒林传》：“诏除式为博士，既至，止舍中。诸大夫博士共持酒肉劳式，江公心嫉之，谓歌吹诸生曰：‘歌《骊驹》”。式耻之。客罢，让诸生曰：‘我本不欲来，诸生强我，竟为竖子所辱。’遂谢病免归。”　〔7〕吉梦：吉祥的梦，亦指生男育女的喜梦。

奉酬山海督师袁公兼喜关内道梁君廷栋将赴关门二首

其　一

临渝今是国储胥[1]，锁钥东门万革车[2]。

山海古临渝地，俗称榆关，误也。

匡坐油幢临虏使[3]，横磨墨盾草邮书[4]。

莺啼大纛连营静[5]，月出雄关列灶虚[6]。

蚤晚师中得梁愯[7]，度辽长策为君摅[8]。

题 解

袁公即袁崇焕(1584—1630),字元素,广东东莞人。天启二年擢兵部主事,再擢右佥都御史,巡抚辽东。为魏忠贤所阨,乞归。崇祯立,起为兵部尚书,督师蓟、辽。崇祯二年清兵越长城陷遵化,崇焕急引兵护京师,被诬通敌,下狱磔死。关内道梁君,梁廷楝,鄢陵(今河南)人。万历进士,累官兵部尚书,加太子太保。崇焕死后,他也调任总督宣大、山西军务。清军再逼京师,梁廷楝不能抵御,与督师张凤翼怯不敢战,自忖必获大罪,日服大黄药求死,未几卒。此诗作于崇祯二年(1629),钱谦益枚卜失败,革职待罪,听说督师蓟、辽的兵部尚书袁崇焕入都,奏陈兵事,崇祯帝在平台召见,并由梁廷楝赴关门协助灭"奴",他倍感鼓舞,抛开阁讼得失,提笔酬赠袁崇焕,以"东门锁钥"等形容其师出山关海,辽、沈收复指日可待,还鼓励二人。

注 释

〔1〕"临渝"句:临渝,山海关。储胥,木栅藩篱之类,作为守卫拒障之用。扬雄《长杨赋》:"木拥枪累,以为储胥。"颜师古注曰:"胥,须也。言有储蓄以待所须也。" 〔2〕锁钥:谓锁和钥匙,意即山海关是军事防御上的重镇。〔3〕"匡坐"句:匡坐,正坐。油幢(chuáng),张挂于舟车上的油布帷幕。一般多指将帅幕府。 〔4〕"横磨"句:横,纵横凌厉,形容气盛。磨墨盾,在盾牌上磨墨草檄。《北史·荀济传》:"荀济谓人曰:'会盾上磨墨作檄文。'"邮书,邮驿寄送的书信。 〔5〕大纛(dào):军队或仪仗队的大旗。〔6〕"月出"句:雄关,山海关。列灶,各处排列的炊物之处。 〔7〕"蚤晚"句:蚤,同早。梁慬,字伯威,东汉北地弋居人。曾讨定龟兹,击众羌,大破南单于及乌桓,拜度辽将军,后因病卒。《后汉书·梁慬传》:"南单于与乌桓人俱反,诏慬行度辽将军。"此处以同姓指梁廷楝。 〔8〕摅(shū):同抒,散布,抒发。

潞河刘咸仲廷棟吏部

别绪乡心浩莫分[1]，潞河风雨帝成云。
能宽放弃惟良友，未忘京华为圣君[2]，
衰鬓数茎还去国，秋风一叶又离群。
渭城歌罢休垂泪[3]，逐客频年实饱闻[4]。

题　解

潞河，水名，即今潮白河，为北运河上游，因南经潞县故称。潞县故址在今北京通县东。刘咸仲，名廷棟，钱谦益《初学集》卷三十一有《刘咸仲雪庵初稿序》。阁讼终结，钱谦益释放回里，刚出都门，便在潞河与刘咸仲相会，刘此时以"吏部郎家居"，曾与钱先后下狱，可谓患难与共。在相互寒暄后，出其《雪庵初稿》请序，钱于序文和诗中均"以君父为天，以诗友为命"相慰勉，面对推心置腹的老朋友，他也不掩饰自已的心情，要继续寻找复出的机遇和门径，对崇祯帝仍心存憧憬和幻想。

注　释

〔1〕"别绪"句:浩，广大、众多。意即离别的情绪和思归的心理交融一起，难以区分。　〔2〕京华:京都。因京城是文物、人才汇集的地方，故称京华。　〔3〕"渭城"句:渭城，乐曲名。王维《送元二使安西》诗:"渭城朝雨浥轻尘，客色青青柳色新。劝君更尽一杯酒，西出阳关无故人。"后入乐府，因以名曲。　〔4〕"频年"句:频，屡次，多次，犹年年。饱闻，即熟悉之意。此句谓放逐贬谪已是司空见惯，离别之曲早已听惯熟悉。

团扇篇

合欢团扇美人作[1]，轻云如纨雪如素[2]。
裁成顾兔舒月波[3]，画出乘鸾向天路[4]。
美人容华倾六宫，含羞却扇娇且慵。
自分团圞赛明月[5]，岂知摇动生秋风。
碧天一夜秋如水，炎凉尽在君怀里。
不怨秋风坐弃捐[6]，却愁明月长相似。
秋来明月正婵娟[7]，别殿长门是处悬[8]。
从教妾扇经秋掩，但愿君心并月圆。
君心如月不可掇[9]，妾扇团团那忍割？
可怜团扇无蔽亏，不比清光有盈缺。
奉君清暑为君容，莫道恩情中路空。
蛛丝虫网频垂泪，还感君恩在箧中[10]。

张子寿赋《白羽扇》云："纵秋气之移夺，终感恩于箧中。"盖公惧李林甫之谗而作。

题　解

枚卜革职待罪，钱谦益委实冤枉。浙闱关节一案，是党争影响下的一个案件，主要是韩敬阴谋构陷，早经刑部"问遣结案"，其内在底细天下皆知。温体仁旧事重提，无非是借此诋毁钱氏的名节，阻止入阁。故"其生平最恨者，尤在阁讼一节，每一纵谈及，辄盛气忿涌，语杂沓不可了"(《东涧诗钞小传》)，在南归回途上，自然要赋诗言怀，抒其难以名状的悲愤。此诗为其中一篇。以美人团扇因秋弃捐作比，揭露世态人情炎凉，也喻意君恩寡薄，将矛头隐

隐指向崇祯帝。沈德潜《清诗别裁集》选录此诗,还说:"此召对落职后诗也,眷念君恩,收藏笥箧,与小丈夫悻悻者异焉。"馆阁大老从其受知乾隆帝的角度,披露钱氏对崇祯帝还心存幻想,有一定的道理。

注释

〔1〕合欢团扇:本汉班婕妤《怨歌行》:"裁为合欢扇,圆圆似明月。"团,圆也。　〔2〕"轻云"句:纨(wán),白色细娟。素,白色生绢。纨素,合称指洁白的细绢。　〔3〕顾(gù)兔:即兔,也作"菟"。古代神话传说中的月中兔,后也以为月的别名。裁,裁制。　〔4〕乘鸾:乘骑凤凰。　〔5〕自分:见前《十一月初六日召对文华殿,旋奉严旨革职……》之十注释[2]。〔6〕坐弃捐:坐,介词,由于、因。弃捐,抛弃。　〔7〕婵(chán)娟:形态美好,用来形容月色明媚。　〔8〕别殿长门:用汉武帝陈皇后事。司马相如《长门赋序》:"孝武皇帝陈皇后,时得幸,颇妒,别在长门宫,愁闷悲思。"〔9〕不可掇:不能拾取。掇,拾取。　〔10〕箧(qiè):箱。大曰箱,小曰箧。

题淮阴侯庙

淮水城南寄食徒[1],真王大将在斯须[2]。
岂知隆准如长颈[3],终见鹰扬死雉姁[4]。
落日井陉旗尚赤[5],春风钟室草常朱[6]。
东西冢墓今安在[7]? 好为英雄奠一盂[8]。

信母墓为东冢,漂母墓为西冢。

题解

淮阴侯是汉韩信的封号。韩信原封楚王、有人告其谋反,汉高

祖用陈平计，伪游云梦，执信，降封淮阴侯。此诗是钱谦益阁讼终结，回南途经淮阴，凭吊淮阴侯庙所作。诗中缕述韩信一生主要事迹，对比所建业绩和悲惨结局、赫赫战功与遭贬诛杀，揭露高祖、吕后刻薄寡恩，充满对“英雄”的尊敬和惋惜，也寄寓了对个人身世命运的感慨。

注 释

〔1〕“淮水”句：淮水，今称淮河。源出河南桐柏山，东经安徽、江苏入洪泽湖，其下游本经淮阴、涟山入海。宋绍兴五年黄河夺淮，淮河自洪泽湖以下主流合于运河，经高邮湖、江都县入长江。寄食，依附他人而生活。《战国策·齐策》：“齐人有冯谖者，贫乏不能自存，使人属孟尝君，愿寄食门下。” 〔2〕“真王”句：真王，《史记·韩信传》：“大丈夫定诸侯，即为真王耳，何以假为？”斯须，瞬间，片刻。这两句均指韩信。 〔3〕“岂知”句：隆准，高鼻，指汉高祖刘邦。《汉书·高帝纪》：“高祖为人隆准而龙颜。”长颈，脖子长。此指越王勾践。《史记·勾践世家》：“范蠡遗种书曰：‘飞鸟尽，良弓藏；狡兔死，走狗烹。越王为人长颈乌喙，可与共患难，不可与共乐，子何不去？’”此用其“不可与共乐”之意。 〔4〕“终见”句：鹰扬，鹰之奋扬，喻威武或大展雄才。指韩信。雉姁：即刘邦皇后吕雉，《汉书·高后纪》注，颜师古曰：“吕后，名雉，字娥姁。” 〔5〕“落日”句：井陉，山名，太行山支脉，有要隘名井陉口，是韩信破陈馀兵处。《史记·韩信传》：“信击赵，背水阵，出井陉口，出奇兵，候赵空壁，拔赵旗，立汉赤帜。”赤，红。 〔6〕“春风”句：钟室，吕后杀韩信之处。史淑成《挂角编》：“未央殿东北二里许，钟室故处也。有隙地丈馀，草色皆殷赤，相传吕后杀韩淮阴，血渍而然。” 〔7〕“东西”句：东冢，韩信母冢。西冢，漂母之冢。郦道元《水经注》：“城东有两冢，西者即漂母冢也，周迴数百步，高十馀丈。昔漂母食信于淮阴，信王下邳，盖投金增陵以报母矣。东一陵即信母冢也。”漂母，在水边漂洗衣服的老妇。韩信少时钓于城下，有漂母见韩信饥，与饭食。后信为楚王，召漂母，赐千金。后也借指馈食之人。 〔8〕盂（yú）：盛汤浆或食物之器。

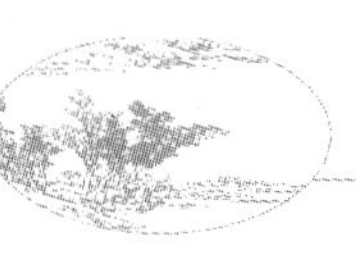

己巳八月待放归田，感怀述事，奉寄南都诸君子四首

其　二

旧京清议仗群公[1]，驿骑横飞谏纸风[2]。
拜表日行黄道里[3]，焚香心在绿章中[4]。
唐麻感激排狐鼠[5]，汉党分明辨鸴鸿[6]。
主圣时清还努力，孝陵佳气正葱葱[7]。

题　解

己巳，明毅宗崇祯二年(1629)。归田，罢职还乡、南都，明朝人称南京为南都。明代留都南京，同样设有六部、都察院等官职，还有各部尚书、都御史，是端居养望、资深德重大臣的集中地，其言论和主张，对北都仍有影响力。钱谦益枚卜失败，并不肯就此认输，他于心不甘，写诗给南都的东林党人御史沈希诏和郑三俊、陈于廷等人，希望他们主持清议，为阁讼谏诤，继续弹劾、抨击温体仁等，伸张正义。

注　释

〔1〕"旧京"句：旧京，指今南京。明太祖朱元璋奠都于此，成祖朱棣移至北京，南京称旧京。清议：对朝政，社会公正的议论与舆论。这里指本年二月十五日，南京兵科陈允鲸等有敬陈清议一疏，劾奏温体仁等。　〔2〕"驿骑"句：驿骑，驿站骑马传送文书的人。横，即勇敢之意。飞谏纸风，飞章交奏，形容上章劾奏之多。　〔3〕"拜表"句：拜表，上奏章。黄道，天子所经行的道路。　〔4〕"焚香"句：焚香，烧香。《通鉴》："唐宣宗乐闻规谏，凡谏官论事，

门下封驳,苟合于理,多屈意从之。得大臣章疏,必焚香盥手而读之。”绿章:即青词。旧时道士祈天时所写奏文用朱笔写在青藤纸上。此处代指奏章。〔5〕“唐麻”句:唐麻,唐代拜相命将,用白麻纸写诏书公布于朝,称为唐麻。狐鼠,此指温体仁等。钱谦益看到温体仁、周延儒等并未入阁,而“浙闱关节”,崇祯帝也以“失于觉察”再定铁案,故有此语。　〔6〕鳦鸿:鳦(yì),燕子。鸿,大雁。《南齐书·顾欢传》:“昔有鸿飞天首,积远难亮,越人以为凫,楚人以为乙。人自楚、越,鸿常一耳。”　〔7〕“孝陵”句:孝陵,明太祖朱元璋墓,在江苏南京市中华门外钟山脚下,明初置卫守护,地也因名孝陵卫。　葱葱,茂盛,用以形容草木茂密清翠或气象旺盛。诗末表达共扶明主、给明朝带来兴旺气象的愿望,也说明钱谦益仍对崇祯帝充满期待。

反东坡洗儿诗己巳九月九日

坡公养子怕聪明[1],我为痴骙误一生[2]。
还愿生儿狷且巧[3],钻天蓦地到公卿[4]。

题　解

苏轼原诗为《洗儿戏作》:“人皆养子望聪明,我被聪明误一生。惟愿孩儿愚且鲁,无灾无难到公卿。”这是反苏轼《洗儿戏作》之意用之,幽默诙谐,虽为嬉笑怒骂的游戏笔墨,却是准确表达枚卜时“谦益不虞体仁之劾己也,辞颇屈,而体仁盛气诋谦益,言如泉涌”,遭温体仁暗算的愤慨,混杂着未得“揆席”的牢骚怨艾。此诗既受苏诗启发,又融化其意,一正一反,异曲同工。

注　释

〔1〕坡公:即苏轼,号东坡居士。　〔2〕痴骙(ái):痴,呆傻。骙,愚蠢。〔3〕狷(juàn):原意是狷急、狷介,此处可释为敏捷。　〔4〕“钻天”句:钻,

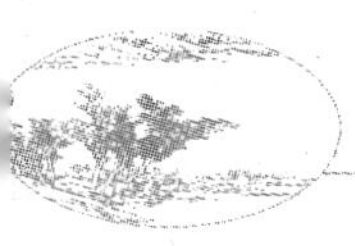

穿过,进入。蓦(mò)地,忽然。公卿:三公九卿简称,也泛指高官。

野　老

野老心终恨虏骄[1],扶藜咄咄步中宵[2]。
即看露布来京国[3],无那云林远市朝[4]。
筳卜频烦欣竹算[5],镜听瑟缩是诗妖[6]。
辍耕今日欣相告,嵩祝仍趋诞圣朝。[7]

题　解

此诗也是以第一句首二字为题。钱谦益从"我本爱官人",心艳"揆席",至枚卜遭受攻击,大败而归。过着耕山钓水、诵诗读书的生活,以备掌故、续长编、终老丹铅之业送其馀生,听着"虏骄"猖狂而只能"咄咄"感叹,"无那"地看着京城传来的"露布",尽管诗末还对"圣朝"点缀赞颂的词句,甚至"嵩祝"万岁,但内心的牢骚不平仍是一望可知的。

注　释

〔1〕虏:对敌方的蔑称。此指山海关外的满洲军事集团。　〔2〕"扶藜"句:扶藜(lí),指扶持藜茎为杖而行。藜,草名,又名莱。俗名红心灰藋,初生可食,茎老可作杖。用藜的老茎制成手杖,叫藜杖,供年老之人凭借扶持。咄咄(duó),感叹声。中宵,半夜。陶潜《辛丑岁七月赴假还江陵夜行途中》诗:"怀役不遑寐,中宵尚孤征。"　〔3〕"露布"句:露布,不缄封之文书,后多指捷报、檄文、布告等。京国,京都,指京城。　〔4〕"无那"句:无那,无奈。奈何,急读为那。此句用杜牧《送隐者绝句》诗句:"无媒径路草萧萧,自古云林远市朝。"切合诗题"野老"之意。　〔5〕"筳卜"句:筳(tíng)卜,古代楚越间用灵草编结在断竹枝上以占卜的法术。屈原《离骚》:"索琼

茅以筳篿兮,命灵氛为予占之。"王逸曰:"琼茅,灵草也。筳,小折竹也。楚人名结草折竹以卜曰筳。"频烦,频繁,频频。 〔6〕"镜听"句:镜听,占卜法之一。怀镜胸前,出门听人言,以占卜吉凶休咎,亦称耳卜。唐王建集有《镜听词》。瑟(sè)缩,收敛蜷缩,此处作迟疑讲。诗妖,指某些预示祸福征兆的歌谣。《汉书·王行志》:"君炕阳而暴虐,臣畏刑而钳口,则怨谤之气,发于歌谣,故有诗妖。" 〔7〕"嵩祝"句:嵩祝,从"嵩呼"而来。汉武帝登封嵩山,从祀吏卒皆闻三次呼万岁声。后臣下祝颂帝王,高呼万岁,谓之嵩呼。趋,归向,归附。诞,已经产生。圣朝,皇帝代称,此处指崇祯帝朱由检。作者仍对其充满幻想。

庚午二月憨山大师全身入五乳塔院,属其徒以瓣香致吊奉述长句四首

其　四

犹忆拏舟夜别师,[1],胥江水落月斜时[2]。
草堂未践青山约[3],莲社空馀白首期[4]。
坐断风雷成小劫[5],梦回甲子看残棋[6]。
伤心谁继萧夫子[7],谓宗伯宣化公也。
为斫曹溪第一碑[8]?

题　解

庚午,明毅宗崇祯三年(1630)。憨山(1546—1623),明代僧人,名德清,全椒人。俗姓蔡,年十二在金陵古长干寺出家,遍游名山。万历二十三年因事戍雷州,后于曹溪兴建道场,宣扬禅宗教旨,天启三年卒于曹溪,著有《憨山集》等。五乳,庐山五乳峰有法

云寺，憨山一度驻锡之地。塔院，僧人墓群。五乳塔院，指憨山死后弟子将其葬入五乳峰法云寺僧人塔院墓群。瓣香，僧人礼佛形似瓜瓣之香。明代末期，因王学异化而掀起的狂禅之风弥漫朝野，钱谦益家庭本有礼佛传统，又因自己政治失意，宦途挫折，故也像一般士夫习禅诵佛，每日焚香静坐成了必做的功课。谈禅既显示高雅淡泊，又可平衡心理，自我慰藉。在明季高僧里，他终生师事、推崇的是憨山，并以俗家子弟受憨山器重，其原因除钱早慧的佛学造诣外，还因钱是东林党的后起之秀和文坛盟主，与其结纳交往，定会给佛门增添威重和光采。钱谦益也为他写了不少文章，推崇备至。

注释

〔1〕拏(ná)舟：撑船。　〔2〕胥江：即浙江，传说伍子胥为吴王所杀，尸投浙江，又称胥江。　〔3〕“草堂”句：旧时文人避世隐居多名所居为草堂。青山约，归隐的约定。贾岛《答王建秘书》诗：“青山去意多。”　〔4〕“莲社”句：南朝晋、宋间，僧慧远居庐山东林寺，刘遗民、雷次宗、周续之等十八人同修净土，共结白莲社，亦曰莲社。白首期，潘岳《金谷集作诗》：“春荣谁不慕，岁寒良独希。投分寄石友，白首同所归。”石友，指石崇。原谓友谊坚贞，至老不变。后石崇与潘岳同为孙秀所收，二人相遇东市，临刑，岳谓崇曰：“可谓白首同归。”见《世说新语·仇隙》。后转为年老而同时死亡。憨山已死，故作者有此言。　〔5〕“坐断”句：坐断，占据，把住。释氏《稽古录》：“惠远于庐山建东林寺，经营之际，山神降灵，愿加资助，信宿风雷夜作，晦暝大雨。明发就观，良木殊材，骈罗其处。桓尹初临北牧，惊其神异，奉立寺焉。”小劫，佛教语。劫是一个时间单位，谓人寿从十岁增至八万岁，又从八万岁减至十岁，经二十往返为一小劫。　〔6〕“梦回”句：梦回，梦醒。甲子，古代用甲子记岁月，因亦以甲子为岁月、时间代称。残棋，中断或将尽之棋局，本诗指后一意。　〔7〕萧夫子：萧云举，字允升，宣化人。万历进士，历官礼部尚书，平居嗜古著书，卒谥

文端。有《青萝集》等。他是钱谦益万历三十八年庚戌科考的主考官之一，故钱氏常以“吾师宣化公”称之。　〔8〕“为斫”句：斫（zhuó），砍，削，引申为写作。曹溪，水名，在广东省曲江县东南双峰山下。唐风仪中，邑人曹淑良舍宅建宝林寺，故名曹溪。禅宗六祖慧能在曹溪宝林寺倡“顿悟”成佛说，为南宗禅，传承甚广，后成为禅宗的正统。碑，碑文。钱谦益曾为憨山写《憨山大师庐山五乳峰塔铭》载《初学集》卷六十八。

陆宣公墓道行

延英重门昼不开〔1〕，白麻黄阁飞尘埃〔2〕。
中条山人叫阍哭〔3〕，金吾老将声如雷〔4〕。
苏州宰相忠州死〔5〕，天道宁论乃如此！
千年遗榇归不归〔6〕？两地孤坟竟谁是？
人言藁葬留忠州〔7〕，又云征还返故丘〔8〕。
图经聚讼故老哄〔9〕，争此朽骨如天球〔10〕。
齐女门前六里路〔11〕，荞麦茫茫少封树〔12〕。
下马犹寻董相陵〔13〕，飞凫孰辨孙王墓〔14〕。
青草黄茅万死乡〔15〕，蝇头细字写巾箱〔16〕。
起草尚传哀痛诏〔17〕，闭门自验活人方〔18〕。
永贞求旧空黄土〔19〕，元祐青编照千古〔20〕。
人生忠佞看到头〔21〕，至竟延龄在何许〔22〕？
君不见华山山下草如薰，石阙丰碑野火焚。
樵夫踞坐行人唾〔24〕，传是崖州丁相坟〔25〕。

题　解

陆宣公指唐陆贽（754—805），字敬舆，苏州嘉兴人。大历进

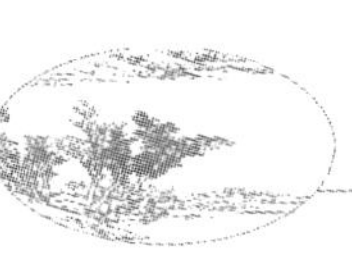

士，唐德宗召为翰林学士，朱泚之乱时从帝至奉天，诏书多出贽拟，时号“内相”，官至中书侍郎、门下同平章事。后为裴延龄所谮，贬忠州别驾。卒谥宣，有《翰苑集》。墓道，墓前甬道。吴郡城北有一大冢，相传为唐相陆宣公墓，故其地名陆墓，水名陆塘。行，兼有行路与歌行双重意。歌行又名七言古诗，此字用得很巧妙。本诗歌唱陆贽，寓其想望之心，希望能如陆贽建一代相业，名垂青史。这是钱氏毕生的梦寐追求。沈德潜《国朝诗别裁集》评说：“墓之附会与否不必论，重其人不重其墓也。结语专及丁相坟者，以丁谓苏州人，墓在苏州，故用反面衬托。前辈征引，不同泛泛。”

注　释

〔1〕延英：唐代皇城宫门。　〔2〕“白麻”句：白麻，唐代中书省的公文纸用麻制成，有黄、白两种。凡任命将相、大赦、讨伐、免租税等重要命令，都写在白麻纸上。见《唐会要》卷五十七。黄阁，汉代丞相听事阁及汉以后三公官署厅门涂黄色，故称黄阁。唐时门下省也称黄阁。　〔3〕“中条”句：中条山人，阳城(736—805)字亢宗，唐北平人。进士及第后隐于中条山。德宗召拜为谏议大夫。尝疏留陆贽，力阻裴延龄为相，著直声。后改国子司业，出为道州刺史，税赋不能如数交够，观察使多次责议，因载妻子弃官去。叫阍，封建社会吏民有冤向朝廷申诉。　〔4〕“金吾”句：《旧唐书·阳城传》：“城上疏言延龄奸佞、陆贽无罪。德宗大怒，将加罪。金吾将军张万富趋至延英门大言贺曰：‘朝廷有直臣，天下必太平矣！’万富武人，年八十馀，自此名大重天下。”意即金吾将军张万富大鸣不平。　〔5〕“苏州”句：苏州，陆贽为苏州嘉兴人。忠州，县名，原属四川省，今重庆市忠县。　〔6〕遗榇(chèn)：遗留棺木。　〔7〕藁(gǎo)葬：草草埋葬。　〔8〕征还：征求运回。　〔9〕“图经”句：图经聚讼，据《忠州图经》云：“陆宣公墓在至虚观三十步，岂尝葬于此？又谓公已归葬，而忠州特虚设耳。”陆友仁《吴中旧事》则说：“淳熙间，有于墓旁得遗刻，与所传合。郡人周处、张震发皆记其事。或者

谓公虽郡人，生于嘉兴，宝华公乃公故宅。自贬忠州别驾，薨于忠州，其丧不曾还吴。”哄，争斗吵闹。 〔10〕天珠：宝珠，非凡珠玉。 〔11〕齐女门：陆广微《吴地记》：“昔齐景公女聘吴太子终爨、阖闾长子，夫差兄也。齐女丧夫，每思家国，因号齐门。” 〔12〕封树：聚土为坟叫封，植树为标记叫树，是古代士以上的葬礼。 〔13〕董相陵：吴地多先贤马鬣坟，故葬地较多。疑指明礼部尚书董份墓。用其泛指将相坟墓。 〔14〕孙王墓：东汉豫州刺史孙坚，妻吴夫人及其子会稽太守策三墓，在盘门外三里。用其泛指帝王坟墓。 〔15〕“青草”句：谓江南瘴疠。谭掞《邕筦溪峒杂记》：“邕州左右江皆有烟瘴，二月三日则谓之青草瘴，……八月九日则谓之黄茅瘴。”〔16〕巾箱：古时放置头巾或文件、书卷的小箱箧。 〔17〕“起草”句：写陆贽为皇上起草诏书。韩愈《顺宗实录》：“陆贽常启德宗言，方今书诏，宜痛自引过罪己，以感人心，德宗从之。故行在制诏始下，闻者虽武夫悍卒，无不挥涕感激。” 〔18〕“闭门”句：写陆贽贬忠州后撰著医方。《新唐书·陆贽传》：“贽贬忠州，常阖户，人不识其面，为《古今验方》五十卷。” 〔19〕“永贞”句：永贞，唐顺宗李涌年号，永贞元年即公元805年，陆贽死于忠州。求旧，起用旧人，但陆贽已死。 〔20〕“元祐”句：元祐，宋哲宗赵煦年号。青编，古代记史之书，指欧阳修主编《新唐书》。 〔21〕忠佞（nìng）：忠诚无私和奸巧谄谀。 〔22〕“至竟”句：裴延龄（729—796）唐河东人。德宗时为司农少卿，兼领度支。延龄不善理财，又好大言，以欺罔固宠，陆贽极论其诞妄不可用，反为延龄所构，贬外。延龄死，官民相贺，独德宗哀悼不已。〔23〕“君不见”句：华山，又称天池山，在苏州阊门外三十里。薰（xūn），发散香气。江淹《别赋》：“闺中风暖，陌上草薰。” 〔24〕踞（jū）坐：坐时两脚底和臀部着地，两膝上耸。 〔25〕“传是”句：崖州，旧县名，在今海南琼山县东南。丁相坟：丁谓坟墓。丁谓（962—1033）宋长洲人。字谓之，后改字公言。少与孙何齐名，称孙丁。淳化进士，真宗时寇准为相，谓参政，排挤准而代之。极力迎合真宗大兴土木，建造玉清昭应宫，以为迎仙祭祀用，还怂恿真宗到泰山举行封禅大典，耗费人力财力不可胜计。仁宗时被贬崖州。以曾封晋公，故亦称丁晋公。

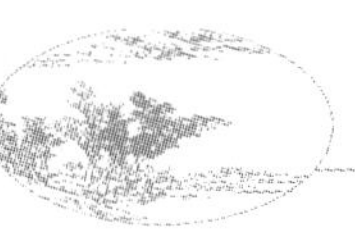

葛将军歌

吴人葛诚以蕉扇招市人杀税监参随。吴人义之，呼为“葛将军”。诚未死时，江、淮间舟船赛祭之，辄有验。

葛将军，万夫雄。
我昔遇之娄水东[1]。
魋颜虎鼻眉目古[2]，蕉扇飒拉吹秋蓬[3]。
死骨穿近五人冢[4]，生魂啸动五两风[5]。
葛将军，今死矣。
权奇俶党谁与儗[6]？
生惜不逢汉武帝[7]，鸿渐之翼困闾里[8]。
犬台宫中应召见[9]，上林牧羊蹑草履[10]。
君不见车丞相[11]，宫殿出入乘小车，
亦是上书一男子。近多召见上书人，不次除拜。

题　解

葛将军，指葛诚，吴县人。作者题下有注。明朝政治的败坏一般都认为是从万历时期开始的，明神宗不只是怠政，还非常奢侈贪婪，享乐挥霍，使“国用大匮”。为了聚敛钱财，他派宦官到各地充当矿监税使，直接从民间搜刮财富，横征暴敛，胡作非为，引起连绵不断的暴力反抗。万历三十九年派往江、浙的矿税监使是太监孙隆，驻扎苏州，敲骨吸髓，激起吴地民变，事后苏州市民葛诚独自承担倡导之责，慷慨赴难。钱谦益不惜笔墨，写作此诗，歌颂市民领袖葛诚，把他与反抗阉党而壮烈捐躯的五义士并列，推崇备至，应该说是极为可贵的。

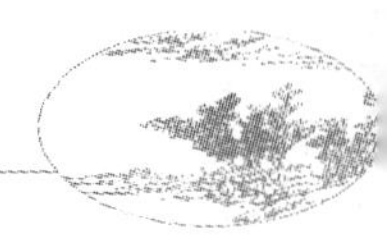

注　释

〔1〕娄(lǘ)水:又名下江,也称刘河,浏河。在江苏吴县东,源出太湖,东北流经苏州、昆山、太仓等市县,东入长江。　〔2〕魋(tuí)颜:额头突出。〔3〕飒(sà)拉:形容风声迅急而至。　〔4〕"死骨"句:穿近,意即墓穴接近。穿,穿孔,洞穿。五人冢,五人墓为苏州古迹,在虎丘山塘。明熹宗天启七年阉党魏忠贤矫诏逮捕东林党人周顺昌,苏州市民仗义执言,群起斗争。后将颜佩韦、杨念如、马杰、沈扬、周文元等五人,以"倡乱"罪名处死。苏州人将五义士合葬一墓,称五人墓。著名复社文人张溥写《五人墓碑记》的名篇记其事。　〔5〕"五两"风:候风。郭璞《江赋》:"占见五两之动静。"李善曰:"许慎《淮南子》注曰:'统,候风也,楚人谓之五两。'"古代测风器,用鸡毛五两(或八两)结在高竿顶上,测风的方向。　〔6〕权奇俶党:权奇,高超,非常。俶党,卓异不凡。儗(nǐ),同'拟'。　〔7〕汉武帝:刘彻(前156—前87),景帝子。承文景之治,为西汉一代军事政治经济文化的极盛时期,在位五十四年。　〔8〕"鸿渐"句:鸿渐,谓飞鸿渐进于高处,后也用来比喻仕进。闾(lǘ)里,乡里,泛指民间。　〔9〕犬台:汉宫名。《三辅黄图》:"犬台宫在上林园中,长安西二十八里。"　〔10〕"上林"句:上林,苑名,秦置,汉武帝扩建,周围至三百里,有离宫七十所,苑中养禽兽,供皇帝春秋打猎。蹑(niè)草履(lǚ),鞋在草上踩踏。履,鞋。　〔11〕车承相,指车千秋。《汉书·车千秋传》:"千秋无他才能学术,又无阀阅功劳,特以一言寤意,旬月取宰相封侯,世未尝有也。后汉使者至匈奴,单于曰:'汉置宰相,非用贤也,一妄男子上书,即得之矣。'初,千秋年老,上优之,朝见得乘小车入宫殿中,故因号曰'车丞相'。"

费县道中三首

其　三

阑珊心事怯馀春[1],残梦惊回一欠伸[2]。

病树不禁蛇在腹[3]，野花终倚草为身[4]。
枥中马老空知道[5]，爨下车劳枉作薪[6]。
当食为君三叹息，难将更仆话穷尘。[7]

题解

诗作于明毅宗崇祯十年(1637)春尽，因常熟人张汉儒讦告，宰辅温体仁支持，钱谦益和弟子瞿式耜陷入居乡不法"丁丑狱案"，逮系京城，途经山东，在费县道上写诗三首，此为第三首。阁讼失败，温体仁并未对钱罢手，而是穷追不舍，必欲置之死地而后快，故此次狱案吉凶难料。诗也写得含蓄婉曲，言近旨远，通过巧妙用典使事和虚实难辨的意象，以颔联的落想不凡，"不禁""终倚"的承转策应，腹联的亦实亦虚，"空"、"枉"的顿挫跌宕，使全篇勾锁关联，起伏呼应，尾联则寓意深稳、情味有馀，颇具"寄托深而措辞婉"的特点。

注释

〔1〕阑珊(lán shān)：消沉。　〔2〕"残梦"句：残存，留存的梦。警回，警醒。　〔3〕"病树"句：苏轼《次子由柳湖感物》诗："娇姿共爱春濯濯，岂问空腹修蛇蟠。"意即自己是一棵病树，还有长蛇蟠曲其中，胸中怀有块垒。〔4〕"野花"句：此句是说自己是一朵槁居林下的野花，还要倚草为身，命运任人摧残。　〔5〕"枥中"句：枥，马槽。韩非子《说林》："管仲隰朋从于桓公而伐孤竹，春往冬返，迷惑失道，管仲曰：'老马之智可用也。'乃放老马而随之，遂得道。"后用来比喻富有经验。作者用此说明有识途之智而不用。〔6〕"爨下"句：爨(cuān)下劳薪，谓烧火煮饭所剩良木，比喻幸免于难。《世说新语·术解》："荀勖尝在晋武帝坐上食笋进饭，谓在座人曰：'此是劳薪炊也。'坐者未信，密遣问之，实用故车脚。"车运载时，车脚最劳，析以为薪，故曰劳薪。　〔7〕"难将"句：更仆，更番相带。难将更仆，即更仆难数之意，形容

事物繁多,数不胜数。《周礼·儒行》:“遽数之不能终其物,悉数之乃留,更仆未可终也。”穷尘,深土,犹黄泉。鲍照《芜城赋》:“东都妙姬,南国佳人,蕙心纨质,玉貌绛唇,莫不埋魂幽石,委骨穷尘。”元稹《梦游春》诗:“尽委穷尘骨,皆随流波注。”此一联意思是先为国家忧虑叹息,无暇顾及个人死后之事。

狱中杂诗三十首

其十一

三韩残破似辽西[1],并海缘边尽鼓鼙[2]。
东国已非箕子国[3],高骊今作下句骊[4]。
中华未必忧寒齿[5],群虏何当悔噬脐[6]?
莫倚居庸三路险[7],请封函谷一丸泥[8]。

逆虏吞并高丽,夺我属国,中朝置之不问。

题 解

“丁丑狱案”适应温体仁政治需要,故钱、瞿押入京城,立即下刑部狱中。作者对此飞来的横祸气愤不已,在狱中一气写诗三十首,发泄胸中愤懑。当听到属国朝鲜被“建虏”占领,急忙写此诗报警。他认为山海关外几乎已全部陷落,现在属国朝鲜又被吞并,便为满洲的勃然兴起提供强大基地,随时都会越过关城,进入京畿,战火就要烧到明都的大门口,唇亡齿寒,形势十分危急。他于狱中焦虑万分,向朝廷建议不要幻想居庸关的天险,除山海关外,赶快封守函谷关,不要让农民军进入中原,对“虏”“寇”都要加强抵御,这才是上策。可惜他身陷囹圄,所献之策无人理睬,但也表现虽身入诏狱却哀时忧边的报国之心。

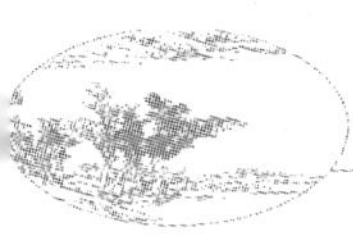

注　释

〔1〕“三韩”句:汉时,朝鲜南部分马韩(西)、辰韩(东)、弁辰(南)三国。至晋,亦称弁辰为弁韩,合称三韩。辽西,郡名,战国燕地,秦置,属幽州,汉因之,治阳乐。辖境相当于今河北迁西县、乐亭县以东、长城以南、大凌河下游以西地区。　〔2〕“并海”句:缘边,边疆。鼓鼙,乐器,大鼓和小鼓,进军时以励战士。此处指战争。　〔3〕“东国”句:东国,即今朝鲜。传周初箕子封此。《东国史略》:“周武王克商,箕子率东国五千人入朝鲜,武王因封之,都平壤,是为后朝鲜,教民礼义,设八条之教。”箕子,商纣诸父,封国于箕,故称箕子。　〔4〕“高骊”句:高骊,古国名,亦作高句丽。《汉书·王莽传》:“莽发高句骊兵,当伐胡,不欲行,皆亡出塞为寇。辽西大尹田谭追击之,为所杀。莽诏尤诱高句丽侯,至而斩焉,更名高句丽为下句丽。”用来指朝鲜已被清军占领。　〔5〕寒齿:用唇亡齿寒之典。原意是嘴唇失去,牙齿就要寒冷。喻互为依存,利害相关。　〔6〕噬脐(shì qí):自咬肚脐,喻后悔不及。　〔7〕居庸:居庸关。北京昌平县西北,北去延平县五十里,关门南北相距四十里,两山夹峙,巨涧中流,悬崖峭壁,称为绝险,为古代九塞之一。〔8〕“请封”句:函谷,即函谷关。在今河南灵宝县南,是秦的东关,东自崤山,西至潼关,深险如函,通名函谷。一丸泥,比喻地势险要,用丸泥封塞,即可阻敌。《汉书·隗嚣传》:“嚣将王元说嚣曰:‘请以一丸泥,为大王东封函谷关。’”指将李自成、张献忠的农民军阻挡于中原之外。

其二十八

良友冥冥恨夜台〔1〕,寡妻稚子尺书来〔2〕。
平生何限弹冠意〔3〕,后死空馀挂剑哀〔4〕。
千载汗青终有日〔5〕,十年血碧未成灰〔6〕。
白头老泪西窗下,寂寞封题一雁回〔7〕。

故司马夫人命其子走书相唁。

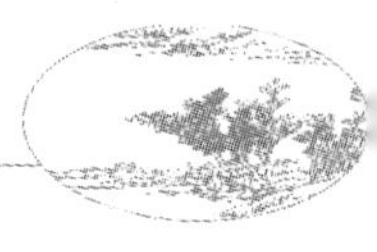

题解

钱谦益入刑部狱后，朝中官员同情其冤，纷纷上章奏辩，尚书、侍郎及台谏郎署于狱中相见慰问者五十馀位，还四处奔走为其声援，这使他受到鼓舞，除上疏剖白外，又请人以曾撰王安碑文为证，求救王安门下大臣曹化淳，使案情得白。本诗即是其在狱中为人同情问候的一个侧影。

注释

〔1〕良友：指曾任兵部尚书的王洽，时已去世。夜台，坟墓。 〔2〕寡妻稚子：指王洽之妻及其儿子，见诗末自注。 〔3〕弹冠：整洁冠冕，将出而仕。 〔4〕挂剑：《史记·吴太伯世家》："季札之初遇徐君，徐君好季札剑，口弗敢言，札心知之，为使上国，未献；还至徐，徐君已死，于是乃解其宝剑，系徐君冢而去。"后用挂剑比喻心许亡友，生死不变易。 〔5〕汗青：言写在史策上。古时以火炙简令汗，取其青易写又不蛀，谓之汗青。 〔6〕血碧：语本《庄子·外物》："故伍员流于江，苌弘死于蜀，藏其血，三年化而为碧。"指忠臣义士为正义目标而流鲜血。 〔7〕封题：指在书札的封口上签押，引申为书信。

五芳井歌

丙子之秋虏再入〔1〕，旁午军书刺闺急〔2〕。
独石边墙一夜隳〔3〕，赤县黄图少完邑〔4〕。
定兴小邑大如斗〔5〕，登陴死为朝廷守〔6〕。
羊马城前炮火飞〔7〕，蝦蟆车上雷声吼〔8〕。
肉薄登城踏积尸〔9〕，丽谯漂血巷流脂〔10〕。
狼藉满城忠义鬼，骨撑骸拒知为谁〔11〕？

君不见奉常鹿大夫[12]，奋髯嚼齿詈羯奴[13]。
峨冠整衣抗白刃[14]，至今袗袖血模糊。
又不见范家五芳井，妇姑母女同素绠[15]。
俄顷芳魂断辘轳[16]，千古寒泉见形影。
胡兵宵遁三辅清[17]，乳燕连窠枝半倾。
大开明堂论爵赏[18]，帷筹庙算皆公卿[19]。
朝家彝典有伦次[20]，先策功勋后节义。
金貂石窌如等闲[21]，愍纶卓楔非容易[22]。
奉常碧血埋荒丘，五芳井水空悠悠。
尚书不肯判纸尾[23]，词臣何处书纸头[24]？
吁嗟乎！
忠臣烈女心赤苦，魂魄犹思扫胡虏。
人间金碗幸无恙[25]，井底银瓶何足数[26]！
老夫触事泪滂沱，偪塞泱漭一放歌[27]。
此身不共奴酋死[28]，忍死幽囚可奈何！

题　解

《五芳井歌》写于刑部狱中。此诗记清太宗皇太极崇德元年（明崇祯九年）清兵越过长城喜峰口，连陷昌平等十六州，占领定兴等地，鹿继善等守城死事。诗里固也谴责朝廷赏罚不明，刻薄少恩，但更为突出的是歌颂"忠臣烈女"，或如奉常大夫鹿继善的英勇就义，或如范家妇姑母女壮烈投井，它不仅揭露清兵攻城掠地、残害百姓的暴行，也表现广大人民以血肉之躯进行抗争的大无畏精神。

注　释

〔1〕丙子之秋：明毅宗崇祯九年（1636）秋七月。　〔2〕"旁午"句：旁

午,纷繁或交错。刺闺,夜有急报,投刺于宫门以告警。 〔3〕“独石”句:独石,今河北沽源县南,长城之外要隘,其口仅容只骑,险过居庸。边墙,指长城。隳(huī),毁坏。 〔4〕“赤县”句:赤县,赤县神州的略称,指中国。黄图,《三辅黄图》的略称,后借指畿辅,京都。 〔5〕定兴:今河北保定市定兴县。 〔6〕登陴(pí):登上城墙。陴,城上女墙,上有孔穴,可以窥外。〔7〕羊马城:城外加筑的类似城圈的工事,也称羊马墙,羊马垣。本为敌兵逼近时,城里居民撤退时暂为安泊羊马之所,故有此称。 〔8〕蝦蟆车:古时兵车名。 〔9〕肉薄:即肉搏,两军迫近,用短兵或徒手搏斗。 〔10〕丽谯(qiáo):城门上壮美的高楼。 〔11〕骨撑骸拒:骨骸相互支撑,形容尸骨遍地,死人之多。 〔12〕“君不见”句:鹿大夫,鹿善继,字伯顺,号乾狱,定兴人。万历进士,崇祯初起为尚宝寺卿,升太常寺少卿,未三载告归。崇祯九年七月清兵掠畿南,攻定兴,率兵民守城六日,城破被俘,嚼齿怒骂,不屈而死。 〔13〕“奋髯”句:嚼齿,咬牙切齿。詈,骂。 〔14〕峨冠整衣:戴上高冠,整理衣裳,以表态度庄重。 〔15〕素绠(gěng):白色绳索。绠,汲水器上的绳索。 〔16〕辘轳:井上汲水的起重装置。 〔17〕宵遁:夜晚逃跑。三辅:指西汉治理京畿地区的三个职官。长安近畿,三辅所辖地区亦称三辅。这里是指北京的京畿地区。 〔18〕明堂:古代帝王宣明政教之地,凡朝会、祭祀、庆赏、选士、养老、教学等大典,均在此举行。 〔19〕帷筹:将帅在帷幕中筹画。庙算,由朝廷制定克敌的谋略。 〔20〕“朝家”句:彝(yí)典,常典,经常大法。伦次,条理顺序。 〔21〕“金貂”句:金貂,阮孚为散骑常侍,终日酣饮,常以所服金貂换酒,后世以此作名士旷达傲世之典。石窌(jiào),春秋齐邑名,在今山东长清县境内。《左传·成公二年》:“齐侯见保者曰:‘免之,齐师败矣。’……齐侯以为有礼,既而问之,辟司徒之妻也,予之石窌。” 〔22〕“愍纶”句:愍,同惜,即同情。纶,纶言、皇帝诏书。绰(chuò)楔,古时立于正门两旁,用以表彰忠义的木柱。 〔23〕判:辨明是非,予以裁定。 〔24〕“词臣”句:词臣,谓文学侍从之臣,如翰林之类。词尾,唐宋两代朝廷命官任职的谕旨。 〔25〕“人间”句:金碗:本杜甫《诸将》之一:“昨日玉鱼蒙葬地,早时金碗出人间。”唐广德元年吐蕃入关,诗中

用金碗事寓陵墓皆遭发掘。钱谦益于本句反其意用之。　〔26〕井底银瓶：银瓶，井名，在浙江杭州宋岳飞故宅旁。相传岳飞有幼女闻其父被害，挟银瓶投井而死，后人祀之，名此井为银瓶井。　〔27〕偪塞汍澜：偪（bī）塞，拥塞、充满。汍（huán）澜，流泪。　〔28〕奴酋（qiú）：指清朝。酋，古代对少数民族部落首长的蔑称。

除夜示杨郎之易，是应山忠烈公长子

叫阍十载动宸旒〔1〕，岁晚京华尚旅愁。
为问敝衣淹邸舍〔2〕，还知乞食上谯楼〔3〕。
青袍白马谁家子？赤是朱提何处求〔4〕？
愧我空怜廉吏后〔5〕，负薪歌罢自摇头〔6〕。

题　解

除夜，崇祯十年（1637）除夕之夜。杨郎之易，杨涟长子杨之易。郎，官名。崇祯元年杨涟等平反后，追赠其祖父、父母、妻，杨之易加封郎官。应山忠烈公，指杨涟（1572—1625），字又孺，号大洪，应山人。万历进士，天启四年官至左副都御史，上疏劾宦官魏忠贤二十四大罪状，次年被诬受辽东督师熊廷弼赃，下诏狱拷掠至死。崇祯朝谥忠烈，有《杨大洪集》。这年底钱谦益狱案虽有松懈，但未终结，仍身陷牢狱，在囹圄中的除夜，他写诗给杨涟之子杨之易，对其父于天启朝惨烈牺牲的壮举，家属受迫害栖息城楼、生活悲惨，表示自己的敬意，以及对"一堂师友，冷风热血，洗涤乾坤"的自豪和赞佩。他个人遭遇虽不如此悲壮，但"始厄于党祸，再厄于阁讼，三厄于刊章"，屡起屡踬，频年放逐，也是东林党人政治命运的一个写照。

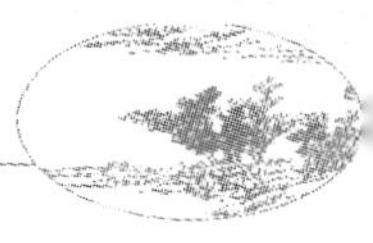

注 释

〔1〕“叫阍”句:叫阍,见前《陆宣公墓道行》注释[3]。宸旒(chén liú),北极星所在为宸,冠冕前后悬垂玉串是旒。后作皇帝的代称。十年,从万历四十三年(1615)争“国本”至天启四年(1624)疏刻大阉魏忠贤,前后近十年,是东林党人前赴后继、流血牺牲的十年。 〔2〕“为问”句:为问,慰问。敝衣,破旧之衣。淹,滞留,停留。邸舍,客舍,旅店。作者回忆天启五年被陈以瑞参劾削职回籍时,慰问杨涟家属及其子女的情况。 〔3〕“还知”句:乞食,杨涟死后继室詹氏与后母栖于城楼,靠杨之易等乞讨维生。谯楼,城门上望楼,俗称鼓楼。 〔4〕赤仄朱提:赤仄,汉钱币名,后亦为钱之通称。朱提,山名,在今云南省昭通县,此山出银。后亦以朱提为银子代称。此指阉党不肯罢休,继续向家属追赃进行迫害。 〔5〕后:后人。 〔6〕负薪:背柴草。引申为卑贱之人,在野之人。《史记·滑稽列传》:“优孟摇头而歌,负薪者以封。”意谓惭愧自己未能像优孟使公叔敖之子也即杨之易受封。

戊寅元日偶读《史记》戏书纸尾

其 四

汉家争道孝文明[1],左右临朝问亦轻[2]。
绛灌但知谗贾谊[3],可思流汗愧陈平[4]。

题 解

戊寅,明毅宗崇祯十一年(1638)。读《史记》诗共六首,此为第四首。艺术上盘空议论,富于理趣,清人朱庭珍评价:“颇有玉溪生笔意,则又著议论之佳者。”(《筱园诗话》)学习李商隐政治讽喻诗,取材立意与《贾生》相近。但他仅把矛头指向嫉贤妒能的周勃、灌婴,却为汉文帝开脱,仅此比《贾生》诗境界就差远了。崇祯

十一年张汉儒攻讦案赖明毅宗“英明”，诬告者反坐，钱谦益生还，便借咏史以绛、灌比温体仁，极尽嘲讽揶揄之能事，隐以陈平自况，显示其胜利。终明一朝，他始终对崇祯帝心存幻想，怀有憧憬，当然不会有李诗的立意高卓。此诗亦可看出，他直承唐音外，还吸收宋诗说理议论，具有唐宋兼采的诗歌特色。

注 释

〔1〕孝文：汉文帝刘桓（前202—前157），汉高祖子。在位23年，提倡农耕，免农田租税12年，主张清静无为，与民休息，全国经济逐渐恢复，政治稳定，在历代帝王中也以生活俭素称。　〔2〕左右：汉文帝时陈平为左丞相、周勃为右丞相，灌婴为太尉。因社会稳定，政治开明，临朝所议之事不多，故说“问亦轻”。　〔3〕“绛灌”句：绛灌，指绛侯周勃和颍阴侯灌婴。两人皆佐汉高祖刘邦，累立军功，为一时名将。贾谊（前201—前169）西汉杰出政治家，洛阳人。以年少能通诸家书，文帝召为博士，迁太中大夫。数上疏陈政事、言时弊，力主改革，为周勃、灌婴等排斥，出为长沙王傅，迁梁怀王太傅而卒，年三十三。世称贾太傅，也称贾生。　〔4〕陈平（前？—前178），汉武阳人。秦末农民起义，初从项羽，后归刘邦。有谋略，积功任护军中尉，封曲逆侯。曾与周勃合力，尽诛诸吕。迎立文帝，卒安汉朝。《汉书·王陵传》：“上欲明习国家事，朝而问右丞相勃曰：‘天下一岁决狱几何？’勃谢不知。问‘天下钱谷一岁出入几何？’勃又谢不知。汗出浃背，愧不能对。上亦问左丞相平，平曰：‘有主者。’”

有感寄侯缮部

设罗门巷省喧哗[1]，公叔文成每自嗟[2]。

谓朱公叔《绝交论》。

对影攒头如缩蝟[3]，向人张口似神鸦[4]。

养成丛棘终为刺[5],锄过芳兰可作花。
叹息要离坟畔土[6],他年真欲累侯芭[7]。

题 解

侯缮部,即侯恂,字若谷,河南商丘人,官至兵部侍郎,曾拔尤世威、左良玉于偏裨卒伍,后皆为名将。崇祯朝曾二次被劾下狱,几死。明亡脱归,埋身土室十馀年后卒。缮部,兵部掌管军需,故以缮部敬称之。侯恂是受温体仁排斥,被族人参劾下狱论死的,这与钱谦益"丁丑狱案"相似,同病相怜,以"有感"寄诗示以同情和声援。但钱更有深远用意,他看中的是经侯恂识拔的左良玉,渐成一方重镇,后更拥兵八十万,驻武昌与李自成、张献忠农民军作战,是将来"谋王室事"可依赖的一支力量,诗末"欲累侯芭"透露这个微旨,恐怕也是写作此诗的主要动机。

注 释

〔1〕"设罗"句:设罗门巷,即门可罗雀之意,表示门庭冷落,来客绝少。〔2〕"公叔"句:公叔,朱穆(99—163)字公叔,汉宛平人,年五十,奉书赵康,称弟子,有感时俗,著《崇厚论》与《绝交论》。永兴初为冀州刺史,劾抑权贵,后为尚书。死后蔡邕与诸门人私谥文忠先生。作者自注指其《绝交论》,借以赞扬侯恂与温体仁的斗争。　〔3〕"攒头"句:攒(cuán)头,缩紧头颈。缩蝟,刺蝟,遇敌则团缩。　〔4〕神鸦:乌鸦,以栖息于神祠而称神鸦。这两句主要针对时俗,批评一些人欺软怕硬的恶习,用来与侯恂进行对比。
〔5〕丛棘(jí):丛生的有刺草木。这一联的两句说明侯恂依然故我,不会改变,这是对侯恂的赞扬,也有作者的形象在内。　〔6〕"叹息"句:要离,见前《春日过易水》注释[6]。苏州有要离墓,用来指自己。　〔7〕"他年"句:累,烦劳、连累。侯芭,汉钜鹿人,扬雄弟子,受《太玄法言》,扬雄卒,为起坟,心丧三年。《汉书·扬雄传赞》:"钜鹿侯芭,常从雄居,受其《太玄法言》。"此

句以同姓代指侯恂。

玉堂双燕行送刘晋卿、赵景之两太史谪官

玉堂昼暖薰风香，双双燕尾摇仓琅[1]。
背飞并映银花牓[2]，托宿交栖玳瑁梁[3]。
感君恩重巢君幕[4]，顾影呢喃前复却。
何当鸣梧比丹凤[5]？且愿衔花效黄雀[6]。
啁哳辞归未忍归[7]，差池掠羽试双飞[8]。
风回铃索声犹在，日过花塼候已非[9]。
珠帘十二秋风促，芦雪菰烟何处宿[10]？
明年社日早归来，箖口衔泥补君屋[11]。

题　解

唐宋以后称翰林院为玉堂。刘晋卿名同升，字孝则，江西吉水人。崇祯丁丑第一人及第，授修撰。以劾杨嗣昌谪福建按察司知事。福王立，起故官，不赴。唐王立，擢祭酒，进詹事兼兵部侍郎，守赣州病卒，有《锦鳞集》。赵景之名士春，号苍霖，江苏常熟人。崇祯进士，官编修，进中允。因与刘同升参劾杨嗣昌谪福建布政司检校。入清不仕，有《保间堂集》。明毅宗崇祯十一年(1638)，少詹事黄道周疏劾新辅杨嗣昌夺情，遭上震怒，贬谪江西按察司照磨，刘、赵二人因疏救也被降谪，钱谦益写诗赞美，给予支持和肯定。沈德潜《清诗别裁集》说："为谪官者言，自宜以衔泥补屋望之，此立言体也，与《团扇篇》用意略同。"也即在诗末以君臣大义慰藉二人，对朱明王朝仍表拳拳之心。

注释

〔1〕仓琅:仓琅根,装置在大门上的青铜铺首及铜环。《汉书·王行志》:“木门仓琅根。”注:“铜色青,故曰仓琅。铺首衔环,故谓之根。”开头二句以双燕比喻,指刘景卿、赵景之二人在殿上疏救黄道周。 〔2〕银花膀(bǎng):镂银作花以为饰的牌额。 〔3〕“托宿”句:托宿,寄宿。交栖,双双歇息。玳(dài)帽梁,画有玳瑁斑文的屋梁。 〔4〕巢君幕:筑巢于宫室帷幕上的燕子。有时也用来比喻处境危险。 〔5〕“鸣梧”句:鸣梧,在梧宫鸣啼。梧宫,战国齐国宫名。刘向《说苑·奉使》:“楚使使聘于齐,齐王飨之梧宫。”丹凤,凤凰。 〔6〕“且愿”句:神话传说黄雀报恩故事。吴均《续齐谐记》:“杨宝年九岁,至华阴山,见一黄雀,为鸱枭所搏,坠地。宝取归,置巾箱中,饲以黄花,百馀日,毛羽成乃飞去。其夜有黄衣童子向宝曰:‘吾西王母使者,蒙君拯救,今赠白环四枚,令君子孙洁白,位登三公,一如此环。” 〔7〕啁哳(zhōu zhā):鸟声。 〔8〕差(cī)池:不齐。 〔9〕花塼:表面有花纹的砖。唐时内阁北厅前有花石砖道,冬季日至五砖,为学士入值之候。 〔10〕菰(gù):茭白。 〔11〕箝(niè)口:燕口,因其口似箝镊之形,故称。箝,同镊,即镊子。

戊寅九月初三日奉谒少师高阳公于里第,感旧述怀即席赋诗八章

其一

忽漫抠衣拜此堂〔1〕,心期如梦泪千行。
更阑尚说三条烛〔2〕,坐久真惭数仞墙〔3〕。
孔思周情新著作〔4〕,禹粮尧韭旧耕桑〔5〕。
明灯促席亲函丈〔6〕,秋柝沉沉夜未央〔7〕。

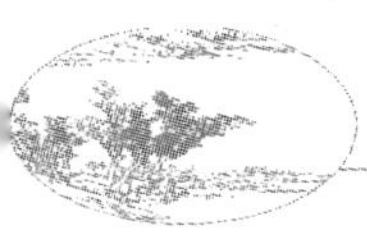

题　解

奉谒，拜见。少师，古时士人年到七十退职居乡，称少师。高阳公，孙承宗（1563—1638）字稚绳，号维城，河北高阳人。万历进士，累官至兵部尚书兼东阁大学士。天启朝身当重任，出关督师；崇祯朝受命危难，击退清兵；后因小人诬告引退。崇祯十一年清军骚扰京师，攻陷高阳，他率领全家和乡人抗击，壮烈殉难。里第，里中住宅，此指孙承宗在高阳的私宅。钱谦益受张汉儒讦告的丁丑狱解，与其弟子瞿式耜离京南还，途经河北高阳，专程拜望去职在家的孙承宗。孙是万历庚戌科主考之一，为钱座师，其子孙钤在被诬案中又施以援救，顺路答谢，另外便是力促恩师出山。孙颇有军政才干，在督师蓟辽的十年间，整顿山海关外的边防，收复京畿失去的土地，功绩卓著，在他离职后，辽东战事每下愈况。钱谦益希望以恩师的才干挽救边事的危局，将其写入八首诗中，表达朝野臣民共同的愿望和期待。不料回去未久，清兵入侵长城，攻掠京畿，孙承宗牺牲，谱写临终前又一光辉篇章，也让他的一番辛苦化为泡影。沈德潜说："此种诗可以证史。"（《清诗别裁集》）

注　释

〔1〕"忽漫"句：忽漫，不期，偶尔。抠（kōu）衣，提衣而行，以示敬谨意。这是第一首，写出学生对老师的尊敬，以及彼此亲近的感情，语语是家居情事。　〔2〕"更阑"句：更阑，更深夜静。三条烛，燃完三支蜡烛。〔3〕"坐久"句：仞，长度单位，古代一般以一仞为八尺。数仞墙，即门墙，师门之意。　〔4〕"孔思"句：孔思周情，又作周情孔思，周公孔子的思想感情。语出李汉《韩昌黎集序》："日光玉洁，周情孔思，千态万貌，卒泽于道德仁义，炳如也。"　〔5〕"禹粮"句：禹粮，即禹馀粮，一种岩石，相传禹治水时弃其馀粮而化为此石，可入药。又名白馀粮，太一馀粮。尧韭，语出李群玉《登蒲涧寺后二岩》诗："涧有尧时韭，山馀禹日粮。"韭，今韭菜。多年生草木，叶细

长而扁，夏秋间开小花，叶和花嫩时供蔬食。　〔6〕“明灯”句：促席，古人席地而坐，座位靠近叫促席。函丈，尊敬的人。本《周礼·曲礼》“席间函丈”注：“席之制，广三尺三寸三分，则是所谓函丈也。”后来专用为弟子对老师的尊称。　〔7〕“秋柝”句：柝，巡夜时所敲木梆。未央，未尽。

其　三

仓黄出镇便门东[1]，单骑横穿万虏中。
拊手关河归旧服[2]，侧身天地荷成功[3]。
朝家议论三遗矢[4]，社稷安危一亩宫[5]。
闻道边廷饶魏绛[6]，早悬金石赏和戎[7]。

时武陵及辽抚方议讲款奴，公酒间拍案叹息。

注　释

〔1〕“仓黄”句：仓黄，仓皇，匆忙。镇，镇守。指崇祯帝起用任命孙承宗移镇山海关。此为第三首，主要写明毅宗崇祯二年，清兵从长城喜峰口入关，攻陷遵化，崇祯帝即家起孙承宗命连夜赶往通州，他率领二十七骑匆忙出东便门，穿越敌营，抵达通州，调兵入卫，为京师解严立下战功。　〔2〕“拊手”句：拊手，拍手。指孙承宗抵通州后，迅速率军收复滦州、迁安、永平、遵化四城，恢复冀东全区的建置。　〔3〕荷：担负，担任。　〔4〕三遗矢：《史记·廉颇蔺相如列传》写赵王思复得廉颇，“使使者视廉颇尚可用否。廉颇之仇郭开多与使者金，令毁之。赵使者既见廉颇，廉颇为之一饭斗米，肉十斤，被甲上马，以示尚可用。赵使者还报王曰：‘廉将军虽老，尚善饭。然与臣坐，顷之，三遗矢。’赵王以为老，遂不召。”此处的廉颇比孙承宗。沈德潜于此评曰：“众以年老轻之，而社稷安危系于闲散之身，盖以挽回天下望之矣。”〔5〕一亩宫：《礼记·儒行》：“儒有一亩之宫，环堵之室，荜门圭窬，蓬户瓮牖。”后以“一亩宫”称寒士的居处，此指去职家居的孙承宗。　〔6〕魏绛：春秋时晋国大夫，即魏庄子。悼公时，山戎无终子请和，绛因言和戎五利，晋

侯乃使绛与诸戎盟,晋无戎患,国势日振,复兴霸业。此即魏绛和戎之事。

〔7〕和戎:古代称汉族与少数民族结盟友好为和戎。此指杨嗣昌(武陵人)等人与清兵议和,派兵部尚书陈新甲暗中进行一事。

其　六

一从凌水罢兵还[1],三辅三韩战血殷[2]。
种落尽收沙漠部[3],穹庐直抵贺兰山[4]。
纷纷嫚语金缯外[5],往往残胡障燧间[6]。
一线白沟如带水[7],烦公卧镇草桥关[8]。

草桥关在高阳,宋之三关也。

注　释

〔1〕"一从"句:凌水,大凌河,在辽宁锦县东,源出喀喇沁旗威苏图山,又名灵河。明末于此筑城屯田,皇太极天聪元年进兵攻占大凌河城,即此。罢兵还,崇祯四年(1631)孙承宗与兵部尚书梁廷楝力主修筑大凌河城,与辽抚丘禾嘉意见不和,大凌河城完工,遭到清兵包围,孙承宗派兵救援,被打败于长山,守将祖大寿投降,城也毁。廷臣追究责任,孙承宗遭罢职。这是第六首,写孙承宗罢官去职后,辽东边事更加危急,"烦公卧镇草桥关",希望恩师再度出山,立匡复之功。沈德潜评曰:"诗中望其出而救时,非阿好也。"

〔2〕"三辅"句:三辅,汉初京畿官称内史,景帝时分置左右史,与主爵中尉合称"三辅"。武帝时更名主爵都尉为右扶风,右内史为京兆尹、左内史为左冯翊,仍谓之"三辅"。后亦泛称京城附近地区为三辅。三韩,见《狱中杂诗三十首》之十一注释[1]。　〔3〕种落:种族部落聚居地方,也指部族。

〔4〕"穹庐"句:穹(qióng)庐,毡帐。贺兰山,山名,主峰在宁夏回族自治区贺兰县境内,山丘多青白草,遥望如骏马,蒙语称骏马为贺兰。　〔5〕"纷纷"句:嫚(màn)语,轻侮的语言。金缯(zēng),饰金的弓箭,泛指兵器。缯,丝织物总称,此处指用绢丝做成的弓弦。　〔6〕障燧:边塞上的烽火台。

〔7〕“一线”句:白沟,河名。巨马河自河北涞水县流入南,到定兴县西,至县南为白沟河,因辽宋分界于此,故也名界河。带水,即一衣带水之意,像一条衣带那么宽的河流,形容狭窄。后亦泛指江河湖泊不足为阻。 〔8〕“烦公”句:卧镇,安卧镇守。草桥关,即高阳关。在河北高阳县东,相传宋杨延朗建草桥于此关而名,是宋代三关之一。《后汉书·景丹传》:“丹病,帝以其旧将,欲令强起领军事,乃夜召入,谓曰:‘贼迫近京师,但得将军威重,卧以镇之足矣。’”

汶上道中逢故人

衰林匹马尚天涯[1],寂寞山城菊自花。
逐客已非周太史[2],故人犹是鲁朱家[3]。
心如老鹘迎秋晚[4],身似宾鸿傍日斜[5]。
凄怆朱梁旧祠墓[6],汶阳田北看归鸦[7]。

题解

汶上,县名,今山东省泰安市汶上县。故人,旧日朋友。钱谦益拜别恩师孙承宗后继续南行,来到山东汶上县见到昔日朋友,写了这首诗。“丁丑狱案”他是以一在野乡宦,同位极人臣、大权在握的宰辅温体仁进行较量,虽不能说取得全胜,但也扳倒了政敌,仅此就令他十分欣慰,也陡增了底气。随着清望日增,知名度扩大,集朝野的重望于一身,他更不甘心僻处林下,向老友说出“心如老鹘”,仍如鹘隼般身手健捷,以求一逞。这是他为了复出,于后来策划周延儒再相的内因,因此,此诗是泄露其心态和秘密的一首诗。

注释

〔1〕“衰林”句:衰林,零落残败的树林。尚,还,又,作副词讲。

〔2〕周太史:太史,三代为史官及历官之长。《史记·太史公自序》:“天子始建汉家之封,而太史公(司马谈)留滞周南,不得与从事,故发愤且卒,执迁手而泣曰:‘余先,周室之太史也。’” 〔3〕鲁朱家:朱家,秦末汉初鲁人,好结交豪士,藏匿亡命,以任侠闻名。项羽败死,汉高祖追捕羽部将季布时,朱家用计解季布之厄。后季布尊贵,家终身不与相见。后来以朱家为侠士通称。〔4〕鹘(gū):一种猛禽。飞得很快,善于袭击其他鸟类,也叫隼。 〔5〕宾鸿:鸿雁,也用来比喻信使或羁客,此用后一意。 〔6〕朱梁:指五代后梁,为朱温所建,故称朱梁。 〔7〕汶阳:县名,故城在今山东泰安市宁阳县北。《大明一统志》:“汶阳田,在泰安境内,即齐人归鲁以谢过者。后人因为谢过城。”事出《左传·成公二年》载:鲁成公时“齐人归我汶阳之田”,即此处。

十月朔日抵广陵二首

其 一

隋苑荒台叶不飞〔1〕,竹西歌吹正依稀〔2〕。
流萤尚作芜城梦〔3〕,跨鹤真同华表归〔4〕。
旧事月明空在眼〔5〕,新愁水调欲沾衣〔6〕。
笊篱湾畔孤愤在〔7〕,万点寒鸦送落晖。

故人顾所建,夏国公勋卫也。墓在笊篱湾。

题 解

十月朔日,农历十月一日。广陵,今江苏省扬州市。钱谦益此次大难不死,重逢故旧,固然可喜可贺,但国事边事,令人忧心如焚,借到达名城广陵,以今昔盛衰,表达对朱明王朝不堪展念的隐忧。他于诗中极力渲染隋苑荒凉破败,写出华亭鹤唳、王室铜驼之意,预告即将到来的大故迭起,前途危艰,末句“寒鸦”“落晖”,直

是画出朱明王朝衰败灭亡的日薄西山图。此诗脱胎李商隐《曲江诗》，取材立意相近，语言和风格上都同样抑郁悲怆、哀丽婉转，共具末世诗人特有的“禾黍之哀”的感伤情结。

注释

〔1〕隋苑：园名，隋炀帝建，即上林苑，又名西苑，故址在今江苏省扬州市西北。　〔2〕竹西：古亭名。杜牧《题扬州禅智寺》：“谁知竹西路，歌吹是扬州。”后人于其处筑竹西亭，又名歌吹亭，在今扬州市北。　〔3〕芜（wú）城：古城名，即广陵城。故址在今江苏省江都县境内。南朝宋竟陵王刘诞据广陵反，兵败死，城邑荒芜，鲍照作《芜城赋》讽之，因名芜城。　〔4〕“跨鹤”句：跨鹤，用殷芸《小说·吴蜀人》事。“有客相从各言所志，或愿为扬州判史，或愿多资财，或愿骑鹤上升。其一人曰：‘腰缠十万贯，骑鹤上扬州。’”华表，即华表鹤，指久别之人，见《临城驿壁见方侍御孩未题诗》注释〔3〕。〔5〕“旧事”句：本罗隐《夜泊秦淮口》诗：“锦帆天子狂魂魄，应过扬州看月明。”　〔6〕水调：曲调名。《才调集》四杜牧《扬州》：“谁家唱水调，明月满扬州。”注：“炀帝开汴渠成，自作水调。”水调及新水调，并商调曲。声调最怨切，王令言闻而谓其弟子曰：‘但有去声而无回韵，帝不返矣。”后竟如其言。〔7〕孤坟：诗下有注。顾所建名大猷，江都人，为夏国公顾成裔孙。按规定，侯家子弟，嫡长应袭，以次推一人为勋卫，带刀侍从。又称顾勋卫。见《列朝诗集小传·顾勋卫大猷》。

其　二

晚岁生还喜剧悲〔1〕，故人执手泪先垂。
共嗟饯诀雷塘路〔2〕，恰是逢迎蜀井期〔3〕。
幕里芙蓉人似玉〔4〕，广陵郑朝宗，在郑潜庵使君幕中。
渡头杨柳鬓如丝。
市桥残酒瓜洲笛〔5〕，明日京江系我思〔6〕。

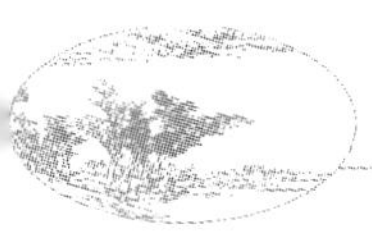

注　释

〔1〕剧:非常。见前《河间城外柳二首》之一注释〔3〕。　〔2〕"共嗟"句:饯诀,以设酒宴送行告别。雷塘,地名,在江都县北四十里,隋炀帝葬于雷塘南平冈上。　〔3〕蜀井:即蜀冈,在江都县西北,接仪征、六合两县界,上有蜀井,相传地脉通蜀,因名瘦西湖,即止于此冈下。　〔4〕"幕里"句:幕,幕府简称。芙蓉,荷花别名,又名莲花。幕里芙蓉,即芙蓉幕,又称莲幕,在朝或地方长官的幕府。南齐王俭于高帝时为卫将军,即宰相之职,领朝政,一时所辟,皆才名之士。时人以入王俭府为入莲花池,言如红莲绿水,交相辉映。后因称幕府为莲幕。此处郑元勋,字朝宗,江都人,使君是郑二阳,字潜庵,河南鄢陵人,时以佥事备兵扬州。《初学集》卷二十九有《姚黄集序》,与其园中牡丹开放一枝,众人题咏,郑朝宗汇而刻之,并请钱谦益作序文。　〔5〕瓜洲:镇名,在扬州城南长江北岸,当运河之口,地为江中砂碛,状如瓜字,故名瓜洲。有渡口以通江南镇江,名瓜洲渡。〔6〕京江:长江入镇江界,名扬子江,亦名京江,因镇江古名京口而得名。

阳羡公枉驾山居即事赋呈四首

其　一

阁老行春至〔1〕,山翁上冢回〔2〕。
衮衣争聚看〔3〕,棋局漫相陪。
乐饮倾村酿〔4〕,和羹折野梅〔5〕。
缘堤桃李树〔6〕,一一为公开。

题　解

阳羡公,即周延儒(?—1643),字玉绳,宜兴人。万历进士,崇祯初拜大学士,参与机务,起为首辅,以善伺意旨,为明毅宗所信任。庸驽而贪黩,只求苟安。后削职,勒令自裁。《明史》入佞臣传。宜兴又

称阳羡，故称周为阳羡公。枉驾，屈驾，称人走访的敬称。周延儒于崇祯六年(1633)被温体仁排挤出朝，赋闲于家乡宜兴，为了东山再起，通过门生张溥接近复社、东林，开展再相活动。钱谦益为了还朝、起复任用，也消除宿怨，在其别墅拂水山庄予以接待，还导引周延儒游览常熟虞山和自己的拂水园，作了这一组诗献于他。从诗中看，周延儒常熟之行是在争取钱的支持，并承诺复出入阁后一定起复钱谦益，为了不再失去最后的一线机会，钱与周延儒做成了这笔交易。

注释

〔1〕阁老：明代宰辅和翰林在文渊阁掌诰敕者称阁老，此处指周延儒。〔2〕“山翁”句：山翁，钱谦益自称。冢，坟墓。　〔3〕衮(gǔn)衣：古代帝王及上公绣龙的礼服，也称衮服。此处指周延儒华丽的服饰，因其赋闲于家，说衮衣也含有对策划再相成功的希冀。　〔4〕“乐饮”句：乐饮，张乐宴饮。村酿，村酒。　〔5〕和羹：用不同调味品制成羹汤，因为盐多则咸，梅多则酸，盐梅适当，就成和羹。也用以指周即将再相，如大臣辅佐皇上，和心齐力，治理国家。　〔6〕缘：沿。

其　四

若问山东事[1]，将无畏简书[2]？
白衣悲命驾[3]，红袖泣登车[4]。
甲第功谁奏[5]？歌钟赏尚虚[6]。
安危有公在，一笑偃蓬庐[7]。

注释

〔1〕山东：指崤山以东或华山以东，战国时指秦以外的六国。此处引申为国家大事。　〔2〕“将无”句：将无，莫不是。简书，古时无纸，有事书之于简，谓之简书。《诗·小雅·出车》：“岂不怀归，畏此简书。”也即国家用于

告诫、策命、盟誓、征召等事的文书。其实是钱谦益对周延儒仍有所顾忌,不愿深谈太过机密之事,以一介平民之理婉拒。　〔3〕“白衣”句:白衣,古代平民服,指平民。也用来指无功名或无官职的士人。　〔4〕红袖:指女子的红色衣袖,代称内人。　〔5〕甲第:科举考试得第一等,引申为第一功劳。　〔6〕“歌钟”句:歌钟,古代打击乐器,即编钟,也泛指音乐。赏,奖赏。尚虚,还是空的。　〔7〕偃蓬(yǎn péng)庐:安卧茅舍和简陋房屋。这是钱谦益自指。

岁暮杂怀八首

其　一

十亩之间一老民,衰迟自分百年身〔1〕。
未舒岸柳应愁我〔2〕,欲放江梅又笑人〔3〕。
故纸丹铅雠腐骨〔4〕,虚窗灯火勘穷尘〔5〕。
空山一笑无人会〔6〕,落木萧萧下水滨〔7〕。

题　解

岁暮,明毅宗崇祯十二年(1639)年末。钱谦益一再坦称“我本爱官人”,为了进入官场,终日栖栖惶惶,劳心费力,但命运对他总是不公正,一次次把他抛到政治圈外,好象故意捉弄他,有时似乎已垂手可得,仅有一步之遥,却再次落空,只是镜花水月。从崇祯二年丢官,整整十年处于林下,中间又遭诬陷,入狱下牢,而且已到垂暮之年,来日无多,这次与复社诸人策划周延儒再相,是自己复出的最后一次努力,然而效果如何?尚不可知。正值年终岁尾,他一连作八首“岁暮杂怀”诗,渲泄在水边林下的孤寂苦闷,空有

“英雄”才能不得施展的愤懑，和按捺不住一颗跃跃欲试之心，等待周延儒顺利出山后带来的利好消息。

注 释

〔1〕“衰迟”句：衰迟，衰年迟暮，谓年老。自分，自认为，见《十一月初六日召对文华殿，旋奉严旨革职待罪，感恩述事凡二十首》之十注释[3]。〔2〕舒：展开。此指岸边柳树尚未抽叶。〔3〕放：绽放。此指江边梅花迎寒怒放。〔4〕“故纸”句：故纸，旧纸，借指古旧书籍和文牍。雠（chóu），同仇，仇恨，仇敌。腐骨，腐烂尸骨。指已死的“故纸”作者。此句意谓校勘文字，一人持本，一人读书，若怨家相对。钱谦益回乡后以著书写作为业。〔5〕“虚窗”句：虚窗，凌空窗户。勘，校对核实。穷尘，与“腐骨”意同，犹黄泉，见前《费县道中三首》之一注释[7]。〔6〕会：领悟，理解。〔7〕“落木”句：落木，落叶。用杜甫《登高》诗：“无边落木萧萧下。”滨，水边。

其 七

卒岁闲门有雀罗[1]，流年徂谢意如何[2]？
看花伴侣青春少，种菜英雄白首多[3]。
佩剑定须悬旧垅[4]，明珠只合换新歌。
剧怜渭水垂纶叟[5]，未应非熊鬓已皤[6]。

注 释

〔1〕雀罗：即门可罗雀。见前《有感寄侯缮部》注释[1]。〔2〕徂（cú）谢：消失、凋零。此处作消失讲。〔3〕“种菜”句：《三国志·蜀先主传》：“裴松之注引《吴历》：“备时闭门，将人种芜菁，曹公使人窥门。既去，备谓张飞、关羽曰：‘吾岂种菜者乎？’开后栅，与飞等轻骑俱出。”后以“种菜”为能韬光养晦之典。清赵翼《闲居效放翁体》诗：“始悟英雄种菜忙”。〔4〕悬旧垅：用“悬剑”之典。见前《狱中杂诗三十首》之二十八注释[4]。垅，坟墓。

〔5〕“剧怜”句:剧,极,甚。见前《十月朔日抵广陵》之二注释〔1〕。渭水垂纶叟,指姜尚。渭水,源出甘肃省渭原县西北鸟鼠山,东南流至清水县入陕西省境,横贯关中平原,东流至潼关入黄河。垂纶,垂丝钓鱼。姜太公,吕氏,名尚,相传钓于渭滨,周文王出猎相遇,与语大悦、同载而归,还说:“吾太公望子久矣。”因号太公望,立为师。此句是作者以姜尚自比。 〔6〕“未应”句:未应,没有应验。应,应验,验证。非熊,指吕尚,也喻隐士出山见用。皤(pó),白。指头发已白。

雪中杨伯祥馆丈廷麟过访山堂即事赠别

去年燕山雪如掌,巢车雪暗胡尘上〔1〕。
紫髯参军匹马嘶〔2〕,黑头总理鞞刀响〔3〕。
今年江南春雪飞,雪花满头来款扉〔4〕。
菡萏灯前谈战垒〔5〕,梅花树下看征衣。
自从瞽史持汉节〔6〕,瞽人周元忠以琵琶出入奴营,边庭倚以讲款。
金缯辇载边庭血〔7〕。
虎骑争夸曳落河〔8〕,庙堂自倚中行说〔9〕。
翰林飞书叫帝阍〔10〕,至尊感激模御床〔11〕。
但令中使催房琯〔12〕,指卢督师。
肯为金人缚李纲〔13〕。指伯祥。
贾庄战血高楼橹〔14〕,元戎堂堂徇旗鼓〔15〕。
周处讵死齐万年〔16〕,指督师,
韩愈宁作孔巢父〔17〕?指伯祥。
匝天锋刃一头颅,鬼护神㧑九死馀〔18〕。
秦庭自效无衣哭〔19〕,汉党终惭举网疏。

明发堂中酌君酒，笑问于思无恙否[20]？
神州幸免犬羊族，太史何妨牛马走[21]。
酒阑耳热夜欲分，错莫同云是阵云[22]。
红袖白衣犹未返，彤弓兹矢竟何云[23]？
江天漫漫失山树，雪柱兵车塞行路。
江南老翁鬓如雪，拥鼻吟诗送君去[24]。

题 解

杨伯祥，名廷麟，别字机部，清江人。崇祯进士，授编修，改兵部主事、军前赞画，后贬斥，寻复官。唐王时，拜吏部侍郎，进兵部尚书兼东阁大学士，守赣州，城陷投水死。乾隆中谥赐忠节。馆丈，对宾客尊称。山堂，即明发堂。崇祯十一年(1638)冬，清军毁边墙入关，直逼明都，京师戒严，时任总督宣大、山西军务的兵部左侍郎卢象升奋起抗敌，因无后勤支援，兵败钜鹿贾庄，壮烈殉国。杨廷麟由于疏论阁部杨嗣昌，“改兵部赞画，参督师卢象升军事”，后被卢派往真定乞求援兵，未及于难。吴伟业《梅村诗话》曾记载杨廷麟“过宜兴访卢公子孙，再放舟娄中”，受到东林、复社人士的欢迎，设宴款待，由“嘉定程孟阳为画《髯参军图》，钱谦益作短歌，余得《临江参军》一章，凡数十韵。”钱氏“短歌”即此诗，它以贾庄战役为中心，对卢象升和杨廷麟予以歌颂，从中表现其拳拳地爱国之心。

注 释

〔1〕巢车：春秋时攻城战车，车上有用辘轳升降的活动瞭望台，人在台中如鸟在巢，故名。　〔2〕“紫髯”句：紫髯(rán)，胡髯多。参军，古官名。明清称经历为参军。杨廷麟本是文职，任编修兼东宫讲官，因疏劾杨嗣昌被授兵部职方主事，故其“参军”较特殊。晋郗超为桓温记室参军，多髯，时人称

髯参军。“紫髯参军”以此美称之。〔3〕“黑头”句:黑头,喻青壮年。总理,全面管理。鞾(xuē)刀,鞾同靴,一种置于靴中的短刀。此句指卢象升,死时年不及四十。《明史·卢象升传》:“象升死时,年三十九。”〔4〕款(kuǎn)扉:叩门。款,叩,敲。〔5〕菡(hān)萏(dàn):荷花别称。意即荷花样的灯。〔6〕“自从”句:瞽,眼瞎。汉节,汉朝符节。节,符节,古时使臣执以示信之物。诗下有注,当时朝内分成和战两派,崇祯帝摇摆于两派之间,卢象升则属主战派。〔7〕“金缯”句:金缯,见前《戊寅九月初三日奉谒少师高阳公于里第,……》之六注释[5]。辇(niǎn)载,载兵器所用之车。〔8〕曳落河;犹言健儿。《新唐书·回鹘列传》:“同罗距京师七千里。安禄山反,劫其兵用之,号曳落河者也。”〔9〕“庙堂”句:庙堂,指朝廷。中行说,燕人。《汉书·匈奴传》:“老上稽粥单于初立,文帝复遣宗人女翁主为单于阏氏,使宦者燕人中行说傅翁主。说不欲行,汉强使之,说曰:‘必我也,为汉患者。’”〔10〕帝阍:帝都宫之正门。〔11〕至尊:最高贵地位,成帝王尊称。〔12〕“中使”句:中使,宦官。房琯(697—763),字次律,河南人。唐肃宗立,多参与决断朝中机密事务。琯有重名,而疏阔好大言,至德元年自请领兵讨安禄山,战于陈涛斜,全军覆没。后因虚言浮谈,贬为邠州刺史。宝应二年召拜刑部尚书,死于途中。作者自注指卢象升。〔13〕李纲(1083—1140):字伯纪,邵武人。北宋政和进士,累官至太常少卿。靖康元年金兵侵围汴京,以尚书右丞任亲征行营使,坚主抗战,被罢官。高宗即位后为相,仅执政七十日即罢。卒谥忠定,著有《梁溪集》。作者自注指杨廷麟。〔14〕“贾庄”句:贾庄,在今河北省鸡泽县境内。楼橹,古时军中用以瞭望敌军的无顶盖高台。〔15〕“元戎”句:元戎,主帅。狥,同徇,向众宣示。〔16〕“周处”句:周处(?—299)字子隐,晋阳羡人。少横行乡里,乡人把他与南山虎、长桥蛟合称“三害”。后除二害,入吴投陆机、陆云兄弟为师,官至御史中丞。与氐族齐万年战,梁王司马肜与处有仇,迫处进兵,又绝其后援,战死。著《默语》等书。距,孰料,谁料。作者自注指卢象升。〔17〕“韩愈”句:韩愈(768—829)字退之,唐邓州南阳人,郡望昌黎,世称韩昌黎。著名唐代文学家,有《昌黎先生集》等。孔巢父,字弱翁,孔子后,少好学,隐徂徕山。

唐德宗时为魏博宣慰使，见田悦，与言君臣大义，后田悦被田绪所杀，又为田绪权军中务，纾其难。李怀光据河中，复令孔巢父宣慰，为乱军所杀。谥忠。作者自注指扬廷麟。〔18〕神抝(huī)：神麾，神的部下。抝，同麾。〔19〕"秦庭"句：秦庭，即秦庭之哭。春秋时吴国攻陷楚都，楚大夫申包胥赴秦乞师，倚立秦庭，日夜号哭，七日之内不进饮食，秦哀公深为感动，出师救楚，事见《左传·定公三年》。后因谓向他处乞师求救为秦庭之哭，或省作哭秦庭。无衣，《诗》篇名，属《秦风》。〔20〕于思：多须，鬓须盛貌。〔21〕"太史"句：用司马迁《报任少卿书》语："太史公，牛马走，司马迁再拜言"。谓在皇帝面前如牛马供奔走的人，后渐用作自谦之词。〔22〕"错莫"句：同云，云成一色，天将下雪迹象。阵云，战地烟云，谓云叠起如兵阵。〔23〕"彤弓"句：彤(tóng)弓，朱红色弓，古代帝王以赐有功诸侯者。兹(lú)矢，黑色之矢。兹，黑色。〔24〕拥鼻吟诗：指用雅音曼声吟咏。出《世说新语·雅量》篇注引宋明帝《文章志》："(谢)安能作洛下书生咏，而少有鼻疾，语音浊。后名流学其咏弗能及，手掩鼻而吟焉。"

姚叔祥过明发堂共论近代词人戏作绝句十六首

其一

姚叟论文更不疑[1]，孟阳诗律是吾师[2]。
溪南诗老今程老[3]，莫怪低头元裕之[4]。

元裕之谓辛敬之论诗如法吏断狱，如老僧得正法眼。吾于孟阳亦云。

题解

姚叔祥，姚士粦字叔祥，海盐人。以书生穷老，与钱谦益友善。

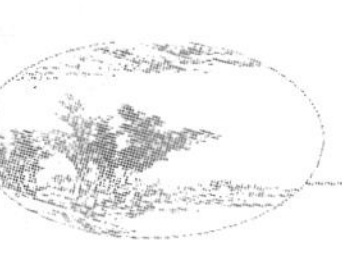

《列朝诗集小传》说他:“晚岁数过余,年将九十矣。剧谈至分夜,不寐。兵兴后,穷饿以死。”过,来访。明发堂,钱谦益拂水山庄堂室,《初学集》卷四十五有《明发堂记》。钱谦益在明末已登上文坛领袖地位,对前后七子和公安、竟陵等文学主张都有过批判,也各有所取,建立其“诗有本”的真情论,以真诚的具有时代意义的感情为核心,性情、世运、学问三者并举,转益多师,兼取唐宋,推陈出新,补救明七子只知模拟盛唐和公安、竟陵粗疏草率、幽深孤峭,确立新的诗风,起了“导夫先路”的作用。他发表的议论甚夥,写了许多序引赞跋,阐述文学理论和艺术见解。由于篇目繁多,意见纷纭,反不及这一组诗评论当代作家,简明扼要,提纲挈领,可见其论诗宗旨和诗学主张。但以绝句论诗,受诗体局限,不能如散文畅所欲言,难免也会产生理解分歧,言人人殊的缺陷。

注 释

〔1〕姚叟:姚叔祥。 〔2〕孟阳:程嘉燧(1565—1643)字孟阳,号松圆,安徽休宁人,侨居嘉定。少不羁,弃举子业,学击剑不成,乃折节读书,精音律,工书画,尤长于诗,为“嘉定四先生”之一,世称松圆诗老,有《浪淘集》。程孟阳是钱谦益的师承所自,曾说“入室仰松圆”,是决裂七子、改辕易向的引导者之一,故于十六首的第一首诗评论程孟阳,对其推崇备至。 〔3〕“溪南”句:辛愿(? —1231)字敬之,自号女几野人,又号溪南诗老,福昌人。有诗数千首,贮于行囊中。 〔4〕“莫怪”句:元好问(1190—1257)字裕之,号遗山,太原秀容(今山西忻州)人。金代杰出文学家。兴定进士,官至尚书省左司员外郎,金亡不仕。工诗文,为当时文坛盟主,著《遗山集》、编《中州集》等。其题《中州集》后云:“爱杀溪南辛老子,相从何止十年迟。”《列朝诗集小传·松圆师老程嘉燧》:“元裕之论溪南诗老云:‘敬之业专而心通,敢以是非黑白自任。每读诸人之诗,必为之探源委,发凡例,解脉络,审音节,辨清浊,权轻重,片善不掩,微类必指,如老吏断狱,文峻网密,丝毫不相贷;如衲僧律正法,征诘开示,几于截断

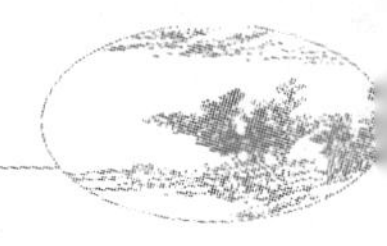

中流。朋辈中有公鉴而无姑息者,必以敬之为称首。'"这是以元好问自比。

其　二

一代词章孰建镳[1],近从万历数今朝[2]。
挽回大雅还谁事,嗤点前贤岂我曹[3]。

注　释

〔1〕"一代"句:孰,谁。建镳(biāo),镳同"标",标准,榜样。　此诗可看作是钱谦益的诗学理论纲领,亦可当作自我写照。他欲挽回大稚,遂批评明代各个诗派,用以"开陈后学,归之于正",不计"以是获罪于世之君子","建镳"一代,这是他一生文学活动的指导思想。抓住这一点,纲举目张,不仅其诗学理论主线分明,也可理解钱氏用世之心和诗文主张的救弊目的。　〔2〕万历:明神宗朱翊钧的年号(1573—1620)。　〔3〕"嗤点"句:嗤点,讥笑指责,此处指批评。我曹,我们。曹,辈。前贤即对明代前后七子派和公安派、竟陵派等所作批判。

其　三

峥嵘汤义出临川[1],小赋新词许并传[2]。
何事后生饶笔舌,偏将诗律议前贤[3]。

注　释

〔1〕"峥嵘"句:峥嵘,才高出众。汤义,汤显祖(1550—1616)字义仍,号若士,又号清远道人,江西临川人。万历进士,官礼部主事,因上疏抨击大臣,贬广东徐闻县典史,又调浙江遂昌知县,后罢职还乡。受王学左派影响,崇尚真性情,反对假道学,戏剧创作有《临川四梦》和诗文《玉茗堂集》等。此首评价著名戏剧作家汤显祖,他是钱谦益的重要诗友,也是文学观念转变的又一引导者。汤显祖"寄语"的教诲,曾使作者受益匪浅,直到晚年还说:"问津资玉茗。"

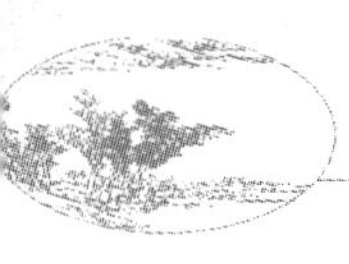

又特别指出“万历中年，王、李之学盛行，黄茅白苇，弥望皆是，文长（按，指徐谓）、义仍岿然有异。”给予很高赞誉。　〔2〕“小赋”句：新词，指词曲，即《玉茗堂四梦》：牡丹亭、邯郸记、紫钗记和南柯记。其时正值沈璟等吴江派片面强调音韵格律，而汤显祖则继承前人优秀传统，突破某些音律束缚，以“四梦”成为临川派的杰出代表，为明代戏剧作出重要贡献。　〔3〕“偏将”句：意即以不符合音律规定议论汤显祖。如王骥德《曲律》说：“临川尚趣，直是横行，组织之工，几于天孙夺巧。而屈曲聱牙，多令歌者齚舌。”

其　四

高杨文沈久沉埋〔1〕，溢缥盈缃类土堆〔2〕。
今体尚馀王百谷〔3〕，百年香艳未成灰〔4〕。

注　释

〔1〕“高杨”句：高启（1336—1374）字季迪，长洲人。博学工诗，尤精史学。元末隐居吴淞青丘，自号青丘子。明初召修《元史》，为翰林院国史编修，授户部侍郎，不受。后被明太祖借故腰斩于市。有《高太史全集》。杨基，生卒年不详，字孟载，号眉庵，原籍嘉定州（今四川乐山），生长吴中。元末曾为张士诚记室，明初官至山西按察使，后被谗谪为输作，卒于工所。有《眉庵集》。文征明（1470—1559）初名壁，以字行，更字征仲，号衡山居士，长洲人。与祝允明、唐寅、徐祯卿称“吴中四才子”。以岁贡生荐试吏部，任翰林院待诏，后辞官归。诗文书画皆工，而画尤著名，创“吴门派”，与沈周、唐寅、仇英称“明四家”，有《甫田集》。沈周（1427—1509）字启南，号石田，晚号白石翁，长洲人。能文，工书画，有《石田集》。沉埋，埋没。钱谦益标举“转益多师”，广收博取，“溯洄风骚，下上唐宋，回翔于金元本朝”，除汉魏盛唐外，兼及中晚唐、两宋金元乃至本朝，此诗即是其对吴中诗人的肯定和赞扬。钱曾是钱氏的门人，悉知其师的诗学宗旨，在笺注中说：“吴中自北郭十子之后，风流文翰，声尘超然。至成、弘时、启南、征仲辈流，闲居乐志，区明风雅。与唐解元寅、祝京兆允明，以诗文相映发，间出其闲情逸致，点缀图绘。百年以来，吴中人物之盛，未有甚于此时者

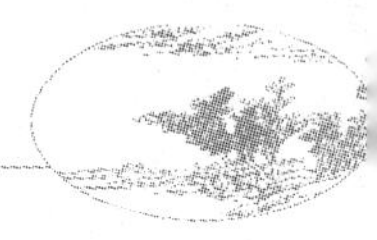

也。……迨及王穉登百谷，咀华含秀，流传香艳，复擅词翰之席者三十馀年。盖文、沈之遗韵，至百谷而如有所归结焉。”评价极高。 〔2〕“缢缥”句：缥，淡青色帛。缃，浅黄色帛。古时常用以作书囊或书衣。“缥缃”也成为书卷的代称。类土堆，喻恶劣下贱之物。 〔3〕“今体”句：王百谷（1535—1612）名穉登，先世江阴（今江苏）人，移居苏州。少有文名，善书法，嘉靖末入太学，万历时曾召修国史。有《王百谷全集》。 〔4〕香艳：指内容涉及闺阁而词藻艳丽。

其 五

玄宰天然翰墨香〔1〕，
半庵祥符王维俭，字损仲。博雅擅青箱〔2〕。
残膏剩馥依然在〔3〕，约略流风近子昂〔4〕。

注 释

〔1〕“玄宰”句：董其昌（1555—1635）字元（玄）宰，号思白，华亭人。万历进士，改庶吉士，授编修，天启初官南京礼部尚书，后告归，卒谥文敏。才华俊逸，书法超越诸家，画集宋、元之长，人拟之米芾、赵孟頫。有《容台文集》等。翰墨、笔墨，借指书文诗画之类。书画名家董其昌和好书画古玩、肆力经史百家的王损仲，号称博雅君子，此诗是钱谦益对他们的评论和礼赞。 〔2〕“半庵”句：半庵，指王维俭，字损仲，祥符人。万历进士，除潍县知县，升兵部主事，坐事削籍。天启初入为工部右侍郎，曾以佥都御史巡抚山东，后罢职闲住，卒于家。有《王损仲集》。青箱，世代相传之家学。《宋书·王淮之传》：“家世相传，并谙江左旧事，缄之青箱，世人谓之王氏青箱学”。 〔3〕残膏剩馥：犹言馀泽。膏，脂膏。馥，香气。《新唐书·杜甫传赞》：“至甫，浑涵汪茫，千汇万状，兼古今而有之，他人不足，甫乃厌馀，残膏剩馥，沾丐后人多矣。”
〔4〕“约略”句：约略，大概，大约。流风，遗风，先代留传下来的好风气。子昂，陈子昂（661—702）字伯玉，唐梓州射洪（今四川）人。举进士，拜麟台正字，转右拾遗。直言敢谏，力陈时弊，于诗倡汉魏风骨，强调兴寄，反对六朝柔靡之

风，开一代诗风。有《陈伯玉集》。

其　六

楚国三袁秀绝尘〔1〕，公安袁中道。
白眉谁与仲良伦〔2〕？新野马之骏。
过都历块皆神骏〔3〕，秋驾何当与细论〔4〕？

注　释

〔1〕“楚国”句：袁中道（1570—1623）字小修，湖北公安人。万历进士，官南京礼部郎中，与兄宗道、宏道并称三袁，以公安派著名于世。于诗反对七子摹拟，崇尚真情自然。有《珂雪斋集》。季，排行最小者。绝尘，超凡脱俗，不可企及。钱谦益倡言排击俗学，攻击七子、竟陵时，于“公安有恕辞”，这是因为公安派提倡“独抒性灵”，使“王、李云雾一扫，天下文人始知疏瀹性灵，搜剔慧性，以荡涤摹拟涂择之病”，为其排击七子派开启先路，功劳甚大。故与三袁兄弟私交很好，和袁小修尤为相契。袁小修曾对钱说：“楚人（此处指竟陵派）何知，妄加评窜，吾与子当倡言排击，点出手眼，无令后生堕彼云雾。”则和钱氏批判竟陵派趋响一致，堪为知音。此诗虽也写新野马之骏，却是陪衬，重点赞颂袁小修，冠以“绝尘”，可谓无以复加了。　〔2〕“白眉”句：白眉，只弟行中才俊特出者曰白眉。本《三国志·蜀志·马良传》：“马良，字季常，襄阳宜成人。兄弟五人，并有才名。乡里为之谚曰：‘马氏五常，白眉最良。’良眉中有白毛，故称之。”仲良，马之骏字，新野人。万历进士，与竟陵派首领钟惺同年，官至户部主事，著有《妙远堂集》。见《列朝诗集小传·马主事之骏》。伦，同辈，等类。〔3〕“过都”句：过都历块，过都越国，疾如越国一小块土地。出自王褒《圣主得贤臣颂》：“过都越国，蹶如历块。”后也以历块指骏马，比喻杰出的人才。神骏，良马。　〔4〕秋驾，驾马的技术，引申为作诗之法。

其　七

当筵纵笔曹能始〔1〕，学佺。

帘阁焚香尹子求[2]。伸。
蜀道闽山难接席，眼中二老并风流。

注 释

〔1〕“当筵”句：当筵，在宴席上。纵笔，放手书写。曹能始(1574—1647)名学佺，号石仓，福建侯官(今福州)人。万历进士，官至四川按察使，以私撰《野史记略》被劾削职，家居二十馀年。唐王在闽中称帝，授礼部尚书，清兵入闽，自缢山中。有《石仓诗文集》、《蜀中集》等。本诗赞扬福建曹能始和四川尹子求二位诗人，称为“风流”，予以首肯。　〔2〕尹子求：名伸，宜宾(今四川)人。万历戊戌进士，授承天府推官，先后任南兵部侍郎出知西安府，副使提学陕西、参政备兵苏松等职，被投劾归。天启中赴贵州参议，解职去。崇祯中赴河南布政使，又罢归。张献忠纵横四川，被执死。有《康乐堂集》。

其　八

画笔南翔妙入神[1]，晚年篇翰更清新[2]。
和陶近爱归昌世[3]，也是风流澹荡人[4]。

注 释

〔1〕画笔南翔：指李流芳。见前《过滁州怀李长蘅……》注释[1]。《列朝诗集小传·李先辈流芳》说：“长蘅居南翔里，其读书处曰檀园，水木清华，市嚣不至，一树一石，皆长蘅父子手自位置。”又云：“长蘅书法规抚东坡，画出入元人，尤好吴仲圭。”钱谦益说：“余年近四十，始从二三遗民老学，得闻先辈之绪言，与夫古人之指意，学问之源本。”“二三遗民老学”，首先是嘉定四先生：李长蘅、唐时升、娄子柔和程孟阳。嘉定老生宿儒，皆出归有光之门，所谓“一瓣心香实在太仆”，故能不薰习七子派拟古风气，而承传唐宋派家法。由此又结识归有光孙子归昌世。他从嘉定学者向上溯源，师承归有光，促成学术思想和文学观念的根本转变，以至后来亲自编辑《震川先生文集》，自觉继承归氏衣钵，并发

扬光大。因此他对嘉定人士学术德行极为敬仰和佩服，此诗即推崇李长蘅“入妙”之画和诗文“清新”，爱归昌世在和陶诗中表现的“风流澹荡”人品。
〔2〕篇翰：犹篇章，一般指诗文。《列朝诗集小传》说李长蘅“其于诗，信笔输写，天真烂然，其持择在斜川、香山之间。”　〔3〕“和陶”句：和陶，归昌世晚年爱陶潜诗歌，所写《和陶诗》，受到程孟阳称赞。归昌世（1574—？）字文休，号假庵，昆山人。归有光之孙，崇祯间以待诏征，不应。有《假庵诗草》传于世。〔4〕“也是”句：风流，指有才学而不拘礼法。澹荡，犹言放达。

其　九

关陇英才未易量〔1〕，刮磨何李兢丹黄〔2〕。
吴中往往饶才笔〔3〕，也炷娄江一瓣香〔4〕。

注　释

〔1〕“关陇”句：关，关中，地名，相当于今陕西省。陇，山名，陇山，在今甘肃省，因相沿甘肃简称陇。秦时曾置北地郡，又以北地称之。钱谦益嗤点前贤，将矛头指向李梦阳、何景明、李攀龙、王世贞为首的前后七子派，对其模拟汉魏盛唐的作诗法门，归纳为“僦”“剽”“奴”，斥之为“生吞活剥”，“佣耳借目”，可谓鞭辟入理，一针见血。但他并非一视同仁，无区别对待，除李攀龙抨击不遗馀力外，对其他人尚有赞词。以本诗看，他用“关陇英才”评价“何、李”，而于本乡前辈、又是钱家夙好世交的王世贞，则是“也炷娄江一瓣香”，还仿效王阳明作“弇州晚年定论”，向世人昭告王世贞晚年的“自赎”，揭示七子派在复古中的新变，为其反复古的诗学理论张目。　〔2〕“刮磨”句：刮磨，刮去污垢，磨出光亮。谓使旧物重新现出光辉。何景明（1483—1521）字仲默，号大复山人，河南信阳人。弘治进士，官至陕西提学副使，与李梦阳齐名，为“前七子”领袖之一，共同致力于文学复古运动，有《大复集》。李梦阳（1473—1530）字献吉，号空同子，甘肃庆阳人。弘治进士，官至江西提学副使。工诗文，倡言“文必秦汉，诗必盛唐”，与何景明等号称“前七子”，是七子派的领袖，有《空同集》。丹黄，旧时点校书籍，用朱笔书写，遇误字则用雌黄涂抹，合称丹黄或朱黄。此意

即是评论七子，指陈利弊。　〔3〕吴中：今江苏省苏州市下辖的吴县，春秋时为吴国都，古亦称吴中，泛指今苏州地区。　〔4〕“也炷”句：炷，点燃。娄江，江苏旧太仓州别称。见前《葛将军歌》注释〔1〕。此指王世贞（1526—1590）字元美，号凤洲，又号弇州山人，太仓人。嘉靖进士，官至南京刑部尚书。诗文与李攀龙齐名，同为“后七子”领袖。后来独领文坛二十年，“天下咸望走其门”。有《弇州山人四部稿》等。一瓣香，一片香，或说为形似瓜瓣之香。本为礼佛所用，转而为敬仰之意，本陈师道《观兖文忠公家六一堂图书》诗：“向来一瓣香，敬为曾南丰。”

其　十

石言雁字并纷如〔1〕，点鬼穷时又祭鱼〔2〕。
台阁词章衣钵在〔3〕，柯亭刘井半丘墟〔4〕。

李西涯《翰林后堂》诗：“柯亭刘井相西东，琮琤玉佩空遗响。”

注　释

〔1〕“石言”句：石言，石作人言。《左传·昭公八年》：“石言于晋魏榆。晋侯问于师旷曰：‘石何故言？’对曰：‘石不能言，或凭焉。’”雁字，即雁字诗，钱曾注曰：“雁字诗，唱于楚人龙君御，海内共相属和，卷轴粗于牛腰，而嘉定唐叔达为最工。公（按，钱谦益）尝语孟阳：‘叔达雁字诗，亦诗中之雁字也。’孟阳深叹其言为然。”纷如，犹纷然，乱也。此诗重点评价李东阳。以李东阳为首的茶陵派，是唯一受到钱氏全面肯定的明代诗派，他承认是受到程孟阳的启发和影响，认为李的文章“有伦有脊，不失台阁之体。诗则原本少陵、随州、香山以迨宋之眉山、元之道园”，与其学唐而兼综宋元的方向一致，并用来作批评前七子的依据，“李空同后起，力排西涯，以劫持当世。”这曾引起后来的王士禛异议，在《池北偶谈》说：“盖空同、大复皆及西涯之门。牧斋撰《列朝诗集》乃力分左右袒，长沙、何李界若鸿沟。”其实，这正是钱氏借张扬李东阳及其茶陵派，而贬抑七子派的一种做法，是为其诗学理论和主张服务的。　〔2〕“点鬼”句：点鬼，即点鬼簿，唐初杨炯为文好用古人姓名，时人号为点鬼簿。又有算博士，骆

宾王好用数目作对，时人号为算博士。祭鱼，獭（tǎ）贪食，常捕鱼陈列水边，如陈物而祭，称为祭鱼。后因谓多用典故堆砌成文，叫“獭祭”。　〔3〕“台阁”句：台阁辞章，明初杨溥、杨士奇、杨荣时号“三杨”，所代表的是台阁体。衣钵，本指僧尼的袈裟和食器，后泛指师傅的学问、技能等。此句指李东阳（1447—1516）字宾之，号西涯，茶陵人。官至吏部尚书、华盖殿大学士。武宗朝太监刘瑾专政，依附周旋，曾为时人不满。他以台阁大臣地位主持文坛，为茶陵派领袖，有《怀麓堂集》等。　〔4〕柯亭刘井：朱彝尊《日下旧闻》载：“刘井，学士刘定之所浚，在公署后堂之左。柯亭，学士柯潜所建，在公署后堂之右。前后两间凡八楹，后堂有二柏，亦潜所种”。左右即自注中“西东”。

其十一

不服丈夫胜妇人，昭容一语是天真[1]。

吕和叔《上官昭容书楼歌》：“自言才艺是天真，不服丈夫胜妇人。”

王微杨宛为词客[2]，肯与钟谭作后尘[3]？

注　释

〔1〕昭容：上官婉儿（664—710），上官仪孙女，陕州陕县（今属河南）人。上官仪被杀，随母郑氏配入内庭，年十四，即为武则天掌诏命。唐中宗时封为昭容，代朝廷品评天下诗文，一时从臣词客皆集其门。临淄王（按，唐玄宗）起兵，和韦后同时被杀。开元初曾编录其诗文集为二十卷，今已失传。此诗借赞扬女性诗人的作品，批评竟陵派。明末竟陵派标榜幽深孤峭，曾受到钱氏的猛烈攻击，视钟、谭为“诗妖”，诗则是“亡国之音”。七子派是“学古而赝”，竟陵派是“师心而妄”，皆违背他的以“灵心、世运、学问”为主的诗歌理论，从而是他“嗤点”的目标和对象。　〔2〕“王微”句：王微，字修微，自号草衣道人，广陵人。七岁丧父，飘落无依，乃为妓。初归茅元仪，晚归许誉卿，皆不终。才情殊众，工诗，有《樾馆诗集》、《远游稿》等。杨宛，字宛淑，金陵名妓，能诗，善草书。曾归茅止生，后为盗所杀。词客，犹词人。　〔3〕“肯与”句：钟惺（1574—1624）字伯敬，号退谷，湖北竟陵人。万历进士，官至福

建提学佥使。与谭元春同为竟陵派创始者,有《隐秀轩集》。谭元春(1586—1637)字友夏,天启间乡试第一。与钟惺同乡,共编《诗归》,称为竟陵派。有《谭友夏合集》。后尘,车辆前进,尘土后起,比喻追随别人之后。

其十二

草衣家住断桥东[1],好句清如湖上风。

王微自称草衣道人。

近日西陵夸柳隐[2],桃花得气美人中。

《西湖》诗云:"垂杨小苑绣帘东,莺阁残枝蝶趁风。

最是西陵寒食路,桃花得气美人中。"

注释

〔1〕草衣:草衣道人,指王微,见上"王微杨宛为词客"句注释。 断桥,桥名,在浙江杭州市孤山边,本名宝店桥,又名段家桥。以孤山之路,至此而断,故汉唐以来皆呼为断桥。本诗的主旨是夸赞柳如是,而落笔则从草衣道人王微写起,以其如湖上清风般"好句",衬托柳如是《西湖八绝句》之"桃花得气美人中"的佳句,玲珑明丽,诗才高超。后来柳如是过访半野堂,与钱谦益定情,或许有名士风流等种种因素,但柳如是文才极高,词翰倾动一时,其《戊寅草》、《湖上草》和《尺牍》两卷流传海内,则其红颜胜人而非平庸之辈。也就是说,柳绝非仅靠色相取悦于人,钱柳结合,诗词情缘应是重要的一点。〔2〕"近日"句:西陵,即西兴,在浙江萧山县西,本名固陵。相传春秋时越国范蠡于此筑城,六朝时为西陵戍,五代吴越改名西兴。柳隐,柳如是(1618—1664),本姓杨,名爱,改姓柳,名隐,又改名是,字如是,号河东君,吴江人。一说嘉兴人。明末名妓,后为钱谦益妾,明亡时劝钱自杀殉国,不从。钱死后因家族纠纷自缢,能画工诗,有《柳如是诗》等。

其十三

扫花删竹吴桥句[1],范质公诗:"扫花便欲亲苔坐,

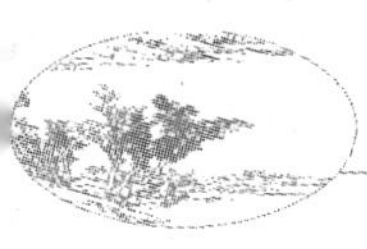

删竹尝防碍月行。"最为清绝。

食叶游鱼杨补诗[2]。余最爱杨无补"闲鱼食叶如游树，高柳眠阴半在池"之句，尝书之便面。

安得屏风谱佳什[3]，且将团扇写清词。

注　释

〔1〕吴桥：范景文(1587—1644)字梦章(一作梦叔)，号思仁，吴桥(今河北)人。万历进士，天启间为文选郎中，魏忠贤掌权，谢病去。崇祯间起用，累官至工部尚书，兼东阁大学士，入参机务。甲申京城陷，投井死，谥文贞，有文集十二卷与《大臣谱》传于世。此诗以句摘形式，评论范景文和杨无补诗歌，对其诗中佳句或评"清绝"，或"书之便面"，予以称赏。　〔2〕杨补：即杨无补，号古农，长洲人。性孝谨，重然诺，工诗善画，明亡归隐邓尉山，郁郁数年卒。　〔3〕"安得"句：用白居易事。白居易《题诗屏风绝句序》："前后辱微之寄示之什，殆数百篇。掇律句中短小丽绝者凡一百首，题录合为一屏风。举目会心参，若其人在于前矣。"

其十四

安期周永年下笔无停手[1]，元叹徐波捻毫正苦心[2]。
赢得老夫双眼饱，探箱拂壁每长吟[3]。

注　释

〔1〕安期：周永年字安期，吴江人。《列朝诗集小传·周秀才永年》记其事迹。此首是评价周永年和徐波的诗，以"无停手"和"正苦心"，或赞周的才思敏捷，或记徐的写作认真，"人以为实录"。　〔2〕元叹：徐波(1590—1663)字元叹，号浪斋，吴县诸生。明清鼎革，更号顽庵，隐苏州天池山落木庵，与高僧往还。有《馀虻》、《就删》、《浪斋新旧诗》、《落木庵诗》。捻(nián)毫，以手指执毛笔，苦心构思时形态。　〔3〕拂(fú)壁：掸除壁上尘埃。

其十五

王绩乡人笑子虚[1],兔园典册意何如[2]?
朱仲晦有《代乡人答王无功》诗,见《考亭全集》中。
《诗归》笺云:"是东皋子好友也。"
凭君若问金条脱[3],解道《南华》是僻书[4]。

注　释

〔1〕"王绩"句:王绩(585—664)字无功,绛州龙门(今山西河津)人。王通之弟,尝居东皋,号东皋子。仕隋为秘书省正字,唐初以原官待诏门下省,后弃官还乡。后人辑有《东皋子集》。子虚,汉司马相如作《子虚赋》,假托子虚、乌有先生、亡是公三人互相问答,为汉大赋名作。后世因称假设或不实在之事"子虚"或"子虚乌有"。钱谦益诗学理论和主张是"诗文之道萌拆于灵心,蛰启于世运,而茁长于学问,三者相随,如灯之有炷有油有火而焰发焉。"诗生长于"灵心"即内心感情,它与"世运"紧密相连,但诗人学问修养也不可少,它是诗之本的一部分。他认为诗以性情为主:"性情者,学问之精神"。又以学问为辅:"学问者,性情之孚尹"。"孚尹"同"浮筠",谓玉采色,也即学问可使性情表现得鲜明动人。这就要学习儒家经史,提高学问修养和用典能力,继承诗歌遗产汲取精华,转益多师,借其抒发真诚感情,使诗具有非凡的艺术表现力。这是针对"执性情而废学问"的倾向,亦即有明一代空疏不学之弊开出的疗救药方。此诗即是对当今诗家空疏浅薄,以"兔园"为典册,视《庄子》乃僻书等"束书不观,游谈无根"的风气,进行讽刺和嘲笑。

〔2〕兔园典册:唐杜嗣先著《兔园册府》(亦作《兔园册》或《兔园策》)。书中收集古今事迹、典故,用对偶句分类编纂,分四十八门三十卷。一说该书为虞世南所著,十卷。五代时流行民间村塾,作为学童读本,现已散失。后也用来指读书不多者当作秘本之肤浅书籍。王绩《东皋子集》有《在京思故园见乡人遂以为问》诗。朱熹代乡人答诗《答王无功在京思故园见乡人问》,载《晦庵先生朱文公集》卷第四,而竟陵派《诗归》却错认"是东皋子好友也",可谓

不读书典型，钱氏特为拈出以示一例。　〔3〕金条脱：金手镯、腕钏之类。孙光宪《北梦琐言》："宣宗尝赋诗，上句有金步摇，未能对。遣未第进士对之，温庭筠乃以玉条脱续之，宣宗赏焉。"　〔4〕"解道"句：解道，懂得，知道。《南华》，即《庄子》。唐天宝元年二月号庄子为南华真人，始称他所著书为《南华真经》。僻书，本《北梦琐言》："令狐绹曾以故事访温岐，对以其事出《南华》，且曰：'非僻书也，冀相公燮理之馀，时宜览古。'绹怒之，奏其有才无行，不宜与第。乃授方城尉，所以岐诗云：'因知此恨人多积，悔读《南华》第二篇。'"

其十六

梁溪欣赏似南村[1]，甲乙丹铅静夜论[2]。
丽句清词堪大嚼，老夫只合过屠门[3]。

梁溪华闻修、黄心甫评定明诗三十家。

注　释

〔1〕"梁溪"句：梁溪，江苏无锡别称，因旧城西有梁溪而得名，此指华闻修和黄心甫。华闻修名淑，无锡人。《列朝诗集小传·华秀才淑》称其"读书惠山之下，肆力古学，取古人诗与本朝作者下上扬扢。"　黄心甫，亦无锡人。钱谦益《初学集》卷三十二有为其诗所作《越东游引》之序。南村，卢世漼字德水，一字紫房，晚号南村病叟，德州人。明天启进士，历官御史，入清以原官征不就。有《尊水园集》。崇祯六年他辑刻《杜诗胥钞》，请钱谦益作序，遂引起后者为杜诗作笺的兴趣，成《读杜诗寄卢小笺》。钱谦益与程孟阳订交后，两人于诗酒书画之馀，别裁明诗，鉴别真伪。并由程孟阳提议，仿照元遗山《中州集》编造一部明人诗集，由他来选诗，钱谦益编史，但编纂近三十家后，因故停了下来。而编选明人诗集，一直是钱氏心中的宿愿。今见华闻修、黄心甫评定明诗三十家，自然大为喜悦，于是在"共论近代词人"最后一首记其事，还以"屠门大嚼"表示快意的心情。　〔2〕甲乙丹铅：等级次第，点校书籍。丹铅即丹黄，见前第九首"刮磨何李兢丹黄"注释。　〔3〕"老夫"句：

合，应该，应当。屠门，肉铺，宰牲地方。这两句用“屠门大嚼”之典。桓谭《新论》：“人闻长安乐，则出门向西而笑；知肉味美，则对屠门而大嚼。”曹植《与吴季重书》：“过屠门而大嚼，虽不得肉，贵且快意。”比喻羡慕而不能得到，想像已得之状聊以自慰。

庚辰仲冬河东君至止半野堂有长句之赠次韵奉答

文君放诞想风流[1]，脸际眉间讶许同[2]。
枉自梦刀思燕婉[3]，还将抟土问鸿濛[4]。

太白乐府诗云：女娲戏黄土，团作愚下人。散在六合间，濛濛若沙尘。

沾花丈室何曾染[5]？折柳章台也自雄[6]。
但似王昌消息好，履箱擎了便相从[7]。

《河中之水歌》云：平头奴子擎履箱。

题解

庚辰仲冬，指崇祯十三年(1640)农历十一月，此月处冬季之中，故称仲冬。半野堂，钱谦益常熟城内家中堂室。长句之赠，指柳如是《半野堂初赠诗》：“声名真似汉扶风，妙理玄规更不同。一室茶香开澹黯，千行墨妙破冥濛。竺西瓶拂因缘在，江左风流物论雄。今日沾沾诚御李，东山葱岭莫辞从。”柳如是于这年冬天乘扁舟来虞山，“幅巾弓鞋，著男子服，神情洒落，有林下风”，钱谦益欢喜若狂，邀至府中半野堂，以文宴热情款待，并“缠绵吟咏 ”，作诗甚多，《初学集·东山诗集》203 首诗，和刻印《东山酬合集》2 卷 97 首诗，除钱氏门人奉和诗外，几乎全是钱、柳唱酬诗，堪称《东山

诗集》压卷之作的《有美诗一百韵》,是为柳如是而写的长篇爱情诗。以至临死前呻吟挣扎中所写《病榻消寒杂咏》诗还说:“老大聊为秉烛游,青春浑似在红楼。买回世上千金笑,送尽平生百岁忧。”仍对柳如是爱慕恋恋在口,至死不忘“庚辰冬半野堂文宴旧事。”将这一份交融恩爱的感情铭刻心间,伴他度过生命的最后一刻。

注释

〔1〕文君:卓文君,汉临邛大富商卓王孙之女,寡居于家。司马相如过饮于卓氏,以琴心挑之,遂与之私奔,结为夫妇。《史记》《汉书》司马相如传均有记载。　〔2〕许同:相同。　〔3〕“枉自”句:梦刀,传说晋时王濬梦中看见卧室屋梁上挂着两把刀,一会又加一把。醒后询问部下,部下奉承说:三把刀是“州”字;本为两把,又加一把,是“益”的意思,大概你要被派到益州去作官了。后来成为地方官吏升迁的典故。燕婉,和爱,燕也作嬿,指夫妇之情。意即作官无望转思闺阁之欢。　〔4〕“还将”句:抟(tuán)土:即女娲抟土作人。抟,捏之成团。鸿蒙,宇宙形成前亦即天地未开辟时的浑沌状态。〔5〕“沾花”句:沾花,即沾化,受教育。丈室,长宽各一丈的房子,比喻狭小。染,沾染,感染。　〔6〕“折柳”句:用唐韩翃事。韩翃有姬柳氏,安史之乱两人奔散,柳出家为尼。韩为平卢节度使侯希逸书记,使人寄柳诗曰:“章台柳,章台柳,昔日青青今在否?纵使长条似旧垂,亦应攀折他人手。”后柳为番将沙吒利所劫,翃以虞侯许俊之计夺还,重得团圆。见《太平广记》、许尧佐《柳氏传》和孟棨《本事诗》。　〔7〕“履箱”句:用梁武帝萧衍《河中之水歌》句,原诗为:“河中之水向东流,洛阳女儿名莫愁。……珊瑚挂镜烂生光,平头奴子擎履箱。人生富贵何所望,恨不早嫁东家王。”

寒夕文讌再叠前韵,
是日我闻室落成

清樽细雨不知愁[1],鹤引遥空凤下楼[2]。

红烛恍如花月夜，绿窗还似木兰舟[3]。
曲中杨柳齐舒眼[4]，诗里芙蓉亦并头。

河东新赋《并头莲》诗。

今夕梅魂共谁语，任他疏影蘸寒流[5]。

河东《寒柳》词云："待约个梅魂，黄昏月淡，与伊深怜低语。"

题解

寒夕，农历十二月寒夜。文䜩，诗酒宴饮。䜩，同宴。我闻室，钱谦益为柳如是入居新建成的堂室，以柳如是"我闻居士"之号，将新居题为"我闻室"，让其暂居。柳如是在《半野堂初赠诗》流露愿结百年之好意，又在《次韵奉答》诗里，以神女自比，鄂君指钱，表达心许之情，还用"窥青眼"、"想白头"，对钱诗中红颜老翁安慰，这使钱谦益不仅如醉如痴，还急令家人迅速筑成新室，他要"金屋藏娇"。"我闻室"距离拂水山庄不远，他与柳如是住到新年元旦才离家出游，于苏州、嘉兴等地畅玩一月馀，筹画了于松江舟中举行婚礼之事，柳如是独自别去。此诗写其得到这位红颜知己，有百年不遇之感。钱谦益初试与浙人韩敬争状元失败，崇祯登基又与温体仁争入阁败北，十年后再遭张汉儒诬告下狱，获释后又策划周延儒再相遭受愚弄，可说百不遂意。孰料否极泰来，在晚年居然得一闺中良友、貌美佳人，难怪要写出"鹤引遥空凤下楼"的诗句了。

注释

〔1〕清樽：酒器，也借指清酒、美酿。　〔2〕遥空：辽远天空。以凤凰比拟柳如是。　〔3〕木兰：木名，又名杜兰、林兰，状如楠树，质似柏而微疏，可造船。此前有《冬日泛舟有赠》和《次日再叠前韵有赠》诗，于后一首诗中说："争得

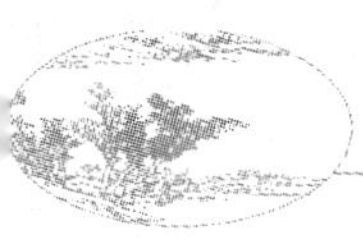

三年才一笑，可怜今日与同舟”，故说“我闻室”的“绿窗”与“木兰舟”是一样的。

〔4〕舒眼：展开眼睛，指柳树开始发芽抽叶。　〔5〕蘸(zhàn)：浸入。

天都瀑布歌

天都诸峰遥相从，连绵峄属无罅缝[1]。
山腰白云出衣带，云生叠叠山重重。
峰内有峰类皴染[2]，须臾翕合仍混同[3]。
层云聚族雨决溜[4]，溪山天水齐溟濛[5]。
是时水势犹未雄，江河欲决翻坌壅[6]。
良久雨足水积厚，瀑布倒泻天都峰。
初疑渴龙甫喷薄[7]，抉石投奅声硿礲[8]。
复疑水激龙拗怒[9]，捽尾下拔百丈洪[10]。
更疑群龙互转斗，移山排谷轰圆穹。
人言水借风力横，那知水急翻生风。
激雷狂电何处起？发作亦在风水中。
波浪喧豗草木亚[11]，搜搅轩籁心忡忡[12]。
潭中老龙又惊寤[13]，绿浪渍涌轩窗东。
山根飒拉地轴震[14]，旋恐黄海浮虚空[15]。
亭午雨止云戎戎[16]，千条白练回冲融[17]。
凭栏心坎舒撞舂[18]，坐听涛濑看奔冲[19]。
愕眙莫讶诗思穷[20]，老夫三日犹耳聋。

题　解

天都，在安徽歙县西北的黄山最高峰。崇祯十四年正月钱、柳在三十多天里携手出游，商定合卺婚礼之事，于嘉兴鸳湖惜别。钱

谦益则来到杭州，受友人相约游览黄山，登险凌绝，浴汤池、憩庵寺、看瀑布、望云海、眺天都峰，近20天里踏遍黄山山水，把黄山以奇峰、怪石、云海、异松、温泉驰名于世的胜景奇观写进诗文篇章。他的山水诗文，以黄钟大吕式的歌唱，奏响了黄山山水的最强音，为明代山水诗文增添了光彩夺目的佳篇美什。共有诗二十四首，游记文九篇，加上序文一篇，共计十篇。《天都瀑布歌》是其中一首。

注　释

〔1〕"连绵"句：峄(yì)属，山相连结。《尔雅·释山》："属者峄。"郭璞曰："言络绎相连属。"罅(xià)缝，空隙。　〔2〕皴(cūn)染：国画的一种绘法。先钩成山石树木轮廓，用侧笔蘸水墨染擦，以显脉络纹理及凹凸向背。染法有大斧劈等多种。　〔3〕蓊(wěng)合：同蓊匌，弥漫。　〔4〕泱溜：急流。　〔5〕溟(míng)濛：模糊不清。　〔6〕坌壅：聚集堵塞。　〔7〕甫：始。　〔8〕"抉石"句：抉石，挑开石头。投奅(pào)，抛石。硡(hóng)礲，石落声。韩愈《征蜀联句》："投奅闹硡礲，填隍㧑傄僚。"　〔9〕拗(yù)怒：也作拗怒，抑制愤怒。　〔10〕"捽(zuó)尾"句：捽尾，甩开尾巴。百丈洪，极言水势之大。百丈，极高或极长。　〔11〕"波浪"句：喧豗(huī)，哄闹声。亚，同哑。　〔12〕搜搅轩簸：意即搅乱动荡。　〔13〕寤：醒。　〔14〕飒(sà)拉：飘动。　〔15〕旋：即刻。　〔16〕"亭午"句：亭午，正午。戎戎(rōng)，茂盛。　〔17〕冲融：水势汹涌，充满弥漫。　〔18〕撞舂(chōng)：冲击。　〔19〕涛濑(lài)：水波激溅，流势湍急。　〔20〕愕眙(è chī)：惊视。

登始信峰回望石笋矼

三十六峰拔地涌，此峰跂之才及踵[1]。

临深为高地使然，附娄翻能瞰高冢[2]。
松枝悬度势猎猎[3]，略彴孤骞风仳仳[4]。
石径曾无飞鸟度，茅庵尚有残雪拥。
上视近天心气肃，下临无地魂魄悚[5]。
平铺万状尽云练[6]，幻出千岚似丘垄[7]。
遁迤回望石笋矼[8]，万峰矗矗攒穹苍[9]。
故知造化善戏剧，遂使鬼物齐开张。
破碎虚空作苑囿[10]，抟捖厚土成珪璋[11]。
孤撑扶陷互相诡[12]，妥伏蹙斗不可详[13]。
益州二笋何微妙[14]，天平万笏空回翔[15]。
起视大壑限寻丈[16]，却立万仞凭堵墙。
高陵巨谷堆众皱[17]，都邑岭陆分毫芒。
篆云一点出九子[18]，突烟片缕回池阳[19]。
心骇神移耳目怠，积苏累块今安在[20]？
中天惝怳游化人，步地苍茫穷竖亥[21]。
锥凿将无死浑沌，刻画何当罪真宰？
经营团辞记灵异[22]，忽漫执笔成晦昧。
眼看夕阳信奇绝、安知夜半不迁改？
笑杀区区刻剑人[23]，但认一沤作黄海[24]。

题　解

始信峰是黄山三十六峰外之一峰。回望，回头眺望。石笋矼(gāng)，黄山第十六峰仙人峰，顶有二石人，宛如刻成。相传浮丘公与黄帝经游此处，上升之后，双石笋化成峰，可高十丈，即所谓石笋矼。黄山千姿百态，出奇无穷，作者赞叹自然力的鬼斧神工，其艺术雕刀，在描摹刻画上又宛转酷肖，触发人们的情思联翩飞翔。

故黄山诗作大气盘旋，吞吐天地，几似造化之功。清人袁昶《汪鋆黄山图》诗说："蒙叟珠玑空拾取"下注曰："牧斋宗伯游黄山诗绝佳，见《初学集》。"此诗即是佳作之一。

注释

〔1〕"此峰"句：跂(qì)，踮起脚尖。踵(zhǒng)，脚后跟。 〔2〕"附娄"句：附娄，小土丘。《说文解字》："附娄，小土山也。" 瞰，视。高冢，山顶。〔3〕"悬度"句：本指以绳索相引而度，引申为松树搭成桥梁。猎猎，随风飘拂。〔4〕"略彴"句：略彴，独木桥，见前《众香庵赠自休长老》注释[1]。孤骞，孤单飞架。从从(sǒng)，疾行。 〔5〕悚(sǒng)：恐惧。 〔6〕云练：白云。练，把生丝煮熟，使之柔软洁白。练，白也。 〔7〕"幻出"句：岚，山林中雾气。丘垄，连绵不断、高低起伏的山陵。 〔8〕逦(lì)迤：曲折绵延。 〔9〕"万峰"句：矗矗，见前《王师二十四韵》注释[33]。攒(cuán)，聚集，簇拥。 〔10〕"破碎"句：虚空，天空，空中。苑囿，古代蓄养禽兽的园林。 〔11〕"抟捥"句：抟(tuán)捥厚土，谓以黏土捏制再予刮磨。珪璋，朝会所执玉器。 〔12〕"孤撑"句：孤撑，孤单支撑。扶陷，搀扶坠落。诡，奇异。 〔13〕"妥伏"句：妥伏，与妥帖相通，安定稳当。蹙(cù)斗，逼迫争斗。 〔14〕"益州"句：益州，州名，故地大部在今四川省境 内。杜甫《石笋行》诗："君不见益州城西门，陌上石笋双高蹲。"杜光庭《石笋记》："成都子城西曰兴义门金蓉坊，有通衢百五十步，有石二株，挺然耸峙，高丈馀，围八九尺。" 〔15〕"天平"句：天平，即天平山万笏林，在苏州吴县西支硎山南五里。王鏊《姑苏志》："天平山西有笔架峰，其后群石林立，名万笏林。"〔16〕"起视"句：限，界限，范围。寻丈，古代指八尺或一丈左右长度。〔17〕皱：衣物等经折叠而显出的痕迹。韩愈《南山诗》："前低划开阔，烂漫堆众皱。" 〔18〕九子：即九华山，在安徽省青阳县西南四十里。《九华山录》："此山奇秀，高出云表，峰峦异状，其数有九，故号九子山焉。李白因游江、汉，睹其山秀异，遂更号曰九华。" 〔19〕池阳：即池州，故址今安微贵池县。乐史《寰宇记》："池州池阳郡，《禹贡》扬州之城。" 〔20〕积苏累块：积聚柴草，堆累土块。《列子·周穆王》："王俯而视之，其宫榭若累块积苏焉。"用来指人世间的楼阁亭台。

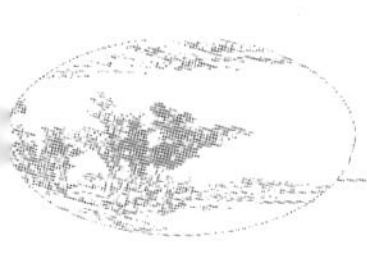

〔21〕竖亥:夏人,禹臣,善行走。《山海经·海外东经》:"帝命竖亥,步自东极,至于西极,五亿十选九,千八百步。" 〔22〕团辞:猜度、估量之词。韩愈《南山诗》:"团辞试提携,挂一念万漏。" 〔23〕刻剑:刻舟求剑,指拘泥成法而不讲实际。《吕氏春秋·察今》:"楚人有涉江者,其剑自舟中坠于水,遽刻其舟,曰:'是吾剑之所从坠。'舟止,从其所刻者入水求之。舟已行矣,而剑不行,求剑若此,不亦惑乎?" 〔24〕"但认"句:沤(ōu),水中气泡。黄海,我国四海之一,今辽宁、河北、山东及江苏北部的海域。

炼 丹 台

我登炼丹台,佚荡上青天〔1〕。
旋观六六峰,一一排青莲。
崇台据中央,宛如莲菂然〔2〕。
千瓣复万茎,回抱相钩连。
玉屏展青嶂,香炉罨紫烟〔3〕。
奇峰剑危石,栉列差髆肩〔4〕。
横若罗剑盾,矗若奋戈鋋〔5〕;
猛若屯天兽、疑角夹九阍〔6〕;
伏若万金革〔7〕,纵鸣复收旋〔8〕。
神灵既役使,顽矿俱腾骞〔9〕。
相将守丁甲〔10〕,谁敢窥汞铅?
日车阳焰煅〔11〕,月驾阴火然〔12〕。
至今丹鼎中,光气流朱殷。
在昔轩辕帝〔13〕,垂裳理八埏〔14〕。
命龙戮绝辔〔15〕,驱虎定阪泉〔16〕。
六相资辅弼〔17〕,五贼收狂癫〔18〕。

药得君臣配，火用文武煎。
海宇炉鞲定[19]，阴阳药物全。
然后事修炼，黄服朝上玄[20]。
服食八甲子[21]，《图经》云：浮丘公炼丹经八甲子，黄帝服七粒上升。
登假千万年[22]。
有如世不治，慕道求神仙。
张乐洞庭野[23]，采药黟山巅[24]。
何异周穆满[25]，车辙马迹焉？
轩皇去我久[26]，刀圭世莫传[27]。
愿发珠函秘[28]，进献玉扆前[29]。

题 解

炼丹台位置在形如莲花的黄山三十六峰正中，如菂中之薏（即莲子之心）。据《黄山图经》载："轩辕黄帝获灵丹于浮丘翁，遂思超溟渤，游蓬莱。浮丘翁曰：'炼金为丹，必假于山川。山秀水正，其药乃灵，惟江南黟山，据得其中，神仙止焉。'黄帝遂命驾，与容成子、浮丘公同游此山。"并设香炉、丹室，为炼丹台。此诗融合美丽神话与道教传说、奇峰怪石与千态万状，以及作者卓特不凡的想象于一炉，刻划黄山奇踪谲状，自然界效奇献能，读后令我们真正慨叹造化的瑰奇幻怪，态穷万物之力！

注 释

〔1〕佚(dié)荡：横逸豪放。　〔2〕莲菂(dì)：莲子。　〔3〕罨(yǎn)：掩映。　〔4〕"栉列"句：栉(zhì)列，犹如梳齿排列。髆(bó)肩：肩膀。〔5〕戈鋋：戈与鋋，泛指兵器。鋋(chán)，短矛。　〔6〕九阍：九天之门，比

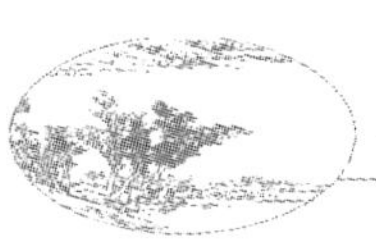

喻帝王宫门。〔7〕金革：指兵器，又因军卒服甲胄，也引申为士卒。〔8〕扨(chuāng)鸣，撞响，司马相如《子虚赋》："扨金鼓，吹鸣籁。"收旋，收兵凯旋。〔9〕"顽矿"句：顽矿，顽石，坚石。腾骞(qián)，飞举。〔10〕丁甲：六丁六甲，本道教神名，后亦泛指天兵天将。〔11〕煆(xiā)：火气猛烈。〔12〕然：同燃。〔13〕轩辕帝：黄帝，古史传说姓公孙，居于轩辕之丘，故名轩辕，后人以其为华夏族祖先。〔14〕八埏(yán)：八方的边际。〔15〕绝辔：古地名，指蚩尤。《逸周书·尝麦》："(黄帝)执蚩尤，杀之于中冀，以甲兵释怒……用名之曰绝辔之野。"〔16〕阪泉：地名。《史记·五帝纪》："(黄帝)与炎帝战于阪泉之野。"〔17〕六相：传说黄帝时六个大臣：蚩尤、大常、奢龙、祝融、大封、后土，分掌天地四方。〔18〕五贼：即贼命、贼神、贼时、贼物、贼功。《黄帝·阴符经》："天有五贼，见之者昌。"李筌注曰："黄帝得贼命之机，白日上升。殷周得贼神之验，以小灭大。管仲得贼时之信，九合诸侯。范蠡得贼物之急，而霸南越。张良得贼功之恩，而败强楚。"〔19〕炉韝(gōu)：皮制鼓风囊，俗称风箱，也借来指熔炉。〔20〕"黄服"句：黄服，黄衣，古代帝王蜡祭时所穿衣服。上玄，天也。〔21〕八甲子，八个甲子即四百八十天，见作者自注。〔22〕登假：对人死去的讳称，后来专指帝王之死。《礼·曲礼》："告丧，曰天王登假。"郑氏曰："登，上也，假，已也。上已者，若仙去云耳。"〔23〕"张乐"句：洞庭，广庭。《庄子·天下》："帝张《咸池》之乐于洞庭之野 。"成玄英疏："洞庭之野，天地之间，非太湖之洞庭也。"〔24〕黟(yī)山：即黄山。〔25〕"何异"句：周穆满，即周穆王，名满，他西击犬戎，东征徐戎。《穆天子传》因以演述穆王乘八骏西行见王母故事。参见《史记·周纪》。〔26〕轩皇：轩辕黄帝。〔27〕刀圭：古时量取药物的用具，借指药物。〔28〕珠函：玉匣、玉盒。《黄山图经》："汤池中见一珠函，一玉壶。浮丘公启之，函中有霞衣宝冠珠履，壶中有琼浆甘露。浮丘公曰：'此是上天降下以奉黄帝。'"〔29〕玉扆(yǐ)：饰玉的屏风。

秋夕燕誉堂话旧有感

东虏游魂三十年[1]，老夫双鬓更皤然[2]。

追思贳酒论兵日[3],恰是凉风细雨前。
埋没英雄芳草地,耗磨岁序夕阳天[4]。
洞房清夜秋灯里,共检庄周《说剑》篇[5]。

题 解

秋夕,秋天之夜。燕誉堂,钱谦益常熟城内府中堂室。钱谦益娶进柳如是后,由于她风流儒雅,多才多艺,钱有了闺房之乐,而且她系怀天下,谈兵说剑,是位"女元龙",多了个闺中诤友。明代从神宗万历四十四年努尔哈赤称帝起,满洲已是最重要的边患。钱谦益主持浙江乡试,曾作《浙江乡试录序》和《策文第五通谈兵》等,自诩知兵,以将帅之才自命。而今鬓发斑白,黝颜驼背,被岁月"埋没",随着宦途挫折坎坷"耗磨"殆尽,惟有对女中豪杰柳如是倾吐心声,抒发昔日雄心壮志,共商匡扶救危之计。这使二人思想和感情有了更为契合与相通的基础,也是能够长期厮守的一个重要原因。"燕誉堂话旧"从一个侧面披露钱氏在忧虑时事、感慨遭遇之时,充满对柳如是知己之遇的感情,曲传理想遭到破灭和只能在闺阁里诉说的悲愤哀怨。

注 释

〔1〕"东虏"句:东虏,指满洲军事集团。游魂,游荡鬼魂,也用来比喻苟延残喘。《后汉书·方术谢夷吾传》:"游魂假鬼,非刑所加。" 三十年,从清朝天命元年(即明万历四十四年)努尔哈赤称帝,至明毅宗崇祯十四年作者写此诗共二十六年,举整数为三十年。 〔2〕皤:白色。见前《岁暮杂怀八首》之七注释[6]。 〔3〕贳(shì)酒:赊酒。贳,赊欠。 〔4〕岁序:犹言时令。序,时序,季节。也泛指时间。 〔5〕"共检"句:庄周(约前369—约前286),战国宋蒙人。曾为漆园吏,相传楚威王闻其名,厚币以迎,许以为

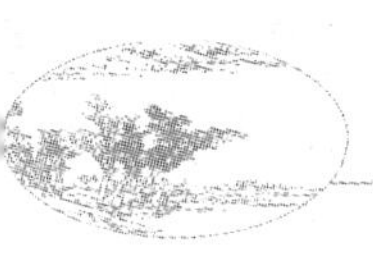

相，辞不就。主张清静无为，尊老子而排儒墨，著有《庄子》。说剑，《庄子》一书中有《说剑》篇，写赵文王好剑，庄子往说之，云："有天子剑，有诸侯剑，有庶人剑。"劝文王好天子剑。后以"说剑"指谈论武事，用来借指钱谦益天启元年主持浙江乡试在程录中所写谈兵诸篇文章。

冬至后京江舟中感怀八首

其　七

柁楼樽酒指吴关[1]，画角声飘江北还[2]。
月下旌旗看铁瓮[3]，风前桴鼓忆金山[4]。
馀香坠粉英雄气，剩水残云俯仰间。
他日灵岩访碑版[5]，麒麟高冢共跻扳[6]。

题　解

冬至为农历二十四节气之一，在十二月二十二日或二十三日。京江，长江下游称扬子江，亦名京江，因流经镇江，镇江古称京口。《尔雅》："绝高曰京，其城因山为垒，缘江为境，因谓之京口。"钱、柳婚后不久，彼此相约实地调查和考察南宋在长江边用兵遗迹，为他日时局变化预做准备。这年冬天俩人偕游镇江，携手登上长江中金、焦二山，经人指点，详细访查韩世忠、梁红玉大败金兀术的黄天荡，还相约返常熟途经苏州凭吊韩、梁在灵岩山的坟墓。此行钱谦益写了《冬至后京江舟中感怀》等诗。此诗为第七首，诗中以韩世忠自比，而以巾帼女英梁红玉比喻柳如是。二十年后他再写《后秋兴之三》，还说："还期共覆金山谱，桴鼓亲提慰我思"，仍用梁红玉典故，恰如其分地贴切柳如是风尘遭际、慧眼识人，又颇知

节概大义的生动形象。应该说他们是欲以韩、梁自范，鼓舞激励，渴望抓住机遇，在历史上建立功业的。

注释

〔1〕“柁楼”句：柁(duò)楼，船上操舵之室，因高起如楼，故称。借指乘船。吴关，即镇江，为古代长江下游的军事重镇，是出入或来往吴地的必经之途。关，是关口之意。　〔2〕画角：古乐器。形如竹筒，本细末大，以竹木或皮为之，亦有用铜者，外加彩绘，故称画角。　〔3〕“月下”句：铁瓮(wèng)，即铁瓮城，在镇江市子城口。相传为孙权所建，内外皆甃以甓，以其坚固如金城，故号铁瓮城。一说镇江子城深狭，其状如瓮，因名铁瓮城。　〔4〕“风前”句：桴(fú)鼓，桴同枹，鼓槌，擂响战鼓。　金山，山名，在镇江西北，旧在江中，后沙涨成陆，与南岸相连。《宋史·韩世忠传》：“及金兵至，世忠军已先屯焦山寺，约日大战。梁夫人亲执桴鼓，金人终不得渡。”　〔5〕“他日”句：灵岩，山名。在苏州市吴县西，又名妍石山，山上有灵岩寺，吴王置馆娃宫于此。韩世忠墓在灵岩山西麓。有宋孝宗题神道碑“中兴佐命定国元勋之碑”。碑版，指刻于石上记载的文字。版，也作板。　〔6〕“麒麟”句：麒麟，传说中仁兽名，借喻杰出的人物。高冢，高大坟墓。　跻(jī)板，登攀。板通攀，攀登。韩世忠字良臣，宋高宗时任浙西制置使，曾在黄天荡、大仪两处大败金兵。后因反对和议，为秦桧谗害，被迫引退。孝宗时，追封蕲王，谥忠武，墓在苏州灵岩山西。

癸未四月吉水公总宪诣阙，诒书辇下知己及二三及门，谢绝中朝寝阁启事，慨然书怀因成长句四首

其　一

青镜双毛叹白纷，东华尘土懒知闻[1]。

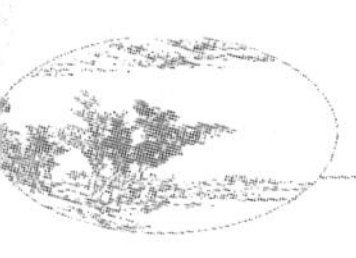

余光乍可从人借[2],乞火何当向子分[3]?
老去始谙鱼鸟性[4],穷来长傍鹿麋群[5]。
绝交莫笑嵇康懒[6],即是先生誓墓文[7]。

题解

癸未四月,指崇祯十六年(1643)农历四月。吉水公,李邦华字孟闇,号懋明,江西吉水人。崇祯十二年起南京兵部尚书,参赞机务。后代刘宗周为左都御史,甲申之变,于京城投环自缢。总宪,明清都察院左都御史的别称。诣阙,前往皇帝的殿庭。诒(yí)书,寄信。辇下,京城。及门,门人。寝阁,古代帝王日常处理政事的便殿。启事,本指述事,此处借指起用。经过钱谦益和复社张溥等人的活动,周延儒达到目的,走马上任,但对静候佳音的钱氏却是表面上虚张声势,实际上外扬内排,还说:"虞山正堪领袖山林耳。"消息传来,钱谦益感到被愚弄欺骗,极为恼火和愤恨。不仅写《它日杂题长句八首》和本诗泄愤,还让李邦华带去手书《寄长安诸公书》,表示谢绝荐举起用。其时钱谦益正"与群公谋王室事",欲伺机而动,挽救危局,却于诗中言不由衷,表明他受到周延儒伤害太重,借此向京师诸人和门下弟子宣布其怨怼之恨罢了。

注释

〔1〕东华:东华门,代指京师。　〔2〕乍可:宁可。　〔3〕乞火:求取火种,引申为说项、推荐之意。成为说情、荐举的用典。　〔4〕谙:熟悉,了解。　〔5〕"穷来"句:长傍,经常依靠。鹿麋(mí),兽名,鹿属。借以指隐居。　〔6〕"绝交"句:嵇康(223—262)字叔夜,谯郡铚(今安徽宿县)人。曾拜中散大夫,世称嵇中散。与阮籍齐名,为竹林七贤之一。有《嵇中散集》。曾作《与山巨源绝交书》,表达非汤武而薄周孔的见解。《世说新语·

栖逸》:“山公将去选曹,欲举嵇康,康与书告绝”。〔7〕誓墓文:晋王羲之与王述不谐。羲之为会稽内史,述后检察会稽郡,羲之深耻之,遂称病去郡,于父母墓前自誓不复出仕。后人以誓墓称去官归隐,誓墓文亦即发誓归隐之文。此处指钱谦益《寄长安诸公书》。

其　四

虚堂长日对空枰〔1〕,择帅流闻及外兵〔2〕。

上命精择大帅,冢宰建德公以衰晚姓名列上。

玉帐更番饶节钺〔3〕,金瓯断送几书生〔4〕。
骊山旧匣埋荒草〔5〕,谯国新书废短檠〔6〕。
多谢群公慎推举,莫令人笑李元平〔7〕。

注　释

〔1〕“虚堂”句:虚堂、高堂。空枰(píng),闲置棋局。比喻崇祯一朝走马灯式撤换宰辅五十馀人,滥杀“失职”朝臣,现已无人可用。陈寅恪《柳如是别传》说:“此首乃牧斋自谓己身知兵,堪任大帅,而崇祯帝弃置不用,转用周玉绳,所以致其怨望之意,故此首实为此题之全部主旨也。”接着发生这年底周延儒被崇祯帝赐死的一幕,解了心头之恨。钱氏始终不能忘悼周延儒,晚年临死作《病榻消寒杂咏》诗,还提到周是典型的壬人、小人之相,鄙弃蔑视之情至死未能消释于怀。〔2〕择帅:诗下有注,指吏部尚书郑三俊荐举钱氏任督军大帅。明清两代吏部尚书称冢宰。郑三俊字用章,池州建德人,故称建德公。〔3〕节钺:符节与斧钺。指初拜大将军仪式,先授节,次授钺。〔4〕“金瓯”句:金瓯,指国土。书生,指被崇祯帝赐死的薛国观、周延儒等人。〔5〕“骊山”句:骊山,指骊山老母,神话传说中女仙名。《长安志》:“咽瓠泉在蓝田山,李荃于此遇骊山老母说《阴符经》。传教毕,令荃取水。荃携瓢就泉已,失老母,因名咽瓠泉。”〔6〕“谯国”句:谯国,曹操(155—220)汉沛国谯人。《魏志·武帝纪》注:《魏书》曰:“太祖自作兵书十

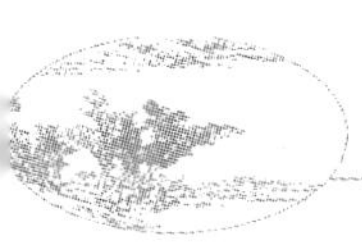

万馀言，诸将征伐，皆以新书从事。”　〔7〕“莫令”句：李元平唐宗室疏裔，事见《新唐书·关播传》。李元平好论兵，关播盛称荐举，拜任补阙后李希烈叛，以元平为检校吏部郎中，兼汝州别驾知州事，委以重任，未及交战被叛贼内应所缚，而关播还说其必败贼而建功，是一纸上谈兵的典型。此处用来指周延儒，只有儒生文才而无实战能力。

绛云楼上梁以诗代文八首

其　四

三年一笑有前期[1]，病起浑如乍嫁时[2]。

《泛舟》诗云：“安得三年成一笑。”君病起恰三年矣。

风月重窥新柳眼，海山未老旧花枝。

争先石鼎搜联句[3]，薄怒银灯算劫棋[4]。

见说秦楼夫妇好[5]，乘龙骑凤也参差[6]。

题　解

绛云楼在常熟城中钱谦益住宅之内，是半野堂之后新建楼阁，兼备贮藏图书和家庭居住之用。柳如是在完婚后为避开家庭纠纷和矛盾，提出不入本宅而另建新居，钱谦益欣然听命。因仓猝间建楼所需之资难以筹集，忍痛将家中珍藏传世孤本宋刻前后《汉书》出售。所盖“绛云楼”前堂后楼，左右厢房，精巧别致。藏书室多有古籍善本，据传仅宋刻书就达数万卷，使绛云楼图书名列江南藏书楼之第一，钱谦益也步入当时著名藏书家行列。他与柳如是住在绛云楼内，过着文采风流的神仙般日子，有这样一个文学伴侣，浏览史乘、勘校错讹、题花咏柳、诗文唱酬，“殆无虚日”。两诗是个缩影，可谓写实。

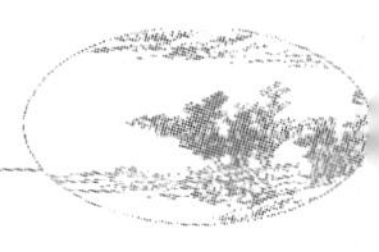

注 释

〔1〕"三年"句:三年一笑,用《左传》事。《左传·昭公二十八年》:"昔贾大夫恶,娶妻而美,三年不言不笑,御以如皋,射雉获之,其妻始笑而言。"后用为取悦美妻典故。前期,前约。沈约《别范安成》诗:"生平少年日,分手易前期。" 〔2〕"病起"句:浑如,简直,几乎。乍(zhá),初、刚。此句写柳如是自镇江归来后,因劳累而卧病于床,刚有好转。 〔3〕"争先"句:石鼎,古代石制煎烹之器。联句,赋诗时人各一句或几句,合而成篇叫联句。韩愈有《石鼎联句》诗。此句写钱、柳二人诗文唱酬。 〔4〕"薄怒"句:薄怒,稍微发怒。劫棋,围棋中"劫争"。黑白双方在同一处各自围住对方一争。黑方如先吃白方一子,白方须于他处下子,待对方应后,才可于原处提回黑方一子。如此往复提吃,叫做"劫争",省作"劫"。此句写二人闺阁之乐。这一联可谓当时实况。 〔5〕"见说"句:此处用"萧史"典故。萧史,传说为春秋时人,善吹箫,作凤鸣。秦穆公以女弄玉妻之,为作凤台以居。一夕吹箫引凤,与弄玉乘凤骑龙升仙而去。秦人作凤女祠于雍宫内。 〔6〕参差(cēn cī):近似,差不多。

其 七

宝架牙籤傍绮疏[1],仙人信是好楼居[2]。
风飘花露频开卷,月照香婴对校书[3]。
拂纸丹铅云母细[4],篝灯帘幕水精虚[5]。
昭容千载书楼在[6],结绮齐云总不如[7]。

注 释

〔1〕"宝架"句:宝架,借指珍贵书籍。牙籤,书签,古时用象牙制的图书标签。绮疏,雕饰花纹的窗户。 〔2〕仙人:此处指柳如是。 〔3〕香婴:指柳如是所生女孩。《牧斋遗事》云:"柳夫人生一女。" 〔4〕"拂纸"句:此句应是"拂纸云母丹铅细。"拂,展开。云母纸,即熟纸,经过上矾、涂

色、洒金、洒云母等制成较名贵纸张，“云母笺”是其中一个品种。丹铅，丹砂和铅粉，古人用来校勘文字。 〔5〕“篝灯”句：此句也应是“篝灯水精帘幕虚”。篝灯水精，以水晶装饰的灯笼蔽灯。水精，即水晶。 帘幕虚，因忙于校书，帘幕未打开，形同虚设。此二句写出当时的实况。 〔6〕“昭容”句：昭容，上官婉儿。见《姚叔祥过明发堂共论近代词人戏作绝句十六首》之十一注释[1]。吕温《上官昭容书楼歌》序：“贞元十四年，友人崔仁亮于东都买得《研神记》一卷，有昭容列名书缝处，因感叹而作”。 〔7〕结绮齐云：结绮，结绮阁，南朝陈后主至德二年，于光昭殿前起临春、结绮、望仙三阁，穷极奢华靡丽。后主自居临春阁，张贵妃居结绮阁，龚、孔二贵嫔居望仙阁，并以复道交相往来。齐云，齐云楼，古名月华楼。唐曹恭王所建，后又名飞云阁，古址在苏州旧吴县子城上。白居易有《齐云楼晚望偶题十韵》诗。

癸未除夕

三年病起扫愁眉，恰似如皋笑一时[1]。
渐喜闺门欢有绪[2]，剧怜海宇乱如丝。
升平节物椒花在[3]，感激心情腊酒知。
莫讶骰盘争喝遣[4]，要将连掷赌王师[5]。

题　解

癸未除夕，指崇祯十六年(1643)农历十二月三十日夜。钱、柳从镇江、苏州回到常熟宅第后，看到塘报抄件传来消息，山海关外重镇锦州遭到清军围攻，蓟辽总督洪承畴于松山一役大败，全军覆没。内部“流寇”日益猖獗，“剿寇”军事一再受挫，李自成、张献忠在短暂失利后，重振旗鼓，连杀楚、豫藩王，纵横中原和川鄂一带，进而直指京师，明王朝处于风雨飘摇前夕。时局败坏，使钱、柳二人忧心如焚，在除夕之夜尽管辞岁贺新，但国势危急，心情黯淡，

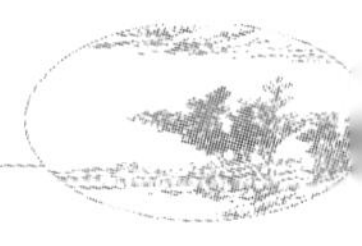

尤其大病初愈的柳如是，因牵念战局，“剧怜海宇”纷乱，竟然以“骰盘”“掷赌”来祈盼王师的胜利了。

注 释

〔1〕如皋：取悦美妻。见前《绛云楼上梁以诗代文八首》之四注释〔2〕。〔2〕闺门：内室之门。古时女子住于内室，用以指柳如是的居室。〔3〕“升平”句：节物，应时节的景物。椒（jiāo）花，即椒花颂。晋刘臻妻陈氏尝在正月初一日献《椒花颂》，见《晋书·列女传》。后用为新年祝词之典。〔4〕“莫讶”句：讶，吃惊。骰盘，赌具。喝遣，呼叫派遣。　〔5〕“要将”句：连掷，接连投掷骰子。赌，赌博，指争输赢，意即赌官军胜负。这是柳如是关心国事的一种表现。

甲申元日 附

又记崇祯十七年，千官万国共朝天〔1〕。
偷儿假息潢池里〔2〕，倖子魂消槃水前〔3〕。
天策纷纷忧帝醉〔4〕，台阶两两见星联〔5〕。
衰残敢负苍生望〔6〕，自理东山旧管弦〔7〕。

题 解

甲申元日，即崇祯十七年（1644）旧历正月初一日。钱谦益诗，《初学集》所收止于崇祯十六年（1643）癸未，《癸未除夕》诗应是最后一首，但却以《甲申元日》七律作结，故用一“附”字。这一年北都频危，他听到朝中举荐和崇祯帝“咨嗟”，心血喷涌，献上治国方略《向言》，还联络握有兵权的武帅马士英、郑芝龙、左良玉等，欲救明室危亡之局，然为时已晚，仅三个多月后李自成率农民军攻入北京。

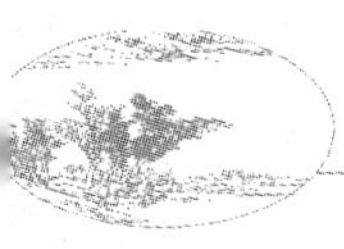

此诗写于甲申第一天，在祝贺新年到来之际，面对“板荡”的国势，他未敢以“衰残”辜负“苍生”期望，欲求仕报国，“赤手”回天，却都屡屡落空，均成画饼，只能“自理东山旧管弦”，岂不哀哉！

注释

〔1〕万国：犹言万邦，指所统治的全国各地。 〔2〕“偷儿”句：偷儿，窃贼。假息，苟延残喘。潢池，池塘。钱谦益认为农民军犹如小偷盗窃兵器，戏弄于池塘里。 〔3〕“倖子”句：倖（xìng）子，犹言宠臣。倖，宠幸。槃（pán）水，槃同盘，承水之器。盘水加剑，是汉代大臣自请处死的一种表示。借来指崇祯帝以罪将周延儒逮至京师，勒令自尽。 〔4〕“天策”句：天策，朝廷谋略。帝醉，皇上迷惑。 〔5〕“台阶”句：台阶两两，星名，即三台星。三台星共六星，每台两星，成三阶。《后汉书·郎凯传》：“三公上应台阶，下同元首。”后以台阶指三公之位，也用以比喻宰辅的再出现。李白《上崔相百忧章》：“台星再朗，天网重恢”。此句钱谦益隐以台星即宰辅再现自比。 〔6〕“衰残”句：负，辜负。苍生，百姓。 〔7〕“自理”句：东山，《初学集》卷十八至卷二十命名《东山诗集》，取自柳如是《半野堂初赠诗》中“东山葱岭莫辞从”句，钱谦益自注：“集名东山，取此诗句也。” 旧管弦，意即整理已往所写诗文。管弦，细乐通称。管指箫管等，弦指琴瑟等。借以指所写作的诗文。

甲申端阳感怀十四首

其 二

三百年来历未过[1]，如何阙下起风波[2]。
无端拍案心欲醉，有恨填胸剑欲磨。
雪暗燕山迷玉鼎[3]，雨淋宗社咽铜驼[4]。
普天蒙耻终须雪，望望英雄早荷戈[5]。

题 解

甲申端阳为崇祯十七年农历五月初五日。《初学集》止于崇祯十六年，而《有学集》则始于清顺治二年，两集间少崇祯十七年诗。钱谦益有《苦海集》，是常熟瞿氏铁琴铜剑楼藏本，曾被人排印过，今已不易得。集中有此一组诗，是在确讯崇祯帝煤山自缢后，表现他的心情的作品。可用来填补《初学》、《有学》二集间空白。从这一组诗所选几首看出，钱氏于心不甘，不愿正视明朝灭亡的现实，仍想挽回将落之日，在江南未有失守时，欲失之东隅，收之桑榆，以半壁江山再显身手。甲申变后他即赴南京，参与新政权的建设，以期再造复兴之业。这一次是走向了政治舞台的前沿，然失败更为惨重，付出高昂的政治代价，是其一生悲剧的关键所在。这四首诗选自钱仲联先生主编《清诗纪事》。

注 释

〔1〕“三百年”句：明朝始建于明太祖洪武元年（1368），至崇祯十七年李自成进入北京，建立大顺政权，共二百七十六年，未过三百年。 〔2〕阙（què）下：阙，帝王所居宫廷，借指京城。 〔3〕“雪暗”句：燕山，即燕山府，唐幽州范阳郡卢龙军节度，辽置燕京，宋徽宗宣和四年又改为燕山府，有今河北北部及东北部之地。玉鼎，传国重器，喻指国运、政权。 〔4〕“雨淋”句：宗社，宗庙和社稷，古时用作国家代称。咽铜驼，借指山河残破。《晋书·索靖传》：“靖有先识远量，知天下将乱，指洛阳门铜驼，叹曰：‘会见汝在荆棘丛中耳！’” 〔5〕望望：一再瞻望，迫切希望。

其 五

日月荒凉大地昏〔1〕，山川悲啸百神奔。
楚囚空洒新亭泪〔2〕，望蜀谁招故主魂〔3〕？

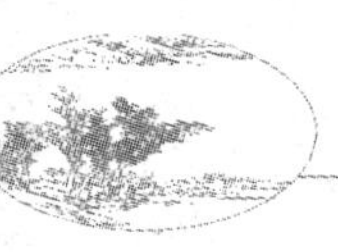

厉鬼一朝终杀贼[4]，苍生百岁敢忘恩。
忧勤十七年心事[5]，定有英灵护子孙[6]。

注　释

〔1〕“日月”句：和下一句一起指明朝的灭亡。此诗是对明毅宗朱由检的歌颂。虽然他对这位末代皇帝并无多少好感，终崇祯一朝，他始终居于林下，并未还朝。但枚卜大典以崇祯帝天语“失于觉察”，再定浙闱铁案；由张汉儒讦告的“丁丑狱案”，赖崇祯帝“英明”真相大白，扳倒政敌温体仁；至明亡前夕崇祯帝于“三月十一日赐环召公”，起复任用，尽管邸报失传，无补于事，还是让钱谦益感激涕零，毕生难忘，何况“忠孝节义”的人伦纲常，以及崇祯帝的自杀“殉国”，被其视作前所未有的奇耻大辱，“君父之仇”，故于此首以“忧勤”、“英灵”等词语进行赞颂，也就不奇怪了。　〔2〕“楚囚”句：楚囚，本指被俘的楚国人，后也用以借指处境窘迫者。钟仪，春秋时楚国乐师，曾被囚于晋国，晋侯见而问之曰：“南冠而执者，谁也？”有司对曰：“郑人所献楚囚也。”　新亭泪，比喻伤时忧国之情。东晋初过江之人，每至春秋暇日，多邀至新亭宴饮，故址在今南京江宁县南，又叫劳劳亭。一日丞相王导与客宴新亭，周颉中坐而叹曰：“风景不殊，举目有河山之异。”皆相视流涕，惟王导愀然变色曰：“当共戳力王室，克复神州，何至作楚囚对泣邪！’”　〔3〕“望蜀”句：望蜀，望帝。相传战国时蜀王杜宇称帝，号望帝，为蜀除水患有功，不久禅位，退隐西山，后魂魄化为杜鹃，春末出现，啼声哀怨动人。故主，旧君。　〔4〕厉(lì)鬼：恶鬼。〔5〕“忧勤”句：忧勤，忧虑而劳苦。十七年，明毅宗朱由检崇祯元年(1628)登基，至十七年(1644)在位。　〔6〕“定有”句：护子孙，指崇祯帝太子朱慈烺、定王朱慈炯、永王朱慈炤等皇室后裔。

其十二

满朝肉食曳华裾[1]，殉节区区二十馀[2]。
名谊居平多慷慨[3]，身家仓卒自踌躇[4]。

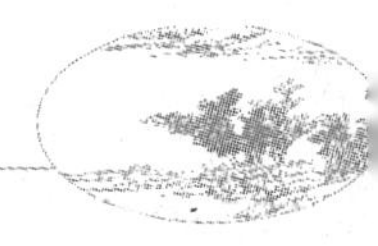

当年靖难屠忠义[5],今日捐躯愧革除[6]。
方景铁黄生气在[7],一回瞻拜一唏嘘[8]。

注释

〔1〕"满朝"句:肉食,指享厚禄的官员。《左传·庄公十年》:"公将战,曹刿请见。其乡人曰:'肉食者谋之,又何间焉?'"又"肉食者鄙,未能远谋。"华裾,同华衮,古代王公贵族的多采礼服。这首诗是钱谦益在长歌当哭中,大骂误国的宵人,在生死存亡关头,除"区区二十馀"人殉节外,其馀屈膝投降,甘心迎敌。他要以董狐之笔将这群败类钉在历史的耻辱柱上,让万世唾骂。岂料言犹在耳,仅过一载,他也降表佥名,毁污大节,投降被自己视为夷类的"建虏",将生命价值和信仰根基一扫而光。为此,在这二年的时间里,他不敢把其所作所为,写入诗歌,载于文集。他说:"余自甲申以后发誓不作诗文,间有应酬,都不削稿。"故其诗什,按年编排,秩序井然,独缺这一时期作品。他把它视为一块心病,留下空白,回避历史的"公论"。 〔2〕殉节:为节义而死。 〔3〕"名谊"句:名谊,名份适宜。居平,平时,平常。意即在平时讲究气节、令名。 〔4〕"身家"句:仓卒,事变,乱难。 踌躇(chóu chú),犹疑,徘徊不前。意即在变乱时则迟疑乃至变节。 〔5〕靖(jìng)难:明建文帝朱允炆用齐泰、黄子澄之谋,削夺诸藩。燕王朱棣等反,指齐、黄为奸臣,起兵清君侧,号曰靖难。建文四年六月,靖难兵入南京,朱允炆不知所终,燕王称帝,大杀建文诸臣。 〔6〕革除:明成祖朱棣既夺建文皇位,又诏去建文年号,复称洪武,臣下则称建文年间为革除之年。 〔7〕"方景"句:方孝孺(1357—1402)字希直,又字希古,浙江宁海人。宋濂弟子,世称正学先生。建文时任侍讲学士,燕王朱棣起兵入京师,命其草即位诏,孝孺不从被杀,株连宗族亲友,有《逊志斋集》。景,景清,本耿姓,讹景,真宁人。洪武进士,建文初年为御史大夫。朱棣登基,景清伪降,欲有所为,怀刃刺成祖,事露,奋起曰:"欲为故主报仇耳。"被磔死,灭九族。铁铉(1366—1402)字鼎石,河南邓州人。建文时任山东参政,燕王朱棣反,铉与盛庸守济南,屡破燕军,以功升兵部尚书。燕王即皇帝位,铉被执,不屈死。黄子澄(1350—

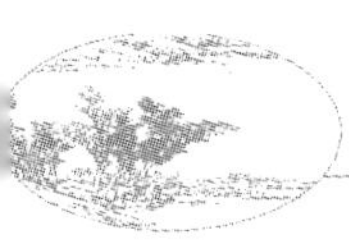

1402)名湜,江西分宜人。洪武十八年会试第一,伴读东宫,累迁太常寺卿。建文即帝位,与齐泰建议削藩。燕王起兵入南京,诘子澄,抗辩不屈,被杀灭族。　〔8〕唏嘘(xū):哽咽,叹息。

其十四

喜见陪京宫阙开[1],双悬日月照蓬莱[2]。
汉家光武天潢近[3],江左夷吾命世才[4]。
地自龙兴留胜概,人乘虎变勒云台[5]。
天师指日枭凶逆[6],露布高标慰九垓[7]。

注　释

〔1〕"喜见"句:陪京,南京。宫阙,古时帝王所居宫门双阙,故称宫殿为宫阙。此指南明福王朱由崧建立的新政权。　这是最末一首,颂福王登基。当时明朝仍有半壁江山,留都安然无恙,它曾是明朝发祥之地,又有长江天堑的自然屏障和江南之地的富庶,出现划江而治,和用江南半壁恢复一统,是完全可能的。而且,南京监国仍是朱姓皇族后裔,又有史可法等忠勇大臣,王师枭逆灭虏,指日可待。钱谦益兴冲冲地以拥戴南明,建立新政权为契机,重新开始入朝的政治活动。终因才大识闇,志锐守馁,谄事马、阮,再经一念之差,投降清朝,致"晚节摧颓,尽丧其数十年谈忠说孝之面目",酿成自食其果的一杯苦酒。　〔2〕蓬莱:即蓬莱宫,在陕西长安县东,原名大明宫,龙朔二年唐高宗改为蓬莱宫。此用来指南京的宫殿。　〔3〕"汉家"句:光武,光武帝刘秀(公元前6—公元57),高祖九世孙,王莽地皇三年起兵,荡平天下,定都洛阳,建立东汉,在位三十三年。天潢,皇族、帝王后裔。此指福王朱由崧。　〔4〕"江左"句:夷吾,管仲(?—前645),又称管敬仲。春秋时期政治家,名夷吾,字仲,颖上人。齐桓公曾称其为"仲父",在齐国进行改革,国力大振。他帮齐桓公以"尊王攘夷"相号召,使其成为春秋时第一个霸主。管仲言论见《国语·齐语》。命世,治世之才。此指史可法等人。

〔5〕“勒云”句:勒,雕刻。云台,汉宫中高台名。汉明帝曾图画中兴功臣三十二人于云台。　〔6〕枭(xiāo):枭示,斩头颅而悬挂木柱上示众。〔7〕九垓(gāi):中央与八极之地,即全国各地。

丙戌南还赠别故侯家妓人冬哥四绝句

其　一

绣岭灰飞金谷残[1],内人红袖泪阑干[2]。
临觞莫恨青娥老[3],两见仙人泣露盘[4]。

题　解

丙戌,清顺治三年(1646)。故侯家,刘泽清字鹤州,山东曹县人,弘光朝江北四镇之一,封东平侯。冬哥,又名冬儿,为刘泽清歌伎。钱谦益降清抵京后,清廷授予礼部原职,闲曹冷局和希冀的破灭,令他再次失望、后悔,仅半年时间便乞假告归,途经淮安见到故侯家妓冬哥。当年刘泽清在淮安城有甲第一区,楼阁壮丽,现已夷为平地,冬哥也流落里居。故人相见,感慨万分,抚今追昔,涕泪沾襟。钱谦益所写四绝句,慨叹朱明王朝覆灭命运,搀和着血泪和忧愤,如泣似诉。入清诗歌结集为《有学集》,充满禾黍之悲的苍凉哀音,许多诗歌近于啼哭,体现他善于造哀的本领。

注　释

〔1〕“绣岭”句:绣岭,即绣岭宫,唐宫名,故址在今河南陕县,唐高祖显庆三年建。李玫《白衣叟途中吟》之一:“绣岭宫前鹤发人,犹唱开元太白曲。”金谷,也称金谷涧,在河南洛阳市西北,有水流经谓之金谷水。晋太康中石

崇于此筑园,即世传“金谷园”。 〔2〕“内人”句:内人,宫中女伎艺人。崔令钦《教坊记》:“伎女入宜春院,谓之内人,亦曰前头人,常在上前头也。其家犹在教坊,谓之内人家。” 阑干,泪流不断。 〔3〕临觞:面对酒。觞,酒杯。 〔4〕“两见”句:两见,谓甲申北都失陷和乙酉金陵灭亡。泣露盘,以捧露盘仙人哭泣比喻明朝覆灭。李贺《金铜仙人辞汉歌序》:“魏明帝青龙元年八月,诏宫官牵车西取汉武帝捧露盘仙人,欲立置前殿。宫官既拆盘,仙人临载,乃潸然泪下”。

其　二

天乐荒凉禁苑倾〔1〕,教坊凄断旧歌声〔2〕。
临歧只合懵腾去〔3〕,不忍听他唱渭城〔4〕。

注　释

〔1〕“天乐”句:天乐,天上音乐,即宫廷音乐“钧天广乐”。 禁苑,帝王苑囿。《长安志》:“禁苑在宫城之北,隋曰大兴苑,开皇元年置。” 〔2〕教坊:唐代掌管女乐的官署,明代曾设教坊司。 〔3〕“临歧”句:临歧,此指分道惜别。懵(měng)腾,醉态,朦胧迷糊。 〔4〕渭城,见前《潞河别刘咸仲吏部》注释〔3〕。

其　四

师师垂老杜秋哀〔1〕,金缕歌残尽此杯〔2〕。
惆怅落花时候别,江南花发迟君来〔3〕。

注　释

〔1〕“师师”句:李师师,宋汴京人。相传其幼年曾舍为尼,俗呼佛弟子为师,故名李师师。名妓、与著名词人周邦彦等往来,以歌舞动京师,宋徽宗赵佶屡宿其家,后入宫封瀛国夫人,靖康中流落南方。一说金兵破汴梁时,被张

邦昌送往金营，不屈，吞金簪自杀。 杜秋，杜牧《杜秋诗》序："杜秋，金陵女也，年十七，为李锜妾。后锜叛灭，籍之入宫，有宠于景陵，穆宗即位，命秋为皇子傅姆，皇子壮，封漳王。郑注用事，诬丞相欲去己者，指王为根。王被罪废削，秋因废归故乡。" 〔2〕"金缕"句：金缕，即金缕曲、为曲调名。 尽，竭、完。喝完之意。 〔3〕迟：等待。

丙戌七夕有怀

阁道垣墙总罢休[1]，天街无路限旄头[2]。
生憎银漏偏如旧[3]，横放天河隔女牛[4]。

题 解

丙戌七夕，即顺治三年农历七月七日夜，民间传说牛郎织女在这一夜天河相会。清兵过江占领南京后，南明残馀势力退至浙、闽一带，以郑鸿逵、黄道周为首臣僚奉唐王朱聿键即帝位于福州，改元隆武，这是南明第二个抗清政权。据金鹤冲《钱牧斋先生年谱》说："此诗在隆武帝即位后十日而作，女牛之隔，君臣之异地也。"抒发对唐王的抗清政权向往之情。

注 释

〔1〕"阁道"句：阁道，星名，北斗辅星，属奎宿，见《史记·天官书》。 垣墙，星空区域名。《三氏星经》："长垣四星，在少微西。南北列，主界城域邑檣，防胡夷入之，即今长城是也。" 罢休，停止。 〔2〕"天街"句：天街，星名。《史记·天官书》："昴、毕间为天街。"正义："天街二星，在毕、昴间。主国界也。" 旄头，即昴星，二十八宿之一。《史记·天官书》："昴曰旄头，胡星也。"此句隐喻唐王朱聿键在福州登基，建立隆武新朝。 〔3〕"生憎"句：生憎，讨厌，憎恨。生，极、偏之意。 银漏，即漏壶，古计时器，也泛指时

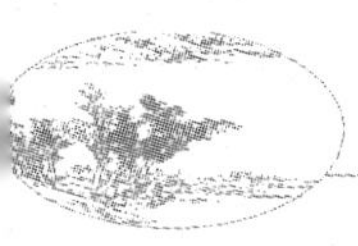

间。 〔4〕“横放”句:女牛,织女星和牵牛星。织女星在银河西,与银河东牵牛星隔河相对。用来比喻自己不能和隆武帝在一起,为新朝服务。

和东坡西台诗韵六首

其 一

丁亥三月晦日[1],晨兴礼佛,忽被急征。银铛拖曳[2],命在漏刻[3]。河东夫人沉痾卧蓐[4],蹶然而起,冒死从行,誓上书代死,否则从死,慷慨首途[5],无剌剌可怜之语[6]。余亦赖以自壮焉。狱急时,次东坡御史台寄妻诗[7],以当诀别。狱中遏纸笔[8],临风暗诵[9],饮泣而已。生还之后,寻绎遗忘[10],尚存六章。值君三十设帨之辰[11],长筵初启,引满放歌,以博如皋之一笑[12],并以传示同声,求属和焉[13]。

朔气阴森夏亦凄[14],穹庐四盖破天低[15]。
青春望断催归鸟[16],黑狱声沉报晓鸡。
恸哭临江无壮子[17],徒行赴难有贤妻。
重围不禁还乡梦,却过淮东又浙西[18]。

题 解

和东坡西台诗韵,苏轼原诗题目《御史台寄弟诗》。西台,西御史台简称,代指御史台。清顺治四年(1647)三月,钱谦益南归后过了半年多家居生活,因资助和支持江阴人黄毓琪举兵反清,事发被逮,押赴金陵。柳如是冒死从行,并赖她的护持和千方百计营救,钱氏得以逃脱生死之灾。出狱后正值柳如是三十寿辰,他甘冒不韪去妾称妻,反映钱、柳在感情上的一个重大变化。经过牢狱的

黑暗和处死的危胁，加速钱谦益参与复明活动的步伐。至于被清廷逮捕，“锒铛三匝”，也让他终生不能忘记，二十年后在将死之际作《病榻消寒杂咏》诗，还专门写了一首诗回忆丁亥羁囚事。

注释

〔1〕丁亥三月晦日：顺治四年三月最后一日。晦日，农历每月最后一天。〔2〕锒铛：刑具，铁索链。〔3〕漏刻：瞬间，即刻。〔4〕“沉痾”句：沈痾（kè）：重病。蓐（rù），草蓐。〔5〕首途：出发上路。〔6〕刺刺（cì）：多言。〔7〕寄妻诗：钱谦益特意将“弟”改为“妻”。〔8〕遏（è）：断绝。〔9〕暗诵：默默背诵。〔10〕寻绎（yì）：搜求探索。〔11〕设帨（shuì）：女子生日称设帨。〔12〕如皋一笑：见前《绛云楼上梁以诗代文八首》之四注释[1]。〔13〕属（zhǔ）和：以诗酬答。〔14〕朔气：寒气，以此隐指清朝统治冷酷。〔15〕穹庐：毡帐。《史记·匈奴传》：“匈奴父子乃同穹庐而卧。”〔16〕“青春”句：青春，春天。望断，远望，久望，直到望不见。催归，鸟名，即杜鹃，也叫子规。韩愈《赠同游》诗：“唤起窗全曙，催归日未西。”〔17〕“临江”句：临江，江边。苏轼《东坡后集·到昌化军谢表》：“子孙恸哭于江边，已为死别。”此句为下句“贤妻”铺垫，以此感谢自料必死得柳如是之力不死的相救之情。〔18〕“却过”句：淮东，今安徽淮河南岸一带习称淮东。陈寅恪认为用“淮东”暗指明凤阳祖陵。浙西，谓浙江西部及西北部地区，既是袭用苏轼“浙江西”之语，又是指郑成功等占据的浙江沿海。

其　四

三人贯索语酸凄[1]，主犯灾星仆运低[2]。
溲溺关通真并命[3]，影形绊絷似连鸡[4]。
梦回虎穴频呼母[5]，话到牛衣并念妻[6]。
尚说故山花信好[7]，红阑桥在画楼西。

余与二仆，共梏拲者四十日。

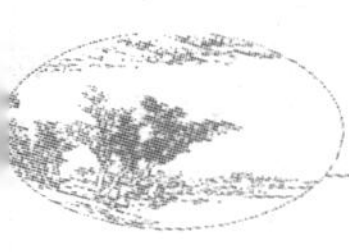

注　释

〔1〕贯索:长而粗的大绳,意即主仆三人用粗长大绳捆绑。此诗写他和二个仆人一起“梏拳”,双手被拷、粗绳捆绑,像“待割”之鸡,任人屠宰,性命堪忧。　〔2〕“主犯”句:灾星,古人相信天象与人事相关,认为某星体呈现异常,则人间会有相应灾变,称之为灾星。后亦泛指恶运、灾祸。运,命运,运气。意即二位仆人受主人牵连一起逮入狱中。　〔3〕“溲溺”句:溲溺(sōu niào),大小便。　关通,贯通,连通。意即主仆三人锁于一室,饮食起居、大小便均在一起。　〔4〕绊縶(zhí):原为拴缚马足之绳,此处作束缚讲。〔5〕“梦回”句:虎穴,形容清朝牢狱阴森可怖。呼母,用《史记》语。《史记·屈原列传》:“疾痛惨怛,未尝不呼父母。”　〔6〕牛衣:供牛御寒用的披盖物。《汉书·王章传》:“章为诸生,学长安,独与妻居。章疾病,无被,卧牛衣中,与妻诀,涕泣。妻曰:‘疾病困阨,不自激昂,乃反涕泣,何鄙也!’”〔7〕“尚说”句:故山,指钱谦益在常熟的拂水山庄。花信,指山庄八景之“酒楼花信”及“月堤烟柳”等景。

金坛逢水榭故妓感叹而作凡四绝句

其　一

黄阁青楼尽可哀,啼妆堕髻尚低徊[1]。
莫欺乌爪麻姑老[2],曾见沧桑前度来[3]。

题　解

金坛,县名,今镇江市金坛县。水榭,建筑在水边或水上的亭阁。故妓,秦淮河的旧妓。据徐世昌《晚晴簃诗汇》所附诗话:“曙光旧隶乐籍,善歌舞,后为女冠。钱牧斋有诗,其一云云,为曙光作也。曙光,上元人,胡氏女,原名朝霞。”此诗也是借与秦淮妓人相

逢，抒发明朝灭亡之感和沧桑之变，哀音袭人，与《丙戌南还赠别故侯家妓人冬哥四绝句》同一机抒。

注释

〔1〕“啼妆”句：啼妆，东汉时妇女以粉拭目下，有似啼痕，称为啼妆。堕(duò)髻，即堕马髻，古代妇女发髻名，发髻蓬松，像要坠落的样子。低徊，徘徊。　〔2〕鸟爪麻姑：即麻姑爪。相传女仙麻姑，手指纤细如鸟爪。葛洪《神仙传》：“东汉桓帝时，仙人王远降于蔡经家，召女仙麻姑至，年十八九，甚美。蔡经见麻姑手指纤细似鸟爪，自念：‘背大痒时，得此爪以爬背，当佳。’”〔3〕沧桑：沧海桑田。仍用女仙麻姑典，麻姑至蔡经家，“自云：‘接待以来，已见东海三为桑田，向到蓬莱，水又浅于往者会时略半也，岂将复还为陵陆乎？’”作者用此典意即曾见南明灭亡的沧桑变化。

其　二

剩水残山花信稀，琐窗鹦鹉旧笼非[1]。
侬家十二珠帘外[2]，可有寻常燕子飞[3]。

注释

〔1〕琐窗：镂刻有连琐图案的窗棂。旧笼非，非旧笼，意即换了主人。此诗看似寻常，却用笔极细，融化刘禹锡千古传诵名句，如盐着水，只有其味而无形。燕子重来，但世异时殊，人更物换，高门甲第，百不一存，已成“寻常燕子”，借此逗露山河之变，使感慨遥深，含蓄蕴藉。　〔2〕“侬家”句：侬家，自称，犹言吾家。十二珠帘，意即层层用珍珠缀饰的帘子，十二，形容数量多，有时也用来形容程度深。　〔3〕寻常燕子：刘禹锡《乌衣巷》诗：“旧时王谢堂前燕，飞入寻常百姓家。”

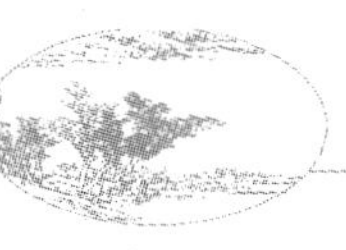

吴门春仲送李生还长干

阑风伏雨暗江城[1]，扶病将愁起送行[2]。
烟月扬州如梦寐[3]，江山建业又清明[4]。
夜乌啼断门前柳[5]，春鸟衔残花外樱[6]。
尊酒前期君莫忘[7]，药囊吾欲傍馀生。

题 解

吴门，古吴县城（今苏州市）别称。长干，古里巷名，在南京市。金陵南有山冈，江东谓冈为干。其地在秦淮河以南，为山冈间平地，吏民杂居，号长干里。钱谦益经过柳如是和南京故老遗民的活动和营救，让总督马国柱以"谦益与毓琪素不相识"为由袒护，还用"钱以内院大臣归老山林，子侄三人新列科目，必不丧心负恩"给予辩解，让案子缓和下来，被释放出狱，但还受到管制，随时听候传讯。这首诗即是在管制期内为赠别李生而作，诗里饱含深情，于阑风伏雨、春鸟衔残的春景描绘里，倾注了对朱明王朝的悼念之情。

注 释

〔1〕阑风伏雨：意谓风风雨雨，久不停止。杜甫《秋雨叹》诗："阑风伏雨秋纷纷。"赵次公注："阑珊之风，沉伏之雨。" 〔2〕"扶病"句：扶病，带病。将愁，携愁。 〔3〕烟月扬州：形容扬州景色之美的名句，出自"吴中四才子"徐祯卿的"文章江左家家玉，烟月扬州树树花"。 〔4〕建业：今南京市。汉时置秣陵县，三国孙权建都于此，始称建业。 〔5〕"夜乌"句：用李白《杨叛儿》"何许最关情？乌啼白门柳"诗意。 〔6〕"春鸟"句：反用王

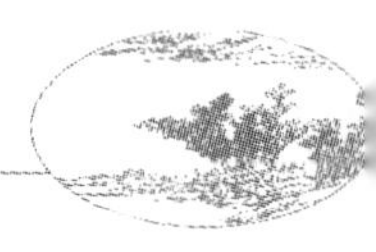

维《敕赐百官樱桃》诗句"才是寝园春荐后，非关御苑鸟衔残"。 〔7〕前期，见前《绛云楼上梁以诗代文八首》之四注释〔2〕。

次韵茂之戊子秋重晤有感之作

残生犹在讶经过〔1〕，执手只应唤奈何〔2〕。
近日理头梳齿少，频年洗面泪痕多〔3〕。
神争六博其如我〔4〕？天醉投壶且任他〔5〕。
叹息题诗垂白后〔6〕，重将老眼向关河〔7〕。

题 解

次韵，依次用所和诗中的原韵作诗。茂之，林古度，号那子，福建福清人，明末布衣，易代后隐居金陵以终，有《林茂之诗选》二卷。戊子秋重晤，顺治五年(1648)秋天再次相见。钱谦益在被管制的时间里，和金陵的遗民故老循故宫、踏落叶，重游旧地，睹物伤怀，既悲叹明亡，又感慨身世，向林古度、盛集陶等诉说衷肠，吐露内心的惭愧与忏悔。他为降清的大错、有污气节的耻辱，付出沉重的代价，整日以泪洗面，引咎自责，甚至严加讨伐，毫不留情，想以此向遗民故老表白悔赎之心，取得谅解和宽恕。

注 释

〔1〕"残生"句：残生，馀生。 讶，吃惊。 经过，经历，即经历明清易代的大变。 〔2〕奈何：如何。《世说新语·任诞》篇："桓子野每闻清歌，则唤奈何。" 〔3〕频年：年年。 〔4〕六博：古代一种博戏。共十二棋，六黑六白，两人相博，每人六棋，又叫六十箸，或陆博。姚宽《西溪丛语》："古乐府陆瑜有《仙人览六著篇》：'九仙欢会赏，六著且娱神。'"王逸解《楚辞》云：

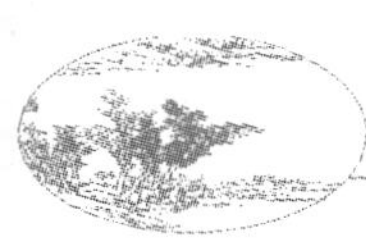

"投六箸,行六棋,故为六博"。意即易代之际自己所作所为犹如一场赌博。〔5〕"天醉"句:以"天醉"比喻时事混乱。出张衡《西京赋》:"昔者大帝说秦穆公而觐之,飨以钧天广乐。帝有醉焉,乃为金策赐用此土而剪诸鹑首。"李善注引虞喜《志林》曰:"谚曰'天帝醉秦暴,金误陨石坠。'" 投壶,娱乐活动。《神异经·东荒经》:"恒与一玉女投壶,每投千二百矫,设有入不出者,天为之嚱嘘。矫而脱误不接者,天为之笑。" 〔6〕垂白:白发下垂,形容年老。 〔7〕"重将"句:重,再。关河,泛指山河。《史记·苏秦传》:"秦四塞之国,被山带渭,东有关河,西有汉中。"正义:"东有黄河,有函谷、蒲津、龙门、合河等关。"

再次茂之他字韵

覆杯池畔忍重过[1],欲哭其如泪尽何[2]!
故鬼视今真恨晚[3],馀生较死不争多[4]。
陶轮世界宁关我[5],针孔光阴莫羡他[6]。
迟暮将离无别语,好将发白喻观河[7]。

题解

这首诗是钱谦益向老诗人林古度又一次表白,说自己在明亡时荏苒苟且与死无多少区别,与那些"故鬼"相比,恨其活在人世,濒死不死,偷生得生,一失足成千古恨的自恨自憎,与镂心刻骨的自咎自责,在言为心声的诗歌里,毫不忌讳地屡屡予以倾吐。

注释

〔1〕覆杯池:《六朝事迹》:"覆杯池在今城北三里,西池是也。晋元帝中兴,颇以酒废政,丞相王导奏谏,帝因覆杯于池中以为戒"。 〔2〕泪尽:用庾信《哀江南赋》语:"蔡威公之泪尽,加之以血。"意即欲哭无泪怎么办?

“其”语助词。言外意也是“加之以血”。 〔3〕故鬼:鬼,一种对人的蔑称,其意谓旧朝之人,自指。《左传·文公二年》:“吾见新鬼小,故鬼大。” 〔4〕争:犹“差”,不争多,即差不多。 〔5〕陶轮:即陶钧,制作陶器所用转轮,喻王者之经营天下。陶轮世界,此处用其指清廷占领中国,统治天下。 〔6〕针孔:俗谓针眼,针鼻,也即针尾引线之孔。傅咸《小语赋》:“邂逅有急相切逼,窜于针孔以自匿”。针孔光阴,取针孔自匿意,意即逃到狭小天地,偷生度日。 〔7〕“好将”句:观河,佛教故事。谓波斯匿王看恒河,自伤发白面皱,而恒河不变,佛谓变者受灭,不变者原无生灭。见《楞严经》卷二。后用以比喻佛性永恒。此处以皈依佛教的“逃禅”,泯灭对眼前现实物换星移的悲伤,这是对林茂之赠别劝慰。

见盛集陶次他字韵诗重和五首

其一

枪口刀尖取次过[1],锒铛其奈白头何?
壮心不分残年少[2],悲气从来秋士多[3]。
帝欲屠龙愁及我[4],人思画虎笑由他[5]。
端居每作中流想[6],坐看冲风起九河[7]。

题解

盛集陶,名斯唐,安徽桐城人。寓居南京,与林古度相邻,钱谦益常与二人酬唱相和。在这些诗里,他将忏悔之言与禾黍之哀紧密结合,促使复明爝火猛烈燃烧,以诗向盛集陶表示:“锒铛”拖曳、枪刀威胁,又能奈得几何?牢狱磨炼则意志更坚,由人去笑“画虎不成”,他要砥砺斗志,像祖逖击楫中流,去为克复神州再作努力。

注　释

〔1〕取次:任意,随便。　〔2〕残年少:晚年和少年。　〔3〕秋士:谓士之暮年不遇者。《淮南子·缪称训篇》:"春女思,秋士悲。"　〔4〕"帝欲"句:"帝"邹镃本《有学集》作"世"。屠龙,典出《庄子·列御寇篇》:"朱汗漫学屠龙于友离益,殚千金之家,三年技成,而无所用其巧。"此处真实含意应是以"屠龙"比喻反对清朝,"龙"古代一般喻皇帝。　〔5〕画虎:张彦远《法书要录》四引张怀瓘《书后》:"声闻虽美,功业未遒,空有望于屠龙,竟难成于画虎。"又《后汉书·马援传》:"效季良不得,陷为天下轻薄子,所谓画虎不成反类狗者也。"均指好高骛远而无所成,反贻笑话之柄的意思。〔6〕"端居"句:端居,平居。中流想,用祖逖事表示心存恢复之志。《晋书·祖逖传》:"逖为豫州刺史,渡江,中流击楫而誓曰:'不能清中原而复济者,有如大江!'"　〔7〕"坐看"句:九河,黄河总名。屈原《九歌·河伯》:"与女游兮九河,冲风至兮水扬波。"传说禹治河,至兖州,为防止河水外溢,把它分成徒骇、太史、马颊、覆釜、胡苏、简、絜、钩盘、鬲津九道。冲风,旋风,冲地而起之风。

后观棋绝句六首

其　三

寂寞枯枰响泬寥[1],秦淮秋老咽寒潮[2]。
白头灯影凉宵里,一局残棋见六朝[3]。

题　解

作者在此诗之前有《观棋绝句六首为汪幼青作》,今再写六首,故题为"后观棋"。此时距南明弘光灭亡已过三年多,作者降清后乞归亦近二年,但悲思故国之情并未消除,只是难以明言,故

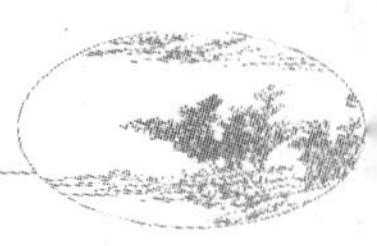

借观棋隐约抒发，用来寄寓时世之感。诗中以棋枰喻政局，“观棋”实为思国，诗歌极力渲染南明旧都空荡萧瑟的气氛，也正是心境的反映，眼观残棋恰似重见“六朝如梦”，在悼古思今、悲凉凄楚中，情不由己地对南明弘光朝覆亡发出唏嘘感叹。

注 释

〔1〕“寂寞”句：枯枰，棋盘。 泬寥（xuè liáo），空旷萧条。《楚辞·九辩》：“泬寥兮天高而气清。”描写棋声冷落，衬托环境的旷荡空虚。 〔2〕“秦淮”句：秦淮，即秦淮河，长江下游支流，流经南京市西南，是著名的歌舞繁华之地。咽，声音阻塞而低沉。比喻战乱后南京残破衰落。 〔3〕六朝：三国东吴、东晋、宋、齐、梁、陈史称“六朝”，均都于南京，兴亡迅速。韦庄《金陵图》有“六朝如梦鸟空啼”之叹。从残局难以收拾写金陵弘光“一年”之速亡。

其 四

飞角侵边劫正阑[1]，当场黑白尚漫漫[2]。
老夫袖手支颐看[3]，残局分明一着难[4]。

注 释

〔1〕“飞角”句：飞角侵边，下围棋术语。飞，围棋中隔一路斜走。宋徐铉《围棋义例诠释》：“飞，走也。隔一路斜走曰飞。”侵，原意渐进，此处作进入讲。劫，也是围棋术语，双方往复提吃对方一子称劫。此诗以棋为喻，写局势，寄情志。沈德潜《清诗别裁集》评说：“残局自有胜着，只是人不肯寻耳。”透露他曾给南明永历朝出谋策划写过的一件密信，信里即以“全着”、“要着”、“急着”的棋枰三局作比喻，瞿式耜全部抄录于上奏的《报中兴机会疏》里。原来“老夫”的“残局”“一着”，就是“三局缄书明大势”呵！（《瞿式耜年谱》后编）。 〔2〕漫漫：长远。 〔3〕支颐（yí）：以手托颊。颐，腮，下颌。 〔4〕“残局”句：残局，未下完的棋局。一着，本谓下棋落一子，亦用

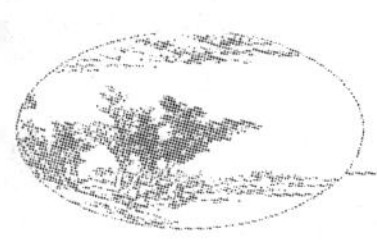

来指行事的一个步骤。顺治六年瞿式耜孙子瞿昌文冒死从常熟到达桂林，携带钱谦益给瞿式耜的一封密信，见《瞿式耜集》卷一，即是以棋为喻分析形势和时局，为小朝廷决定胜败的关健“一着”进行策划，是“棋喻”的代表。

题沈朗倩石崖秋柳小景

刻露巉岩山骨愁[1]，两株风柳曳残秋。
分明一段荒寒景[2]，今日钟山古石头[3]。

题　解

沈朗倩名颢，晚号石天，明末画家，苏州吴县人。这是一首题画诗，清新直露，以两株风流比拟马士英、阮大铖，感慨南明弘光的瞬息灭亡。田同之《西圃诗说》云：“钱牧翁《题石崖秋柳小景》，大抵寓意弘光南渡事，次句直是画出马、阮，妙不容说。渔洋公（王士禛）和句云：‘宫柳烟含六代愁，丝丝畏见冶城秋。无情画里逢摇落，一夜西风满石头。’情景无限，神韵悠然，自堪并垂不朽。然别以诗派，则牧翁宋调，渔洋唐响矣！”此评有一定道理。钱诗虽议论，还是通过形象表达（可能与题画诗有关），结句一语双关，仍是诗化的议论，兼唐宋之长，作为融通唐宋之例，似乎更合适些。

注　释

〔1〕“刻露”句：刻露，毕露。巉岩（chán yán），险峻山岳。　〔2〕荒寒：荒凉寒冷。比喻南京萧条残败。　〔3〕“今日”句：钟山，又名紫金山、金陵山，在南京市东。石头，城名，在南京市清凉山。《三国志·吴志·孙权传》：“建安十六年，权治秣陵。明年，城石头，改秣陵为建业。”代指南京。

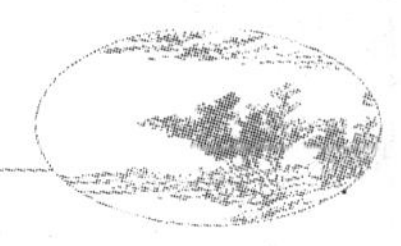

和盛集陶落叶诗二首

其　二

秋老钟山万木稀[1]，凋伤总属劫尘飞[2]。
不知玉露凉风急[3]，只道金陵王气非[4]。
倚月素娥徒有树[5]，履霜青女正无衣[6]。
华林惨淡如沙漠[7]，万里寒空一雁归[8]。

题　解

此诗借杜甫《秋兴八首》第一首"玉露凋伤枫树林"起兴，抒发故国飘零之感，有杜诗神髓骨力，但在风格上又似李商隐，李也学杜，故可视为由玉溪而入少陵。它以钟山秋老、万木凋落，喻明朝覆灭，又以"不知"，"只道"故作痴语，宕开一笔，寄寓亡国悲哀，"素娥"拟失节悔恨，"青女""无衣"含雪耻抗清意志，最后华林冷落、长空一雁，重复渲染亡国惨痛，突出心情郁勃不平。王文濡评曰："绝小题目，寄托遥深，金陵王气句，含有无限感慨。"(《历代诗评注读本》)。

注　释

〔1〕钟山：见前《题沈朗倩石崖秋柳小景》注释[4]。　〔2〕"凋伤"句：凋伤，树叶凋落。劫尘，劫灰。佛经说世界有成、住、坏、空四劫，其中坏劫有水、火、风三灾，毁灭一切。劫灰则指"坏劫"的大火烧毁世界后的灰烬。《释门正统》："汉武帝掘昆明池，得黑灰，以问东方朔，朔曰：可问西方道人。摩腾且至，或以问之，曰：劫灰也。"这两句暗喻明朝灭亡。　〔3〕玉露：白露。

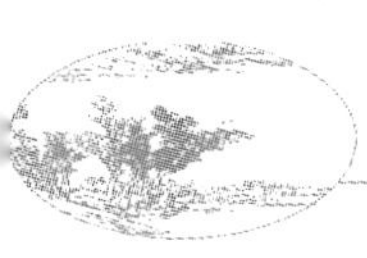

〔4〕金陵王气:相传金陵有王气,楚王埋金镇之。见《太平御览·州郡部》。刘禹锡《西塞山怀古》诗:"王濬楼船下益州,金陵王气黯然收。"此以"王气非"比喻改朝换代,又以故作痴呆语,寄托亡国之悲。 〔5〕"倚月"句:素娥,嫦娥。徒:空。树,神话传说中月宫桂树。此句自指,悔其失节。

〔6〕"履霜"句:履霜,语出《易经·坤卦》"履霜坚冰至。" 青女,主霜雪的女神。《淮南子·天文训》:"青女乃出,以降霜雪。"写自己决心抗清的坚定意志。 〔7〕"华林"句:华林,即华林苑。三国吴建,故址在今南京市鸡鸣山南古台城内。南朝宋元嘉时扩建,筑华光殿、景阳楼、竹林堂诸胜。其后齐梁诸帝常宴集于此,南宋时尚有残存遗迹。此用来泛指南京宫殿苑林。

〔8〕一雁归:进一步衬托园林冷落。也借亡国后惨淡情状,结束全诗。

次韵答皖城盛集陶见赠二首,盛与林茂之邻居,皆有目疾,故次首戏之

其 一

枯树婆娑陨涕攀〔1〕,只馀萧瑟傍江关〔2〕。
文章已入沧桑录〔3〕,诗卷宁留天地间?
汗史血书雠古简〔4〕,烟骚魂哭怨空山〔5〕。
终愁商颂归玄鸟〔6〕,麦秀残歌讵忍删〔7〕?

题 解

皖城,地名,故址在安徽省潜山县北,今属桐城地区。明天启初年程孟阳倡议,与钱谦益仿照元好问《中州集》编选明诗,后因故停止。沧桑之后,钱谦益重新开始这件中断工作,采诗存史一人承担。《中州集》从甲集编到癸集共十集,《列朝诗集》只四集,止

于丁集。这种体例，存起“有待”之志，故此书是其未完之作。他在此诗结尾表达编诗的这种用意，尽管不忍删除亡国之音，但选诗还是暂止明祚衰绝的甲申之前，如陈子龙等死节诸人待后入诗传，亦即留下《诗·商颂·玄鸟》后的《长发》、《殷武》二章，等到滇南、海上复明大统，再继续补写，使《列朝诗集》至癸集终结，成为全璧。这里有其以风雅寓史学，寄托明朝复兴的微旨。

注 释

〔1〕“枯树”句：婆娑（suō），扶疏，纷披。陨（yǔn）涕，流泪。 〔2〕“只馀”句：萧瑟，寂寞凄凉。傍，伴随。此句用杜甫诗句，《咏怀古迹五首》之一：“庾信平生最萧瑟，暮年诗赋动江关。” 〔3〕沧桑录：指龚开《桑海遗录》，吴莱序曰：“龚开，字圣予，所作文宋瑞、陆秀夫二传，类司马迁、班固所为，陈寿已下不及也。予故私列二传，以发其端，题曰《桑海遗录》，以待太史氏采择。” 〔4〕“汗史”句：汗史血书，相传孔子西狩获麟，所写《春秋》至此而止。据《公羊春秋》注何休曰：“得麟之后，天下血书鲁端门。”雠（chóu），校对文字。故简，旧籍，古书。此意学习孔子写作《春秋》史书。 〔5〕“烟骚”句：此句指效法宋遗民谢翱在西台恸哭。谢翱（1249—1295）字皋羽，号稀发子，长溪（今福建霞浦）人。元兵南侵，参加文天祥抗战部队，宋亡不仕，著《西台恸哭记》、《晞发集》等。《宋遗民录》任士林写《谢翱传》：“晚登子陵西台，以竹如意击石，歌《招魂》之词。歌阕，竹石俱碎，失声哭，何其情之悲也。” 〔6〕“终愁”句：商颂，《诗》有《周颂》、《鲁颂》和《商颂》。《玄鸟》诗有“天命玄鸟，降而生商”，是《商颂》倒数第三篇，其后有《殷武》、《长发》二篇。归，以《玄鸟》诗终篇。 〔7〕“麦秀”句：麦秀，《史记·宋微子世家》：“箕子朝政，过殷故墟，感宫室毁坏生禾黍，欲哭则不可，欲泣为其近妇人，乃作《麦秀》之诗以歌咏之。其诗曰：‘麦秀渐渐兮，禾黍油油兮。彼狡童兮，不与我好兮。’”寓其亡国悲痛之情。讵（jù），岂，表示反问。此意是亡国歌诗不忍删除，也即不承认明室已经灭亡，存其“有待”之志。

晚岁过茂之见架上残帙有感，再次申字韵

地阔天高失所亲，凄然问影尚为人[1]。
呼囚狱底奇馀物[2]，点鬼场中雇赁身[3]。
先祖岂知王氏腊[4]，胡儿不解汉家春[5]。
可怜野史亭前叟[6]，掇拾残丛话甲申[7]。

题　解

钱谦益写此诗时，南明隆武已灭，唐王遭俘遇害，但钱肃乐等人奉鲁王朱以海在绍兴监国。西南云贵一带，则由丁魁楚、瞿式耜拥立桂王即帝位，建元永历，它是南明最后一个政权，也是抗清斗争指挥中心，和复明志士心目中一盏明灯，此后坚持达十五年之久。故钱氏以为明室正朔犹存，尚有复兴之望。金鹤冲《钱牧斋先生年谱》于顺治五年戊子条说："岁晚过林茂之有感云'先祖岂知王氏腊，胡儿不解汉家春。'按当时海上有二朔，皆与北历不同也。"发覆其写作此诗时的言外之意。

注　释

〔1〕影：音信，消息。　〔2〕"呼囚"句：呼叫囚犯，指钱谦益曾下金陵牢狱。刘向《列女传》："王章为凤所陷，收系下狱。章有小女，年十二，夜号哭曰：'平日坐狱上，闻呼囚数常至九，今八而止，我君刚素，先死者必我君也。'明日问之，果死。妻、子皆徒合浦。"　奇，非凡、不同寻常。馀物，意即从狱中出来的人。　〔3〕"点鬼"句：点鬼，张鷟《朝野佥载》："世传王、杨、卢、骆。杨之为文，好以古人姓名连用，号为'点鬼'。"雇赁，受雇为人劳役。这一联

两句均是钱谦益自指。　〔4〕“先祖”句：先祖，祖先。王氏腊（là），王莽篡汉，改国号曰新，把汉历以年终十二月为百神之祭，改成以十月为腊祭。腊，祭名。《后汉书·陈宠传》：“宠曾祖父咸，成、哀间尚书。及莽篡位，父子相与归乡里，闭门不出，犹用汉家祖腊。人问其故，咸曰：‘我先祖岂知王氏腊乎？’”　〔5〕“胡儿”句：胡儿，即胡人，古代对北方边地及西域各民族称呼。胡儿为蔑称。汉家春，汉民族的节历习俗。此句隐指清王朝。　〔6〕“可怜”句：野史亭前叟，指元好问（1190—1257）字裕之，号遗山，太原秀容（今山西忻州）人。《金史·元好问传》：“构亭于家，著书其上，因名曰野史”。〔7〕“掇拾”句：掇（duò）拾，拾取，采摘。残丛，琐碎、零乱的材料。甲申，明崇祯十七年（1644），明朝灭亡之年。

己丑元日试笔二首

其　一

春王正月史仍书[1]，上日依然芳草初[2]。
白发南冠聊复尔[3]，青阳左个竟何如[4]？
三杯竹叶朝歌后[5]，一枕槐根午梦馀[6]。
传语白门杨柳色[7]，桃花春水是吾庐。

题　解

己丑元日，顺治六年（1649）正月初一日。试笔，新年开始动笔写诗。陈寅恪《柳如是别传》对此诗有考证和解读，他说：“第一句谓此年为监国鲁四年正月辛酉朔，永历三年正月庚申朔（见黄宗羲《行朝录》及金鹤冲《牧斋年谱》），明室之正朔犹存也。第四句谓究不知永历帝之小朝廷是何情况也。第七句谓己身今在苏州，故‘传语白门’。”表现系怀明室的不忘故国之意。

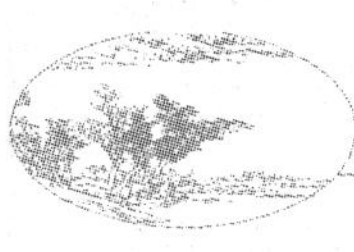

注 释

〔1〕春王正月:《春秋·隐公元年》:“春王正月。”意谓鲁隐公始年,为周王正月。公羊家认《春秋》为孔子所作,“春王正月”表示孔子尊王室、大一统的思想。 〔2〕上日:农历每月初一日。《尚书·舜典》:“正月上日,受终于文祖(尧)。”传:“上日,朔日也。” 〔3〕南冠:同楚囚,见前《甲申端阳感怀十四首》之五注释〔2〕。 〔4〕“青阳”句:左个,左侧的偏室。据儒家传说,古礼:天子孟春之月居青阳左个,青阳左个为大寝东堂北偏,见《礼记·月令》。此句是询问和关心明室政权。 〔5〕竹叶:酒名。张协《七命》:“仍有荆南乌程,豫北竹叶。”五臣曰:“乌程、竹叶,酒名。” 〔6〕“一枕”句:槐根,用淳于棼事。《异闻记》:“淳于棼家住广陵,宅南有古槐树一株,淳于生日与群豪大饮其下。因沉醉致疾,归家就枕,梦二紫衣使者曰:‘槐安国王奉邀。’扶生上车,指古槐穴而去。梦中倏忽,若度一世。” 〔7〕白门:六朝时建康(今南京市)城西门,简称白门。

林那子七十初度

孟陬吾以降〔1〕,七十古来稀。
南国遗民在,东京昔梦非〔2〕。
夜乌啼旧树,春燕语新衣〔3〕。
一醉沧桑里,麻姑有信归〔4〕。

题 解

林那子,见前《次韵茂之戊子秋重晤有感之作》题解。初度,出生之时,后转为称人的生日。这是一首贺寿诗,本属应酬之作,却因两人身份特殊,林是“南国遗民”,钱则是有志抗清之人,故诗里透露信息格外值得注目:“麻姑有信归”,也即郑成功、张名振、张煌言等领导的海上斗争,有信使和钱谦益等联系,表明他与南明

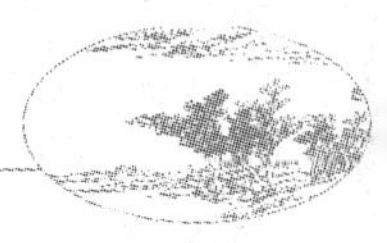

政权以往来便邮秘密联络，或许已在从事搜集情报、传递消息、组织人力等地下工作。

注释

〔1〕孟陬（zōu）：农历正月。屈原《离骚》："摄提贞于孟陬兮，惟庚寅吾以降。"王逸注："孟，始也。正月为陬。" 〔2〕东京：指《东京梦华录》，宋孟元老撰，全书十卷，为作者南渡后追忆北宋东京汴梁（今河南开封市）的繁盛绮丽而作。 〔3〕春燕：用来喻指投靠清朝的新贵。 〔4〕麻姑：见前《金坛逢水谢故妓感叹而作》之一注释〔2〕。

夏日讌新乐小侯于燕誉堂，林若抚、徐存永、陈开仲诸同人并集二首

其一

宝玦相逢沟水头〔1〕，长衢交语路悠悠〔2〕。
西京甲观论新乐〔3〕，南国丁年说故侯〔4〕。
春燕归来非大厦，夜乌啼处似延秋〔5〕。
曾闻天乐梨园里〔6〕，忍听吴歈不泪流〔7〕！

题解

刘文炤字雪舫，直隶宛平人。明新乐侯刘文炳之弟，时称新乐小侯，是崇祯帝的表亲，明亡逃回海州故里，变姓名流寓高邮。林若抚名云凤，别号三素老人、仙山渔人、长洲人，有《得砚斋集》、《寄庵近草》。徐存永和陈开仲，均闽人。二人之父徐兴公和陈磐

生，同入曹能始“阆风楼诗社”。作者还有《闽中徐存永、陈开仲乱后过访各有诗见赠，次韵奉答四首》的诗歌。本诗写到的在钱谦益燕誉堂宴请的主客是新乐小侯刘文炤，他是外家戚里，姑母为崇祯皇帝的生母。当陵谷迁移，大统改祚后，皇家的表亲也流落沉沦，让朱明的遗老们唏嘘慨叹，不禁触动起故国之思和沧桑之感的忧伤。两诗题旨均是凭吊故明，借以抒发不堪回首的家国之情。与钱氏此类诗相似的，还有清初大诗人吴伟业的五古长诗《吴门遇刘雪舫》。

注　释

〔1〕宝玦(jué)：珍贵的佩玉。玦，古时佩带的玉器，半环形，有缺口。此用来指外戚新乐小侯刘文炤。　〔2〕长衢(qú)：宽广道路。　〔3〕“西京”句：西京，长安，泛指都城。甲观，本指楼观，汉太子宫有甲观。《汉书·成帝纪》：“元帝在太子宫生甲观画堂”。此处指刘文炤姑母孝纯皇太后，生明毅宗朱由检。新乐，即新乐侯。据《明史·外戚传》：“刘文炳，字淇筠，宛平人。祖应元，娶徐氏，生女入宫，即庄烈帝生母孝纯皇太后也。应元早卒。帝即位，封太后弟效祖新乐伯，即文炳父也。”又《明史·刘文炳传》：“崇祯八年(刘效祖)卒，文炳嗣。”　〔4〕“南国”句：丁年，丁壮之年。李陵《答苏武书》：“丁年奉使，皓首而归。”南国丁年，意即南明永历帝建元三年，正值成定之年。　〔5〕延秋：延秋门，唐长安禁垣西南二门，其南为延秋门。杜甫《哀王孙》诗：“长安城头头白乌，夜飞延秋门上呼”。　〔6〕“曾闻”句：天乐，天上音乐，此指宫廷音乐。梨园，唐玄宗曾选乐工三百人，宫女数百人，教授乐曲于梨园，亲自订正声误，号“皇帝梨园子弟”，后世也称戏班为梨园。〔7〕吴歈(yú)：吴歌。歈，歌也。

其　二

软脚筵开乐句和[1]，濯龙吐凤客骈罗[2]。

虽无法部仙音曲[3]，也胜阴山敕勒歌[4]。
丝竹凝风腰鼓急，釭花荡影舞衫多[5]。
老夫苦忆平生事，肠断西游赵李过[6]。

注　释

〔1〕“软脚”句：软脚，为作客归来的亲友进行慰劳。唐玄宗每岁去华清宫温泉，杨氏诸夫人从出有赏，曰“饯路”；返有劳，曰“软脚”。乐句，指乐曲的节奏段落。唐牛僧孺以拍板定乐音缓速起讫为句，称为乐句。
〔2〕“濯龙”句：濯龙，汉代园林名，近北宫，在洛阳西南角。《后汉书·马皇后纪》：“前过濯龙门上，见外家问起者，车如流水，马如游龙。”吐凤，称赞擅长写作为吐凤。《西京杂记》载：“扬雄著《太玄经》，梦吐凤凰，集玄之上。”
〔3〕法部：法曲，原为道观所奏之曲，唐玄宗时梨园训练和演奏法曲，又称法部，至文宗开成三年改法曲为仙韵曲。白居易《江南遇天宝乐叟》诗：“能弹琵琶和法曲，多在清华随至尊。”　〔4〕“也胜”句：敕勒歌，“敕勒川，阴山下。天似穹庐，笼盖四野。天苍苍，野茫茫，风吹草低见牛羊。”北方歌曲，北齐时斛律金所唱敕勒族民歌。敕勒是北方少数民族部落之一，用来指满族军事集团。　〔5〕釭（gáng）花：灯花。　〔6〕“肠断”句：西游赵李过，用阮籍《咏怀诗》句：“平生少年时，轻薄好弦歌。西游咸阳中，赵李相经过。”赵李今难以确指。用此典意在指当年也曾在京师与宫中之人相交往。

庚寅夏五集

岁庚寅之五月，访伏波将军于婺州[1]。以初一日渡罗刹江[2]。自睦之婺，憩于杭，往返将匝月[3]。漫兴口占，得七言长句三十馀首，题之曰《夏五集》。《春秋》书“夏五”，传疑也[4]。疑之而曰夏五，不成乎其为月也。不成乎其为月，则亦不成乎其为诗。系诗于夏五，所以成乎其为疑也。《易》曰：“或之者，疑之也。”[5]作诗者其有忧患乎？

早发七里滩[6]

瞳瞳初旭丽江干[7]，淰淰浮烟羃濑滩[8]。
此地无风才七里，谚曰：无风七里，有风七十里。
吾庐有日正三竿。
钓坛不为沉灰改[9]，丁水犹馀折戟寒[10]。
欲哭西台还未忍[11]，噀空朱噣响云端[12]。

谢翱《西台恸哭记》，即钓台也。其招魂之词曰："化为朱鸟兮，有噣焉食？"

题　解

庚寅夏五，即顺治七年(1650)农历夏五月。陈寅恪《柳如是别传》说："《夏五集》可称为第一次游说马进宝反清复明之专集。"此次行动往返一月，是与黄宗羲商量策划的。黄为了配合海上斗争，使"有事则遣使入海告警令为之备"，想进行策反，"欲招婺中镇将以南援"。而钱谦益身在东南，负有名望，还有降清的招牌，是这项工作的合适人选。于是在这年三月冒险从浙江来到常熟，将游说清朝驻婺总兵马进宝的任务交给钱谦益，钱则在审时度势、观察各方面的动静和情况，并秘密地准备两个月后，于五月从常熟家乡出发，开始执行这一有生命危险的机密使命。

注　释

〔1〕"访伏波"句：伏波将军，后汉光武帝时马援号伏波将军。此处借来指清兵将领马进宝。婺(wù)州：今浙江金华市。　〔2〕罗刹江：水名，即钱塘江。因风涛险恶，又名罗刹江。罗刹，佛教中恶鬼的通称。　〔3〕"自

睦”句:睦,睦州,辖境相当于今浙江桐庐、建德、淳安三县地。杭,今浙江省会杭州。匝月,一月。 〔4〕《春秋》:古籍名,为编年体史书,相传孔子据鲁史修订而成。 〔5〕《易》:古卜筮之书,有《连山》、《归藏》、《周易》三种,合称三易,今仅有《周易》,又称《易经》。 〔6〕七里滩:在浙江桐庐县严陵西,一名七里濑,也叫富春渚。此为第一首诗。 〔7〕曈曈(tóng):日初出渐明。 〔8〕“淰淰”句:淰淰(shěn),合散不定之状。幂(mì):覆盖。〔9〕钓坛:古迹名。汉严子陵垂钓处,故址在今浙江省桐庐县富春山,下瞰富春渚,有东西二台,各高数丈。乐史《寰宇记》:“严子陵钓坛,在桐庐县大江南侧。坛下连七里濑、富阳县、赤辛里,即严陵钓于此,有台基存。”〔10〕“丁水”句:丁水,即丁字水,纵横作丁字形。杜牧《睦州》诗:“叠障巧分丁字水。” 折戟寒,用杜牧《赤壁》诗:“折戟沉沙铁未销。” 〔11〕“欲哭”句:西台,南宋遗民谢翱于至元二十七年(1290)所写《西台恸哭记》。陈寅恪《柳如是别传》说:“‘未忍’者,即未忍视明室今已亡之意。” 〔12〕“唳空”句:唳(lì)空,在空中鸣叫。朱嘱(zhuò):朱鸟,即燕子,燕颔下色赤,故名朱鸟。嘱,鸟咀,指燕咀。谢翱事见前《次韵答皖成盛集陶见赠二首……》之一注释[5]。

五日钓台舟中

纬画江山气未开[1],扁舟天地独沿洄[2]。
空哀故鬼投湘水[3],谁伴新魂哭钓台?
五日缠丝仍汉缕[4],三年灼艾有秦灰[5]。
吴昌此际痴儿女[6],竞渡讙呶尽室回[7]。

题 解

五日,指农历五月五日端阳节。钱谦益于初一渡过钱塘江,沿桐庐向金华走去,于端阳节来到大江边的钓台,这是汉代严陵垂钓

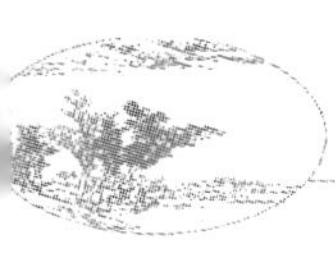

处，南宋末谢翱在文天祥牺牲后，过钓台设位酹奠哭泣，并做了一篇《西台恸哭记》，寄托宋遗民对赵宋沦亡的悲哀。今日他也来到钓台，也看到燕子飞舞，声响云端，却感叹屈原不该投湘水而死，也不作"新魂"陪谢翱恸哭，再联系上首诗中"未忍"，即是坚信"汉缕"不绝，"秦灰"仍可复燃，"楚虽三户、亡秦必楚"，寄托对明室定能复兴的宗旨和信念。

注　释

〔1〕纬(wěi)画：乖戾，意即河山分裂之意。　〔2〕"扁舟"句：扁舟，小船。沿洄，沿着回漩的水流前进。　〔3〕"空哀"句：《史记·屈原贾生列传》："贾生为长沙王太傅，过湘水，投书以吊屈原。"此处借指自己不会像贾谊仅只是哀吊，而是以行动复明故国。　〔4〕"五日"句：缠丝，南方端阳节风俗，以采丝缠粽。吴均《续齐谐记》："汉建武中，长沙区曲白日忽见三闾大夫谓曰：'闻君当见祭，但常年所遗，恒为蛟龙所窃。今君有惠，当以楝叶塞其上，以彩丝缠之，此二物蛟龙所惮也。'曲依其言。今世人五月五日作粽，并带楝叶及五花丝，皆汨罗水之遗风也。"　汉缕，汉代丝线。　〔5〕"三年"句：三年，从顺治四年（即南明永历元年）至七年，约三年。　灼艾，旧史宋太祖赵匡胤尝往视弟匡义（按，后来为太宗）病，亲为灼艾，匡义觉痛，帝亦取艾自炙。后因以灼艾分痛喻兄弟友爱。秦灰，指秦朝焚书的灰烬，此处含有"死灰复燃"之意。　〔6〕吴昌：即苏州。吴即吴县，昌即金阊门，又称昌门，皆可为苏州代称。　〔7〕讙呶(huān nǔ)：快乐喧闹。讙，同"欢"。

五日夜泊眭州

客子那禁节物催[1]，孤蓬欲发转徘徊。
晨装警罢谁驱去[2]？暮角飘残自悔来。
千里江山殊故国，一抔天地在西台[3]。

遥怜弱女香闺里，解泼蒲觞祝我回[4]。

题　解

此诗揭示钱谦益在游说路途上的复杂心情。明清易代，征服者进行的残酷民族屠杀和镇压，惨绝人寰，令人发指。参与抗清活动是事关全家生命安危的机密大事，稍有疏漏，就会带来灭顶之灾。而游说投清降将，更是危险万分，这些人居心叵测，反复无常，往往首鼠两端，意在观望，欲图从中渔利，左右得势。他不免"转徘徊"，甚至"自悔来"，但也揭示金华之行真实目的，是其为复明奔走的实际行动。

注　释

〔1〕节物：应和五月端阳佳节的景物。　〔2〕警：告诫。此告诫者应是柳如是。　〔3〕一抔(pōu)：一握也，极言其少。借指明代所余的残山剩水。　〔4〕"解泼"句：解，懂得，知道。蒲觞，蒲酒。觞，酒杯。元欧阳玄《直斋集》四《渔家傲》词："五月都城犹衣袂，端阳蒲酒新开腊。"

留题湖舫 舫名不系园

其　二

湖上堤边舣棹时[1]，菱花镜里去迟迟[2]。
分将小艇迎桃叶[3]，遍采新歌谱竹枝[4]。
杨柳风流烟草在，杜鹃春恨夕阳知[5]。
凭栏莫漫多回首，水色山光自古悲。

题　解

湖舫(fǎng)是湖上游船,船名"不系园",为西湖著名游舫,长六丈二尺,广五丈一,系名士陈眉公题名,汪汝谦所制画船。汝谦字然明,休宁人,家杭州。明崇祯十二年左右柳如是游寓西湖曾借居其书楼。诗歌以回忆柳如是寄迹西湖往事,感叹河山依旧,人事全非,抒发亡国之思和兴亡之感。诗里将李商隐"望帝春心托杜鹃"与秦观《踏莎行》词中"杜鹃声里斜阳暮"相融合,化成西湖一幅残破之景,与"菱花"、"新歌"相对照,往昔的繁华绮丽、富贵温柔,情苦词哀的家国之痛,时命连蹇的身世之哀,以及今不如昔的悒郁情思,皆凝聚于饱含血泪的悲歌里。

注　释

〔1〕舣棹(yǐ zhào):划船泊岸边。舣,船靠岸。　〔2〕菱花镜:古铜镜。六角形的或镜背后刻有菱花的叫菱花镜,以其形容西湖的波平景美。白居易《湖上招客》诗:"慢牵好向湖心去,恰似菱花镜上行。"　〔3〕桃叶:此指乐府《桃叶歌》:"桃叶复桃叶,渡江不用楫。"桃叶,晋王子敬妾名。　〔4〕竹枝:此指乐府《竹枝词》。本出巴渝,唐刘禹锡作《竹枝》新词九章,教里中儿歌之,由是盛行。　〔5〕杜鹃春恨:用李商隐《锦瑟》诗:"望帝春心托杜鹃。"和秦观《踏莎行·郴州旅舍》词:"杜鹃声里斜阳暮。"借以表达亡国之恨。

西湖杂感二十首 有序

浪迹山东,系舟湖上。漏天半雨[1],夏月如秋。登登版筑[2],地断吴根[3];攘攘烟尘,天分越角[4]。岳于双表[5],绿字犹存;南北两峰[6],青霞如削。想湖山之佳丽,数都会之繁

华。旧梦依然，新吾安往[7]？况复彼都人士，痛绝黍禾；今此下民，甘忘桑椹[8]。侮食相矜[9]，左言若性[10]。何以谓之？嘻其甚矣！昔日南渡行都，憖遗南市[11]；西湖隐迹，追抗西山。嗟地是而人非，忍凭今而吊古。丛残长句，凄绝短章。酒阑灯灺[12]，隔江唱越女之歌[13]；风急雨淋，度峡下巴人之泪[14]。敬告同人，勿遗下体。敢附采风，聊资剪烛云尔。庚寅夏五，憩湖舫凡六日，得诗二十首，是月晦日，记于塘栖道中[15]。

其　一

板荡凄凉忍再闻[16]，烟峦如赭水如焚[17]。
白沙堤下唐时草[18]，鄂国坟边宋代云[19]。
树上黄鹂今作友[20]，枝头杜宇昔为君[21]。
昆明劫后钟声在[22]，依恋湖山报夕曛[23]。

题　解

清顺治二年(1645)六月清兵破杭州，五年(1648)派固山额金真砺来杭驻防，并集兵马于湖上。钱谦益在金华游说马进宝后，东归过杭州，旧地重游，目睹湖山胜地惨遭蹂躏而面目全非的情景，写下这二十首诗。它以组诗形式，长歌当哭，倾泄悲今思昔、忧国伤时的血泪哀怨。又在一篇小序中，画龙点睛般揭示悲痛国亡的主旨。诗中苍凉沉痛的氛围，心碎神伤的音调，如雁唳长空，似巴东猿啸，具有悲怆凄苦、丛残哀绝的特色，为其代表作之一。章太炎曾评价钱氏诗说："悲中夏之沉沦，与犬羊之俶扰，未尝不有馀哀也。"(《馗言・别录甲》)此一组诗即是证明。

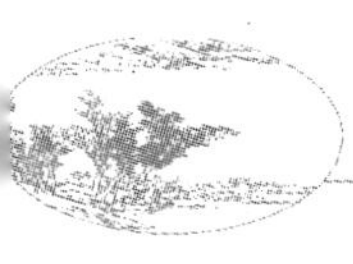

注 释

〔1〕漏天:雨多不止。　〔2〕版筑:筑墙时用两版相夹,以泥土置于其中,用杵舂实。　〔3〕吴根:指在苏州所建吴国。　〔4〕越角:指在浙江所建越国。春秋时吴、越两国,吴都在今苏州,越都在今绍兴,二国连年战伐,都曾占领过杭州。　〔5〕岳于双表:杭州西湖边有岳飞和于谦之墓。〔6〕南北两峰:祝穆《方舆胜览》:"北高峰,在灵隐山后;南高峰,在南山石坞烟霞洞后"。　〔7〕新吾:庄子曰:"子方虽忘乎故吾,吾有不忘者存。"郭象注曰:"虽忘故吾,而新吾已至,吾何患焉?"　〔8〕桑椹(shèn):桑树果实,即桑实。《诗·鲁颂·泮水》:"翩彼飞鸮,集于泮林。食我桑椹,怀我好音。"也用来比喻故乡。　〔9〕侮(wǔ)食:南方食蛤之人。王元长《三月三日曲水诗序》:"侮食来王,左言入侍。"注:"古本作晦食。《周书》曰:'东越侮食。'"清卢文弨说"侮食"是"海蚃"的错别字。蚃即蛤,海蛤即南方食蛤之人。此骂当时降清之汉奸。　〔10〕左言:指外国语言,谓与中国语言相左。也指外族。左思《魏都赋》:"或魋髻而左言。"此喻清朝的满族祖先属女真族。　〔11〕慭(yìn)遗:遗留。　〔12〕灯灺(xiě):蜡烛烧尽。灺,灯烛灰烬。　〔13〕越女:《吴越春秋》:"越之妇人,伤越王用心,乃作若何之歌曰:'尝胆不苦味若饴,令我采葛以作丝。'"　〔14〕巴人:郦道元《水经注·三峡》:"巴东三峡巫峡长,猿鸣三声泪沾裳。"　〔15〕塘栖:即塘栖镇,在浙江杭县北五十里,与德清县接界,镇跨运河,为舟车之冲,商民凑集。〔16〕板荡:《坂》、《荡》,均为《诗·大雅》篇名,讥讽周厉王无道,败坏国家。后以"板荡"指称政治动荡。刘孝标《辨命论》:"自金行不竞,天地板荡。"此句谓不忍再听清军南下时令人痛楚的消息。　〔17〕"烟峦"句:形容夕阳染红山和水,并袭用秦始皇典,寄寓亡国的痛楚。《史记·秦始皇本纪》:"伐湘山树,赭其山。"　赭(zhě),山峦赤裸无草木。　〔18〕白沙堤:又称白堤。自西湖断桥向西,过锦带桥,连接孤山,直到西泠桥,相传白居易任杭州刺史时所筑。其诗《钱塘湖春行》:"最爱湖东行不足,绿杨荫里白沙堤。"〔19〕鄂国坟:即岳飞墓。岳飞冤死后,宋宁宗于嘉定四年追封鄂王。陶九成《辍耕录》:"岳武穆墓,在杭州栖霞岭下,王之子云附焉。"　〔20〕黄鹂:鸟

名，即黄莺。　〔21〕杜宇：杜鹃，相传为古蜀帝所化。阚骃《十三州志》："当七国称王，独杜宇称帝于蜀，……望帝（即杜宇）使鳖泠凿巫山治水有功，望帝自以德薄，乃委国禅鳖泠，号曰开明。遂自亡去，化为子规。"而子规，即杜鹃。〔22〕昆明劫：即劫灰。见前《和盛集陶落叶诗》之二注释〔3〕。后也以昆明劫作国家遭难之代称。　〔23〕夕曛（xūn）：傍晚，或夕阳的馀光。

其　二

潋艳西湖水一方〔1〕，吴根越角两茫茫〔2〕。
孤山鹤去花如雪〔3〕，葛岭鹃啼月似霜〔4〕。
油壁轻车来北里〔5〕，梨园小部奏西厢〔6〕。
而今纵会空王法〔7〕，知是前尘也断肠〔8〕。

注　释

〔1〕潋（liàn）艳：波光闪动。苏轼《饮湖上初晴后雨》诗："水光潋艳晴方好。"　〔2〕"吴根"句：两茫茫，春秋时的吴、越两国成历史旧迹。茫茫，渺远。　〔3〕"孤山"句：孤山，山名，在杭州市西湖里外两湖之间，一山耸立，旁无联附。北宋隐逸诗人林逋居此，植梅养鹤二十年。今有林逋墓及梅径鹤冢。诗里用以寄托物在人亡的感慨。　〔4〕葛岭：山名，在杭州市西湖北。相传晋代葛孝先偕葛洪于此结庐炼丹，故名。　〔5〕"油壁"句：油壁轻车，古代妇女所乘的一种轻便车，车壁上以油漆作涂饰。北里，唐代长安 平康里，因在城北，也称北里、为妓女聚居之地，后称妓院所在地也为北里。罗隐《江南行》："西陵路边月悄悄，油壁轻车苏小小。"　〔6〕"梨园"句：梨园，见前《夏日讌新乐小侯于燕誉堂，……》之一注释〔6〕。小部，亦为唐玄宗时所设。《杨太真外传》："小部者，梨园法部所置，凡三十人，皆十五以下。在长生殿奏新曲，未有名。会南海进荔枝，因以曲名《荔枝香》。"诗中梨园小部泛指戏班。西厢，北杂剧《西厢记》，王实甫所作。明代还有"南西厢"为昆曲，诗中指此。这两句追忆明朝时杭州的繁华兴盛。　〔7〕"而今"句：纵会，

即使领会。空王:佛家语,佛的尊称。佛说世界一切皆空,故称空王。

〔8〕前尘:指往事。出佛教语,佛教称色、香、声、味、触、法为六尘。谓当前境界为六尘所成,都非真实,故称前尘。《楞严经》有"前尘影事"之语,后泛称往事也叫前尘。

其　八

西泠云树六桥东[1],月姊曾闻下碧空[2]。
杨柳长条人绰约[3],桃花得气句玲珑[4]。

"桃花得气美人中",《西泠》佳句,为孟阳所吟赏。

笔床砚匣芳华里[5],翠袖香车丽日中。
今日一灯方丈室,散花长侍净名翁[6]。

注　释

〔1〕"西泠"句:西泠,西泠桥,在杭州孤山西。六桥,在西湖苏堤上,分别曰映波、锁澜、望山、压堤、东浦、跨虹。此诗专为柳如是而作,追寻当年在西湖的游踪,设想畅游"西子"的情景,描摹她豆蔻年华时艳丽风采和高超诗才。但忆昔旨在悲今,今日柳如是青春已逝,江山也已易主,她以禅度日,带发修行侍奉"净名翁"。这种巨大的落差,使钱氏亡国之痛的抒发情哀辞苦,音韵悲怆。此诗既有杜诗的沉郁,还有李商隐诗的藻丽,故钱仲联师有"牧斋七律,清代第一"之评。(《梦苕庵诗话》)　〔2〕月姊:嫦娥。李商隐《楚宫》诗:"月姊曾逢下彩蟾"。此句比喻柳如是。　〔3〕绰(chuò)约:柔美。　〔4〕"桃花"句:称赞柳如是《西湖八绝句》之"桃花得气美人中"的佳句,写得玲珑明丽。前《姚叔祥过明发堂共论近代词人戏作绝句十六首》之十二也有称颂。　〔5〕"笔床"句:笔床砚匣,用徐陵语,《玉台新咏序》:"玻璃砚匣,终日随身;翡翠笔床,无时离手。"皆指放笔砚的文具。谓柳如是在花中嬉游亦带笔砚,称赞风流儒雅。　〔6〕"散花"句:指柳如是明亡后带发修行,如散花天女在方丈室内守清灯而侍奉净名。　净名翁,即维摩诘,是与释迦牟尼同时的大乘居士。

其 十

方袍萧洒角巾偏[1]，才上红楼又画船[2]。
修竹便娟调鹤地[3]，春风蕴藉养花天[4]。
蝶过柳苑迎丹粉[5]，莺坐桃堤候管弦。
不是承平好时节[6]，湖山容易著神仙[7]。

注 释

〔1〕“方袍”句：方袍，明代书生服装。潇洒，清高脱俗。角巾，古代隐士常戴的有棱角的头巾。泛指各色各样的游人。 〔2〕红楼：华丽的楼房，多指富贵人家女子的住处。诗中则指游乐之处。 〔3〕“修竹”句：修竹，长竹。便娟，美丽轻盈。东方朔《七谏》：“便娟之修竹兮，寄生于江潭。”调，调弄。调鹤地，指清静幽谧之地。 〔4〕“春风”句：蕴藉，含蓄。养花天，唐释仲休《花品》：“牡丹开月，多有轻阴微雨，谓之养花天。” 〔5〕丹粉：红粉，借指女子。 〔6〕承平：太平盛世。 〔7〕著，依附。神仙，指醉生梦死之人。其意是在太平盛世，会用放荡不羁的生活消磨时光，现在是动乱的年代，便不可能轻易过这种生活了。

其十五

冷泉净寺可怜生[1]，雨血风毛作队行[2]。
罗刹江边人饲虎[3]，女儿山下鬼啼莺[4]。
漏穿夕塔烟峰影[5]，飘瞥晨钟鼓角声[6]。
夜雨滴残舟淅沥[7]，不须噩梦也心惊[8]。

注 释

〔1〕“冷泉”句：冷泉，在杭州西湖西北灵隐山下，灵隐寺即临此泉而筑。净寺，净慈寺简称。在杭州西湖南南屏山慧日峰下，始建于五代周显德元年

(954),原名慧日永明院,南宋绍兴九年(1139)改今名。可怜生,可惜。生为词尾,无义。　〔2〕雨血风毛:班固《西都赋》:“风毛雨血,洒野蔽天。”雨,风作动词用。以此形容清兵占领杭州后恐怖悲惨之情景。　〔3〕“罗刹江”句:罗刹江,见前《庚寅夏五集》注释[2]。虎,比喻清兵。　〔4〕女儿山:山名,在杭州灵隐山南,有石形如女人,两髻分明,俗称女儿山。　〔5〕“漏穿”句:夕塔,即雷峰塔。故址在今杭州西湖南岸夕阳山的雷峰上。烟峰,即战火。　〔6〕“飘瞥”句:飘瞥,迅速飘失。晨钟,指佛寺清晨的钟声。两句谓烽火使塔影破坏,鼓角让钟声消失,西湖美景遭到清兵蹂躏。　〔7〕淅沥:雨声。　〔8〕噩梦:恶梦。

其十六

建业余杭古帝丘[1],六朝南渡尽风流[2]。
白公妓可如安石[3],苏小湖应并莫愁[4]。
戎马南来皆故国[5],江山北望总神州。
行都宫阙荒烟里[6],禾黍丛残似石头[7]。

有人问建业云:吴宫晋殿,亦是宋行都矣。感此而赋。

注　释

〔1〕“建业”句:建业,南京。见前《吴门春仲送李生还长干》注释[4]。余杭,杭州的古称。隋朝始建杭州,设治于今余杭镇。明、清另设余杭县,属杭州府。诗中所指今省会杭州。帝丘,原为古地名。《左传·襄公三十一年》:“卫迁于帝丘。”杜预注曰:“帝丘,今东郡濮阳县(今属河南省),故帝颛顼之墟,故曰帝丘。”诗中借指帝都。　〔2〕“六朝”句:六朝,见前《后观棋绝句六首》之三注释[4]。南渡,西晋建兴四年(316)北汉刘曜攻陷长安,晋愍帝降,西晋灭亡。次年,琅琊王睿即晋帝位,南渡长江,建都建业,史称东晋。南渡时北方贵族也纷纷避难南下,六朝南渡即指此。风流,举止潇洒、清雅。〔3〕“白公”句:白公,指白居易。白在杭州,常携妓游西湖,诗里有“红藕香中

泊妓船”等诗句。安石，谢安，字安石。意谓白居易在杭州的风流韵事与东晋谢安之在南京，两相比较，杭州不亚于南京。这句也是用白居易《侯仙亭同诸客醉》诗之意，原诗有“谢安山下空携妓，柳恽州边只赋诗。争及湖亭今日会，嘲花咏水赠蛾眉。” 〔4〕“苏小”句：苏小，即苏小小，六朝时南齐著名歌妓，住钱塘。苏小湖，即指西湖。莫愁，古乐府中所传歌女，据说原住洛阳，六朝南齐时远嫁江东卢家，住湖滨，因名湖为莫愁湖。诗中所指是南京莫愁湖，在今南京水西门外。并，并称，齐名。 〔5〕戎马：军马，借指战争。意谓清兵南下，经过的都是明朝的故土。 〔6〕行都：在首都以外另设的都城，以备必要时暂住，称行都。诗中指杭州，南宋建都于此，称为“行在”。〔7〕“禾黍”句：禾黍，见前《次韵答皖城盛集陶见赠二首》之一注释〔7〕。石头，南京旧称石头城。诗中暗用此典，写杭州宫阙残破荒芜。

其十八

冬青树老六陵秋〔1〕，恸哭遗民总白头。
南渡衣冠非故国〔2〕，西湖烟水是清流〔3〕。
早时朔漠翎弹怨〔4〕，他日居庸宇唤休〔5〕。

白翎、杜宇，事具《元史》及《草木子》诸书。

苦恨嬉春杨铁史〔6〕，故宫诗句咏红兜〔7〕。

铁崖嬉春诗，用锦兜押韵。

注释

〔1〕“冬青”句：用宋末元初唐珏事。唐珏，会稽人。元惠帝至元四年(1278)，元僧杨连真伽在会稽发掘南宋六代皇帝陵墓，唐珏等招少年，乔妆成丐者，往收贮残骸，葬于兰亭山后，上种冬青树为识。谢翱为作《冬青树引》。六陵，南宋高宗、孝宗、光宗、宁宗、理宗、度宗六个皇帝陵墓。故址在今绍兴市东三十六里攒宫山下。诗中借用此典抒写对亡明的哀悼。
〔2〕南渡：此指北宋建炎元年(1127)徽、钦二帝为金所俘，宋高宗赵构南渡，

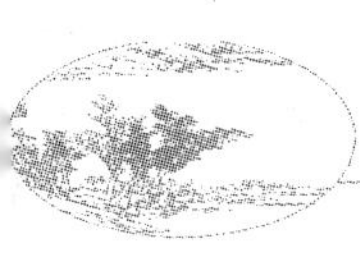

在金陵即帝位，后又奔临安（今杭州）。衣冠，古代士以上戴冠，衣冠连称，是古代士以上服饰。《后汉书·羊陟传》："家世衣冠族。"后也以衣冠指称世族、士绅。诗中指宋南渡时来到江南的豪家世族。〔3〕清流：形容湖水清彻，也用来隐喻不屈节于清朝的遗民。〔4〕"早时"句：朔漠翎弹怨，指元末诗人杨维桢《宫词》"开国遗音乐府传，白翎飞上十三弦。大金优谏关卿在，伊尹扶汤进剧编"。翎，即白翎雀，明陶宗仪《辍耕录》："白翎雀者，国朝（按，指元朝）教坊大曲也。始甚雍容和缓，终则急躁繁促，殊无有馀不尽之意。窃尝病焉。后见陈云峤先生云：白翎雀生于乌桓朔漠之地，雌雄和鸣，自得其乐，世皇（按，元世祖忽必烈）命伶人硕德闾制曲以名之。"意谓听到北方乐曲，引起兴亡之痛。〔5〕"他日"句：宇，杜宇，即杜鹃，又名子规。叶奇《草木子》："至正十九年（1359）元京子规啼。昔邵康节在洛阳天津桥闻之，已知宋室将乱，况元京视洛阳尤远，非南方之鸟所至，地气自南而北，又符康节天下将乱之语，岂非天数也哉！"意谓元朝亡国，元帝逃奔居庸关外，清室也不例外，同样会得到元朝的下场。〔6〕"苦恨"句：嬉春杨铁史，杨维桢（1296—1370）字廉夫，号东维子，又号铁崖，晚年自称老铁，山阴人。著有《东维子集》等。"嬉春"，杨维桢所作诗的题名。顾阿瑛说："铁崖嬉春体，即以老杜'江上谁家桃李枝？春寒细雨出疏篱'为新体也，先生自谓元代之诗人为宋体所桎梏，故作此诗变之。"〔7〕咏红兜（dōu）：杨维桢嬉春诗以红兜为韵。瞿佑《归田诗话》："元废宋故宫为佛寺，西僧皆戴红兜帽。故杨廉夫宋故宫诗，用红兜为韵。"

东归漫兴六首

其　二

警枕残灯对小舟〔2〕，暗将心曲语江流。
昔游历历归青史，老眼明明贯白头〔3〕。

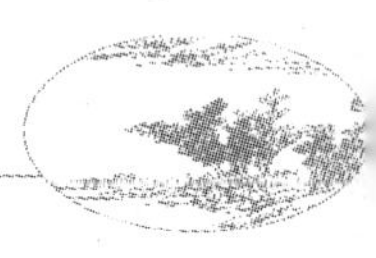

鸠聚鹊喧凭博局[4]，龙拏虎掷倚神谋[5]。
长年似与更筹约[6]，啼绝荒鸡发棹讴[7]。

题解

东归，游说马进宝后踏上返家的归程。钱谦益到了金华，大感扫兴和失望，投清降将马进宝非常狡猾，虚与委蛇，不肯吐露实情，他也察言观色，旁敲侧击，心存疑惧。第一次策反未能成功，在返回途中情绪也较为低落，悲今悼昔，写下著名的《西湖杂感》二十首诗，还以此六首诗檃括此行的过程和效果，怀疑马进宝的可靠性。黄宗羲说："牧斋意欲有所为，故往访伏波，及观其所为，而废然返棹"。（范谐《华笑庼杂记》）所选第二首，将其"贳白头"、冒生死危险实行特殊使命的"心曲"作了披露。

注释

〔1〕警枕：用圆木做的枕头，熟睡则欹动，容易觉醒。　〔2〕贳（shì）：相借或赊欠。此处指冒生死之险。　〔3〕"鸠聚"句：鸠聚，聚集。　鹊喧，鼓噪。博局，围棋盘，博戏所用之枰。赌博场所也叫博局。意即策划马进宝反清复明也等于一场赌博。　〔4〕"龙拏"句：龙拏（ná）虎掷，和龙争虎斗意相同，形容抗清斗争之激烈。倚神谋，凭仗神机妙算和奇谋策划。〔5〕"长年"句：长年，老年人。更筹，古代夜间报更之牌，也泛指时间。〔7〕"啼绝"句：荒鸡，用东晋祖逖之典。《晋书·祖逖传》："逖与刘琨同寝，中夜闻荒鸡鸣，蹴琨觉曰：'此非恶声也。'同起舞。"　棹（zhào）讴，鼓桨而歌。棹，船桨，划船工具。

其　六

不因落薄滞江干[1]，那得归来尽室欢。
巷口家人呼解带，墙头邻姥问加餐。

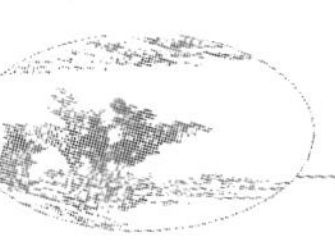

候门栗里天将晚[2]，秉烛羌村夜向阑[3]。
檐鹊噪干灯穗结，笑凭儿女话团圞[4]。

注　释

〔1〕"不因"句：落薄，穷困潦倒，犹"落魄"。滞，留。江干，江畔。陈寅恪于《柳如是别传》说："此首写小别归来，家人团聚之情事，殊为佳妙。牧斋性本怯懦，此行乃梨洲及河东君所促成。惴惴而往，施施而归，故庆幸之情，溢于言表也。"从诗中可看出他已得到柳如是的谅解和关爱，故沉浸于一片喜悦和宽慰之中。　〔2〕"候门"句：栗里，地名。在今江西九江市陶村西，陶渊明曾居于此，其《归去来兮辞》云："童仆欢迎，稚子候门。"　〔3〕"秉烛"句：羌村，地名。在鄜州郊外，杜甫家所在地。鄜州今陕西省富县。杜甫《羌村》诗："邻人满墙头，感叹亦歔欷。夜阑更秉烛，相对如梦寐。"阑(lán)：夜将尽，也就是天快亮了。　〔4〕团圞(luán)：团圆，团聚。

感叹勺园再作

曲池高馆望中赊[1]，灯火迎门笑语哗。
今旧人情都论雨[2]，暮朝天意总如霞[3]。
园荒金谷花无主[4]，巷改乌衣燕少家[5]。
惆怅夷门老宾客[6]，停舟应不是天涯。

题　解

勺园一名竹亭，是明吴昌时在嘉兴南湖的园亭。吴昌时，字来之，嘉兴人。崇祯进士，曾为钱谦益、张溥等策划周延儒再相奔走，得周擢拔，任吏部选郎。后周延儒罢职自裁，他也以"通内"结交阉宦、招降纳贿等罪弃市。再作，前《东归漫兴六首》之四中有"过

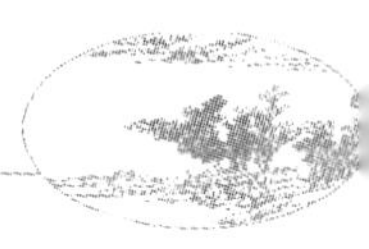

南湖，望勺园，悼延陵君（按，吴昌时）而作”，今又作一首为“再作”。“勺园”曾是钱、柳姻缘的成就之地，可即小见大，印证今昔盛衰的沧桑变化，为时代之缩影。吴伟业也写过一首有关“勺园”的《鸳湖曲》，最为时人传诵。此诗前四句写昔，后四句写今。吴昌时昔日凭借权势，纵情声色，显赫一时，转眼陵谷迁移，人事已非，不由得让人兴起乌衣王谢之叹和家国盛衰之感。末尾作者以“夷门”侯嬴自居，并未停留于荒园的兴废慨叹，发思古幽情，或凭吊感伤，而是有自己形象在，他以一年届古稀老人为抗清复明奔波活动，使“夷门老宾客”的形象真实而突出。

注　释

〔1〕赊（shē）：遥远。　〔2〕“今旧”句：旧雨，比喻老朋友、故友；今雨，比喻新交朋友。杜甫《秋述》：“秋，杜子卧病长安旅次，常时车马之客，旧雨来，今雨不来。”　〔3〕“暮朝”句：用范成大《占雨》诗：“朝霞不出门，暮霞行千里。”　〔4〕金谷：晋石崇所筑园。见前《丙戌南还赠别故侯家妓冬哥四绝句》之一注释[1]。　〔5〕“巷改”句：祝穆《方舆胜览》：“乌衣巷，在秦淮南，去朱雀桥不远，王谢子弟所居”。刘禹锡有《乌衣巷》诗，此句用其意。〔6〕夷门老宾客：侯嬴，战国魏隐士，亦称侯生，年七十，为大梁夷门守门小吏，后被信陵君迎为上客。《史记·魏公子列传》：“公子从车骑虚左，自迎夷门侯生，坐上座，遍赞宾客，宾客皆惊。”诗中以“夷门老宾客”自指。

书夏五集后示河东君

帽檐欹侧漉囊新[1]，乞食吹箫笑此身[2]。
南国今年仍甲子[3]，西台昔日亦庚寅[4]。

翱西台恸哭，亦庚寅岁也。

闻鸡伴侣知谁是[5]？画虎英雄恐未真[6]。
诗卷丛残芒角在，绿窗剪烛与君论。

题 解

这是《有学集》卷三最后一首诗，以此诗结束《庚寅夏五集》。此诗写给柳如是，既以未能如愿的实情相告，也点明金华之行的目的落空。由于当时永历政权继明统绪于粤中，明室仍在，故钱谦益此行要效法伍子胥奔吴伐楚之举，也有和南宋遗民谢翱异代同悲的思想感情，则“乞食吹萧”进行游说策反的用意，昭然若揭。然而“画虎不成反类狗”，马进宝未可依恃，自“笑此身”，谁为“闻鸡伴侣”？落得痴心妄想，空手而回。第一次游说可谓以失败告终。

注 释

〔1〕“帽檐”句：帽檐（yán），帽子前面或四周突出像房檐的部分。攲（qì）侧，倾斜。漉（lù）囊，也叫漉水囊，佛教比丘衣具六物之一，用以滤去水中微虫。　〔2〕“乞食”句：用伍子胥吴市吹箫故事。伍子胥出昭关，夜行昼伏，无以糊口，鼓腹吹箫，乞食于吴市。　〔3〕甲子：用甲子记载岁时日历。意即南明政权依然存在。　〔4〕“西台”句：谢翱《西台恸哭记》作于元至元二十七年庚寅（1290），作者《夏五集》作于顺治七年庚寅（1650），同为庚寅岁。〔5〕“闻鸡”句：闻鸡，即闻鸡起舞，见前《东归漫兴六首》之二注释[6]。〔6〕“画虎”句：即“画虎不成，反类狗者也”。见前《见盛集陶次他字韵诗重和五首》之一注释[5]。

读梅村宫詹艳诗有感书后四首 有序

余观杨孟载论李义山《无题》诗[1]，以为音调清婉，虽极秾

丽,皆托于臣不忘君之意,因以深悟风人之旨[2]。若韩致尧遭唐末造[3],流离闽、越,纵浪香奁[4],亦起兴比物,申写托寄,非犹夫小夫浪子沉缅流连之云也[5]。顷读梅村宫詹艳体诗[6],见其声律妍秀[7],风怀恻怆,于歌禾赋麦之时,为题柳看花之句。徬徨吟赏,窃有义山、致尧之遗感焉。雨窗无俚[8],援笔属和。秋蛩寒蝉[9],吟噪蜩哳[10]。岂堪与间关上下之音[11],希风说响乎?《河上》之歌[12],听者将同病相怜,抑或以为同床各梦,而輾尔一笑也[13]?时岁在庚寅玄冥之小春十五日[14]。

其　一

上林珠树集啼乌[15],阿阁斜阳下碧梧[16]。
博局不成输白帝[17],聘钱无藉贯黄姑[18]。
投壶玉女和天笑[19],窃药姮娥为月孤[20]。
凄断禁垣芳草地[21],滴残清泪到蘼芜[22]。

题　解

梅村宫詹,指吴伟业(1609—1671),字骏公,号梅村,太仓人。崇祯进士,官左庶子,弘光朝任少詹事,入清后官国子监祭酒。诗词皆著,尤工七律和歌行,独创"梅村体"。有《梅村家藏稿》等。宫詹,太子詹事,属东宫詹事府,吴伟业曾任少詹事,故称之。艳诗,即吴伟业为名妓卞玉京所写《琴河感旧》四首。钱谦益此四首诗为和诗。作者"一以少陵为宗",由此推崇善学杜甫的李商隐。这四首和诗以李商隐的寄托比兴和韩偓香奁体的形式,采取"显言不可而曲言之"的方式,出之题柳看花、芬芳悱恻的艳丽语句,抒写"歌禾赋麦"的亡国之悲。吴伟业评曰:"诗绝佳"(《梅村诗话》),阎若璩更为激赏,认为"钱牧翁和梅村艳体四首,神矣圣矣,

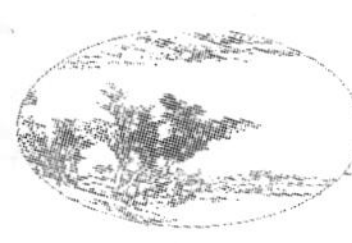

义山复生无以加之矣，七百年无此诗也。”（《潜邱札记》）清初有虞山诗派，以钱谦益为首，有冯班等人，该派“胎息玉溪”，专宗效法李商隐的西昆体，但所作都不及钱氏这四首诗精美，堪称体现虞山派风格的正宗代表作品。

注　释

〔1〕“余观”句：杨孟载，见前《姚叔祥过明发堂共论近代词人戏作绝句十六首》之四注释[1]。李义山（812—约858）名商隐，号玉溪生，怀州河内（今河南沁阳）人。开成进士，曾任县尉、秘书郎和工部郎中等职，备受牛、李党争中的排挤，有《李义山集》等。无题诗，诗有寄托，又不便明确标题，即用“无题”为名，李商隐诗中最多。　〔2〕风人：古有采诗官，采四方风俗以观民风，故谓所采诗为风，采诗者为风人，后亦称诗人为风人。　〔3〕韩致尧：韩偓（844—923）小字冬郎，自号玉山樵人，京兆万年（今陕西西安）人。龙纪进士，官至翰林学士，中书舍人。后依闽王王审知而卒。其诗以写艳情著名，词藻华丽，但也有抒写政治感慨的作品，有《韩内翰集》、《香奁集》。〔4〕香奁（lián）：香奁体，专以妇女身边琐事为题材的诗。据沈括《梦溪笔谈》载：“和鲁公凝有艳词一编，名《香奁集》。凝后贵，乃嫁其名为韩偓。今世传韩偓《香奁集》，乃凝所为也。”　〔5〕沉缅流连：沉溺于酒，乐而忘返。〔6〕顷（qīng）：近来，刚才。　〔7〕妍（yán）秀：美好，秀丽。　〔8〕无俚：无聊赖，无所寄托。　〔9〕“秋蛩”句：蛩（qióng），蟋蟀。蝉，俗名知了。〔10〕蜩（chōu）哳：杂乱细碎声音。　〔11〕间关：鸟鸣声。　〔12〕《河上》之歌：河上歌，古歌名。《吴越春秋·阖闾内传》：“吴大夫被离承宴问子胥曰：‘何见而信喜？’子胥曰：‘吾之怒与喜同。子不闻《河上歌》乎？同病相怜，同忧相救。’喜，白喜，即伯嚭。”　〔13〕辴（cuǎn）尔：笑貌。尔，语助词。〔14〕“时岁”句：庚寅，顺治七年（1650）。玄冥，冬神。《礼记·月令》孟冬之月“其神玄冥”。小春，夏历十月。陈元靓《岁时广记》引《初学集》载：“冬月之阳，万物归之。以其温暖如春，故谓之小春，亦云小阳春。”　〔15〕“上林”句：上林，苑名。秦旧苑，汉武帝扩建，周围三百里，有离宫七十所，苑中养

禽兽，供皇帝春秋打猎。其地在今陕西长安、周至、鄠县界。珠树，花蕾如珠的树。李商隐《碧互》诗："碧互衔珠树，红轮结绮寮。" 〔16〕"阿阁"句：阿阁，四面有檐的楼阁。碧梧，绿色梧桐树。 〔17〕"博局"句：博局，围棋盘，博戏所用之枰，也用来把赌博场所称博局。 白帝，古神话传说中五天帝之一，主西方之神。韩非子《外储说·左上篇》："秦昭王令工施钩梯而上华山，以松柏之心为箭，长八尺，棋长八寸，而勒之曰：'昭王常与天神博于此矣。'"又《洞天记》载："华山名太极总仙之天，即少昊，为白帝，治西岳。" 〔18〕"聘钱"句：聘钱，即聘金，旧时婚姻行聘之钱。无藉(jí)：无赖，引申为赖帐。贳(shì)，通赦，赦免。 黄姑，牵牛星。《荆楚岁时记》："牵牛娶织女，借天帝二万钱下礼，久不还，被驱在营室中。牵牛谓之河鼓，河鼓声转而为黄姑。"《玉台新咏》歌辞："黄姑织女时相见。" 〔19〕"投壶"句：投壶，古人宴会时游戏，设特制之壶，宾主以次投矢其中，中多者为胜，负者饮。 天笑，闪电。东方朔《神异经》："（东方公）恒与一玉女投壶，每投千二百矫。……矫出而脱误不接者，天为之笑。"李商隐《祭全义县伏波神文》："何烦玉女之投壶，方闻天笑。" 〔20〕姮娥：嫦娥。《淮南子·览冥训篇》："羿请不死之药于西王母，姮娥窃以奔月。"高诱注曰："姮娥，羿妻，奔入月中为月精也。" 〔21〕"凄断"句：凄断，犹凄绝，极其凄凉悲伤。禁苑，帝王苑囿。 〔22〕"滴残"句：滴残青泪，眼中残存泪水。蘼(mí)芜，香草名。

其　二

灵琐森沉宫扇迴[1]，属车轫轫殷轻雷[2]。
山长水阔欺鱼素[3]，地老天荒信鸩媒[4]。
袖上唾看成绀碧[5]，梦中泣忍作琼瑰[6]。
可怜银烛风前泪，留取胡僧认劫灰[7]。

注　释

〔1〕"灵琐"句：灵琐，神人所居的宫门阁。琐，门上雕镂的图案花纹。屈

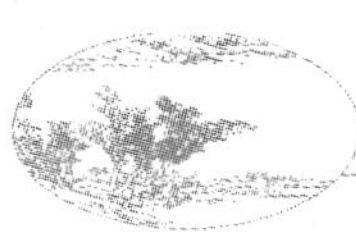

原《离骚》:“欲少留此灵琐兮,日忽忽其将暮。”王逸注:“灵,以喻君。琐,门镂也,文如连琐,楚王之省阁也。”此处指帝王宫门。森沉,幽暗阴沉,引申为宫门戒备森严。迴,同回,返回。 〔2〕“属车”句:属车,皇帝侍从的车子。轹轹(lì),车轮转动声。殷轻雷,小的雷声。殷,雷声。司马相如《长门赋》:“雷殷殷而响起兮,象君王之车音。”此句意谓车声如轻微地雷鸣。〔3〕“山长”句:欺,欺骗。鱼素,书信。《古诗十九首》诗:“呼儿烹鲤鱼,中有尺素书。” 〔4〕“地老”句:地老天荒,比喻时间久远。鸩媒,鸩,有毒之鸟,雄曰远日,雌曰阴谐。传说羽有剧毒,饮之立死。鸩媒,出自屈原《离骚》:“吾令鸩为媒兮,鸩告余以不好。” 〔5〕“袖上”句:唾,吐唾沫。绀碧,天青色。用《赵飞燕外传》事:“后与婕妤坐,后误唾婕妤袖。婕妤曰:‘姊唾染人绀碧,正如石上华。’因号石华广袖。” 〔6〕“梦中”句:泣忍,忍泣,含泪。琼(qióng)瑰,美石,珠玉。《左传·成公十七年》:“声伯梦涉洹,或与己琼瑰食之,泣而牖,琼瑰盈其怀。从而歌之曰:‘济洹之水,赠我以琼瑰。归乎归乎! 琼瑰盈我怀乎!’” 〔7〕胡僧认劫灰:见前《和盛集陶落叶诗》之二注释〔3〕。用来比喻明朝灭亡。

其 三

挝鼓吹箫罢后庭〔1〕,书帏别殿冷流萤〔2〕。
宫衣蛱蝶晨风举〔3〕,画帐梅花夜月停〔4〕。

蝶衣梅帐,皆寓天宝近事。

衔壁金缸怜旖旎〔5〕,翻阶红药笑娉婷〔6〕。
水天闲话天家事〔7〕,传与人间总泪零〔8〕。

注 释

〔1〕“挝鼓”句:挝(zhuā)鼓,打鼓。挝,敲打,击。罢(pí),极,尽,引申为最好。后庭,后宫,妃嫔所居。《汉书·史丹传》:“元帝好音乐,或置鼙鼓殿下,天子自临轩辒上,隤铜丸以挝鼓,声中严鼓之节。后宫及左右习知音者莫

能为。”罢后庭即“后宫及左右习知音者莫能为”之意。此称赞汉代元帝多材多艺。 〔2〕“书帏”句：书帏，书房，书斋。别殿，便殿，有别于正殿。《汉书·东方朔传》：“孝文皇帝之时，集上书囊以为殿帏”。冷流萤，不扑飞行无定的萤火虫。反用杜牧《秋夕》诗：“银烛秋光冷画屏，轻罗小扇扑流萤。”此句指汉代文帝好学勤勉。 〔3〕“宫衣”句：蛱（jiá）蝶，蝴蝶的一种。《开元天宝遗事》：“开元末，明皇每至春时，旦暮宴于宫中，使妃嫔辈争插艳花，帝亲捉粉蝶放之，随蝶所止幸之。后因杨妃专宠，遂不复此戏。” 〔4〕画帐梅花：指梅花纸帐，一种由多种物件组合、妆饰而成的女子卧具。〔5〕“衔杯”句：衔杯，饮酒。金缸，灯盏。旖旎（yí nǐ）：繁盛。班固《三都赋》：“金缸衔壁，是为列钱。”李善注曰：“《汉书》：赵昭仪居昭阳宫舍，其壁带往往为黄金缸，函兰田璧，明珠翠羽饰之。” 〔6〕“翻阶”句：翻阶，倾倒于台阶。红药，花名、即芍药。娉婷（pīng tíng），姿态美好。谢朓《直中书省》诗：“红药当阶翻，苍苔依砌上。” 〔7〕“水天”句：水天，倒文为天水，赵宋王朝代称。李商隐有《水天闲话旧事》诗。天家事，帝王之家的事情。《杨太真外传》：“玉妃曰：天宝十载，侍宴避暑骊山宫。秋七月，牵牛织女相见之夕，上凭肩而望，因仰天感牛女事，密相誓心，愿世世为夫妻。言毕，执手各呜咽。此独君王知之耳。”此指旧朝风流韵事。 〔8〕泪零：眼泪流淌。

其 四

银汉依然戒玉清[1]，竹宫香尽露盘倾[2]。
石碑衔口谁能语[3]？棋局中心自不平[4]。
禊日更衣成故事[5]，秋风纨扇又前生[6]。
寒窗拥髻悲啼夜[7]，暮雨残灯识此情。

注 释

〔1〕“银汉”句：银汉，天河。此处代表天庭。玉清，梁玉清，织女侍儿。《独异记》云：“秦并六国时，太白星窃织女侍儿梁玉清逃入小仙洞，十六日不

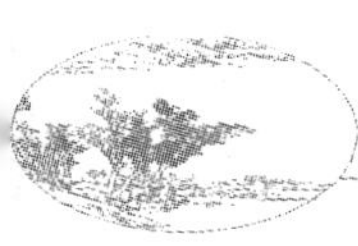

出。天帝怒,命五丁搜捕太白归位。玉清有子名子休,配于河北行雨,每至小仙洞,耻母淫奔之所辄回,故其地少雨。"戒,防备,警戒。　〔2〕"竹宫"句:竹宫,用竹建造的宫室,后用作坛祠的泛称。《汉书·礼乐志》:"正月上辛,用事甘泉圜丘,天子自竹宫而望拜。"《三辅黄图》:"竹,竹宫,甘泉祠宫也。以竹为宫,天子居中。"　露盘,金人捧露盘,见前《丙戌南还赠别故侯家伎人冬哥四绝句》之一注释〔4〕。倾,倒塌。　〔3〕"石碑"句:石碑,作为纪念物或标志的竖石,多镌刻文字,意在垂之久远。此句用《乐府诗集·读曲歌》:"石阙生口中,衔碑不得语。"　〔4〕"棋局"句:陆游《老学庵笔记》:"吕进伯《考古图》云:'古弹棋局,状如香炉,盖谓其中隆起也。'李商隐诗'玉作弹棋局,中心自不平',今人多不可解。以进伯之说,则粗可见,然恨其艺之不传也。"

〔5〕"禊日"句:禊(xì)日,祭名。古人祓除不祥之际,常在春秋二季于水滨举行。农历三月上巳行春禊,七月十四日行秋禊。　更衣,用汉武帝幸卫子夫事。《汉书·外戚传》:"帝祓霸上还,过平阳主,既饮,讴者进,帝独悦子夫。帝起更衣,子夫侍尚衣轩中,得幸,还坐欢甚,赐平阳主金千斤。主因奏子夫送入宫"。　〔6〕"秋风"句:纨扇,团扇。《乐府解题》:"班婕妤,徐令彪之姑,况之女,美而能文。初为帝所宠爱,后幸赵飞燕姊弟,婕妤见薄,退居东宫,作赋及《纨扇》诗,以自伤悼。"　前生,前一辈子,对今生而言。　〔7〕"寒窗"句:拥髻,捧持发髻。伶玄《赵飞燕外传》附《伶玄自叙》:"通德占袖,顾视烛影,以手拥髻,凄然泣下,不胜其悲。"樊通德,伶玄妾。

辛卯春尽歌者王郎北游告别,戏题十四绝句,以当折柳赠别,之外杂有寄托,谐谈无端,谑谜间出,览者可以一笑也

其　八

可是湖湘流落身〔1〕,一声红豆也沾巾。

休将天宝凄凉曲[2]，唱与长安筵上人[3]。

题 解

辛卯，指顺治八年（1651）。歌者王郎，名稼，字紫稼，又被人写作王子嘉或王子玠，是明末清初大江南北名震一时的歌唱戏曲艺人，这年春天，他随降清的龚鼎孳“北游”入京。讔（yǐn）谜，隐秘语言。此诗艳情寄慨，走的是李商隐的路子，写得缠绵哀丽，虽然“纵浪香奁”，但起兴比物，中有寄托。董含《三岗识略》记载，钱“尝作诗赠歌童入燕，缠绵哀艳，熊侍郎和韵以讽曰：‘金台玉峡已沧桑，细雨梨花枉断肠。怅怅虞山老宗伯，浪垂青泪送王郎。’”没有理解其以芳草寓怨、借云雨托恨的曲旨微意，故杨际昌《国朝诗话》以“岂可但以风流结习目之”，给予反驳。钱氏艳情诗以甲申为界，前明多冶游戏谑之作，入清后故国铜驼，恨悔怨悲，《有学集》中几组诗，情韵生动，风神遥曳，耐人含咏玩味，这一组诗是有代表性的。

注 释

〔1〕“可是”句：以唐代李龟年喻王紫稼。范摅《云溪友议》：“李龟年奔逐江潭，杜甫以诗赠之曰：‘岐王宅里寻常见，崔九堂前几度闻。正是江南好风景，落花时节又逢君。’龟年曾于湘中采访使筵上唱《红豆词》，合座莫不望行幸而凄然。” 〔2〕天宝：唐玄宗年号。天宝十四年（755）发生安史之乱，唐朝由盛转衰，李龟年等伶人也流落江南。 〔3〕“唱与”句：长安，唐代国都，以喻清朝京城。 筵，同“宴”，有乐人歌唱助兴的宴席。王紫稼随龚鼎孳入京，作者故云。

其十一

江南才子杜秋诗[1]，垂老心情故国思。

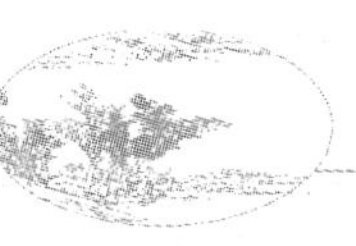

金缕歌残休怅恨[2]，铜人泪下已多时[3]。

注　释

〔1〕江南才子：指晚唐诗人杜牧，他有《杜秋诗》，借来自指。　〔2〕“金缕”句：金缕，即金缕曲，曲调名。杜牧《杜秋诗》：“秋持玉斝饮，与唱金缕衣。”　歌残，歌曲残缺不全，也用来比喻山河不全。　〔3〕“铜人”句：铜人，铜铸之人。汉武帝刘彻曾在长安建章宫前造神明台，上铸铜仙人，高二十丈，大十围，托承露盘以盛露水，取露水和玉屑服之，追求长生。魏明帝曹叡也想求长生不老之药，于景初元年（237）派官员从长安拆迁铜人至洛阳，后因铜人太重，留在霸城。相传铜人被拆离长安时曾流下眼泪。此句以铜人流泪寄寓自己的亡国悲痛情怀。

哭稼轩留守相公一百十韵

师弟恩三纪[1]，君臣谊百年。
哀音腾粤地，老泪洒昊天。
杀气南条急[2]，妖氛北户缠[3]。
行宫踰越峤[4]，留守限灵川[5]。

已下叙失守殉难之事。

仓卒闻风溃[6]，逡巡厝火然[7]。
操戈乘内间[8]，解甲起中权[9]。
卷土心仍壮[10]，凭城誓益坚[11]。
喧呼齐辫发[12]，奋击只张拳[13]。
刀锯徒为尔，冠裳正俨然。
归元髯上磔[14]，嚼齿爪中穿[15]。
荀偃含犹视[16]，张巡起欲旋[17]。

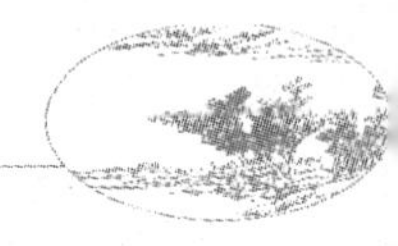

扬扬神不乱，琅琅语争传。
徒抱衔须痛[18]，谁能咶血怜[19]？

已下叙讣闻为位之事。

伤心寝门外[20]，为位佛灯前。
一恸营魂远[21]，三号涕泗涟。
修门归漠漠[22]，故国望姗姗。
虞殡歌休矣[23]，巫阳筮与焉[24]。
吴羹悽象设[25]，楚些怆蝉联[26]。
魂复新遗矢[27]，神栖旧坐毡[28]。
灵衣风肃肃，幽啸雨溅溅。
清夜前除酒[29]，明灯近局筵[30]。
逢迎伤剪纸[31]，送别忍烧船[32]。
黄鸟身其百，青龙岁半千[33]。
四游馀渺莽[34]，八翼罢腾骞[35]。
飞铁兵轮重[36]，为铜物冶全[37]。
庚寅征览揆[38]，辛卯应灾躔[39]。

君生于庚寅甲子，一周而终，故引庚寅以降之词。其闻讣，辛卯夏也，故引朔日辛卯之诗，皆假借使之也。

剑去梧宫冷[40]，刀投桂水煎[41]。
训狐宵叫啸[42]，婴蜺昼连蜷[43]。
斗涧龙伤血[44]，崩崖蜃吐涎[45]。

是夏虞山有出蜃之异。已下叙其戊辰后归田燕游之事。

拊心看迸裂[46]，弹指省轰阗[47]。
攀附龙门迥[48]，追陪鹤盖连[49]。
园林归绿水，屋宇带红泉。
一饭常留客，千金不问田。

以忙消块垒[50]，及暇领芳妍。
日落邀宾从，舟移沸管弦。
丹青搜白石[51]，杖履撰松圆[52]。

君好藏白石翁画，于程丈孟阳有师资之敬。

已下叙其少壮受经之事。

齿马成吾老[53]，童乌忆汝贤[54]。
《兔园》温句读[55]，蛾子学丹铅[56]。
枕膝应传喜[57]，登楼独许玄[58]。

已下叙其登朝贬谪及牵连下狱之事。

青春凭骎袅[59]，白首托夔蚿[60]。
桃李西江宰[61]，梧桐左掖员[62]。
裂麻心胆赤[63]，恤纬鬓毛宣[64]。
北寺偕书狱[65]，西曹互橐饘[66]。
朱游和药切[67]，黄霸授经专[68]。

已下叙甲申丧乱之事。

铜马神州沸[69]，金鸡密网蠲[70]。
甘陵录牒寝[71]，元祐党碑镌[72]。
北阙惊传火，东郊狎控弦[73]。
帝车俄运转[74]，天步久迍邅[75]。

余与君以甲申三月初十日同日赐还，邸报遂失传。

鳌足倾三极[76]，龙湖断八埏[77]。
关山留北顾[78]，宗祏寄南迁[79]。

已下叙乙酉岁开府广西遇乱拥立之事。

江左朝廷小[80]，交南节钺偏[81]。
风云天路倡，翼戴本支绵[82]。
宗泽回銮表[83]，刘琨劝进笺[84]。

岭边求日月，规外别坤乾[85]。
翼轸开营壁[86]，湘漓抵涧瀍[87]。
只身支浩劫，赤手捧虞渊[88]。
插羽钩庸蜀[89]，分茅饵益滇[90]。
黄农罗种落[91]，邕桂簇戈铤[92]。
青犊乌仍合[93]，红巾蚍并缘[94]。
反王收魏豹[95]，别将置梅销[96]。
白象扶丹毂，乌蛮曳彩旃[97]。
庐儿宿卫直[98]，厮养徹侯骈[99]。
书诏行营里，除官御览先[100]。
两宫汤药使，中禁洗儿钱[101]。

已下重叙庚寅冬失守殉难之事。

一旅基将肇，三分业朱峻。
连鸡昏蚌蛤[102]，咥虎玩蝇蜒[103]。
画地翔河鸟[104]，婴城坠纸鸢[105]。
执冰喜狒狒[106]，投缒引蠕蠕[107]。
履善穷江表[108]，庭芝殉海壖[109]。
誓言申决绝，望拜告精虔。
目裂光如炬，膂藏血化殷[110]。
花缦剺面哭[111]，藤帽枕尸还[112]。
青草迎飞旐[113]，黄茅拥过輀[114]。
虚祠包箬饭[115]，峒祭卜筳篿[116]。
故垅虞山似，桂林亦有虞山。
新愁桂岭牵[117]。用张平子《四愁》桂林之语。
丹心石路折，皓魄火云鲜。
尽说南朝李[118]，何惭东海田[119]。

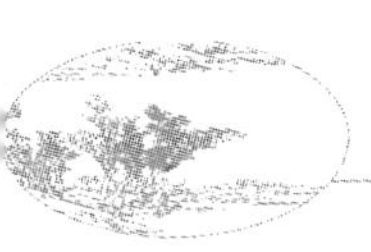

铸金身故在[120],刻木首非陨[121]。
烈烈羞祈死[122],淹淹笑祝延。

已下重言杂序,仿《天问》《大招》之意。

葭灰阳解狡[123],火井焰浮烟。
错莫嘶泥马[124],分明叫杜鹃。
朔方唐故事[125],纶邑夏前编[126]。
率土诚延伫,敷天忍弃捐[127]。
云旗翻毕口[128],星矢直狼肩[129]。
壁垒分行阵,雷风合弭鞭[130]。
白山厓倒侧[131],黑水浪平填[132]。
鹑尾南迴越[133],旄头北扫燕[134]。
誓师三后所[135],饮御五车边[136]。
改葬新班剑[137],舆尸故马鞯[138]。
羽林分綖绶[139],麟阁列貂蝉[140]。
画壁雕戈动,祠堂兕甲悬。
传芭歌沓沓[141],荐荔鼓鼘鼘[142],
宿列还箕尾[143]。其先人学宪公名字,

皆取象傅说星也。

星祠配女嫦[144]。其夫人先殁于桂。
五陵齐剪棘[145],双庙并加笾[146]。

督师侍郎张公同敞,故太师江陵文忠之孙,以门荫起家,抗骂不屈,同日被害。

已下结叙哀挽伤悼之词。

后死身馀几?先生腹尚便[147]。
不成升屋哭,弥想对床眠。
单孑留形影,凄凉度陌阡。

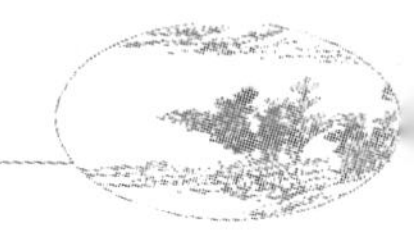

鸡窗言髣髴，蛛匣字蜿蜒。
西第花犹发，东皋草欲芊。
经过光景眩，识路梦魂颠。
太息看梁栋，沉吟仰屋椽。
移山谁负畚[148]？蹈海可乘艑[149]。
守器纡奔问[150]，余艎肆泝沿[151]。
祝余双泪涸[152]，将伯寸心痌[153]。
长夜歌将阕，穷尘恨始湔[154]。
荡阴三士咏[155]，蜀国八公篇[156]。
乡梦凭温序[157]，哀辞属马汧[158]。
降神天意远，养士国恩绵。
汗竹新书史[159]，浇花近扫阡[160]。
明明老眼在，拭目向空玄。

题　解

稼轩留守相公，即瞿式耜（1590—1650），字起田，号稼轩，常熟人。十六岁受业于钱谦益门下，万历中进士。崇祯初擢户科给事中，因阁讼同钱一起罢官里居，福王立南京，起右佥都御史，巡抚广西。后立桂王朱由榔为帝，官至少师兼太子太师，封临桂伯。顺治七年清兵攻桂林，城破，与张同敞同时殉难。永历帝赐谥文忠。留守，官名。皇帝出巡和亲征时指定亲王或大臣留守京城，称京城留守。其陪都和行都也常设留守，以地方行政长官兼任。诗中指后者，指瞿守桂林为留守。相公，旧时对人尊称，多指富贵家子弟。吴伟业在《梅村诗话》中说瞿式耜于桂林牺牲后，“钱宗伯为诗哭之，得百二十韵（按，应为百十韵）”。是言之不足故嗟叹之，嗟叹之不足故永歌之，为其全部诗歌中最佳最长的一篇五言排律，情词

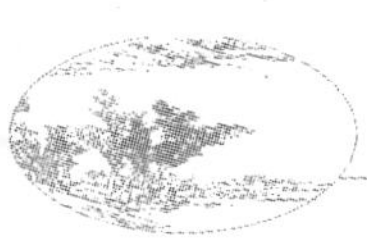

悱恻，哀感缠绵，放在有清一代也是出类拔萃，堪称《有学集》的压卷之作，吴伟业认为此诗“绝可传”。

注　释

〔1〕三纪：三十六年。十二年为一纪。　〔2〕南条：《尚书·禹贡》：“导岍及岐。”正义曰：“《地理志》云：‘《禹贡》北条荆山，在冯翊怀德县南，南条荆山在南郡临沮县东北。’”南条，即今湖北江陵、当阳一带。以“杀气”用来说明农民军残部与清兵在激战。　〔3〕北户：古国名。《尔雅·释地》：“觚竹、北户、西王母、日下谓之四荒。”郭璞注曰：“觚竹在北，北户在南。”邢昺疏：“北户者，即日尚郡也。”用来指南方地区，以“妖氛”说明清兵已经打到湘粤的南方一带。　〔4〕越峤（qiáo）：两广地区。越，通“粤”。峤，岭。此句指桂王朱由榔越过两广，到了云贵。　〔5〕灵川：今广西桂林市灵川县。〔6〕风溃：闻风溃败，比喻迅速。《晋书·谢玄传》：“符坚败于淝水，馀众奔溃，闻风声鹤唳，皆以为王师至。”　〔7〕“逡巡”句：逡（qūn）巡，顷刻，不一会儿。　厝（cuǒ）火，置火于积薪下，比喻潜伏危机。《汉书·贾谊传》：“夫抱火厝之积薪之下而寝其上，火未及燃，因谓之安，方今之势，何以异此。”然，同燃。　〔8〕内间：诱使敌方的人做我方之间谍。　〔9〕中权：中军。《左传·宣公十二年》：“前茅虑无，中权后劲。”杜预注曰：“中军制，谋后以精兵为殿。”　〔10〕卷土：卷土重来，比喻失败后倾其全力，再图恢复。杜牧《乌江》诗：“江东子弟多才俊，卷土重来未可知。”　〔11〕凭城：据城以守。〔12〕辫发：少数民族多编发被于背后，用来指清朝。　〔13〕张拳：拳通“巻”，弩弓，泛指弓。箭已尽仍要拉紧“空巻”，极写战斗到底精神。司马迁《报任安书》：“更张空拳，冒白刃。”　〔14〕“归元”句：归元，送回头颅，即战死。元，首、头。《左传·僖公三十三年》：“（先轸）免胄入狄师，死焉。狄人归其元，面如生。”　〔15〕“嚼齿”句：嚼齿，咬牙切齿。《新唐书·张巡传》：“子奇谓巡曰：‘闻公督战大呼，辄裂眦血面，嚼齿皆碎，何至是？’答曰：‘吾欲气吞逆贼，顾力屈耳。’”　爪，指甲。中穿、穿过手背。《晋书·卞壸传》：“其后盗发壸墓，尸僵，鬓发苍白，面如生，两手悉拳，爪甲穿达手背。”

〔16〕荀偃:春秋晋国人,即中行献子,字伯游,晋悼公立,代荀罃将中军。从悼公伐齐而卒,死时仍睁双眼,不能含玉,至到怀献子向其发誓后,才瞑而受含(古代贵族丧礼,人死把玉物放于口中叫受含),谥献。 〔17〕张巡:邓州南阳(今河南)人。开元进士,官真源令。安禄山反,起兵抗击,转战于雍丘、宁陵一带,后与许远同守睢阳,诏拜御史中丞。坚守数月,粮尽援绝而城陷,不屈死。起欲旋,用韩愈《张中丞传后序》语:“城陷,贼缚巡等数十人,坐,且将戮,巡起旋。”起来小便。 〔18〕衔须:不屈被杀。《后汉书·温序传》:“序为隗嚣别将荀宇所拘劫,大怒,叱宇等。宇曰:‘此义士死节,可赐以剑。’序受剑,衔须于口曰:‘为贼所迫杀,无令须污血。’遂伏剑而死。”〔19〕咶(shì):舔、食。 〔20〕寝门:内室之门。白居易《哭诸故因寄元八》诗:“昨日哭寝门,今日哭寝门。借问所哭谁?无非故交亲。” 〔21〕营魂:魂魄。《后汉书·营恂传》附寇荣上书:“惧独含恨以葬江鱼之腹,无以自别于世,不胜狐死首丘之情,营魂识路之怀。” 〔22〕修门:郢都城南关三门之一。宋玉《招魂》:“魂兮归来,入修门些。” 〔23〕虞殡:挽歌名。《左传·哀公十一年》:“公会吴子伐齐。公孙夏曰:‘子必死。’将战,公孙夏命其徒歌《虞殡》。”杜预注曰:“《虞殡》,送葬歌曲,示必死。” 〔24〕巫阳:人名,古巫师。《楚辞·招魂》:“帝告巫阳曰:‘有人在下,我欲辅之。魂魄离散,汝筮予之’。” 〔25〕“吴羹”句:吴羹,吴地之羹,用肉和蔬菜制成浓汤。《招魂》:“和酸若苦,陈吴羹些。” 象设,想像之意,以意像而设言之。《招魂》:“像设君室,静闲安些。”王逸注曰:“像,法也。” 〔26〕“楚些”句:楚些(suò),《楚辞·招魂》句尾皆有“些”字,为楚人习用的语气辞。后用以泛指楚地乐调和《楚辞》。蝉联,连绵不绝。 〔27〕“魂复”句:招魂归来。遗矢,《礼记·檀弓》:“邾娄复之以矢。”意即“无衣可以招魂,故用矢招之也。”这句是说用新的弓矢招魂归来。 〔28〕毡:用兽毛碾合成的片状物。《晋书·王献之传》:“有偷人入其室,盗物都尽。献之徐曰:‘青毡我家故物,可特置之。” 〔29〕前除:屋前台阶。 〔30〕近局:邻居。 〔31〕剪纸:旧俗。剪纸为钱形,悬于门檐,以示招魂。 〔32〕烧船:焚化纸船。韩愈《送穷文》:“烧车与船,延之上坐。” 〔33〕青龙:星名,即太岁星。《后汉

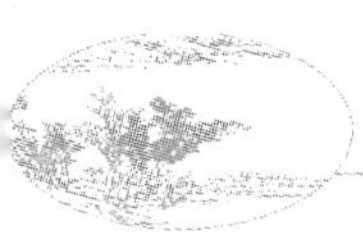

书·律历》下:“摄提迁次,青龙移晨,谓之岁。” 〔34〕四游:四面游动。《礼记·月令》郑玄注:“地有升降,星辰有四游 。” 〔35〕“八翼”句:八翼,志愿不遂。《晋书·陶侃传》:“又梦生八翼,飞而上天,见天门九重,已登其八,惟一门不得入,阍者以杖击之,因堕地,折其左翼。”罢腾骞,停止飞腾。〔36〕“飞铁”句:飞铁,《汉书·五行志》:“征和二年春,涿郡铁官铸铁,铁销皆飞上去。此火为变,使之然也。” 兵轮,军舰,或战车。 〔37〕“为铜”句:用贾谊《鹏鸟赋》句:“天地为炉兮,造化为工。阴阳为炭兮,万物为铜。”〔38〕“庚寅”句:庚寅,瞿式耜生于明神宗万历庚寅(1590)。屈原《离骚》:“惟庚寅吾以降。”览揆,生辰代称。《离骚》:“皇览揆余于初度兮,肇赐余以嘉名。” 〔39〕“辛卯”句:辛卯,清顺治八年(1651)。瞿式耜虽死于七年,但讣信传到江苏常熟家乡已是第二年,即辛卯。灾躔(chán),灾祸。古人逢天体运行不正常,便谓天象变异,必降灾祸,故称。 〔40〕“剑去”句:剑去,《吴越春秋》:“湛卢之剑,恶阖闾无道,乃去而出,水行如楚也。楚昭王卧而寤,得吴王湛卢之剑于床也。” 梧宫,任昉《述异记》:“梧桐园在吴宫,本吴王夫差旧园也,一名琴川。语云:“梧宫秋,吴王愁。” 〔41〕“刀投”句:刀投,投刀于水。《古今刀剑录》:“关羽为先主所重,不惜身命。自采都山铁为二刀,铭曰:万人。及羽败,羽惜刀,投之水中。”桂水,郦道元《水经注》:“桂水出桂阳县北界山。应劭曰:“桂水出桂阳东北,入湘。” 〔42〕训狐:鸟名,又叫鸺鹠,鸺鹠。段柯古《酉阳杂俎》:“训狐,恶鸟也。飞则后窍应之。” 〔43〕“婴蜺”句:蜺,虹。蜷,同卷,屈曲环绕。屈原《天问》:“白蜺婴茀”。王逸注曰:“蜺,云之有色似龙者也。茀,白云逶迤若蛇者也。言此有蜺茀气逶迤相婴。” 〔44〕斗涧龙:即龙斗涧。朱长文《吴郡图经读记》:“破山有龙斗涧。唐贞元中,妪生白龙,与一龙斗于此而成此涧。” 〔45〕蜃(shèn):大蛤蜊,蚌类。 〔46〕“拊心”句:拊心,拍胸。迸(bèng)裂,分裂。〔47〕“弹指”句:弹指,弹击手指。以手作拳,屈手指,以大拇指捻弹作声,表示愤怒。轰阗(tián),大声轰闹。 〔48〕“攀附”句:攀附龙门,省作攀龙,比喻依附帝王以建功业。迥(jiǒng),远。 〔49〕鹤盖:车盖。用以形容如鹤张开翅膀而成。 〔50〕块垒:心中郁结不平。 〔51〕白石:沈周。见

前《姚叔祥过明发堂共论近代词人戏作绝句十六首》之四注释[1]。〔52〕松圆:程孟阳。同前之一注释[2]。　〔53〕"齿马"句:以喻年老。《公羊传·僖公二年》:"吾马之齿,亦已长矣。"何休注曰:"以马齿长喻荀息之年老。"　〔54〕童乌:扬雄子。《法言·问神》:"'育而不苗者,吾家之童乌乎?'九龄而与我玄文。"后以童乌作早慧或幼殇之典。此处指早慧。〔55〕兔园:即兔园册。见前《姚叔祥过明发堂共论近代词人戏作绝句十六首》之十五注释[2]。　〔56〕蛾(yǐ)子:幼蚁。比喻年幼。　〔57〕"枕膝"句:用汉代蒙喜事。《汉书·儒林传》:"孟喜从田王孙受《易》。喜好自称誉,得《易》家侯阴阳灾变书,诈言师田生且死时,枕喜膝,独传喜。诸儒以此耀之。"　〔58〕"登楼"句:用汉代郑玄事。《后汉书·郑玄传》:"玄在马融门下,三年不得见,使高业弟子传授于玄。会融集诸生考论图纬,闻玄善算,乃召见于楼上,玄因从质诸疑义。问毕辞归,融喟然叹曰:'郑生今去,吾道东矣!'"　〔59〕骎袅(yào niǎo):骏马。　〔60〕夔蚿(kuì xián):夔,传说中怪兽,"状如牛,苍身而无角,一足。"　蚿,虫名,即马蚿,又名马陆、百足。《庄子·秋水篇》:"夔怜蚿。"成玄英疏曰:"夔是一足之兽,其形如鼓,足似人脚而迴踵向前也。蚿百足之虫也。夔以少企多,故怜蚿。"　〔61〕"桃李"句:瞿式耜于万历四十四年(1616)中进士,授江西吉安府永丰县令。〔62〕"梧桐"句:瞿式耜丁父忧后,于崇祯元年(1628)任户科给事中。左掖,即给事中职务。　〔63〕裂麻:用阳城事。李肇《国史补》:"阳城为谏议大夫,德宗欲裴延龄为相,城曰:'白麻若出,吾必裂之而死。'德宗闻之。以为难,竟寝之。"借以指瞿式耜向桂王朝廷上《任人宜责实效疏》等章奏,直声震动朝野。　〔64〕"恤纬"句:恤纬,"嫠不恤其纬"之省。寡妇不忧其织事,而忧国家的危难,后用来指忧国之心。嫠,寡妇。宣,宣发,指头发斑白。〔65〕北寺:北寺狱,东汉监狱名。见前《丁卯十月书事四首》之四注释[2]。〔66〕橐饘(tuó zhān):指衣食。　〔67〕"朱游"句:用朱云事。《汉书·萧望之传》:"使者招望之,望之门下生朱云劝其自裁。望之谓云曰:'游趣和药来',饮鸩自杀。"　〔68〕"黄霸"句:用黄霸事。《汉书·夏侯胜传》:"胜及黄霸俱下狱。霸欲从胜授经,胜辞以罪死。霸曰:'朝闻道,夕死可矣。'胜贤

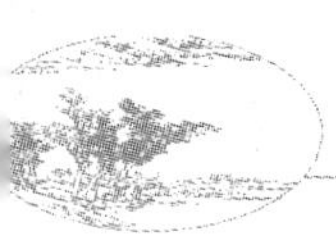

其言,遂授之。” 〔69〕铜马:西汉末年农民军的一支。后为光武帝刘秀所破。这里指李自成、张献忠领导的农民军。 〔70〕“金鸡”句:金鸡,古颁赦诏日,见前《临城驿壁见方侍御孩未题诗》注释[2]。蠲(juān),除去。 〔71〕甘陵:见前《吴门送福清公还闽八首》之五注释[2]。寝,止息。 〔72〕“元祐”句:元祐党碑,即元祐党人碑。宋哲宗元祐元年司马光为相,尽废王安石新法,恢复旧制。徽宗时蔡京为相,尽复绍圣之法,乃籍元祐反新法诸臣司马光、文彦博而下一百二十人,等其罪状,立碑于端礼门。三年增至三百零九人,又立碑于庙堂。镌,削除。 〔73〕控弦:能引弓者。控,引,拉。 〔74〕帝车:北斗星。 〔75〕迍邅(zhūn zhān):处境困难,也即明朝陷入危机。 〔76〕“鳌足”句:鳌足,传说海中大龟或大鳖。古代神话共工怒触不周山,天柱折,地维缺,女娲断鳌足以立地之四极。《列子·汤问篇》:“断鳌之足,以立四极。” 〔77〕“龙湖”句:龙湖,即鼎湖。见前《金陵寓舍赠梁溪邹流绮》注释[7]。此指崇祯帝朱由检死。八埏,地之八际。 〔78〕北顾:镇江北固山,在丹徒县北。《南徐州记》云:“城西北有别岭,斗入江,三面临水,号曰北固。”也作“北顾”。 〔79〕宗祏(shí):宗庙中藏神主的石室。此指福王朱由崧在南京建立的弘光朝。 〔80〕“江左”句:即史可法、马士英等拥戴福王所建南明朝。 〔81〕“交南”句:交南,即交州。指五岭以南一带地方,即今广东、广西。节钺,符节与斧钺,古代授予将帅,作为加重权力的标志。用来说明瞿式耜以佥都御史巡抚广西。 〔82〕“翼戴”句:翼戴,辅佐拥护。本支,树木根干和支叶,比喻帝王的子孙。绵,绵延、延续。 〔83〕“宗泽”句:宗泽(1059—1128)字汝霖,义乌(今浙江)人。元祐进士,靖康元年知磁州,继任东京留守,用岳飞为将,屡败金兵,多次上书高宗还都开封,收复失地,皆不纳,忧愤成疾,临终连呼过河者三。谥忠简。回銮表,还都开封奏章。回銮,回京。 〔84〕“刘琨”句:刘琨(270—318)字越石,中山魏县(今河北)人。曾任大将军,都督并、冀、幽三州军事。晋室南渡,转任侍中太尉,坚守并州,后被段匹磾杀害。劝进,劝即帝位。东晋司马睿(元帝)逃到江南,刘琨等连名劝进,司马睿以归之于天命登帝位。 〔85〕规外:原意为规划并占有者之外,此指边疆。 〔86〕翼轸(zhěn):二十八宿中翼

宿与轸宿。古为楚之分野。 〔87〕“湘漓”句：湘漓，湘江，湖南境内最大河流。漓江，也称漓水，桂江上游。祝穆《方舆胜览》：“漓水、湘水皆出海阳山而分源，南流为漓，北流为湘。” 涧瀍（chàn），涧水，源出河南渑池县东北，流经新安、洛阳，入洛河。瀍水，源出河南洛阳市西北，南流经洛阳城东，入洛水。 〔88〕虞渊：古代神话传说日之入处。此句用来比喻瞿式耜拥立桂王朱由榔，建立永历政权。 〔89〕“插羽”句：插羽，插上羽毛，喻快速。钩（gōu），钩取，连接。庸，古国名，商之侯国。《左传·文公十六年》：“庸人帅群蛮以叛楚。”注：“庸，古国名，今上庸县，属楚之小国。” 蜀，地名，今四川地域之别称。 〔90〕“分茅”句：分茅，古代分封诸侯时，白茅裹着泥土授予被封者，象征授予土地和权力。益，益州，其故地大部分在今四川境内。滇，滇国，古国名，即旧云南府地。 〔91〕“黄农”句：黄农，黄、农两姓。谭掞《邕笕溪峒杂记》：“邕州左右两江溪桐，旧谓之回道农家，盖波州、武勒州、思浪州、七源州、回州皆农姓也。又谓之回道黄家，盖安德州、归乐州、田州、露城州四州，皆黄姓也。” 〔92〕“邕桂”句：邕桂，皆地名，今广西省。王象之《舆地纪胜》：“秦并南越为桂林县地。汉平越，改桂林为郁林郡。唐太宗改南晋州为邕州，以州近邕溪，因以为名。”戈鋋（chán），兵器。鋋，短矛。 〔93〕青犊：西汉农民起义军称号。《后汉书·光武纪》：“青犊、赤眉贼入函谷关，攻更始（按，刘玄）。” 〔94〕红巾：元末韩山童，刘福通利用白莲教发动起义，以红巾为号，因称红巾军。 〔95〕魏豹：（前？—前204）秦末人。战国时魏诸公子魏云逃至楚，立为安息王，魏豹为其后人。《史记·韩信传》：“魏王豹反，汉与楚约和，信伏兵从夏阳以木罂缻渡军，袭安邑。豹惊，引兵迎信，信遂虏豹”。此指靖江王朱亨嘉。 〔96〕“别将”句：梅铜，指秦末吴芮的部将梅铜。吴芮为番阳县令，甚得民心，号曰番君。《史记·汉高祖纪》：“遇番君别将梅铜，与俱降析郦。”此指藩王朱亨嘉大将杨国威。〔97〕乌蛮：古代西南少数民族名，也泛指西南边塞。 〔98〕庐儿：奴隶、仆从。 〔99〕厮（sì）养：古代干粗活的男性奴隶或仆役。 徹侯，秦汉时爵位名，最高为二十级徹侯，又叫通侯。这两句是说永历小朝廷无人，以至奴仆之类的人占据要职。 〔100〕除官：授官。用来说明永历帝大权旁落，而

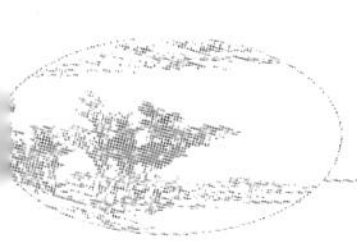

奸佞专政，起用心腹。　〔101〕洗儿钱：旧俗，婴儿生后三日或满月，有替婴儿洗身的习俗，在洗儿时赐赠钱为洗儿钱。　〔102〕“连鸡”句：连鸡，缚在一起的鸡，喻互相牵制，行动不能一致。蚌蛤（pàng gé），均属一种介壳类软体动物，产生江河湖海。　〔103〕“咥虎”句：咥（xì）虎，咬老虎。蝇蜑（dàn），苍蝇和古代南方水上居民。　〔104〕“画地”句：用陈叔宝未亡时事。《隋书·五行志》：“陈未亡时，有一足鸟集于殿庭，以咀画地，文曰：‘独足上高台，盛草变成灰。’”　〔105〕纸鸢：风筝。用梁简文帝事。《独异志》：“梁武太清三年，侯景围台城，远近不通。简文与大器为计，缚纸鸢飞空，告急于外。”　〔106〕“执冰”句：执冰，即椟丸，盛放弓矢的器具。《左传·昭公二十五年》：“公徒释甲，执冰而踞。”杜预注曰：“冰，椟丸盖。或云椟丸是箭筩，其盖可取饮。”　狒狒，兽名，状如猕猴。　〔107〕“投缒”句：投缒（zhuì），用绳悬人使其向下坠。《宋史·李纲传》：“敌兵攻城，纲身督战，募壮士缒城而下。”　蠕蠕（rú），我国古代北方少数民族，即柔然。《北史》有《蠕蠕传》。　〔108〕履善：文天祥（1236—1283）字宋瑞，号文山。宝佑进士，官至江西安抚使，封信国公，抗元兵败被俘，英勇就义，有《指南》、《啸吟》等集。　〔109〕庭芝：李庭芝（1219—1276）字祥甫，随州（今湖北）人。南宋大臣，淳祐进士，曾任淮东制置使等职，元兵南下，固守扬州，并拒降射杀使者，后因城中粮尽，转战泰州，拟突围入海，为元军所俘，杀害。海堧（ruán），江边，水边。　〔110〕膋（liáo）藏：储藏浓血。膋，《诗·小雅·信南山》：“执其鸾刀，以启其毛，取其血膋。”即血与脂膏，膋藏也可释为血。　〔111〕“花缦”句：花缦，花环，古天竺人用花连贯成串加于身首之上的饰物。剺面，用刀割脸。我国古代匈奴、回鹘等民族风俗，凡遇大忧大丧，就用刀划破脸面，表示忧愁。　〔112〕“藤帽”句：藤帽，用藤条做的帽子。苏轼《谢欧阳晦夫遗接罗琴枕》诗：“白头穿林要藤帽，赤脚渡水须花缦。”枕尸，尸骸狼藉。　〔113〕飞旐：飘动旐旗。旐，出丧时为棺柩引路旗。　〔114〕过輲（zhuán）：载柩之车行进。　〔115〕“虚祠”句：包箬饭，用竹笋皮裹盐，绿荷包饭。出自柳宗元《柳州峒氓》诗：“青箬裹盐归洞客，绿荷包饭趁墟人。”　〔116〕筳篿（tíng tuán）：古楚越间用灵草编结在断竹枝上以占卜的法术。

〔117〕“新愁”句：用张衡《四愁诗》中：“我所思兮在桂林，欲往从之湘水深”之语。　〔118〕李：指李若水。宇文懋昭《大金国志》：“李若水将死，夺骂愈切。军中相谓曰：‘大辽之破，死义者十数，今南朝惟李侍郎一人而已。”〔119〕田：指田畴。《魏志·田畴传》：“刘虞为公孙瓒所害。畴至，谒虞墓，哭泣而去。瓒大怒，购求获畴。畴曰：‘既灭无罪之君，又仇守义之臣。燕、赵之士，将皆蹈东海而死耳。”　〔120〕“铸金”句：铸金，融化金属铸造铜像 。《吴越春秋》：“范蠡乘扁舟出三江，入五湖，人莫知其所适。于是越王乃使良工铸金像范蠡之形，置之坐侧，朝夕与之论政。”　〔121〕“刻木”句：刻木为头以续全尸安葬。《崖山志·伍隆起传》：“元张弘范入广州，隆起力战，累日不沮潜，为其下谢文子所杀，以其首降元。陆秀夫遣人收遗骸，以木刻首续之，葬于文迳口山后。秀夫坐募得文子戮之，祭隆起之墓。”陨，通殒，死。〔122〕羞（xiū）：进献。　〔123〕“葭灰”句：葭灰，葭莩成灰。古人烧苇膜成灰，置于十二律管中，放密室内，以占气候。某一节气至，某律管中葭灰即飞出，示该季节已到。如冬至节至，则相应之黄钟律管中的葭灰飞动。解驳（bó），通解驳，离散间杂。韩愈《南海神庙碑》：“云阴解驳，日光穿漏。”〔124〕“错莫”句：错莫，杂乱。泥马，宋徽宗第九子康王构（按，宋高宗）再度使金，至磁州，留守宗泽欲留，不从。泽乃借神以止之，曰：“此间有崔府君庙，甚灵，可以卜珓。”是夜人报庙中泥马衔车辇等物填塞去路。康王因止不前。后又演为泥马渡康王故事。　〔125〕“朔方”句：用太子李亨事。《通鉴》：“太子既留，莫知所适，建宁王倓曰：‘殿下昔尝为朔方节度大使，将吏岁时致启，倓略识其姓名。朔方道近，士马全盛，裴冕衣冠名族，必无贰心。速往就之，徐图大举，此上策也。”　〔126〕“纶邑”句：纶（lún）邑，地名。虞邑，在今河南虞城县东南。　夏前编，用夏王相的儿子少康事。他是禹的七世孙。相被寒浞的儿子浇所杀，相妻侯缗正怀孕，逃到有仍，生少康。少康长大，与旧臣靡合力灭浞，恢复王朝。《左传·哀公元年》：“伍员曰：‘少康逃奔有虞，虞思妻之以二姚而邑诸纶。”　〔127〕敷（fū）天：遍天。　〔128〕毕口：即毕宿星，二十八宿之一。《晋书·天文志》：“毕八星主边兵，主弋获。”〔129〕“星矢”句：星矢，天上星象。《史记·天官书》：“其东有大星曰狼，狼

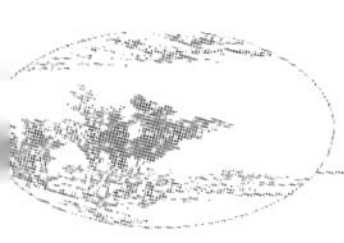

角变色,多盗贼。下有四星曰弧,直狼。”　〔130〕弭(mǐ)鞭:停鞭。〔131〕“白山”句:即长白山,古不咸山,亦名太白山,金时始称长白山,省称白山,为辽宁、吉林东部和中部边境山地总称。为松花江、鸭绿江之分水岭。〔132〕黑水:黑龙江,为我国边境大河,在今黑龙江省境 内。为满族军事集团的栖居和发源地。　〔133〕鹑尾:星次名。指翼、轸二宿,古以为楚之分野。南方有朱鸟七宿,末尾的翼轸称鹑尾。　〔134〕旄头:见前《丙戌七夕有怀》注释[2]。　〔135〕三后:古代天子或诸侯皆称后。三后,指三个帝王,说法不一。一般指虞、夏、商三代君主。《左传·昭公三十二年》:“三后之姓,于今为庶。”　〔136〕饮御:以饮酒招待友人。御,进、侍。《诗·小雅·六月》:“饮御诸友”。笺云:“御,侍也。王饮之酒,使其诸 友恩旧者侍之。”　五车,言书之多。《庄子·天下篇》:“惠施多方,其书五车。”也用来比喻博学。　〔137〕斑剑:饰以虎皮之剑。梁昉《王文宪集序》:“给节,加羽葆鼓吹,增斑剑为六十人。”张铣注:“羽葆斑剑,并葬之仪卫。”　〔138〕鞯(jiān):补托马鞍的坐垫。　〔139〕綟绶(lì shòu)即绿綟绶,一种黑黄而近绿色的丝带,古代丞相以上官吏用作印绶。　〔140〕“麟阁”句:麟阁,汉宣帝时有麒麟阁,为图绘功臣之所,省作麟阁。　貂蝉,古代王公显宦冠上的饰物,用来喻达官显宦。　〔141〕传芭:古代南方祭祀时舞蹈名。舞者执香草,相互传递。　〔142〕鼘鼘(yuàn):鼓声。　〔143〕“宿列”句:指瞿式耜之父瞿汝说,字星卿,别号达观。《庄子·大宗师》:“傅说得之以相武丁,奄有天下,乘东维,上箕尾,而比于列星。”　〔144〕女媊(qián):星名。甘氏《星经》曰:“太白上公,妻曰女媊,女媊居南斗。”这里指瞿式耜夫人邵氏,南京人。　〔145〕五陵:长陵、安陵、阳陵、茂陵、平陵合为著名五陵。〔146〕双庙:立庙合祀功烈匹敌之二人,即唐代张巡与许远。《南部新书》:“张巡、许远,宋州立血食庙,谓双庙。”　笾,祭祀盛供品的器具,竹制曰笾。这里指瞿式耜与张同敞二人。　〔147〕便(pián):肚子肥美。〔148〕“移山”句:移山、即愚公移山。庾信《哀江南赋》:“岂冤禽之能塞海,非愚叟之可移山。”　〔149〕“蹈海”句:蹈海,投身入海。《史记·鲁仲连传》:“彼秦者,弃礼义而上首之国也,权使其士,虏使其民,即肆然而为帝,过

而为政于天下,则连有蹈东海而死身,吾不忍为之民也。” 艑(biǎn):大船。〔150〕“守器”句:守器,守护国家的重器。器指象征君权的器物如祭品、车服等。这里指南明朱由榔的桂王政权。纡,曲折。此句和下句相联,意即瞿式耜死后,只能取道海上,从广州奔向云贵一带,纡回曲折地与桂王政权联系,致以慰问和支持。 〔151〕余艎:舟名。 〔152〕祝余:祝,断也。《左传·哀公十四年》:“子路死,子曰:‘噫!天祝予!’” 〔153〕痟(yuān):酸痛,悲伤。 〔154〕“穷尘”句:穷尘,黄泉。湔(jiān),洗涤。 〔155〕荡阴:即荡阴里,在山东临淄县南。诸葛亮《梁文吟》:“步出齐城门,遥望荡阴里。里中有三墓,累累正相似。……一朝被谗言,二桃杀三士。谁能为此谋?国相齐晏子。” 〔156〕“蜀国”句:即杜甫《八哀诗》八首,伤悼先后去世的王思礼、李光弼、严武、李琎、李邕、苏源明、张九龄八人。 〔157〕温序:人名,东汉太原祁(今山西)人。建武二年征为御史,后迁羌校尉,于赴任途中为隗嚣部将所杀,赐葬洛阳城傍。序长子寿,服满后为邹平侯相,梦其父告曰:‘久客思乡里’,遂弃官携父骸骨归葬故里。后人因以“温序思归”为眷恋乡土之典。 〔158〕马汧(qiān):即马敦,用潘安仁《马汧督诔》语。李善注曰:“《晋书》:汧督马敦,立功孤城,为州司所枉,死于囹圄,岳诔之。”汧,县名,在晋属扶风县。 〔159〕汗竹:烤竹令汗,以便书写,又不受虫蛀,此即汗竹。引申为史册。 〔160〕扫阡:祭扫坟墓。《南史·何尚之传》:“何点居东篱,园有忠贞冢,点种花于冢侧,每饮必酬之。”

赠卢子繇

云物关河报岁更[1],寒梅逼座见平生[2]。
眉间白发垂垂下,巾上青天故故明[3]。
老去闲门聊种菜[4],朋来参语似班荆[5]。
《楞严》第十应参遍[6],已悟东方鸡后鸣[7]。

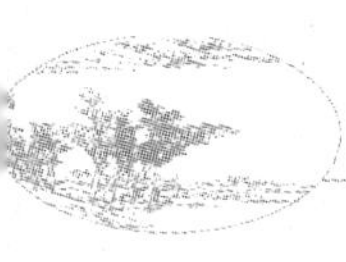

题　解

卢子繇，名之颐，号晋公，又自称芦中人。南明隆武朝曾授职方郎，事败回里，以医术名世。陈寅恪于《柳如是别传》说："牧斋此时相与往来之人，其酬赠诗章见于《有学集》者，大抵年少尚未有盛名，而志在复明之人，如晋公即是一例。其他诸人，皆可以此类推之也。"此诗为相互勉励，而又寄情于海上抗清斗争取得胜利。

注　释

〔1〕岁更：新的一年开始。　〔2〕逼座：座位接近。　〔3〕"巾上"句：巾，头巾，冠的一种。故故，屡屡，常常。司马图《修史亭》诗："乌纱巾上是青天。"　〔4〕种菜：为能者韬光养晦之典。见前《岁暮杂怀八首》之七注释[3]。　〔5〕"朋来"句：参（sān）语，三人聚话。《汉书·杨敞传》："敞夫人与延年参语许诺。"颜师古注曰："三人共言，故云参语。"　班荆，铺荆于地而坐。《左传·襄公二十六年》："伍举奔郑，将遂奔晋；声子将如晋，遇之于郑郊，班荆相与食，而言复故。"杜预曰："班，布也。布荆坐地，共议归楚事。"〔6〕"楞严"句：《楞严》：佛经名，经名《首楞严》，华语乃"一切事究竟巩固"。参遍，犹参透，参悟透彻。　〔7〕东方鸡鸣：天将晓之意。寄托对郑成功在海上斗争能复兴朱明的希望。

甲午春日观吴园次怀人诗卷怆然有感次韵二首

其　二

铜人流泪自何年[1]？历历开元在眼前[2]。
海上浪传千岁药[3]，民间犹使五铢钱[4]。

缫丝有茧春蚕老,曲树无条尺蠖怜[5]。
脉望只应干死尽,[6]莫将食字学神仙[7]。

题　解

甲午,指顺治十一年(1654)。吴园次,名绮,号听翁,一号丰南,江南江都(今江苏扬州)人,歙县籍。顺治九年壬辰拔贡生,历官湖州知府,有《林惠堂全集》。此诗开头便以"铜人"、"开元"写故宫禾黍的凄凉惨景,用以笼罩全篇,点明作者"怆然有感"的是家国沉沦之痛,"怀人"即是"怀国",抒发个人悲不可遏(年已老大,孤苦无依)而仍充满希望("民间犹使五铢钱")的憧憬。

注　释

〔1〕铜人:见前《丙戌南还赠别故侯家妓人冬哥四绝句》之一注释[4]。〔2〕开元:唐玄宗李隆基年号(713—741),唐朝于此时处于最兴盛的时期。〔3〕"海上"句:浪传,轻率传布。千岁药,不死之药。《史记・封禅书》:"自威、宣、燕昭使人入海求蓬莱、方丈、瀛洲,其三神山者,传在渤海中,诸仙人及不死之药皆在焉。"此句暗指郑成功领导的海上斗争。　〔4〕五铢钱:汉代所用钱币。汉武帝元狩五年,罢半两钱,始铸五铢钱,后来魏、晋、六朝,都曾铸五铢钱。《汉书・食货志》:"莽罢错刀、契刀及五铢钱,而更作金银龟贝泉布之品。百姓愦乱,其货不行,民私以五铢钱市买。"此句比喻人心仍然思明。　〔5〕尺蠖(huò):屈伸虫。其虫先屈后伸,行动时身体向上弯成弧状,像用大拇指和中指量距离一样,叫尺蠖。这两句用来比喻年已老大,孤苦无依。　〔6〕脉望:传谓蠹鱼所化之物。　〔7〕"莫将"句:用段成式《酉阳杂俎》续集二《支诺皋》典:"据《仙经》曰:'蠹鱼三食神仙字,则化为此物,名曰脉望。'"这两句意谓不要让蠹鱼蚕食古书(包括吴园次怀人诗卷),也即要保存抗清斗争的历史,以证青史。

伏波弄璋歌六首

其　五

龙旗交曳矢频悬[1]，绣褓金盆笑胁骈[2]。
百福千祥铭汉字，浴儿仍用五铢钱[3]。

题　解

伏波，指马进宝。钱谦益《牧斋外集·马总戎四十寿序》："开府婺州七载馀。"弄璋，璋谓圭璋、宝玉，旧称生男曰弄璋。《诗·小雅·斯干》："乃生男子，载弄之璋。"清顺治十一年(1654)，钱谦益为了敦促马进宝反清，速决大事，利用这年秋天马进宝夫人生子之机，再去金华游说，他以东南耆宿和文坛领袖身份，前去"授记""摩顶"，热烈祝贺，使马进宝在兴奋和满足之馀，顺利相商归顺之计，达到策反之目的。

注　释

〔1〕矢频悬：即悬弧。古代风俗，家生男则于门左侧挂弓一张，后就以生男为悬弧。　〔2〕胁骈：即骈胁，指小孩肌肉壮健，不显肋骨。　〔3〕"浴儿"句：浴儿，旧俗，婴儿生后三日或满月时亲朋会集庆贺，给婴儿洗身，叫作"洗儿会"。并在洗儿时，亲朋赐赠给婴儿钱，又叫洗儿钱。　五铢钱，见前《甲午春日观吴园次怀人诗卷怆然有感次韵二首》之二注释[5]。

其　六

光闻佳气溢长筵[1]，孔释分明抱送年[2]。

授记不须寻宝志[3]，老夫摩顶是彭篯[4]。

注　释

〔1〕光间：光大门户。后也用来祝贺生子之词。　〔2〕"孔释"句：孔释，孔丘与释迦。谢灵运《与诸人辨宗论》："案论孔、释，其道既同，救物之假，亦不容异。"　抱送年，生子送子之年。抱，生子。《诗·大雅·抑》："借曰未知，亦既抱子。"意即在生子上孔、释一致，释教有观音大士"送子"一说。〔3〕"授记"句：授记，佛教语，梵语"和伽耶"。佛对发心修行的人授与将来成果作佛的预记。宝志（418—514），也作保志，本姓朱，金城人，六朝高僧。少年时在建康道林寺出家，师事僧俭，修习禅业。至梁武帝迎入宫内，甚见崇礼。梁天监十三年冬卒。也称宝公或志公。　〔4〕"老夫"句：摩顶，本指释迦牟尼以大法付嘱摩诃萨时，用右手摩其顶。后来佛教授戒时也摩受戒者的顶，传为定式。彭篯，即彭祖。传说颛顼帝玄孙陆终氏第三子，姓篯名铿，尧时封之彭城，因其道可效，故谓之彭祖。篯铿在商为守藏史，在周为柱下史，年八百岁。是钱氏有姓之祖，钱氏家族年谱《牧斋晚年家乘文》即从篯铿开始。

简侯研德并示记原 用歌字韵

当飨休听暇豫歌[1]，破巢完卵为铜驼[2]。
国殇何意存三户[3]？家祭无忘告两河[4]。
击筑泪从天北至[5]，吹箫声向日南多[6]。
知君耻读王裒传[7]，但使生徒废蓼莪[8]。

题　解

侯研德，初名泓，又名涵，号掌亭，嘉定人。太学生侯岐曾子，诸生，门人私谥贞宪先生。有《掌亭集》。记原，侯玄汸，字记原，

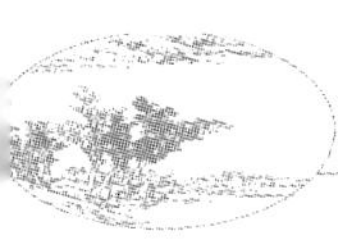

又字矩园。号甲寅再来人、月蝉、潜确，嘉定人。钱谦益论诗倡导宋元，弟子冯班说他“每称宋元人，矫王李之失”，清诗宗宋风气由他开启其端。宋人中陆游爱国复仇，“作为歌诗，皆寄意恢复”，让他激荡鼓舞，为之热情澎湃。本诗融化陆游临终《示儿》诗，以“渭南之家祭必告”，表达其亡秦之志和民族精神。

注　释

〔1〕“当飨”句：当飨（xiǎng），正在大宴宾客。暇（xiá）豫，悠闲逸乐。《国语·晋》二：“优施起舞，谓里克妻曰：‘主孟啗我，我教兹暇豫事君。”注：“暇，闲也；豫，乐也。” 〔2〕“破巢”句：破巢完卵，反用“覆巢之下无完卵”之意。《世说新语·言语》：“孔融被收，谓使者曰：‘冀罪止于身，二儿可得全不？’儿徐进曰：‘大人，岂见覆巢之下复有完卵乎？’寻亦收至。”铜驼，《晋书·索靖传》：“靖知天下将乱，指洛阳宫门铜驼叹曰：‘会见汝在荆棘中耳”。〔3〕“国殇”句：国殇，诗篇名。屈原《九歌·国殇》，为死于国难战士作。三户，语出《史记·项羽本纪》：“楚南公曰：‘楚虽三户，亡秦必楚。’”〔4〕“家祭”句：家祭，陆游《示儿》诗：“死去原知万事空，但悲不见九州同。王师北定中原日，家祭无忘告乃翁。”两河，宋代称河北、河东地区为两河。陆游《感愤》诗：“四海一家天历数，两河百郡宋山河。” 〔5〕“击筑”句：击筑，筑，古乐器，似筝，击之以和歌。用荆柯刺秦事。《战国策·燕》三：战国燕太子丹，遣荆柯入秦刺秦王，送至易水上，高渐离击筑，荆柯和而歌之，为变徵之声，士皆涕泣。 〔6〕“吹箫”句：见前《书夏五集后示河东君》注释〔2〕。 〔7〕“知君”句：王裒（póu），字伟元，晋城阳营陵人，博学多能，痛父仪为司马昭所杀，誓不仕晋。母没，读书至“哀哀父母，生我劬劳”流涕不止，门人为废《蓼莪》之篇。隐居教书，征辟皆不就，家贫躬耕。及石勒攻洛阳，裒恋祖墓不去，被害。 〔9〕“但使”句：但，只。蓼莪（lù è），《诗·小雅》中篇目，抒发人民苦于兵役而不得终养父母的怨愤心情。这两句赞扬侯研德等不学王裒念恋父墓，离不开家乡，而是投身抗清活动，只是不读也不让学生去读《诗·小雅·蓼莪》篇就行了。

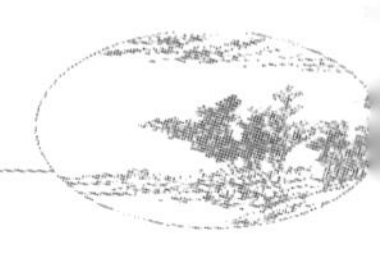

丁家水亭再别栎园

灯晕离筵酒不波[1],同云酿雪暗秦河[2]。
人于患心知难少,事值间关眉语多[3]。
鼓角三更庄舄泪[4],残棋半局鲁阳戈[5]。
荔枝酝熟鲈鱼美[6],醉倚银筝续放歌[7]。

题　解

丁家水亭系丁继之在南京清溪、笛步间的河房。前有《放歌行赠栎园道人游武夷》,今又作一首,故云再别。周栎园(1612—1672)名亮工,字元亮,号栎园,河南祥符(今开封)人,居江宁。崇祯进士,授监察御史,降清任户部右侍郎等职,曾被劾下狱。能诗善文,有《赖古堂集》、《因树屋树影》等。此诗以"庄舄泪"、"鲁阳戈",向周亮工表示其不忘故国和力挽危局的决心,甚少如泣似诉的哀音,读来令人起痿振痺。

注　释

〔1〕"灯晕"句:灯晕(yùn),灯影四周的模糊。酒不波,波,波及,播散。引申为酒已喝尽。　〔2〕"同云"句:同云,见前《雪中杨伯祥馆丈过访山堂即事赠别》注释[1]。秦河,即秦淮河,发源于江苏省溧水县,西北流南京,入通济水门,横贯南京城中,西出三山水门,入长江。河为秦时所开,亦可以秦河称之。　〔3〕"事值"句:间关,本谓道路崎岖难行,引申为险难冒死。眉语,谓以眉之舒敛示意或传情,即以目示意,不敢言说。　〔4〕"鼓角"句:鼓角,战鼓、号角,军中用以传号令壮军势。此指在清兵占领下。庄舄,战国越人,仕楚,爵为执珪,虽富贵,不忘故国,病中思越而吟越事。庾信《小园赋》:"屡动庄

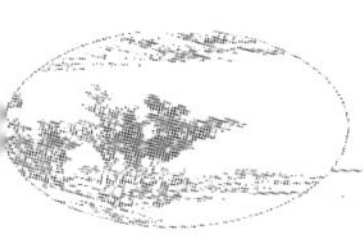

舄之吟”。借以表示自己不忘故明。　〔5〕“残棋”句:残棋半局,还剩一半棋局。鲁阳戈,谓力挽危局。《淮南子·览冥训》:“鲁阳公与韩构难,战酣日暮,挥戈而挥之,日为之返三舍。”后以“鲁阳挥戈”,简称“鲁阳戈”谓挽救危败的局面。　〔6〕酝熟:酒。　〔7〕“醉倚”句:倚,依照,配合。银筝(zhēng),镂银作花装饰的弹筝(一种古乐器)。续,接着。

左宁南画像歌为柳敬亭作

何人踞坐戎帐中〔1〕? 宁南徇侯昆山公〔2〕。
手指抨弹出师象〔3〕,鼻息呼吸成虎龙〔4〕。
帐前接席柳麻子〔5〕,海内说书妙无比。
长揖能令汉祖惊〔6〕,摇头不道楚相死〔7〕。
是时宁南大出师〔8〕,江湘千里连军麾。
每当按甲休兵日〔9〕,更值椎牛飨士时〔10〕。
夜营不喧角声止,高坐张灯拂筵几〔11〕。
吹唇芒角生烛花〔12〕,掉舌波澜沸江水〔13〕。
宁南闻之须猬张〔14〕,佽飞枥马俱腾骧〔15〕。
誓剜心肝奉天子,拼洒毫毛布战场〔16〕。
秦灰烧残汉帜靡〔17〕,呜呼宁南长已矣〔18〕!
时来将帅长头角〔19〕,运去英雄丧首尾〔20〕。
倚天剑老亲身匣〔21〕,垂敝犹兴晋阳甲〔22〕。
数升赤血喷余皇〔23〕,万斛青蝇掩墙翣〔24〕。
白衣残客哭江天〔25〕,画像提携诉九泉〔26〕。
舌端有锷肠堪断〔27〕,泣下无珠血可怜。
柳生柳生吾语尔,欲报恩门仗牙齿。
凭将玉帐三年事〔28〕,编作《金陀》一家史〔29〕。

此时笑噱比传奇[30]，他日应同汉竹垂[31]。
从来百战青燐血[32]，不博三条红烛词[33]。
千载沉埋国史传，院本弹词万人羡[34]。
盲翁负鼓赵家庄[35]，宁南重为开生面[36]。

题　解

左宁南(1559—1645)，名良玉，字昆山，山东临清人。早年在辽东与清军作战，为侯恂识拔。后拥兵八十万，驻武昌与李自成、张献忠的农民军作战。崇祯十七年封宁南伯，福王立，进封宁南侯，后起兵讨马、阮，军至九江病死。柳敬亭(1587—1670?)本姓曹，因避捕改姓柳。泰州人，一说通州。著名说书艺人，张岱撰《柳敬亭说书》一文载《陶庵梦忆》卷五，表现其高超的说书技艺。曾入左良玉幕，明亡仍操故业，潦倒以死。南明福王朝，马、阮专权，兴冤狱、斥异己，坐镇武昌左良玉屡疏"规切时事"，还以"清君侧"为名举兵东下，攻陷九江后旋即病死。东林、复社党人"快其以讨马、阮为名"，纷纷响应和支持。对入左幕以善说书著名的柳敬亭更是青睐有加，不仅生活上接济，还赋诗作传，除钱谦益外，吴伟业、黄宗羲等都有文字相赠。本诗以左良玉、柳敬亭相互映衬，起伏跌宕，声调激昂，充满对往事的感喟和明清鼎革后的沧桑之音。

注　释

〔1〕"何人"句：踞坐，坐时两脚底和臀部着地，两膝则上耸。戎帐，军中营帐。　〔2〕彻侯：秦汉时爵位名。秦废古五等爵，立爵自一级公士起，至二十级彻侯止。彻，通也，言其爵位上通于皇帝，位最尊。汉因之，金印紫授，后避武帝讳，改曰通侯。　〔3〕"手指"句：抨(bēng)弹，弹劾，纠举他人过恶。师象，象，形象、气象，引申为气势。此指左良玉引兵称师东下时的气势。

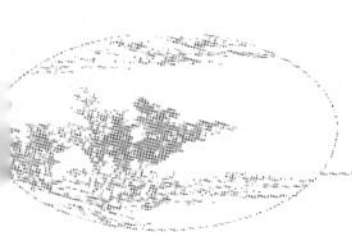

〔4〕“鼻息”句:鼻息呼吸,鼻腔呼吸时的气息。成虎龙,出自孙光宪《北梦琐言》:“王庭凑使河阳,酒困,寝于路隅。骆山人过,熟视之曰:‘贵当裂土,非常人也。’庭凑寤而驰问之,云:‘向见君鼻中之气,左如龙而右如虎,龙虎气交,王在于今秋。’是年,果为三军扶立为留后。” 〔5〕“帐前”句:接席,坐席相接,形容亲近。柳麻子,柳敬亭因出天花脸麻所得绰号。 〔6〕“长揖”句:长揖,相见时,拱手自上而至极下以为礼。《史记·郦生传》:“沛公方倨,使两女子洗足,而见郦生。郦生入,则长揖不拜。” 〔7〕“摇头”句:用优孟故事。优孟,春秋楚国艺人。相传楚相孙叔敖死后,其子贫困无依,优孟穿上孙叔敖衣冠,在楚王前装演孙叔敖,抵掌而谈,庄王很感动,叔敖子得封。《史记·滑稽列传》:“优孟摇头而歌,负薪者以封。”此指柳敬亭“摇头掉舌,诙谐杂出。”
〔8〕“是时”两句:指左良玉乙酉(1645)四月二日,以声讨马、阮为名,从武昌出兵东下。军麾,军队的旗帜。 〔9〕按甲:也即按兵不动,止兵。 〔10〕椎(chuí)牛飨士:杀牛犒劳士兵。 〔11〕拂几筵:拂,擦拭,引申为设置。几筵,筵席。 〔12〕“吹唇”句:吹唇,原为吹口哨,引申为张口说书。 芒角,棱角,指说书时锋芒、气概。 烛花,蜡烛火焰。 〔13〕掉(diào)舌:鼓动舌头。 〔14〕须猬张:胡须像刺猬一样张开。 〔15〕“佽飞”句:佽(cì)飞,春秋时楚勇士。《汉书·宣帝纪》:“应募佽飞射士。”颜师古注曰:“取古勇力人以名,熊渠之类是也。亦因取其便利,轻疾若飞,故号佽飞。”腾骧(xiāng),奔驰,跳跃。 〔16〕“拼洒”句:拼洒,不顾一切拼命洒血。毫毛,常以喻少或极小之物。 〔17〕“秦灰”句:秦灰,秦始皇焚书后的灰烬。烧残,则指秦朝宫殿又为项羽焚烧所留灰烬。汉帜靡,汉朝旗帜倒下。此指秦汉灭亡,也喻意左兵失败。 〔18〕长已矣:死。用杜甫《石壕吏》诗:“存者且偷生,死者长已矣。”指左良玉病死九江。 〔19〕头角:头顶左右之突出处,以喻得势时的气概才华。 〔20〕首尾:犹疑,迟疑不决。 〔21〕“倚天”句:倚天剑,形容极长之剑,也用来比喻国家栋梁。老,年岁大或时间长。亲身匣,用杜甫《闻房相灵榇归葬》诗:“剑动亲身匣,书归故国楼。” 〔22〕“垂敝”句:垂敝(bì):接近敝败,指左良玉临死之前。晋阳甲,《公羊传·定公十三年》:“晋赵鞅取晋阳之甲,讨君侧之恶。”后以地方长吏不满朝廷举兵向内为兴晋阳之甲。

〔23〕余皇:船名,亦作艅艎。　〔24〕"万斛"句:万斛(hú),极言多,源源不断。斛,量器名。青蝇,苍蝇,比喻谗佞。掩,掩盖,淹没。墙翣(shà),棺饰,其形如扇。《礼记·檀弓》:"饰棺,墙置翣。"指左良玉死后受到诬陷。
〔25〕残客:剩下幕客,此指柳敬亭。　〔26〕提携:携带。　〔27〕锷(è):刀剑之刃,此指舌锋。　〔28〕玉帐三年:玉帐,征战时主将所居军帐。此句指柳敬亭在左军中有三年。　〔29〕金陀:《金陀粹编》,宋岳珂撰,共二十八卷,续编三十卷。为其祖岳飞辩冤而作,岳珂别业在嘉兴金陀坊,故以名书。
〔30〕"此时"句:笑噱(jué),大笑。传奇,小说体裁之一,唐宋文人用文言写作的短篇小说。《新唐书·艺文志》小说类有唐裴铏《传奇》三卷。　〔31〕汗(hǎn)竹:即汉青,引申为书册。　〔32〕青燐:俗称鬼火,见前《王师二十四韵》注释[24]。此处用来喻死者。　〔33〕三条红烛词:即三条烛。唐代考进士科,应考者可于夜间继续进行,但只限三条蜡烛。程大昌《演繁露》:"唐试连夜,以烛三条为限。"　〔34〕"院本"句:院本,金元时行院演剧的脚本。陶宗仪《辍耕录》:"唐有传奇、宋有戏曲、唱浑、词说,金有院本、杂剧、诸宫调。院本、杂剧,其实一也。"　弹词,一种把故事编成韵语,有白有曲,以弦索乐器伴唱的说唱文学,流行于南方。　〔35〕"盲翁"句:即说赵贞女、蔡二郎故事。出自陆游《小舟游近村舍舟步归》诗:"斜阳古柳赵家庄,负鼓盲翁正作场。死后是非谁管得?满村听说蔡中郎。"　〔36〕开生面:开创新境界、新格局。杜甫《丹青引赠曹将军霸》诗:"凌烟功臣少颜色,将军下笔开生面。"

丙申春就医秦淮,寓丁家水阁浃两月,临行作绝句三十首,留别留题,不复论次

其　二

舞榭歌台罗绮丛[1],都无人迹有春风[2]。
踏青无限伤心事[3],并入南朝落照中[4]。

题　解

丙申，指顺治九年(1652)。丁家水阁，见前《丁家水亭再别栎园》题解。浃(jiá)，满。陈寅恪《柳如是别传》考证这一组诗为钱谦益“与当日南京暗中作政治活动者，相往还酬唱之篇什。其言就医秦淮，不过掩饰之词。”而秦淮又为金陵胜地，旧时歌楼舞榭，骈立两岸，画船游舫纷集其间，故诗从秦淮着笔，借人事殊异，繁华消歇，感叹兴衰，含蓄深刻，有味外之旨。与清初王士禛所写神韵诗境界清远、恬淡自适不同，带有杜诗抑郁沉厚、李商隐诗深沉典丽和乱离时代的悲思哀音，形成七绝诗“托旨遥深”、“情真而体婉”的显著特色。

注　释

〔1〕“舞榭”句：舞榭歌台，歌舞场所。榭(xiè)，建在高台上的木屋，多为游观之所。罗绮，本指丝绸衣裳，此处用来比喻繁华。苏轼《答陈述古》诗：“小桃破萼未胜春，罗绮丛中第一人。”　〔2〕都无人迹：易代后秦淮河萧条冷落，没有人烟，往日销金之窟已不复返。　〔3〕踏青：春日郊游。古代踏春节日期，因时地而异，后世多以清明出游为踏青。李绰《岁时记》：“上巳赐宴曲江，都人于江头禊饮，践踏青草，曰踏青。”　〔4〕南朝：见前《后观棋绝句六首》之三注释〔4〕。

其　四

苑外杨花待暮潮〔1〕，隔溪桃叶限红桥〔2〕。
夕阳凝望春如水，丁字帘前是六朝〔3〕。

注　释

〔1〕苑：本指园林，此处应指旧院。余澹心《板桥杂记》：“旧院，人称曲

中,前门对武定桥,后门在钞库街。”此诗以秦淮风物依旧,而前朝风流散去如梦,抒发亡国遗民似往已回、如幽匪藏的深衷心曲,写来思深笔婉,末句曾被略加改造后用于《桃花扇》,可见诗歌曾给人们留下深刻印象。

〔2〕“隔溪”句:桃叶,桃叶渡。桃叶,晋代王献之爱妾的名字,传说她曾在这里渡河,献之作歌送她,后人因此称它为桃叶渡,又名南浦渡,在秦淮河口。限,限制。意即因有渡而无须修建桥梁。红桥,桥名,亦名虹桥,在扬州城北门外。据《扬州府志》,红桥朱栏跨岸,绿杨映堤,颇尽四时之美,为游览之地。这里用来泛指桥梁。　〔3〕丁字帘:地名。在南京市利涉桥边,明朝时为乐户聚居之地。孔尚任《桃花扇·寄扇》:“桃根桃叶无人问,丁字帘前是断桥。”　六朝,见前《后观棋绝句六首》之三注释[4]。

其十六

麦秀渐渐哭早春[1],五言丽句琢清新。
诗家轩翥今谁是[2],至竟《离骚》属楚人。

杜于皇近诗多五言今体。

注　释

〔1〕“麦秀”句:麦秀,见前《次韵答皖城盛集陶见赠二首……》之一注释[7]。这首诗赞扬遗民诗人杜濬,并以屈原《离骚》谓其乃有志复明之人,故与其往来唱酬,借以文会友掩盖抗清的政治活动。　〔2〕轩翥(zhù):飞举,向上飞。刘勰《文心雕龙·辨骚》:“自《风》《雅》寝声,莫或抽绪。奇文郁起,其《离骚》哉!固已轩翥诗人之后,奋飞辞家之前。岂去圣之未远,而楚人之多材乎?”(杜于皇,名濬,原名绍先,号茶村,湖北黄冈人。明崇祯十二年副榜。有《变雅堂文集》等)

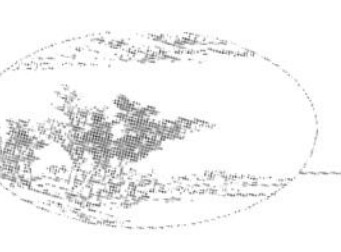

赠侯商丘若孩四首

其　一

残灯顾影见蹉跎〔1〕，十五年来小劫过〔2〕。
曾捧赤符迴日月〔3〕，遂刑白马誓山河〔4〕。
闲门菜圃英雄少〔5〕，朝日瓜畴宾客多。
挂壁龙渊惭锈涩〔6〕，为君斫地一哀歌〔7〕。

题　解

侯商丘若孩：侯性字若孩，又字月鹭，商丘（今河南）人。据黄宗羲批钱诗残本记载，侯性曾在广西"有翼载功，封祥符侯。两粤既破，遁迹吴之洞庭山。"陈寅恪则考证认为："颇疑若孩之卜居吴中太湖之洞庭山，殆有传达永历使命，接纳徒众，恢复明室之企图。"（《柳如是别传》）钱于诗中第二联，以"曾""遂"赞扬侯性翼载南明，捧回"日月"，又歃血盟誓，与清兵血战。而今面对国耻未雪，"英雄少"却"宾客多"，不禁感慨万端，向其表达"龙渊""锈涩"，急于复明故国的焦虑心理。

注　释

〔1〕蹉（cuō）跎：衰迟，年老。　〔2〕小劫：劫，梵语劫波之略，意为一段时间，《法华经》："六十小劫，身心不动。"此处指十五年。　〔3〕赤符：汉代流行的一种谶语，即赤伏符。《后汉书·光武纪》："光武先在长安时同舍生彊华自关中奉'赤伏符'曰：'刘秀发兵捕不道，四夷云集龙斗野。四七之际火为主。'群臣因复奏符瑞之应。于是即皇帝位。"后用来泛指帝王符命。

〔4〕"遂刑"句:刑白马,杀白色的马歃血,古代多用以盟誓。刑,割、宰。《史记·吕太后纪》:"王陵曰:'高帝刑白马,盟曰:非刘氏而王,天下共击之。'"誓山河,面对河山发誓。　〔5〕菜圃:种菜,见前《岁暮杂怀八首》之七注释[3]。　〔6〕"挂壁"句:龙渊,宝剑名。相传春秋时楚王使风胡子因吴王请欧冶子、干将二人作铁剑,二人凿茨山,泄其溪,取铁英,作铁剑三枚。一曰龙渊,二曰泰阿,三曰工布。谓龙渊剑观其状如登高山临深渊,故名。锈涩,金属表面生出一种氧化物,俗称生锈。涩,不光滑。此处用李白《独漉篇》诗:"龙渊挂壁,时时龙吟。不断犀象,锈涩苔生。国耻未雪,何由成名?"〔7〕斫(zhuó)地:用刀砍地。因悲愤而做出的动作。

云间诸君子肆筵合乐,飨余于武静之高会堂,饮罢苍茫,欣感交集,辄赋长句二首

其　一

授几宾筵大飨同[1],秋堂文谦转光风。
岂应江左龙门客[2],偏记开元鹤发翁[3]。
酒面尚依袍草绿[4],烛心长傍剑花红[5]。
他年屈指衣裳会[6],牛耳居然属海东[7]。

题　解

云间,今上海松江县古称。肆筵合乐,陈列筵席,演奏音乐。飨,用酒食款待。武静,徐致远字,华亭人,郡中望族。高会堂,陈寅恪认为应是徐宅"师俭堂"(《柳如是别传》)。顺治十三年(1656)马进宝调任苏松常镇提督,驻兵松江。松江乃长江入海重

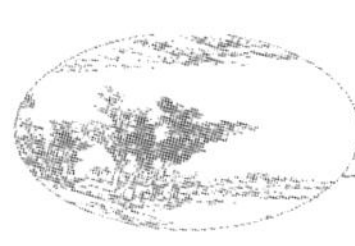

镇，地理形势重要，进可围剿海上斗争，退可扼守入江门户。为了配合郑成功从长江进攻金陵的军事行动，打通入江水路，钱谦益在已有工作成效的基础上，今再去松江游说马进宝，劝其支持或采取观望态度，即可打开屏障、解决江上通道。《有学集》卷七《高会堂诗集》里绝大部分作品，记载钱氏与松江旧友徐武静等人商讨游说并进行复明活动的情形，这里所选的即是其中的几首。

注　释

〔1〕“授几”句：几(jī)，类似矮桌，便于老者依靠。《诗·大雅·行苇》：“或授之几。”笺云：“老者加之以几。”大飨，大肆吃喝，或筵席丰盛。
〔2〕龙门客：高门上客，此是云间诸人对钱谦益的推崇。《世说新语·德行》：“李元礼高自标榜，后进之士，有升其堂者，皆以为登龙门。”　〔3〕鹤发：白发。此用李洞《绣岭宫》诗：“绣岭宫前鹤发翁，犹唱开元太平曲。”钱谦益自指。　〔4〕袍：长衣。本罗邺《芳草》诗：“似袍颜色正蒙茸。”　〔5〕剑花：亦作剑华，剑的光芒。用卫象《古词》诗：“鹊血琱弓湿未干，鸊鹈新染剑花寒。”　〔6〕衣裳会：衣裳之会，指国与国之间以礼交好的约会。与兵车之会，双方交战相对而言。　〔7〕“牛耳”句：牛耳，古代诸侯会盟，割牛耳取血，盛在盘里，主盟的人拿盘让参与盟会的人分尝为誓，以资信守。海东，指徐武静等人，其郡望为东海华亭。意即他们是主持盟会的人。

其　二

重来华表似前生[1]，梦里华胥又玉京[2]。
鹤唳秋风新谷水[3]，雉媒春草昔茸城[4]。
樽开南斗参旗动[5]，席俯东溟海气更[6]。
当飨可应三叹息[7]，歌钟二八想升平[8]。

注释

〔1〕华表：房屋外部的华美装饰。　〔2〕“梦里”句：华胥，入梦。华胥梦，见《列子·黄帝》：“昼寝而梦，游于华胥之国。”后用以比喻理想的安乐和平之境，或作入梦境之代称。玉京，帝都。　〔3〕“鹤唳”句：鹤唳，用风声鹤唳之典。《晋书·谢玄传》：“符坚众奔溃，自相蹈藉，……闻风声鹤唳，皆以为王师者。”　谷水，松江别称。王象之《舆地纪胜》：“华亭谷水，行三百里入松江。”此句用来指当前的抗清活动。　〔4〕“雉媒”句：雉媒，猎者驯养雏雉，及长驯熟使之招野雉，因而猎取之，曰雉媒。雉（zhì），鸟名，鹑鸡类。茸城，松江又一别称。陆龟蒙《和吴中书事寄汉南裴尚书》诗：“五茸春草雉媒娇。”注曰：“五茸，吴王猎所，草各有名。”　〔5〕南斗参旗：南斗，即南斗六星，用来隐指在云贵的南明永历桂王。参旗，参将之旗。借其隐指郑成功等领导的东南沿海一带的斗争。　〔6〕东溟：东海。　〔7〕“当飧”句：当飧，见前《简侯研德并示记原》注释〔1〕。三叹息、多次感叹，形容感慨深。《左传·昭公二十八年》：“吾子置食之间三叹，何也？”　〔8〕“歌钟”句：歌钟，即编钟，古代打击乐器名。二八，十六人。《左传·襄公十一年》：“郑人赂晋侯，凡兵车百乘、歌钟二肆，及其镈磬、女乐二八。晋侯以乐之半锡魏绛曰：‘子教寡人和诸戎狄，请与子乐之’。”升平，太平。

丙申重九海上作四首

其　二

黄浦横流绝大荒〔1〕，迎檐依约指扶桑〔2〕。
销沉鲛室余穷发〔3〕，磨灭龙宫向夕阳〔4〕。
故国屡经沧海变〔5〕，吾家犹说射潮强〔6〕。
登高莫漫夸能赋，四海空知两鬓霜〔7〕。

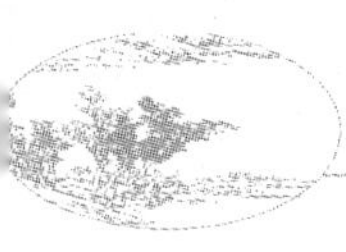

题 解

丙申重九，顺治十三年(1656)农历九月九日。海上，海边，亦可用来指今上海。钱谦益受南明永历密旨，与徐武静等人商谈复明大事，策划松江提督马进宝反正，配合“国姓成功提师北上”。诗以志之。从诗中看出他不为北都倾覆、金陵沦陷、隆武再亡的暂时失利而灰心，要以其家先祖钱武肃王筑塘捍海、命强弩射退江潮的勇气，力挽狂澜，再造复兴之业，恢复倾圮宗社，表现这个垂垂老叟对胜利的信念。

注 释

〔1〕“黄浦”句：黄浦，水名。源出浙江嘉兴县，受三泖诸水，东流经松江、金山诸县，至上海东北，合吴淞江入海。相传为战国楚春申君黄歇所开、亦名春申浦、黄歇浦，后来通称黄浦江。绝，极远。大荒，指海外。左思《吴都赋》：“出于大荒之中，行乎东极之外。”刘渊林曰：“大荒谓海外也。”
〔2〕“迎檐”句：迎檐(yán)，檐，屋檐。迎檐，对着屋檐，意即对面。扶桑，古国名。《梁书·扶桑国传》：“扶桑在大汉国东二万馀里，地在中国之东，其土多扶桑木，故以为名。”按其方向、位置，相当于日本，故后来沿用为日本代称。
〔3〕“销沉”句：销沉，凋落消逝。鲛室，指鲛人水中居室。穷发，谓极荒远之地。《庄子·逍遥游》：“穷发之北有冥海者，天池也。”释文：“发犹毛也。山以草木为发。穷发极荒远之地也。”穷发指北方。　〔4〕“磨灭”句：磨灭，受折磨、磨难。龙宫，神话中龙王宫殿。用来隐指郑成功等在海上进行反清斗争。向夕阳，据《有学集》卷五《乙未秋日许更生扶持太公邀侯月鹭、翁于止、路安卿登高莫厘峰顶口占二首》诗中第二首末句“夕阳橘社龙归处”，“夕阳橘社”即吴郡。此处“向夕阳”即向吴郡，意即郑成功等与其心息相通。
〔5〕沧海变：即沧海桑田，喻时事变化很大。　〔6〕“吾家”句：吾家，即钱家。从钱氏之先篯铿，至唐末五代十国钱镠立国吴越，再至北宋钱惟演续大宗的庆系，是其族谱之始。射潮，据传五代吴越王钱镠筑捍海塘，遭怒潮汹

涌，版筑不成。钱镠于是选竹箭三千，在叠雪楼命水犀军架强弩五百以射潮，迫使潮头趋向西陵，遂奠基而成塘。又建候潮、通江等城口，置龙山、浙江两闸，以阻海潮入河。《吴越备史》："始筑捍海塘，王因江潮冲击，命强弩以射潮头，遂定其基。"　〔7〕空知：空，只，仅。空知，仅知道或只知道。

霞老累夕置酒，彩生先别，口占十绝句记其事，兼订西山看梅之约

其　一

酒暖杯香笑语频，军城笳鼓促霜晨〔1〕。
红颜白发偏相滞〔2〕，都是昆明劫后人〔3〕。

题　解

许誉卿字霞城，又字公实，华亭人。万历进士，官至工科都给事中，福王朝起光禄卿，不赴。南都亡后曾削发为僧，久之卒。彩生，妓，松江人。西山，常熟虞山，在县西北，南崖有拂水岩和钱氏拂水山庄，相对于东面的松江，称之为西山。陈寅恪说钱谦益"阴为复明活动，表面则共诸文士游宴，征歌选色，斯不过一种烟幕弹耳"。(《柳如是别传》)从诗题目上看确实如此。

注　释

〔1〕"军城"句：军城，指马进宝重兵驻守的松江城。　笳鼓，笳声和鼓声，借指军乐。促，催促。　〔2〕"红颜"句；红颜，指彩生。　白发，则指许誉卿和自己。相滞，相互滞留或彼此挽留。　〔3〕昆明：昆明灰，又称劫

灰。见前《和盛集陶落叶诗二首》之二注释[3]。用以指亡国后的人。

其 六

汉宫遗事剪灯论[1]，共指青衫认泪痕[2]。
今夕惊沙满蓬鬓[3]，才知永巷是君恩[4]。

鲁山赠诗，有"千金不买长门赋"，伤先朝遗事也。

注 释

〔1〕剪灯：剪烛，促膝夜谈。陈寅恪认为："第陆首'汉宫遗事剪灯论，共指青衫认泪痕。'二句，亦用白香山《琵琶行》语，以指于崇祯时，两人共忤温体仁，曾被黜谪事。但当时虽被革退，尚在明室统治之中国，犹胜于今日神州陆沉，胡尘满鬓。"（《柳如是别传》）揭示本诗感慨沉痛的思念故国之情。另一人即自注中"鲁山"，孙晋，字明卿，号鲁山，又自号馀庵，遯翁，安徽桐城人。天启进士，除将乐知县，擢工科给事中，因疏劾温体仁被谪降，后起复大理寺卿，以兵部侍郎出督宣大，国变后隐居龙眠山，有《黄山游草》。

〔2〕青衫：唐朝文官八品、九品服以青。白居易《琵琶行》诗："江州司马青衫湿。"后也借指被谪失意官员。此指孙鲁山疏劾温体仁而被降谪一事。

〔3〕"今夕"句：惊沙，沙，沙漠，用来指北方的满洲贵族。《汉书·苏建传》附苏武："李陵起舞曰：'经万里兮渡沙漠，为君将兮击匈奴。'"蓬（péng）鬓，蓬头竖鬓，指头发零乱。

〔4〕永巷：汉宫中长巷，是幽禁宫嫔、宫女的地方。《汉书·高后纪》："幽之永巷。"颜师古注曰："永，长也。《三辅黄图》：'永巷，宫中之长巷，幽闭宫女之有罪者，武帝时改为掖庭，置狱焉。'"

赠云间顾观生秀才 有序

崇祯甲申，皖督贵阳公抗疏经画东南[1]，请身任大江以北援剿军务。南参赞史公专理陪京[2]，兼制上游，特命余开

府江、浙[3]，控扼海道，三方鼎立，连络策应，画疆分界，绰有成算[4]。拜疏及国门，而三月十九日之难作矣[5]。顾秀才观生实在贵阳幕下，与谋削稿[6]。余游云间，许玠孚为余言，始知之。请与相见，扁舟将发，明灯相对，抚今追昔，慨然有作。读予诗者，当悯予孤生皓首，亦曾阑入局中[7]，备残棋之一着。而贵阳宾主，苦心筹国，棋枰已往，局势宛然[8]，亦将为之俯仰太息，无令泯没于斯世也。丙申阳月八日[9]，漏下三鼓，书于白龙潭之舟中。

东南建置画封疆[10]，幕府推君借箸长[11]。
铃索空教传铁锁[12]，泥丸谁与奠金汤[13]？
旌麾寂寞盈头雪[14]，书记萧闲寸管霜[15]。
此夕明灯抚空局[16]，朔风残漏两茫茫[17]。

题　解

顾观生秀才，名在观，晚号东篱子，松江华亭人。诸生，明亡居金陵衡阳寺以终。此诗追记崇祯十七年(1644)皖督马士英上书荐举钱谦益开府江、浙，"控扼海道"，与己和史可法的专理陪京，形成"三方鼎立"形势，用以拯救风雨飘摇的明末危局。然随着甲申之变的发生，"绰有成算"的策划成了纸上谈兵，于事无补。只能作为"亦曾阑入局中，备残棋一着"的美丽花絮，聊以自我慰藉而已。

注　释

〔1〕"皖督"句：马士英(1591？—1646)字瑶草，贵州贵阳人。万历进士，以右佥都御史坐事废，因阮大铖而复起为兵部右侍郎，北都亡拥立福王有功，任东阁大学士，进太保，专国政，与阮大铖相勾结，排除异己，招权罔利。清兵破南京，出走被杀。抗疏，上书直言。经画，经营策划。　〔2〕南参赞史

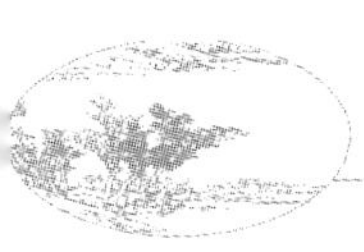

公:史可法(1601—1645)字宪之,号道邻,河南祥符人。崇祯进士,官至南京兵部尚书。福王立,加大学士,马士英等专政,出京督师扬州。清兵围扬州,坚守拒降,城破被执,不屈牺牲。有《史文正公集》。 〔3〕开府:原指开建府署、辟置僚属。后世演变为称督抚亦为开府。 〔4〕"绰有"句:绰(chuò),多。成算,已定的计划。意即马士英胸中有拯时救危的计划。 〔5〕"拜疏"句:拜疏,进章奏。 三月十九日难作,指李自成率农民军进入北京,崇祯帝在煤山上吊自缢。 〔6〕与谋削稿:与谋,参与谋划。削稿,同削草。古代大臣封事奏上,削灭草稿,以示缜密。 〔7〕阑入:进入。 〔8〕宛然:真切清晰。 〔9〕阳月:农历十月别名。阳气始于亥,生于子,十月建亥,亥为阳之始,故十月纯阳而称阳月。 〔10〕"东南"句:建置,设置。画,犹策划,谋划。封疆,疆界。明清亦称总督、巡抚等为封疆大吏、封疆大臣。此指马士英向朝廷荐举钱谦益任江浙督抚。 〔11〕"幕府"句:幕府,将帅在外的营帐。因军旅无固定住所,以帐幕为府署,故称幕府,后世也称衙署为幕府,此指马士英。君,指顾观生。借箸,代人策划。秦末楚汉相争,郦食其劝刘邦立六国后代,共同攻楚。邦方食,张良入见,以为此计不可行,说:"臣请借前箸为大王筹之。"亦即借刘邦吃饭用的筷子,以指画当时形势。见《史记·留侯世家》。此句意谓顾观生作马士英幕客,曾参与谋划此事。 〔12〕"铃索"句:铃索,原为系铃绳索,后引申为警报,边警。 铁锁,用王濬之典。《晋书·王濬传》:"吴人于江险碛要害之处,并以铁锁横截之,又作铁椎,长丈馀,暗置江中,以逆距船。"刘禹锡《金陵怀古》诗:"千寻铁索沉江底。" 〔13〕"泥丸"句:泥丸,见前《狱中杂诗三十首》之十一注释[8]。金汤,金城汤池之省。金以喻坚,汤喻沸热不可近。用来形容防守坚固不可摧破之城堡。 〔14〕旌麾(huī):将帅之旗帜。这句是指自己。 〔15〕"书记"句:书记,掌管书牍记录的官员。 寸管,指笔。 〔16〕"此夕"句:抚,抚摩,可引申为惋惜,哀叹。空局,落空局面。 〔17〕朔风:北风。

燕子矶舟中作

轻寒小病一孤舟,送客江干问昔游[1]。

老有心情依佛火[2]，穷无涕泪洒神州[3]。
舞风矶燕如赪尾[4]，吹浪江豚也白头[5]。
水阔天高愁骋望[6]，寻思但是莫登楼[7]。

题解

燕子矶在南京北观音山下，丹崖翠壁，形如飞燕。戴洵《南京十四景图诗序》："北出外郭观音门，临江有小山突入江中，曰燕子矶。矶旁有弘济寺。"此诗以疏朗之笔，造深曲之境，引起读者浮想连翩，有韵外之味，以一"问"字引出颔联，可知沉哀已达极点，而阑入江上景物描写，正是以物喻人，景色壮观，却是愁中骋望。最后一句翻上一步，递进一层，含蓄悠长，一个莫字凝结不尽情思，唤起读者咀嚼此中渺渺深情，体味面对残山剩水，不忍登楼远眺的亡国哀痛。

注释

〔1〕江干：江畔。意即泊船燕子矶下，送客渡江。　〔2〕佛火：在供奉佛祖厅堂，以香火灯烛敬佛，故佛火亦表示皈依佛门、礼拜佛像。　〔3〕神州：指中国。出《史记·驺衍传》："中国名曰赤县神州，赤县神州内自有九州，禹之序九州是也，不得为州县数。"左思《咏史》诗："皓天舒白日，灵景耀神州。"　〔4〕赪（chēng）尾：赤色鱼尾。出《诗·周南·汝坟》："鲂鱼赪尾，王室如燬。"用以比喻人民困于虐政。　〔5〕"吹浪"句：江豚，亦称江猪，属海豚科，体形似鱼，长一米多，在我国见于沿海一带，尤常见于长江，有时溯江而上。许浑《金陵怀古诗》："石燕拂云晴亦雨，江豚吹浪夜还风。"白头，犹白发，因忧愁而头发变白。这两句用来喻己。　〔6〕骋（chěng）望：纵目远望。　〔7〕"寻思"句：寻（xún）思，考虑，思索。但是，只是。

金陵寓舍赠梁溪邹流绮

第二泉流乳水腴[1],跳珠漱石润凋枯。
读书昔已过袁豹[2],䌷史今当继董狐[3]。
金匮旧章周六典[4],玉衣原庙汉三都[5]。
冶城载笔霜风候[6],还与幽人拜鼎湖[7]。

题　解

梁溪在江苏无锡西。源出惠山,流入太湖。后也用来指无锡。邹流绮,名漪,无锡人。钱谦益弟子,有《启祯野乘》十六卷,二集八卷。其父邹滋曾为钱氏《有学集》作序文。钱谦益于此诗向弟子说出"䌷史今当继董狐"的话,这对于硕果仅存的东林领袖,而又深具史学意识的他,实在是一块心病。他深知贪生怕死、苟且投降的严重性,肯定不能逃脱青史的贬责。渴望补过自赎,重写历史、恢复端人正士的形象,实现最后的"欲以晚盖"的目的,这应是他晚年不顾生死、奔走复明的一个动力。

注　释

〔1〕"第二"句:第二泉,无锡惠山泉。张又新《水记》:"陆鸿渐言无锡惠山寺石泉水第二。"　乳水,泉水。苏轼《次完夫再赠》诗:"乳水君应饷惠山。"　〔2〕"读书"句:袁豹,字士蔚,东晋人。好学博闻,喜谈论,听者忘疲。初拜著作佐郎,义熙中累迁御史中丞、丹阳尹,卒官。《世说新语·文学》:"殷仲文天才宏赡,而读不甚广博。亮叹曰:'若使殷仲文读书半袁豹,才不减班固。'"这句是夸赞邹漪学识渊博。　〔3〕"䌷史"句:䌷(chóu)史:缀辑历史。《史记·太史公自序》:"迁为太史令,䌷史记石室金匮之书。"董

狐，春秋时史官，孔子称为古之良史，谓其书法不隐，据以实录。后世因以董狐为直书不讳的良史之代称。〔4〕周六典：《周礼·天官·大宰》："大宰之职，掌建邦之六典，以佐王治邦国。"即治典、教典、礼典、政典、刑典、事典。〔5〕"玉衣"句：玉衣，陵寝便殿中所藏御衣。杜甫《行次昭陵》诗："玉衣晨自举。"原庙，正庙之外别立之庙。汉三都，东汉称洛阳为东都，长安为西都，宛（今河南南阳市）为南都。〔6〕冶城：城名，故址在南京市朝天宫附近。相传三国吴（一说春秋吴王夫差）冶铁于此，故南京又可称冶城。乐史《寰宇记》："古冶城在上元县西五里，本吴冶铸之地，因以为名。"此句指建立仅一年的弘光小朝廷的历史。〔7〕鼎湖：用《史记·封禅书》典。鼎湖为传说黄帝乘龙升天处，后人常用来作帝王之死的代称。这里是指于北京煤山（按，今景山公园）自缢而死的崇祯皇帝。

棹歌十首为豫章刘远公题《扁舟江上图》

其　六

扁舟惯听浪淘声[1]，昨日危沙今日平[2]。
惟有江豚吹白浪[3]，夜来还抱石头城[4]。

题　解

棹歌是船工行船时所唱之歌。豫章，故址今江西省南昌市。刘远公，江西南昌人，明光宗时宰辅刘一燝之孙。此诗为题画诗，给预章刘远公《扁舟江上图》题写的七绝。图画的景物是静止、无声的，只有空间感而无时间感，但一经作者题诗进行再创作的想象，则化静为动，化无声为有声，写出江上空寂和南京凄冷，"昨日"与"今日"的变迁，还有诗中沉郁悲凉的意绪，这就会联想到发

生于眼前的南明覆灭，而引起的改朝换代之感，赋予了政治的涵意，而非泛泛之作。

注　释

〔1〕淘：冲刷。　〔2〕危沙：高耸沙堆。　〔3〕江豚：见前《燕子矶舟中作》注释〔5〕。　〔4〕石头城：也指南京。见前《题沈朗倩石崖秋柳小景》注释〔3〕。

顾与治书房留余小像自题四绝句

其　一

崚嶒瘦颊隐灯看〔1〕，况复撑衣骨相寒〔2〕。
指示旁人浑不识〔3〕，为他还着汉衣冠〔4〕。

题　解

顾与治名梦游，江南江宁（今江苏南京）人，明贡生，入清不仕，有《顾与治诗》八卷。陈寅恪评论此诗说："第二句有李广不封侯之叹，即己身在明清两代，终未能作宰相之意。末二句谓己身已降顺清室，为世所笑骂，不知其在弘光以前，固为党社清流之魁首，感慨悔恨之意，溢于言表者。"（《柳如是别传》）而"汉衣冠"也最终表明其心向明朝之意。

注　释

〔1〕"崚嶒"句：崚嶒（líng céng），骨节显露，形容人体瘦削。隐（yǐn），倚，靠着，此处作靠近讲。　〔2〕骨相寒：骨，指人的骨骼，形体。相，相貌。

古人以骨相推论人的命运和性格。骨相寒，意即命不好。寒，作卑微讲。《史记·李将军列传》：“岂吾相不当侯耶？且固命也。” 〔3〕浑：简直，几乎。〔4〕“为他”句：为，因为。着（zhuó），穿戴。衣冠，穿衣戴帽，泛指衣着穿戴。冠，礼帽。汉衣冠，也表明其始终心向朱明的汉民族意识和情结。

其 三

数卷函书倚净瓶〔1〕，匡床兀坐白衣僧〔2〕。
骊山老母休相问〔3〕，此是西天贝叶经〔4〕。

注 释

〔1〕“数卷”句：函书，用匣子或封套装盛的书。净瓶，佛教徒盥手用的澡瓶，梵语军持的意译。此首是钱谦益晚年“逃禅”的画像，陈寅恪说：“牧斋表面虽屡称老归空门，实际后来曾有随护郑延平之举动。今故作反面之语，以逊辞自解，藉之掩饰也。”（《柳如是别传》）是探本之论。 〔2〕“匡床”句：匡床，方正安适的床。兀坐，独自端坐。 〔3〕骊山老母：神话中女仙名。传说殷、周之际有骊山女，为天子。唐宋以后遂以为女仙，尊为姥或老母。《集仙录》：“李筌至骊山下逢一老母，敝衣扶杖，神状甚异，为说《阴符》之义。” 〔4〕贝叶经：即百叶书，佛经的泛称。

一 年

一年天子小朝廷〔1〕，遗恨虚传覆典刑〔2〕。
岂有庭花歌后阁〔3〕，也无杯酒劝长星〔4〕。
吹唇沸地狐群力〔5〕，剺面呼风羯鬼灵〔6〕。
奸佞不随京洛尽〔7〕，尚流馀毒螫丹青〔8〕。

题　解

明崇祯十七年(1644)思宗朱由检于煤山自缢，福王即位于南京，年号为弘光，但仅只一年即告灭亡，此诗便以此为题，寓有讥刺之意。这是钱谦益旧地重游，睹物伤怀，慨叹弘光朝的短促，大骂误国马、阮是“狐群”，“流毒”历史，祸害南明。黄宗羲评价此诗说：“金陵一年，久将灭没，存此作诗史可也。”(《华笑庼杂笔》)称其真实地记载了南明的这段史实。

注　释

〔1〕天子：古代帝王代称，此处指福王朱由崧。　〔2〕“遗恨”句：虚传，假传。覆，本意是翻、倾倒，引申为清算、处理。典刑，常刑。意即崇祯朝按治阉党，给阮大铖等定罪，却并未能阻止后来死灰复燃，祸害南明，作者以此为遗恨。　〔3〕“岂有”句：庭花，玉树后庭花，乐府吴声歌曲。陈后主嗜音乐，于清乐中造《玉树后庭花》等曲，与宠臣等制其歌辞。歌辞绮艳，男女唱和，其音甚哀。《隋书·五行志》：“祯明初，后主作新歌，辞甚哀怨，命后宫美人习而歌之，其词曰：‘玉树后庭花，花开不复久。’时人以为此歌谶也。”〔4〕“也无”句：长星，彗星之属。古代迷信以为彗星出现是国家灭亡征兆。《世说新语·雅量》：“太元末，长星见，孝武(按，司马昌明)心甚恶之。夜华林园中饮酒，举杯属星云：‘长星，劝尔一杯酒，自古何时有万岁天子！’”这两句意思是说既没有发生歌唱《玉树后庭花》的事，也没有出现彗星，但南明却在一年之内就灭亡了。　〔5〕吹唇沸地：吹唇，吹口唇发出声音，又称肉笛。沸地，到处是吵闹的声音。《南史·侯景传》：“景将登太极殿，丑徒数万，同共吹唇唱吼而上。”　〔6〕“剺面”句：剺(lí)面，用刀割脸。我国古代匈奴、回鹘等民族风俗，凡遇大忧大丧，就用刀割破脸面，表示忧愁。羯(jié)鬼，对羯族人蔑称。羯族古匈奴族别部，此指关外满族。　〔7〕“奸佞”句：奸佞(nìng)，大奸巨猾。佞，奸巧谄谀，花言巧语。指南明权臣马、阮相互勾结，迫害东林、复社等进步人士。京洛，指洛阳，曾是东周、东汉等朝都城，这

里借来指明朝京城。　〔8〕“尚流”句：螫（zhè），毒害。丹青，丹色和青色不易泯灭，用以比喻坚贞不屈。奸佞之辈没有随着燕京的失陷而消灭殆尽，它的馀焰仍继续毒害着忠良之士。

蕉　园

蕉园焚稿总凋零[1]，况复中州野史亭[2]。
温室话言移汉树[3]，长编月朔改唐蓂[4]。
谀闻人自伪三家[5]，曲笔天应下六丁[6]。
东观西清何处所[7]，不知汉简为谁青[8]。

题　解

蕉园，即芭蕉园，在明都太液池东。明《太祖实录》草稿焚烧于此。此后历朝实录成，皆焚稿于太液池东。钱氏生于治史之家，幼读《春秋》，当一名史官是他的志愿，欲效法班、马，修一代国史。此诗追忆弘光朝任礼部尚书时，想借职务之便，以司马光率文臣编写《资治通鉴》为例，撰修明一代之史。为此做了许多准备工作，收集大量资料，还于天启朝参修《神宗实录》，撰写出《太祖实录辨证》五卷。罢黜归家后经程孟阳提议，仿照元遗山“野史亭”纂诗存史，至弘光朝正式提出开局修史，虽然小朝廷仅一载即瓦解，修史成了泡影，入清所撰《明史》二百五十卷，也因绛云楼失火化为灰烬，但以风雅寓史学的《列朝诗集》及其小传问世，以诗论人，又以人证诗，颇具文献价值，证明其史学家的德、才、识。

注　释

〔1〕凋零：凋谢，散落。　〔2〕“况复”句：中州野史亭，金代诗人元好

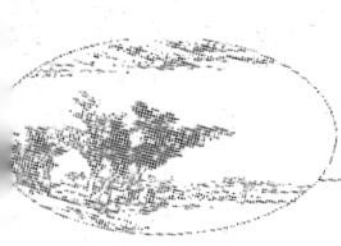

问，金亡不仕，筑亭于家，名“野史亭”，著述其中，欲修金一代史，至百馀万言，未成而卒。但留有选录金代诗歌的《中州集》，以诗存史。其他见前《姚叔祥过明发堂共论近代词人戏作绝句十六首》之一注释〔4〕 〔3〕“温室”句：温室，殿名。《三辅黄图》：“温室殿，武帝建，冬处之温暖也。《西京杂记》曰：‘温室以椒涂壁，被之文绣，香桂为柱，设火齐屏风，鸿羽帐，规地以罽宾氍毹。’”话言移汉树，《汉书·孔光传》：“光沐日归休，兄弟妻子燕语，终不及朝省政事。或问：‘温室省中树皆何木也？’光嘿不应，更答以他语。其不泄如是。”此处反用其意，意即因保密而不得事实真相。 〔4〕“长编”句：长编，编史者先辑各书所载与本书有关系之事，按次排列，以为作史料用，谓之长编。司马光撰《资治通鉴》，先命其属为丛目，既成乃修长编，然后删而成书，如唐长编有六百馀卷，今《通鉴》仅八十卷。蓂（mì），古代传说瑞草名，一名历荚。相传尧时有草夹阶而生，随月生死。每月朔日生一荚，至月半则生十五荚。至十六日后日落一荚，至月晦而尽，若月下则馀一荚，厌而不落，以是占日月之数。唐蓂，可引申为唐历。 〔5〕“謏闻”句：謏（xiǎo）闻，小有名声或才疏学浅。 三豕，即三豕涉河，语出《吕氏春秋·察传》：“子夏之晋，过卫。有读史记者曰：‘晋师伐秦，三豕涉河。’子夏曰：‘非也，是己亥也。’至于晋而问之，果曰己亥。”后用以指文字错讹或传闻失实的典故。〔6〕“曲笔”句：曲笔，史官和史家编史，纪事有所顾忌或殉情避讳，而不直书其事的谓之曲笔。六丁，道教神名，火神。韩愈《调张籍》诗：“仙官敕六丁，雷电下取将。” 〔7〕东观西清：东观，在汉洛阳南宫，东汉明帝时，命班固等人在此修撰《汉书》，书成为《东观汉记》，后为聚藏图书之处。西清，西厢清静之处，后指帝王宫内宴游之所。 〔8〕“不知”句：汉简，汉代竹木简。简为古代书写材料，竹片称简，木片称札，统称为简。青，即汗青，古代写字在竹简上，先用火炙竹简令汗，干则易写，又不受虫蛀，称为汗青。引申为史册。

鸡　人

鸡人唱晓未曾停[1]，仓卒衣冠散聚萤[2]。

执热汉臣方借箸[3]，畏炎胡骑已扬舲[4]。

乙酉五月初一日召对，讲官奏胡马畏热，必不渡江。余面斥之而退。

刺闺痛惜飞章罢[5]，余力请援扬，上深然之。

已而抗疏请自出督兵，蒙温旨慰留而罢。

讲殿空烦倒坐听[6]。

肠断覆杯池畔水[7]，年年流恨绕新亭[8]。

题 解

鸡人为古报晓之官。诗歌回忆福王朝乙酉(1645)年间五月一日之事，此时已处于覆亡前夕，清兵即将大举南下。史可法督师扬州，指挥不灵，又被以防左镇为名调走守淮四镇之兵，千里江淮已无屏障。他孤军困守，飞章告急。钱谦益也力主援扬，自请督师往救，竟然未被批准。扬州城破，史可法等壮烈牺牲，清军屠城，军民死伤十数万人，打开通向南都大门。但福王上下仍心存侥幸，醉生梦死，竟然有讲官奏说："胡马畏热，必不渡江"，遭到钱氏呵斥。诗中这些记载真伪难辨，即使真的，也已是历史陈迹，且难取信于人。倒是诗末对降清的恨悔怨悲，值得深思借鉴，有其教训之义。

注 释

〔1〕停：停止。意即正是黎明时分。 〔2〕"仓卒"句：仓卒，匆促。衣冠，士夫和官绅。此处指南明官员。 散、分散。 聚萤，收集萤火虫。比喻官员聚集一起上朝。杜甫《喜薛璩毕曜迁官》诗："官忝趋栖凤，朝回叹聚萤。" 〔3〕"执热"句：执热，苦热，热得难以解脱。方，正当，正在。 借箸，见前《赠云间顾观生秀才》注释[12]。诗有自注："胡马畏热，必不渡江。" 〔4〕扬舲(líng)：张帆行船。舲，有窗船只。 〔5〕"刺闺"句：刺闺，夜有急报，投刺于宫门以告警。《乐府诗集》戴暠《从军行》诗："长安夜刺闺，胡骑白

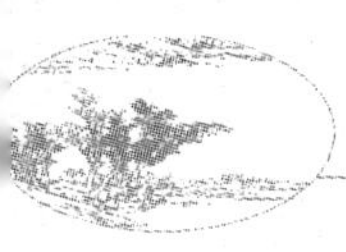

铜鞮。”飞章,急速上奏章。罢,停止。即自注请督兵援扬,“蒙温旨慰留而罢”。　〔6〕“讲殿”句:讲殿,为皇帝经筵讲授处所。倒(dào)坐,原为四合院中与正房相对之房屋,引申为相对而坐。　〔7〕覆杯池:见前《再次茂之他字韵》注释[1]。　〔8〕新亭:即新亭泪。东晋初中原战乱频仍,过江士人每至暇日,相邀至新亭宴饮,晋元帝时丞相王导与客宴新亭,周颉中坐饮而叹曰:“风景不殊,举目有河山之异。”皆相视流涕。唯王导愀然变色曰:“当共戮力王室,克复神州,何至作楚囚对泣邪!”见《晋书·王导传》。后以新亭泪比喻悲叹国土破碎或沦亡的伤痛心情。

秦淮水亭逢旧校书赋赠十二首 女道士净华

其　四

目笑参差眉语长[1],无风兰泽自然香[2]。
分明十四年来梦[3],是梦如何不断肠[4]?

题　解

校书,旧时对妓女的雅称。据陈寅恪在《柳如是别传》中考证,女道士净华,疑是卞玉京,字云装,南京秦淮人。名妓,与大诗人吴伟业有过一段恋情,吴为其写《琴河感旧》等诗。国变后曾“乞身下发”成女道士。她与柳如是为闺中密友,钱谦益曾为她与吴伟业重续旧好,又是心目中名姝,故于诗中畅开心扉,回顾往事,幻梦一场,甲申之变,亡国犹痛,乙酉之耻,降节可哀,每一念及,肠断腹痛,难以咽下自己酿成的这一杯苦酒。

注　释

〔1〕“目笑”句:目笑,目视之而轻笑,表示亲善。参(cēn)差:很快、顷刻。眉语,以眉之舒敛示意或传情。写女道士净华对作者的亲近。　〔2〕兰泽:含兰香的油脂,可涂发或润肤。　〔3〕“分明”句:本诗在《有学集》卷八《长干塔光诗集》,下注:“起丙申年,尽丁酉年。”丙申为顺治十三年(1656),丁酉为十四年。此诗作于丁酉年。从甲申明亡算起,至今已十四年。此句写明亡恶梦。　〔4〕“是梦”句:是,这个,指示代词。断肠,痛苦。

其　五

棋罢歌阑抱影眠[1],冰床雪被旧因缘[2]。
如今老去翻惆怅,重对残釭说往年[3]。

注　释

〔1〕阑(lán):将尽,将完。此处作完讲。　〔2〕冰床雪被:冰床,凉床。雪被,明洁素雅的被子。此指出家做道士。隋释灌顶《大涅槃经疏缘起》:“菜食水斋,冰床雪被。孤居独处,梦抽思乙。”　〔3〕残釭:将要熄灭之灯。釭(gāng),灯。

和普照寺纯水僧房壁间诗韵,邀无可、幻光二道人同作

古殿灰沉朔吹浓[1],江梅寂历对金容[2]。
寒侵牛目冰间雪[3],老作龙鳞烧后松[4]。
夜永一灯朝露寝[5],更残独鬼哭霜钟。
可怜漫壁横斜字,剩有三年碧血封[6]。

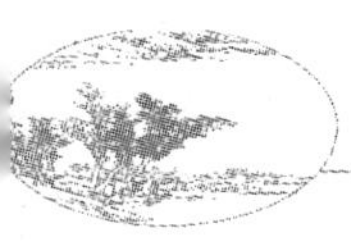

题　解

普照寺纯水僧房，据《江宁府志》，疑是南京牛首山寂照寺。无可，方以智（1611—1671）字密之，号曼公，桐城人。为明季四公子之一。崇祯进士，任翰林院检讨，清兵南下，出家为僧，改名大智，字无可，别号弘者等。康熙十年赴江西吉安谒文天祥墓，道卒。有《浮山集》等。幻光（按，《清诗纪事》本，《柳如是别传》均作幼光），钱澄之（1621—1694）字饮光，初名秉镫，字幼光，后改田间，桐城人。南明桂王称帝，授庶吉士，官至编修，管制诰。清军占桂林后，削发为僧，名西顽，有《田间集》等。此诗写于顺治十四年（1657），郑成功发动入长江进攻金陵军事行动的前夕，钱谦益再前往南京进行策划和接应，故陈寅恪考证说："方、钱二人皆明室遗臣托迹方外者，此时俱在金陵，颇疑与郑延平率舟师攻南都之计划不能无关。牧斋共此二人作政治活动，自是意料中事也。"（《柳如是别传》）这样的推论是有道理的。

注　释

〔1〕灰沉：灯烛火尽灰灭。　〔2〕金容：指金光明亮的佛像面容。　〔3〕牛目：以"雪至牛目"（葛洪《西京杂记》），或"尧年牛目雪三尺"（《有学集》卷二《戏为天公恼林古度歌》），形容冬天冰雪之大和寒冷。　〔4〕"老作"句：老作，自指。龙鳞，即龙鳞松。王维《与裴迪访吕逸人》诗："种松俱作老龙鳞。"　〔5〕露寝：即路寝，天子诸侯的正室。《公羊传·庄公三十二年》："路寝者何？正寝也。"注："公之正居也。天子、诸侯皆有三寝：一曰高寝，二曰路寝，三曰小寝。"意谓其心仍向望南明永历之桂王。　〔6〕"剩有"句：碧血封，用庄子典。《庄子·外物》："故伍员流于江，苌弘死于蜀，藏其血三年化而为碧。"后常指忠臣志士为正义目标而流的鲜血。陈寅恪认为："纯水僧房壁间诗之作者，究为何人，未敢决言，但细释牧斋诗辞旨，则此作者，当是明室重臣而死国难者，岂瞿稼轩、黄石斋一辈人耶？"（《柳如是别传》）

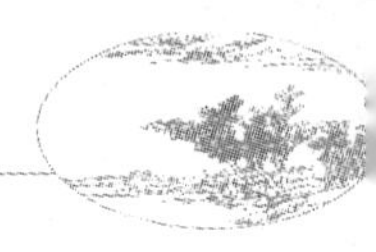

金陵杂题绝句二十五首，继乙未春留题之作

其　六

抖擞征衫趁马蹄[1]，临行渍酒雨花西[2]。
于今墓草南枝句[3]，长伴昭陵石马嘶[4]。

己酉岁，计偕北上，吊方希直先生墓诗云："孤臣一样南枝恨，墓草千年对孝陵。"

题　解

乙未春，疑是丙申春，即顺治十三年(1656)春天。陈寅恪在《柳如是别传》说："此廿五首，《板桥杂记》已采第壹、第贰、第肆、第伍、第柒、第拾、第壹贰等七题，皆是风怀之作，此固与余氏书体例符合。"像这类以艳情寄慨之诗，又经余怀《板桥杂记》采摘，已为世人习读，今选五首，兼具风怀与政治，婉而多讽，唱叹有致，颇具杜甫七绝诗的风调。

注　释

〔1〕"抖擞"句：抖擞，抖动。征衫，旅人远行服装。意即身穿远行之服，振起长途跋涉精神。趁马蹄，骑在马上跟随马队上路。此写钱谦益降清后随例北迁，踏上奔赴京师的征程。　〔2〕"临行"句：渍(zì)酒，以渍酒墓祭吊丧旧友。出自东汉徐穉，常于家预炙鸡一只，绵絮一两渍酒中，曝干以裹鸡。遇诸公之丧，径携往墓前，以水渍绵，使有酒气，祭享毕即去，不见丧主。雨花，雨花台，南京名胜之一，位于市南中华门外，古称石子冈、聚宝山，其高处

可远眺钟山,俯瞰长江。相传梁武帝时,有云光法师讲经于此,天花坠落如雨,故名。　〔3〕南枝:出自《古诗十九首》之一"胡马依北风,越鸟巢南枝"。后以"南枝"指故乡、故国,表示不忘本。　〔4〕昭陵:与自注对照,疑是孝陵,为避忌讳而改之。昭陵有三处:唐太宗李世民墓,明穆宗朱载垕墓和宋仁宗赵祯葬永昭陵,也以昭陵作代称。孝陵,是明太祖朱元璋墓,在南京中华门外钟山脚下,明初置卫守护,地也因名孝陵卫。方希直,即方孝孺,见前《甲申端阳感怀十四首》之十二注释〔7〕。又,"己酉"应是乙酉,追忆南都倾覆,按例北上,吊方孝孺墓所写之诗,表达心忠朱明的思想感情。改成"己酉"是为其讳饰所为。

其　七

顿老琵琶旧典刑〔1〕,檀槽生涩响丁零〔2〕。
南巡法曲谁人问〔3〕。头白周郎掩泪听〔4〕。

绍兴周锡圭,字禹锡,好听南院顿老琵琶,常对人曰:此威武南巡所遗法曲也。

注　释

〔1〕顿老:明末著名琵琶演奏家。王士禛《池北偶谈》说:"金陵旧院有顿、杨诸姓,皆元人没入教坊者。"据《板桥杂记》载:"顿文字小文,琵琶顿老孙女。"　典刑,即典型,模范,典范。此诗流畅自然,婉转清丽,以首联揭市前朝繁华,承以响声丁零,过渡至"南巡法曲",而用反诘转折变化,引出"头白周郎",亦实亦虚,可谓境中有己,缀上"掩泪听"三字,形神俱到,使语极平易而韵味分外醇厚、情真语酸。　〔2〕"檀槽"句:檀糟,檀木所做琵琶等弦乐器上架弦的格子,此用来指琵琶。　生涩,滞涩之意。丁零,叮当,象声词。此指顿老高超的琵琶演奏技艺。　〔3〕南巡法曲:南巡以及自注中"威武南巡",是指明武宗朱厚照,自称总督军务、威武大将军总兵官。当宁王朱宸濠反,巡抚南赣都御史王守仁起兵讨伐,俘获宸濠时,明武宗以威武大将军至南京,亲诛宸濠后还京师,此即所谓"威武南巡"。法曲,见前《夏日讌新乐侯

于燕誉堂，林若抚、徐存永、陈开仲诸同人并集二首》之二注释〔3〕。

〔4〕周郎：作者自注绍兴周锡圭，但冠以“头白”，亦可用来自指。

其　九

从残红粉念君恩〔1〕，女侠谁知寇白门〔2〕？
黄土盖棺心未死〔3〕，香丸一缕是芳魂〔4〕。

注　释

〔1〕“丛残”句：红粉，妇女化妆用的胭脂与白粉，用来指代美人。此句意即明朝灭亡后前朝残留下的名姝佳人。君恩，指抚宁侯朱国弼，寇白门为其购得，贮以金屋，极受其宠幸。据余怀《板桥杂记》载：“甲申三月，京师陷，保国（按，朱国弼于弘光朝晋升保国公）生降，家口没入官，白门以千金予保国赎身，匹马短衣，从一婢而归。”此即“念君恩”之意。　〔2〕“女侠”句：女侠，《板桥杂记》载：“（寇白门）归为女侠，筑园亭，结宾客，日与文人骚客相往还。酒酣耳热，或歌或哭，亦自叹美人之迟暮，嗟红豆之飘零也。”寇白门，名湄，秦淮名妓，约生于明天启末崇祯初，卒于清顺治十三、四年。　〔3〕“黄土”句：黄土盖棺，指寇白门已死。心未死，寇白门南返后，也曾联结义师，进行反清复明活动，故云心未死。　〔4〕香丸：用香料制成药丸。取自任昉《述异记》：“聚窟洲有返魂树，伐其根心，于玉釜中煮取汁，又熬之，令可丸，名曰惊精香，或名返生香。死尸在地，闻气即活。”用此句赞扬寇白门，有其政治寓意。

其十二

旧曲新诗压教坊〔1〕，缕衣垂白感湖湘〔2〕。
闲开闰集教孙女〔3〕，身是前朝郑妥娘〔4〕。

郑如英，小名妥，诗载《列朝闰集》中，今年七十二矣。

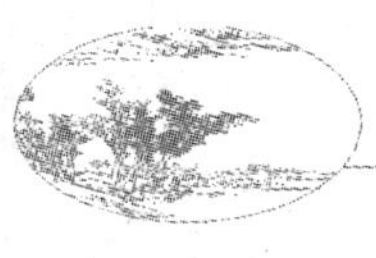

注 释

〔1〕教坊:唐代掌管女乐的官署名。明代曾置教坊司。此诗借郑妥娘给其孙女教诗,揭示钱氏撰辑《列朝诗集》主要目的是存史,论诗仅为其次,保存明诗就是保存明史,为明代诗人作传,即是通过纪传写出明代历史。其中有些诗人在当时也已身名俱沉,很少有人知道,他则千方百计予以搜集,借诗歌作品以存其人,让《列朝诗集小传》成了明朝的诗苑传和诗歌史。郑妥娘不忘"前朝",用"列朝闰集"教孙女,亦即用民族思想和意识教育后代,因而受到他的肯定,以诗赞之。 〔2〕"缕衣"句:缕衣,破烂衣服。湖湘,洞庭湖和湘江,即今湖南省。指唐代乐师李龟年,安史之乱后流落南方,杜甫有《江南逢李龟年》记其事。此指郑妥娘感慨明亡。 〔3〕闰集:钱谦益撰辑《列朝诗集》,在"闰集"专收方外、异人,宗室、女性等诗作,并附有小传。〔4〕郑妥娘,金陵旧院妓,见诗下自注。字无美,妥,小名。

其十四

杜陵矜重数篇诗[1],《吾炙》新编不汝欺[2]。
但恐旁人轻着眼,针师门有卖针儿[3]。

注 释

〔1〕杜陵:杜甫(712—770)字子美,杜审言之孙,原籍湖北襄阳,生于河南巩县,唐代伟大诗人。因居杜曲,在少陵原之东,自称杜陵布衣、少陵野老,与李白并称"李杜"。矜(jīn)重,矜持贵重。此诗是作者编辑《吾炙集》,因"长干少年疑余复有雌黄者",故赋诗一首,表明是用"吾炙新编"奖掖新人,"借其羽毛,然后可以及时成名",让新人早日显名诗坛。其集所选诗人多为声名不彰著者,是钱氏作为诗文宗主,既"开风气"又"为师",提携新秀的一个有力举措。 〔2〕"吾炙"句:《吾炙集》,钱谦益晚年编辑时人诗的一个选集,实收诗人二十家,选诗二百零五首。《吾炙集序》:"秋灯夜雨,泊舟吴门。从扇头得遵王新句,不觉老眼如月。正欲摘取时人清词丽句,随笔抄略,取次讽咏,以自娱乐,遂抄此诗压卷,名为《吾炙集》。" 吾炙,兼有亲近熏陶

和疗病砭弊的双重含意。不汝欺，不欺汝。　〔3〕“针师”句：此句反用元好问《论诗三十首》之三“鸳鸯绣了从教看，莫把金针度与人。”意即称赞所选诗人可为“针师”，把金针卖与人，就是把写诗的秘诀、窍门传授给其他人。《有学集》卷十九《题交芦言怨集》说：“余非针师也，而卖针于吾门者，人尽如遵王（按，钱曾，钱谦益弟子）。”后也以刺绣金针喻作诗文者别有巧妙方法。《宋史·艺文志》就著录有白居易《白氏金针诗格》三卷。

六安黄夫人邓氏

饶歌鼓吹竞芳辰〔1〕，娘子军前喜气新〔2〕。
绣幰昔闻梁刺史〔3〕，锦车今见汉夫人〔4〕。
须眉男子原无几，粉黛英雄自有真。
还待麻姑擘麟脯〔5〕，共临东海看扬尘。

题　解

六安黄夫人，指曾任六安州总兵官的黄鼎之妻梅氏，其父为明朝任甘肃巡抚的麻城（今湖北）人梅之焕。梅氏在其夫降清后，拥众数万，盘居山中，与清兵对抗，并屡败清军。邓氏，据陈寅恪的考证：“鄙意牧斋或者如其《列朝诗集》闰肆《女郎羽素兰小传》称翁孺安为‘羽氏’者相类，盖‘邓尉’以梅花著称，文人故作狡狯，遂以‘梅’为‘邓’耶？”由于梅氏积极进行抗清斗争活动，恐累及家族和因诗招祸，故钱谦益讳改其姓，但“六安黄夫人”五字，却因其夫黄鼎在南都倾覆前，曾任六安州总兵官，则梅氏身份仍然是很明确的。钱谦益写诗称扬歌颂，尤其末二句，陈寅恪说：“复明活动之意，溢于言表矣。”（《柳如是别传》）

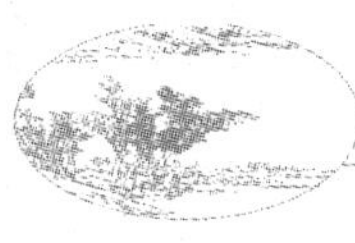

注　释

〔1〕"铙歌"句:铙歌,军乐,又谓之骑吹。行军时马上奏之,通谓之鼓吹。竞,竞相吹奏。芳辰,美好时光。　〔2〕娘子军:唐高祖第三女平阳公主,嫁柴绍,高祖举事,公主起兵响应,与绍各置幕府,军中称娘子军。〔3〕"绣幰"句:绣幰(xiǎn),绣有彩色帐幔的车子。梁刺史,指高凉太守冯宝妻子冼氏。《北史·列女传》:"冼氏,高凉人。世为南越首领,部落十馀万。幼贤明,在父母家,能抚循部众,压服诸越。高凉太守冯宝,闻其志行,聘为妻。侯景反,都督萧勃征兵入援,遣李迁召宝。氏疑其反,止之。后果反。宝卒,岭表大乱,氏怀集之,百越宴然。子仆尚幼,以氏功,封信都侯。诏册氏为高凉郡太夫人,赍绣幰油络、驷车安马,鼓吹麾幢旌节,如刺史之仪。仆卒,百越号夫人为圣母。"凉切音梁,以梁称之。　〔4〕"锦车"句:汉夫人,即冯夫人。《汉书·西域传》:"初,楚王侍者冯嫽,能史书习事。尝持汉节为公主使,行赏赐于城郭。诸国敬信之,号曰冯夫人。为乌孙右大将妻,大将与乌就屠相爱,都护冯吉使冯夫人说乌就屠,以汉兵方出,必见灭,不如降,乌就屠恐,曰:'愿得小号。'宣帝征冯夫人自问状。冯夫人锦车持节,诏乌就屠诣长罗侯赤谷城,立元贵靡为大昆弥,乌就屠小昆弥,皆赐印绶。破羌将军不出塞还。"以著名冼夫人与冯夫人比拟梅氏,对其极力赞誉。　〔5〕"还待"句:麻姑,见前《金坛逢水榭故妓感叹而作凡四绝句》之一注释〔2〕。擘,剖开,分裂。麟脯(fǔ),将干肉说成麟脯,语见葛洪《神仙传》:"麻姑至蔡经家,擘脯而行酒,如松柏炙,云是麟脯。"

题归玄恭僧衣画像四首

其　一

莫是佯狂老万回〔1〕,坏衣掩胫发齐腮〔2〕。
六时问汝何功课〔3〕?一卷《离骚》酒百杯〔4〕。

题解

归玄恭，名庄，号恒轩，江南昆山(今江苏)人。明代古文家归有光曾孙。入清更名祚明，或称归藏、归妹、归乎来，字或称元功、圆功、悬弓、尔礼，亦号恒轩、普明头陀、鏖鏊钜山人。工诗文善画，与顾炎武有"归奇顾怪"之称。清廷攻陷南京后，曾于昆山参加抗清斗争。晚岁居僧舍，再号圆照。有《归庄集》等。僧衣，穿上和尚袈裟。归庄是钱谦益弟子，又是晚年读书伴侣，亲聆教诲，形同手足，对其师的失节痛苦，置生死于外的秘密反清活动一清二楚。而他以身着僧衣、托迹方外作掩护，钱谦益也非常了解。这组诗以题画像为名，实揭其忧国伤时的情感，表现归庄缅怀故国和愤世嫉俗的思想。此为第一首。

注释

〔1〕"莫是"句:佯(yáng)狂，装疯。老万回，宋时杭州以腊日祀万回哥哥。其像蓬头垢面，身着绿衣，左手擎鼓，右手执棒，云是合和之神，祀之可使人在万里以外亦能回家，故曰万回(明时其祀已绝)。这里以其像比拟归庄。〔2〕"坏衣"句:坏衣，梵语"袈裟"的意译，即僧衣。僧尼避青黄红白黑五种颜色，而以其他不正色将衣染坏，故名坏衣，又叫坏色衣。 〔3〕六时:佛教一昼夜分六时:晨朝、日中、日没、初夜、中夜、后夜。 〔4〕《离骚》:屈原代表作，是我国文学史上最长的一首自叙性抒情诗，也是光耀千古的浪漫主义杰作。

其 三

骂鬼文章载一车〔1〕，吓蛮书檄走龙蛇〔2〕。
颠书醉墨三千牍〔3〕，圣少狂多言《法华》〔4〕。

注　释

〔1〕骂鬼文章:指归庄针砭时世的尖锐透辟之作,如《万年少尝作狗诗六首骂世戏和之亦得六章各有所指云》一类诗文。《古文苑》王延寿《梦赋》:"臣弱冠尝夜寝,见鬼物与臣战,遂得东方朔与臣作骂鬼之书。"一车,《周易·睽》:"上九,载鬼一车。"　〔2〕"吓蛮"句:吓(hè)蛮书檄,传说李白曾为唐玄宗起草答渤海国可毒书,后世称为"吓蛮书",亦泛指恐吓异族的文书。走龙蛇,指草书飞动圆转的笔势,或飞动的草书。后来亦泛指书法、文字。　〔3〕颠书醉墨:指唐代书法家张旭。张旭嗜酒,每大醉狂走下笔,或以头濡墨而书,既醒自视以为神,世呼"张颠",其墨宝亦称颠书。据王德森《昆山明贤画像传赞》载归庄"善擘窠大字及狂草墨竹,醉后挥洒,旁若无人。"　〔4〕"圣少"句:圣,指孔孟的儒家之言。法华,佛教中天台宗,为禅宗五宗之一,此宗以《妙法莲花经》为旨,故又名法华宗。

桂殇四十五首

其　三

杳殇那比桂殇悲〔1〕,八桂林摧最好枝〔2〕。
总是中原无独角〔3〕,不应东国有长离〔4〕。
驱乌画地标秦塞〔5〕,骑竹朝天习汉仪〔6〕。
临穴正如哀奄息〔7〕,伤心岂独为家儿〔8〕。

题　解

钱谦益有诗序说:"桂殇,哭长孙也。孙名佛日,字重光,小名桂哥。生辛卯孟陬月,殇以戊戌中秋日。"殇(shāng),未成年而死。钱氏家族,从钱谦益起人丁不旺,他本人三世单传,有子钱孙爱一人,所生七岁孙子今又死去,其悲痛难以名状。但从本诗看,

他是借哭孙表达对抗清名将瞿式耜壮烈殉难的思念和悲悼，前已有《哭稼轩留守相公一百十韵》的长歌当哭，今再以组诗多达四十五首倾泄老泪，情词悱恻，哀音缠绵，再为南明失去这一擎天支柱放声大恸。

注　释

〔1〕“杏殇”句：杏殇，唐代诗人孟郊有《杏殇》诗哭其子，音多悲苦。桂殇，钱谦益长孙桂哥之死。用“桂”隐指南明桂林留守瞿式耜之死，认为孟郊“杏殇”远不能相比。　〔2〕“八桂”句：八桂，广西代称。《山海经》：“桂林八树，在番禺东。”郭璞注曰：“八桂而成林，言其大也。”最好枝，指驻守桂林的瞿式耜。　〔3〕独角：独角兽，指麒麟。《说苑·辨物篇》：“麒麟圆顶一角，含仁怀义。”　〔4〕“不应”句：东国，指古代齐、鲁、徐、夷等国，因皆位于我国东方。此用来暗指兴起于长白黑水间的满族。长离，灵鸟名。司马相如《大人赋》：“左玄冥而右黔雷兮，前长离而后矞皇。”注曰：“长离，灵鸟也。”〔5〕“驱乌”句：驱乌，驱除乌雀。佛教有驱乌沙弥，指男孩修行者。《摩诃僧祇律》：“沙弥有三品：一者从七岁至十三岁，名为驱乌沙弥。”画地，在地上画图。　秦塞，秦朝关塞，也泛指中国河山。　〔6〕“骑竹”句：骑竹，骑竹马，儿童游戏时当马骑的竹竿。白居易《赠楚州郭使君》诗：“笑看儿童骑竹马。”　汉仪，汉代礼制，叔孙通撰，共十二篇。也泛指中国礼制。这两句切其孙子，以小时所玩，寄托哀明之思。　〔7〕“临穴”句：临穴，即将埋葬。　奄息，人名。《诗·秦风·黄鸟》：“谁从穆公，子车奄息。”　毛传：“子车，氏；奄息，名。”秦穆公死后，杀三良以殉葬，子车奄息即其一，秦人痛惜三良，作诗哀之。　〔8〕岂独：难道仅仅。

其十三

桂阙荒凉月犖攲〔1〕，银轮天子眼迷离〔2〕。
不知谁弄吴刚斧〔3〕，砍断中央桂一枝〔4〕。

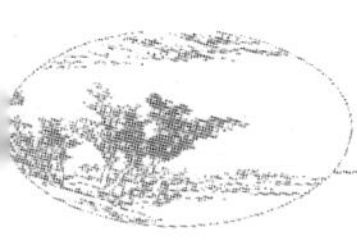

注 释

〔1〕“桂阙”句:桂阙,神话里谓月亮有桂树,因以桂阙为月之代称。月辇(niǎn),月车。《法苑珠林·日月篇》:“如《起世经》云:‘彼月天子身份光明,照彼青辇,其辇光明,照月宫殿,殿光照四大洲。”攲(qī),倾侧,斜。〔2〕“银轮”句:银轮天子,即月天子。迷离,模糊,指月光不明。 〔3〕吴刚:神话中仙人名。段柯古《酉阳杂俎》:“月中有桂,一人常斫之,树创随合。人姓吴,名刚,西河人,学仙有过,谪令伐树。” 〔4〕“砍断”句:用来比喻桂王小朝廷失去擎天一柱的瞿式耜。

其十五

兔泣蟾愁天老悲[1],月宫树倒更攀谁[2]?
秋风从此无才思,不为人间生桂枝。

注 释

〔1〕“兔泣”句:兔泣蟾愁,神话传说月中有玉兔和蟾(chán)蜍。李贺《将进酒歌》:“老兔寒蟾泣天色。”天老,相传黄帝的辅臣。《黄帝传》:“黄帝时有天老五圣,以佐理化。” 〔2〕树倒:用来暗喻瞿式耜之死。

其二十三

桂子元从月地移,月圆如此桂何之[1]?
而今剪纸为圆月[2],便是招魂背祝时[3]。

注 释

〔1〕之:往。 〔2〕剪纸为圆月:《酉阳杂俎》:“长庆初,山人杨隐之寻访道者唐居士,留杨止宿。及夜,呼其女曰:‘可将一下弦月子来。’其女遂贴月于壁上。唐起祝曰:‘今宵有客,可赐光明。’言讫,一室朗若张烛。”〔3〕“便是”句:招魂,用杜甫《彭衙行》诗:“剪纸招我魂。”背祝,宋玉《招魂》:

“工祝招君,背行先些。”王逸注曰:“男巫而祝。背,倍也。倍道先行,导以在前,宜随之也。”

徐元叹劝酒词十首

其　一

皇天老眼慰蹉跎[1],七十年华小劫过[2]。
天宝贞元词客尽[3],江东留得一徐波。

题　解

徐元叹(1590—1663),名波,号浪斋,吴县诸生。明清鼎革,隐居苏州天池山落木庵,号顽庵,与中峰、灵严等高僧往还,以枯禅终。有《落木庵诗》等。钱谦益七绝,数量仅次于七律,越到晚年其七绝越多。七绝言短意长,语近情遥,在短小的四句里,一唱三叹,婉而多讽。此首纯以情行,感怀身世,喟叹兴亡,浸透着失去故国的悲哀愁苦,以及今昔盛衰的浓重心绪,音韵悲怆,哀乐沁人。

注　释

〔1〕“皇天”句:皇天,对天的尊称。蹉(cuō)跎,衰迟,年老。　〔2〕劫:梵语劫波之略,意为一段时间。见前《赠侯商丘若孩四首》之一注释[2]。〔3〕“天宝”句:贞元,唐德宗李适年号(785—805),诗中以没有明言的安史乱后,隐指明清易代诗人凋落一尽。

其　九

落木庵空红豆贫[1],木鱼风响贝多新[2]。

长明灯下须弥顶[3]，雪北香南见两人[4]。

注　释

〔1〕落木庵：在苏州府西北二十五里天池山中，因山中有池，横浸山腹，逾数十丈，故名天池。“落木庵”三字，由竟陵派首领谭元春题名并揭诸庵门。红豆，即白茆港之红豆庄，在常熟小东门外三十里，是钱谦益外家顾氏的别业，顺治十五年为接应海上斗争，钱氏迁居庄内，庄有红豆树，又名红豆庄。贫，红豆树结子少。此诗写明亡后孤寂心情，清丽婉转，融入佛典，穿过寥落凄苦的身世感怀，还是能感觉到在天崩地解后，拳拳故国情思和禾黍之哀的悲叹。　〔2〕“木鱼”句：木鱼，佛教法器，刻木象鱼形，击之以警戒僧众昼夜思道。　贝多，树名。梵文的音译。亦称贝多罗、毕钵罗树、阿轮陀树、菩提树、道树、觉树等。叶可裁为梵夹，用以写经。后以其为佛经的代称。〔3〕“长明”句：长明灯，燃灯供佛前，昼夜不灭。刘禹锡《谢寺双桧》诗：“长明灯是前朝焰，曾照青青年少时。”须弥，即须弥山，佛教传说山名。也译苏迷卢、须弥楼。意即妙高、妙光。　〔4〕雪北香南：长水《金刚纂要记》：“北瞻部洲，从中向北，有九黑山，次有大雪山，次有香醉山。于雪北香南，有阿耨池。”意即天底下只剩你我两人参禅礼佛，比喻孤寂。

遵王、敕先共赋胎仙阁看红豆花诗，吟叹之馀，走笔属和八首

其　六

金樽檀板落花天[1]，乐府新翻红豆篇[2]。
取次江南好风景[3]，莫教肠断李龟年[4]。

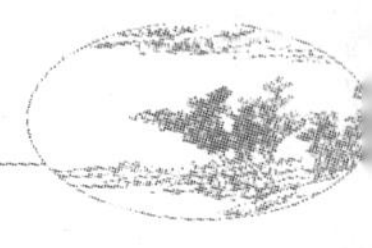

题解

钱曾，字遵王，号也是翁，常熟人。明诸生，钱谦益的族曾孙和弟子，为其笺注《初学》、《有学》和《投笔集》。自撰《读书敏求记》、《怀园》、《莺花》等。敕先，陆典，一名贻典，又名芳，字敕先，号觌庵，常熟人。师事钱谦益，有《觌庵诗钞》。钱谦益诗学杜甫，于七绝一再化用杜甫《江南逢李龟年》。它是杜甫的名篇，语短心长，含蕴无尽，于世运之治乱，华年之盛衰，彼此之凄凉流落，俱包含其中。钱氏心领神会，将杜诗的这种感喟融入己诗，不但使形象单纯的绝句容量扩大，还情流翻滚，唱叹有致。

注释

〔1〕“金樽”句：金樽，金制酒器。樽，酒器。古代用作祭祀礼器。檀板，檀木拍板。　〔2〕“乐府”句：乐府，原指主管音乐的官署，以乐府机关所采诗为乐府诗。宋元以后词、散曲、剧曲因配乐，有时也称乐府。这里指乐曲。新翻，按照旧曲谱制作新词。刘禹锡《杨柳枝》诗：“请君莫奏前朝曲，听唱新翻杨柳枝。”〔3〕取次：任意，随便，引申为充裕、宽恕。杜甫《江南逢李龟年》句“正是江南好风景”。　〔4〕李龟年：唐代乐师，通音律、能自撰曲，善歌唱，专长羯鼓。开元中与弟彭年、鹤年在梨园中供职。安史乱后，流落江南，不知所终。

古诗赠新城王贻上

风轮持大地[1]，击飏为风谣[2]。
吹万肇邃古[3]，赓歌畅唐尧[4]。
朱弦汜汉魏[5]，丽藻沿六朝。
有唐盛词赋，贞符汇《元包》[6]。
百灵听驱使[7]，万象穷锼雕[8]。

千灯咸一光，异曲皆同调。
彼哉谫谫者[9]，穿穴纷科条[10]。
初唐别中晚[11]，画地成狴牢[12]。
妙悟掠影响[13]，指注阙厘毫[14]。
瓮天醯鸡覆[15]，井穴痴猿号[16]。
化为劣诗魔，飞精入府焦[17]。
穷老蔽蔀屋[18]，不得瞻泬寥[19]。
正始日以远[20]，词苑杂莠苗。
献吉才雄骜[21]，学杜铺醨糟[22]。
仲默俊逸人[23]，放言訾谢陶[24]。
考辞竞嘈囋[25]，怀响归浮漂[26]。
江河久壅决，蜃潏亦腾嚣[27]。
么弦取偏张[28]，苦调搜啁噍[29]。
鸟空而鼠即[30]，厥咎为诗妖[31]。
丧乱亦云朊[32]，诗病不可瘳[33]。
譬彼膏肓疾[34]，传染非一朝。
呜呼杜与韩[35]，万古垂斗杓[36]。
《北征》《南山》诗[37]，泰华争岧嶤[38]。
流传到于今，不得免慠嘲[39]。
况乃唐后人，嗤点谁能跳？
穷子抵尺璧[40]，冻人裂复陶[41]。
熠耀点须弥[42]，可为渠略标[43]，
昌黎笑群儿[44]，少陵诃汝曹[45]。
嗟我老无力，掩耳任叫呶[46]。
王君起东海，七叶光汉貂[47]。
骐骥奋蹴踏[48]，万马喑不骄[49]。

识字函雅故[50]，审乐辨箫韶[51]。
落纸为歌诗，绛云卷青霄[52]。
自顾骨骼马[53]，创残卧东郊[54]。
敢云老识路[55]，昏忘惭招邀。
河源出星海[56]，东流日滔滔。
谁蹠巨灵掌[57]？一手堙崩涛[58]。
古学丧根干，流俗沸螗蜩[59]。
伪体不别裁[60]，何以亲风骚[61]？
珠林既深深[62]，玉河复迢迢。
方当剪榛楛[63]，未可荣兰茗[64]。
瓦釜正雷鸣[65]，君其信所操[66]，
勿以独角麟[67]，媲彼万牛毛[68]。
伊余久归佛[69]，缁经守僧寮。
枨触为此诗[70]，狂言放调刁[71]。
无乃禅病发[72]，放笔自抑搔[73]。
起挑常明灯，忏除坐寒宵[74]。

题解

王士禛(1634—1711)字子真，一字贻上，号阮亭，别号渔洋山人，山东新城(今淄博桓台)人。顺治进士，官至刑部尚书。善文词，尤工诗，以神韵为宗，主盟诗坛数十年，有《带经堂集》等。钱谦益是既“开风气”又“为师”，他培养的诗人，以王士禛成绩最高，是康熙诗坛盟主。王也深为感激，永志不忘，托名门人所编《精华录》里即附录钱谦益一诗(《古诗赠新城王贻上》)和一序(《王贻上诗序》)。此诗回顾历史，剖析七子、公安和竟陵派的病弊，指出改革诗风的必要性，还醇醇教导王士禛要善自珍惜，争取独树一帜，等于一篇诗论。

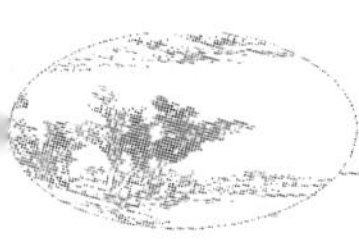

注 释

〔1〕“风轮”句:风轮,佛家语,世界之最下底也。凡世界之成立,虚空之上生风轮,风轮之上生水轮,水轮之上生金轮,上渐生须弥四洲。《首楞严经》:“故有风轮,执持世界。” 〔2〕“击飏”句:击飏(yáng),碰撞飞扬。风谣,反映风土民情的歌谣。 〔3〕“吹万”句:吹万,风吹所至,及于万物。肇,开始。邃(suì)古,远古。肇邃古,开始了远古时代。 〔4〕“赓歌”句:赓(gēng)歌,作歌唱和。唐尧,古帝名。帝喾之子,姓伊祁,也作伊耆,名放勋。初封于陶,又封于唐,号陶唐氏。以子丹朱不肖,传位于舜。〔5〕“朱弦”句:朱弦,乐器上的红色丝弦,借指彩藻。氾(fán),同泛,泛滥。〔6〕“贞符”句:贞符,祯祥的符瑞,即受命之符。柳宗元《贞符序》:“臣为尚书郎时,尝著《贞符》,言唐家正德,累积厚久,宜享年无极之义。”《元包》,书名。五卷,附《元包数总义》二卷。北周卫立嵩撰,唐苏源明传,李江注,宋韦汉卿释音。见《四库全书·子·术数类》。 〔7〕百灵:百神。〔8〕“万象”句:万象,指自然界一切事物景象。穷,尽。锼(sōu)雕,雕刻,描画。 〔9〕谫谫(jiàn)者:巧言善辩之人。 〔10〕“穿穴”句:穿穴,牵强附会或巧言辩护。科条,法令条规。 〔11〕初唐别中晚:此即唐诗四分期说。 〔12〕“画地”句:狴(bì)牢,监狱。这即是所说划地为牢之意,将行动限于某种范围内,不得逾越。 〔13〕“妙悟”句:妙悟,严羽诗歌理论,主张妙悟说。《沧浪诗话》云:“禅道惟在妙悟,诗道亦在妙悟。” 掠影响,掠取影子和响声,意即只是学到皮毛和传闻。 〔14〕“指注”句:指注,指点,指示。阙(kuī),同窥,窥见,窥探。 〔15〕“瓮天”句:瓮(wèng)天,喻见识狭窄。醯(xī)鸡,瓮中小虫。《庄子·田子方篇》:“孔子告颜回曰:‘丘之于道也,其犹醯鸡欤?微夫子之发吾覆也,吾不知天地之大同也。’”郭象注曰:“醯鸡者,瓮中之蠛蠓。”覆,发覆,犹启发领悟。 〔16〕痴:呆,不聪敏。〔17〕“飞精”句:飞精,道家的一种丹药。《抱朴子·明本》:“合金丹之大药,炼八石之飞精,尤忌利口之愚人。”府焦,中医称人体内的部位,六腑之一。《史记·扁鹊传》:“别下于三焦、膀胱。” 〔18〕蔀(pǒu)屋:草席盖顶之屋,贫者所居。 〔19〕泬(jué)寥:空旷远大。 〔20〕正始:魏齐王曹芳

年号(240—249),以阮籍、嵇康为代表的“正始之音”,继承建安文学传统,抒发对现实不满的苦闷,境界清峻深远,成就较高。 〔21〕“献吉”句:献吉,李梦阳,见前《姚叔祥过明发堂共论近代词人戏作绝句十六首》之九注释〔2〕。雄骜,雄壮而骄矜傲慢。骜同傲。 〔22〕餔(bū)醨糟:餔,食,吃。醨糟,酒滓,俗称酒糟。 〔23〕“仲默”句:仲默,何景明,见前《姚叔祥过明发堂共论近代词人戏作绝句十六首》之九注释〔2〕。俊逸,俊美洒脱,不同凡俗。〔24〕“放言”句:訾,诋毁。谢陶,东晋大诗人陶渊明和刘宋时谢灵运。〔25〕“考辞”句:考辞,考虑选取恰当词句。嘈囋(zá),音声杂乱。陆机《文赋》:“或奔放以谐合,务嘈囋而妖冶。”五臣吕延济注:“浮艳声。”意即迎合俗好。 〔26〕“怀响”句:怀响,怀有音响。陆机《文赋》:“怀响者毕弹。”五臣吕延济注:“物有怀音响者必以思弹击之以发文意。”浮漂,虚浮,无所着落。陆机《文赋》:“辞浮漂而不归。”唐李周翰注:“辞浮飘荡,不归于事实。”〔27〕“氿漵”句:氿漵(guǐ yǔ),氿,水干涸。漵,人造的洲渚。其意是干涸洲渚。腾嚣,奔腾呛哮。 〔28〕“么弦”句:么(yāo)弦,么同幺,琵琶第四弦,因其最细,故称。偏张,偏,指第四弦。张,按上或拉紧弓弦,引申为操琴弹奏,只弹奏最细的第四弦。此句指竟陵派取向狭窄,坠入“幽深孤峭”。〔29〕啁(zhōu)噍:鸟声。 〔30〕“鸟空”句:鸟空鼠即,出自《华严经·贤首品》:“我今于中说少分,譬如鸟迹所履空。”和《宗镜录》:“既亡其指,错乱颠倒,莫辨方隅,犹鸟言空,如鼠云即,似形音响,岂合正宗。” 〔31〕“厥咎”句:厥咎,厥,其。咎,灾祸,错误。诗妖,指某些预示祸福征兆的诗歌。《汉书·五行志》:“君炕阳而暴虐,臣畏刑而箝口,则怨谤之气发于歌谣,故有诗妖。”这是钱谦益加给竟陵派的恶谥。 〔32〕“丧乱”句:丧乱,死丧祸乱。云,说。膴(hū),美厚。其意是说把战乱衰世也描写成歌舞升平的治世。〔33〕瘳(chōu):痊愈。 〔34〕膏肓(huāng):古代医学称心脏下部为膏,膈膜为肓。后谓病极其严垂、难以医治为膏肓之疾,或病入膏肓。〔35〕“呜呼”句:杜与韩,唐代杜甫和韩愈。 〔36〕斗杓:北斗柄。比喻人共敬仰或众人引导者。 〔37〕北征南山:杜甫《北征》诗和韩愈《南山诗》。〔38〕“泰华”句:泰华,东岳泰山(山东境内),西岳华山(陕西境内)。岧嶤

(tiáo yáo)，高峻，高耸。　〔39〕慠嘲：轻慢嘲弄。慠同傲。韩愈《荐士诗》："流俗知者谁？指注竞嘲慠。"　〔40〕"穷子"句：穷子，用《荆楚岁时记》事，"按《金谷园记》云：'高阳氏子瘦约，好衣敝食糜。人作新衣与之，即裂破，以火烧穿着之。宫中号曰穷子。"抵，排斥，抗拒。尺璧，径尺的璧玉，大而珍贵。　〔41〕"冻人"句：冻人，挨冻之人。复陶，用毛羽织成御雨雪的外衣。《左传·昭公十二年》："雨雪，王皮弁，秦复陶，翠被豹舄，执鞭以出。"杜预注曰："秦所遗羽衣也。"　〔42〕"熠耀"句：熠(yì)耀，光耀明亮。须弥，即须弥山。见前《徐元叹劝酒词》之二注释[3]。　〔43〕渠略标：渠，他。略，大致，大略。标，标准，榜样。　〔44〕"昌黎"句：指韩愈《调张籍》诗："蚍蜉撼大树，可笑不自量。"　〔45〕"少陵"句：杜甫《戏为六绝句》之二："尔曹身与名俱灭，不废江河万古流。"诃，怒斥，大声喝叱。　〔46〕叫呶(náo)：喧哗叫闹之声。　〔47〕"七叶"句：七叶，七代。汉貂，汉代侍中、中常侍等官，帽上插戴貂尾。用左思《咏史》诗："金张藉旧业，七叶珥汉貂。"以汉代金、张七代为宫中宠臣比喻王士禛出身名门，祖上为明朝官员，清华世家，一门人文。　〔48〕"骐骥"句：骐骥，良马。蹴(cù)踏，践踏，踩。意即良马飞奔，无所阻拦。　〔49〕"万马"句：喑(yīn)，喑哑不语，缄默不言。不骄，不敢骄逸放纵。　〔50〕"识字"句：函，包含，容纳。雅故，规范的训释。《汉书·叙传》："函雅故，通古今。"注："张晏曰：'包括雅训之故及古今之语。'"　〔51〕箫韶：相传舜之乐名。《尚书·益稷》："箫韶九成，凤凰来仪。"　〔52〕"绛云"句：绛云，红云。绛，深红色。卷，翻过。青霄，青空，青色天空。　〔53〕骨骼马：用杜甫《瘦马行》诗："东郊瘦马使我伤，骨骼硉兀如堵墙。"　〔54〕创残：或受伤或残废。韩愈《张中丞传后序》："将其创残饿羸之馀，虽欲去，必不达。"　〔55〕"敢云"句：老识路，即老马识途。见前《费县道中三首》之二注释[6]。　〔56〕星海：《元史·地理志·河源附录》："按，河源在土番朵甘思西鄙，有泉泓，履高山下瞰，若列星，以故名火敦脑儿。火敦，译言星宿也。"　〔57〕"谁蹠"句：蹠(zhì)，践，踩。巨灵，古代神话传说中劈开华山的河神。掌，足跟，脚掌。张衡《西京赋》："缀以二华，巨灵赑屃，高掌远蹠，以流河曲，厥迹犹存。"　〔58〕堙(yīn)崩涛：堵塞奔

腾的波涛。 〔59〕蜩螗(tiáo):蝉属。《诗·大雅·荡》:“如蜩如螗,如沸如羹。” 〔60〕“伪体”句:伪体,专事模拟而无真实内容和独特风格的作品。别裁,区分删减。别,区别,区分。裁,剪裁,删减。 〔61〕风骚:指《诗经》中“国风”和《楚辞》中《离骚》,是我国古代诗歌的两面旗帜。〔62〕珠林:士林。元王沂《送刘子彦应辟》诗:“自昔珠林推俊秀。”〔63〕榛楛(zhēn hù):丛生杂木。 〔64〕荣兰茗:荣,繁荣,盛开。兰茗,兰花的茎。其意不使外表鲜艳,而小巧适观的诗歌增多。 〔65〕瓦釜(fú):古代一种简单制作的乐器,用以指粗俗的音乐与平庸的人物。 〔66〕操:志节,品行。 〔67〕独角麟:一角麒麟,喻珍贵稀少。《说苑·辨物篇》:“麒麟圆顶一角含仁怀义。” 〔68〕媲(pì):比配、相比。《北史·文苑传序》:“学者如牛毛,成者如麟角。” 〔69〕伊:助词无义。 〔70〕枨(chéng)触:感触,感慨。 〔71〕调刁:动摇之意。《庄子·齐物论》:“冷风则小和,飘风则大和,厉风济,则众窍为虚,而独不见之调调之刁刁乎?”郭象注曰:“调调刁刁,动摇貌也。” 〔72〕禅病:指妨害禅定修行的一切妄念。《圆觉经》:“大悲世尊,快说禅病。” 〔73〕抑搔:按摩抓搔。 〔74〕“忏除”句:忏除,改悔。《华严经》:“以忏除一切诸世重障。” 寒宵,寒冷之夜。

红豆树二十年复花,九月贱降时结子才一颗,河东君遣僮探枝得之,老夫欲不夸为己瑞,其可得乎?重赋十绝句示遵王,更乞同人和之

其　三

二十年来绽一枝[1],人间都道子生迟[2]。
可应沧海扬尘日[3],还记仙家下种时[4]。

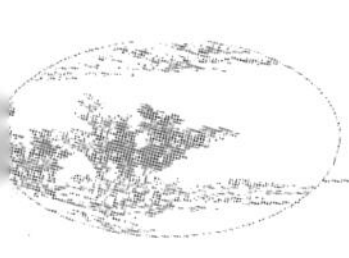

题解

贱降，自己生日的谦称。瑞，祥瑞。古代附会自然界的某种现象为吉祥之兆。乞，求。顺治十八年是钱谦益的八秩之期，乡里子弟和明室遗民纷纷表示要替他做寿，庆贺耄耋之年，被他一口辞绝。但家人和学生则以特殊形式进行，尤其柳如是别具一格，让仆童在白茆港芙蓉庄采摘红豆一粒祝贺，寓红豆相思之意。而且红豆树二十年没有开花，今夏忽然怒放数枝，作为祥瑞和预兆，他以诗记下对台湾郑成功的关怀，那是明室最后一块栖息之地，维系着他的生命和梦魂，也愿它是“仙家下种”，茂盛生长，开花结实。

注释

〔1〕绽：开。　〔2〕子生迟：相思木所结子，即红豆，二十年才一次，故曰子生迟。刘禹锡《寄乐天》诗：“雪里高山头白早，海中仙果子生迟。”〔3〕沧海扬尘：用仙人麻姑与王子平事。见前《金坛逢水榭故伎感叹而作凡四绝句》之一注释〔2〕。这里所用是王子平感叹语：“王子平因叹曰：‘圣人皆言海中行复扬尘也。’”后用东海扬尘比喻世事变化无常，而钱谦益则以其指郑成功曾在海上斗争及在台湾仍坚守明室阵地。　〔4〕仙家：指麻姑等神仙。实际影射的是郑成功等。

其　四

秋来一颗寄相思〔1〕，叶落深宫正此时〔2〕。
舞辍歌移人既醉〔3〕，停觞自唱右丞词〔4〕。

注释

〔1〕“秋来”句：点化王维《相思》诗：“红豆生南国，秋来发几枝。劝君多采撷，此物最相思。”　钱谦益把《有学集》一、二两卷题为《秋槐诗集》，并说：“题之曰《秋槐小稿》，盖取王右丞落叶空宫之句也。”是以王维自况，比拟其

身陷虏中,也是一个孤臣孽子,遗老羁囚,从而能体会王维拘于洛阳时苦况,自然要"停觞自唱右丞词"。陈寅恪于《柳如是别传》说《有学集》卷一、卷二之诗"亡国遗民之音,不忍卒读"。 〔2〕"叶落"句:仍是点化王维诗句。《明皇杂录》记载:"天宝末,贼陷长安。禄山大会凝碧池,梨园弟子欷歔泣下,乐工雷海青掷乐曲西向大恸,贼乃支解之。王维拘于菩提寺,赋诗曰:'万户伤心生野烟,百官何日更朝天?秋槐叶落空宫里,凝碧池头奏管弦。'" 〔3〕辍(huò):停,中止。 〔4〕"停觞"句:停觞,放下酒杯,停止喝酒。 右丞,王维(701—761)字摩诘,太原(今山西)祁人。开元进士,天宝末为给事中,以授安禄山伪职,列三等,特原责授太子中允,晚官至尚书右丞,世称"王右丞"。

茸城吊许霞城

半生心事一哀中,淡月疏灯照殡宫[1]。
握手丁宁馀我在[2],轩眉谈笑与谁同[3]?
看花无伴垂双白,压酒何人殢小红[4]?
苦忆放翁家祭语[5],暗弹老泪向春风[6]。

题　解

茸城,松江别称。许霞城,见前《霞老累夕置酒,彩生先别,口占十绝句记事,兼订西山看梅之约》之一题解。陆游的爱国思想,曾是华夏民族在遭受外敌入侵时进行反抗斗争、吸取鼓舞力量的一个源泉。此诗吊唁许霞城,以"苦忆"二字揭示的正是这种异代相通、心心相印的民族感情和精神。

注　释

〔1〕殡(bìn)宫:古代临时设立的停柩之所。 〔2〕丁宁:同叮咛,嘱咐,告诫。 〔3〕轩眉:扬眉,形容得意之时的形状。 〔4〕"压酒"句:压

酒，米酒酿制将熟时，压榨取酒。殢（dì），引逗。小红，即前述彩生，妓，松江人。　〔5〕"苦忆"句：放翁，陆游（1125—1210）字务观，号放翁，越州（今浙江）绍兴人。南宋爱国诗人，著有《剑南诗稿》等。家祭语，即陆游临终《示儿》诗，见前《简侯研德并示纪原》注释[4]。　〔6〕暗弹：暗暗挥洒泪水。弹，挥洒。

迎神曲十二首

吴人喧传瞿稼轩留守降临郡城西[1]，相率诣东皋招魂[2]，塑像迎请上任。聋騃道人惊喜呜咽[3]，放言作绝句十二首，用代里社迎神送神之曲。

其　五

被发骑龙事渺然[4]，栾公立社自年年[5]。
臂鹰老手还馀我[6]，伏腊鸡豚掠社钱[7]。

题　解

迎神曲为旧时迎神时所唱歌曲。此诗作于康熙二年（1663），于瞿式耜殉国十三年后，以"迎神"为名，抒写明亡之痛。瞿式耜是钱谦益门人，十六岁受业读书拂水山房，仕宦后因枚卜和其师同被降谪归里，再遭攻讦一起入狱，可谓患难与共。瞿式耜被俘，狱中赋诗表示"到头期不负门墙"，为师争光。钱谦益也一再吟咏，除《哭稼轩留守相公一百十韵》、《浩气吟序》、《瞿留守赙引》外，再写此诗，情苦音哀，如孤猿之嘶叫，似失鸟之呼巢，饱含他的血泪悲痛，令后人读之，真有百年世事之悲，沉痛欲绝。

注 释

〔1〕“吴人”句:喧传,盛传。降灵事,指瞿死后灵柩运回常熟安葬,吴人盛传降临苏州为城隍神。此事虽属迷信,但也反映江南人民对为抗清而死者的敬仰和怀念。清初常熟人所著的一些笔记,也有关于降灵事的记载。〔2〕东皋:瞿式耜在家乡常熟别墅,名东皋草堂,在县北郊外,其父瞿汝说筑,经瞿式耜增拓,为当时常熟园林之最。后来其子将草堂木石等出卖一部分,逐渐荒凉。吴伟业有《后东皋草堂歌》记其事。 〔3〕聋騃(ái)道人:作者晚年又一别号。 〔4〕“被发”句:被发骑龙,用韩愈《杂诗》诗:“被发骑骐麟”和苏轼《潮州韩文公庙碑》文:“公昔骑龙白云乡”。渺然,渺茫,不切实。意即瞿式耜成神之事无可证信。 〔5〕“栾公”句:栾公,西汉梁人栾布。与彭越友善,越为梁王,任栾为梁大夫。汉高祖杀彭越后,栾奉使自齐还,哭祠彭越,为吏所捕。高祖释其罪,任为都尉。文帝时为燕相。七国之乱,以击齐功封鄃侯。《史记·栾布传》:“燕齐之间,皆为栾布立社,号曰栾公社。”〔6〕臂鹰:以臂系鹰。元好问《还寇氏》诗:“少日骞飞掣臂鹰,只今痴钝似秋蝇。” 〔7〕“伏腊”句:伏腊,秦汉时,夏天的伏日,冬天的腊日,都是祭日,合称伏腊。鸡豚(tún):鸡和猪。掠社钱,筹办祀祭所用钱物。元好问《家山归梦图》诗:“犹记骑驴掠社钱。”

其 九

三年蜀血肯销沉〔1〕,我所思兮在桂林〔2〕。
却望苍梧量泪雨〔3〕,湘江何似五湖深〔4〕?

注 释

〔1〕“三年”句:蜀血,即碧血。见前《和普照寺纯水僧房壁间诗韵,邀无可、幻光二道人同作》注释〔6〕。瞿式耜顺治七年(1650)十二月殉难桂林,至今已十三年,诗云三年是用碧血之典。又古人往往以三代表多数,见汪中《释三九》。 〔2〕“我所”句:桂林,桂王朱由榔所建永历朝,曾一度都于桂林,清兵南下,瞿式耜奉命留守桂林殉难。张衡《四愁诗》:“我所思兮在桂

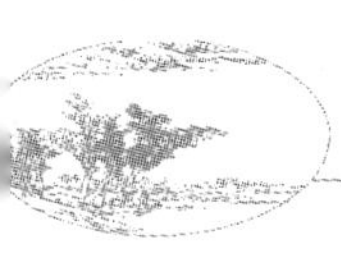

林。”　〔3〕“却望”句：苍梧，传说舜死于苍梧之野，娥皇、女英追之不及，相思恸哭，泪下沾竹。这里指桂王朱由榔死引起心中无限悲痛。桂王于康熙元年（1662）四月被吴三桂杀害于昆明。　〔4〕五湖：旧说不一，因作者时在吴地，故此五湖当指太湖。这二句说自己对明亡的悲恸，远甚于当年湘江边的娥皇、女英之哭。

其　十

日蚀麒麟格斗馀〔1〕，山河两戒眇愁予〔2〕。
兰沧渡后无消息〔3〕，且坐前潮伴子胥〔4〕。

注　释

〔1〕“日蚀”句：日蚀，《淮南子》：“麒麟斗而日月蚀。”古代人以为日月之蚀是上天对统治者的警告，是不祥之兆。格斗，博斗。此句指桂王朝廷抗击清军，最终归于失败。　〔2〕“山河”句：两戒，南戒和北戒，唐释一行提出我国地理现象的特点。语见《新唐书·天文志》：“一行以为天下山河之象，存乎两戒。”北戒，相当于今青海、陕北、山西、河北、辽宁一线；南戒，相当于今四川、陕南、河南、湖北、湖南、江西、福建一线。诗中用来指明朝灭亡后，南北山河都已被清兵占领。眇愁予，使我发愁，语出屈原《九歌·湘夫人》：“目眇眇兮愁予。”　〔3〕“兰沧”句：兰沧，即澜沧江，我国西南地区大河之一。兰沧渡，《华阳国志》云：“孝武时，通博南山，渡澜沧水。人歌之曰：‘汉德广、关不宾。渡博南，越兰津。渡澜沧，为他人。’”诗中以孝武渡澜沧，借指南明桂王顺治十六年（1659）兵败，自云南逃奔缅甸，而清兵则于顺治十八年入缅甸，捕获桂王，送至吴三桂营。　〔4〕“且坐”句：子胥，春秋时吴国大将伍子胥。据《吴越春秋》载：“越王葬文种于国之西山。葬一年，伍子胥从海上穿山胁而持种去，与之俱浮于海，故前潮水为伍子胥，后重水为大夫种。”这里以伍子胥借指瞿式耜。

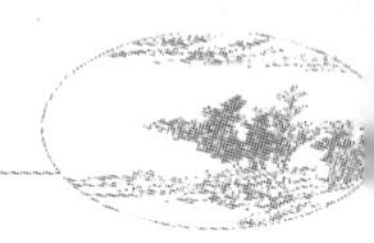

其十一

魂衣篝缕刻分毫[1]，深目鸢肩见二毛[2]。
麟阁即图词可继[3]，宗臣遗像肃清高[4]。

注释

〔1〕“魂衣”句：篝缕（góu lǚ），丝线。宋玉《招魂》：“秦篝齐缕，郑绵络些。”王逸注曰：“篝络，缕线也。绵，缠也。络，缚也。言为君魂作衣，乃使秦人织其篝络，齐人作彩缕，郑国之工缠而缚之，坚而且好也。”此处指瞿式耜塑像所穿之衣。刻分毫，塑像刻划得分毫逼真。 〔2〕“深目”句：鸢肩、双肩上耸如鸢。二毛，人老头发斑白，以此成为头白的代称。 〔3〕“麟阁”句：麟阁，麒麟阁，汉阁名，在未央宫内。汉宣帝时画功臣霍光等十一人图像于阁。柳宗元《南府君睢阳庙碑》：“洛阳城下，思乡之梦傥来；麒麟阁中，即图之词可继。” 词可继，《汉书·赵充国传》：“成帝时，西羌尝有警，上思将帅之臣，追美充国，乃召黄门郎扬雄即充国图画而颂之。”颜师古注曰：“即，就也。于画侧而书颂。”意即瞿式耜也值得在塑像旁书诗文歌颂。〔4〕宗臣：人所宗仰的大臣。此句指瞿式耜为后世宗仰和爱载，表达其对弟子的崇敬之情。

其十二

真王异姓指河山[1]，箫鼓丛祠报赛间[2]。
咫尺灵飞催后命[3]，红云仍押祝融班[4]。

注释

〔1〕真王异姓：真王，天子，指桂王朱由榔。异姓，旧称与皇帝姓氏不同正式受封的人。诗中指瞿式耜。桂王封其为临桂伯。王侯、侯伯，性质相近。指河山，谓指河山起誓。汉初封诸侯王时，有“使黄河如带，泰山若砺，国以

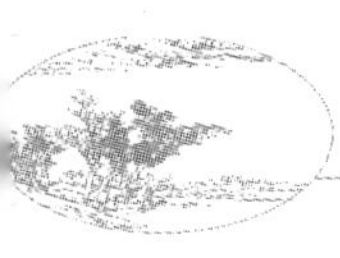

永存，爰及苗裔”的誓词，见《史记·高祖功臣侯者年表》。 〔2〕“箫鼓”句：箫鼓，吹箫击鼓。丛祠，祠庙。报赛，古代农事完备后举行的祭祀。写迎神祭社的盛况。 〔3〕“咫尺”句：咫尺，极近。灵飞，道教书有《灵飞经》。《汉武内传》：“上元夫人曰：‘求道益命，千端万绪，皆须五帝六甲灵飞之术，六丁六壬名字之号，得以请命益算，长生久视，驱策众灵，役使百神者也。”这里指天帝神灵。后命，谓天帝还有续发的诏命。 〔4〕“红云”句：红云，用苏轼《上元侍饮楼上》诗：“一朵红云捧玉皇。”以此指瞿式耜一片报国丹心，化为红云。亦语意双关，明帝朱姓即红，谓忠于明朝之心。祝融，神话传说中南方之帝。押，带领百官。班，朝班，百官在朝见皇帝时排列次序。桂王朝建于南方，瞿为首辅，故云“押祝融班”。诗里说“仍”，谓瞿生前为百官之首，死后还领南方天帝（隐指明帝）朝班，表现作者忠心桂王朝及对其思念。

金陵秋兴八首次草堂韵 乙亥七月初一日作

其　一

龙虎新军旧羽林〔1〕，八公草木气森森〔2〕。
楼船荡日三江涌〔3〕，石马嘶风九域阴〔4〕。
扫穴金陵还地肺〔5〕，埋胡紫塞慰天心〔6〕。
太白乐府诗云：“悬胡青天上，埋胡紫塞旁。”
长干女唱平辽曲〔7〕，万户秋声息捣砧〔8〕。

题　解

秋兴八首，杜甫诗歌名，为其七律中登峰造极之作。草堂，指杜甫，他入川居成都浣花草堂，故以草堂称之。乙亥，应为“己亥”之误，或有意误写，淆乱视线。此诗作于顺治十六年己亥（1659）七月，郑成功、张煌言率水师入长江进攻金陵之际。形式上步和杜

甫《秋兴八首》诗，共十三叠，加上前后自题诗共一百零八首，曾编为《投笔集》上、下卷。因清廷移师云贵，后方空虚，江南人心思明，松江提督马进宝等经游说策反，袖手旁观，郑成功等进军极为顺利，迅速到达金陵城下，胜利在即，中兴可望，钱谦益满怀喜悦之情，为其吹响号角，唱起嘹亮的中兴凯歌。连横《台湾诗乘》云："咏延平（按，郑成功）北征之事。"

注 释

〔1〕"龙虎"句：龙虎军，左右龙武军，唐睿宗时所置，武即虎，唐祖讳虎，故称龙武。羽林，禁军。汉武帝时置建章营骑，后更名羽林，羽喻猛禽，林喻多。诗中用来指郑成功率领的水军。南明弘光亡后，郑成功随父郑芝龙拥戴唐王，建元隆武。隆武帝赐成功朱姓，封御营中军都督。隆武灭后，成功拒降，组织抗清水师，遥尊桂王，继续斗争。顺治十六年发动进攻金陵的军事之役。此即诗中"新""旧"。　〔2〕"八公"句：八公草木，出自《晋书·符坚传》："坚与符融登城而望王师，见部伍整齐，将士精锐，又望八公山上，草木皆类人形，顾谓融曰：'此亦勍敌也，何谓少乎？'"森森：繁密严整。用来比喻郑成功水师的军威声势。　〔3〕"楼船"句：楼船，大的兵船，上架楼。汉有楼船将军。三江，说法不一，此指长江。　〔4〕"石马"句：石马，南京孝陵前石马。语出昭陵六马之典，唐太宗昭陵旁，有仿太宗生前坐骑雕成六匹石马，据传安禄山叛，唐兵败，见黄旗军数百队，与贼军战，不胜而退。后昭陵吏上奏，说是日昭陵石马流汗，见《安禄山事迹》。嘶风，形容马迎风发出的叫声。九域，九州，指整个中国。　〔5〕"扫穴"句：扫穴，扫荡敌人的巢穴。地肺，古称金陵为地肺。　〔6〕"埋胡"句：埋胡，指消灭清政权。胡，我国古代对北方边地及西域各族的称呼，诗中指清。紫塞，北方边塞。崔豹《古今注·都邑》："秦筑长城，土色皆紫，汉塞亦然，故称紫塞焉。"　〔7〕"长干"句：长干，古里巷名，在南京市。辽，指清。　〔8〕捣砧（zhēn）：砧，捣练石。捣练是古代制衣的一个步骤，古诗中常指准备赶制寒衣，寄给远方征人。

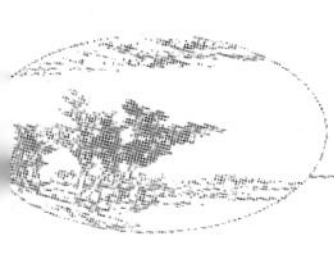

杜甫《秋兴八首》:“寒衣处处催刀尺,白帝城高急暮砧。”意即战事将要结束,无须赶制寒衣,寄给远方征人了。

其　二

杂虏横戈倒载斜[1],依然南斗是中华[2]。
金银旧识秦淮气[3],云汉新通博望槎[4]。
黑水游魂啼草地[5],白山新鬼哭胡笳。
十年老眼重磨洗[6],坐看江豚蹴浪花。

注　释

〔1〕“杂虏”句:杂虏,清朝军队,除满洲八旗兵外,还有北方其他少数民族士兵,故以杂名之。横戈倒载斜,形容战败后武器狼藉满地。　〔2〕南斗:星宿名。诗中借指中国南方。　〔3〕“金银”句:许嵩《建康实录》:“秦始皇三十七年东巡,自江乘渡,望气者云:‘五百年后,金陵有天子气。’因凿钟阜,断金陵长陇以流,至今呼为秦淮。”又用杜甫《题张氏隐居》诗:“不贪夜识金银气。”此句之意是要在金陵奠都,复明故国。　〔4〕“云汉”句:云汉,银河。　博望槎,张骞汉封博望侯。张骞出使西域,乘槎探河源,见有丈夫饮牛河渚,并有女子授以支机之石,遂以为到了天河。槎,竹木筏。这句是指张煌言的先锋部队已取长江上游的徽州、宁国等地。　〔5〕“黑水”二句:黑水白山、黑龙江、长白山,清朝先祖发源之地。据《新唐书》载,在唐代,黑水靺鞨数十部,“居骨之西北曰黑水部,粟末之东曰白山部”。是满族的来源。这二句写想象中清兵惨败的景象。　〔6〕“十年”句:钱谦益于顺治四年丁亥(1647)入南京狱,时六十六岁,至己亥年(1659)七十八岁,事隔十二年,取整数即十年。

后秋兴之二 八月初二日闻警而作

其　一

王师横海阵如林[1]，士马奔驰甲仗森[2]。
戒备偶然疏壁下[3]，偏师何意溃城阴[4]。
凭将按剑申军令[5]，更插靴刀警士心[6]。
野老更阑愁不寐，误听刁斗作秋砧[7]。

题　解

钱谦益第一组诗题标“金陵”，突出夺取南都、奠鼎金陵之意。而从第二组起改为《后秋兴》。郑成功战术上的错误和轻敌受诈，使军事进攻受挫，乃至功败垂成，损失惨重，以至一触即溃，节节败退，最终决定收复海峡对面台湾以为基地。钱谦益深为痛惜，已觉大势将去，明朝气数已到了尽头，故国沦亡，心灯澌灭，遂将其和诗改为《后秋兴》。这一组诗是听到兵败城下的失利警报后而作。

注　释

〔1〕“王师”句：王师，帝王军队。　阵如林，阵地如林，极言其多。此指郑成功率领的军队。　〔2〕“士马”句：甲仗，披甲执兵的卫士。森，即森森。见前第一和诗之一的注释[2]。　〔3〕“戒备”句：戒备，警戒预备。疏，疏忽，粗心大意。壁下，军垒，作为进攻或退守的工事。　〔4〕“偏师”句：偏师，指主力以外的部分军队。溃（kuì），溃散，失败。城阴，城下。〔5〕“凭将”句：凭将，依托，凭仗。按剑，以手抚剑。　〔6〕靴刀：见前《雪中杨伯祥馆丈过访山堂即事赠别》注释[2]。　〔7〕“误听”句：刁斗，古代行

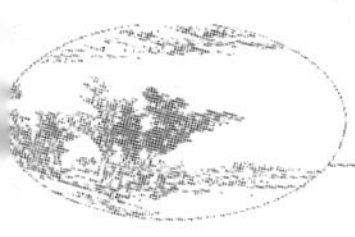

军用具。秋砧,见前第一和诗之一的注释[8]。

其　四

由来国手算全棋[1],数子抛残未足悲[2]。
小挫我当严儆候[3],骤骄彼是灭亡时[4]。
中心莫为斜飞动[5],坚壁休论后起迟[6]。
换步移形须着眼[7],棋于误后转堪思。

注　释

〔1〕"由来"句:由来,自始以来,历来。此诗以棋为喻,勉励郑成功莫为小的挫折动摇,应当再接再厉。其中心内容是不为一时失利灰心泄气,要吸取教训,鼓舞士气,严阵以待,最后转败为胜,夺取金陵。　〔2〕抛残:丢弃,扔掉。　〔3〕严儆(jǐng)候:儆候,犹戒备。意即高度的警戒防备。〔4〕骤骄:突然骄傲。指清军因一时胜利狂妄自大。　〔5〕"中心"句:中心,即心中。斜飞,下围棋术语。见前《后观棋绝句六首》之四注释[1]。其意是不要被非主力部队的暂时失利而发生动摇。　〔6〕"坚壁"句:坚壁,加固防御工事,准备与敌人再战。后起,后来转为胜利。　〔7〕"换步"句:换步移形,形容变化多端,出奇制胜。着眼,入眼,看在眼里。

其　五

两戒关河万里山[1],京江天堑屹中间[2]。
金陵要奠南朝鼎[3],铁瓮须争北固关[4]。
应以缕丸临峻坂[5],肯将传舍抵孱颜[6]。
荷锄父老双含泪,愁见横江虎旅班[7]。

注释

〔1〕两戒:北戒、南戒。见前《迎神曲十二首》之十注释〔2〕。 钱谦益于此诗向郑成功献计出策,把镇江及其北固山控制在手,切断江上和陆地的交通要道,再乘势追剿,扩大战绩,以此鼓舞官兵的斗志,稳扎稳打,就会形势转变,实现奠都金陵的预期目标。 〔2〕京江:长江下游称扬子江,亦名京江。见前《冬至后京江舟中感怀八首》之七注释〔1〕。 〔3〕奠南朝鼎:奠鼎,传说夏禹铸九鼎象征九州,历商至周,为传国重器,置于国都,后以定都或建立王朝为"奠鼎"。南朝鼎,建立划江而治的南明。 〔4〕"铁瓮"句:铁瓮,镇江县子城。见前《冬至后京江舟中感怀八首》之七注释〔4〕。北固关,即北固山,在镇江市北。《南徐州记》:"城西北有别岭斗入江,三面临水,高数十丈,号曰北固。" 〔5〕"应以"句:缕(lǚ)丸,用线绕成圆丸,与泥丸义同。峻坂,陡坡。以坂上走丸喻乘势进攻,速战速胜。 〔6〕"肯将"句:传(zhuàn)舍,古时供来往行人休止住宿的处所。《汉书·郦食其传》颜师古注曰:"传舍,人所止息,前人已去,后人复来,转相传也。"抵,相当,能代替。孱(chán)颜,同"巉岩",高峻貌。此句的意思是再将"传舍"的住宿之所构筑深沟堑壕,建立严密防守的工事。 〔7〕虎旅:虎贲氏与旅贲氏并称,两者均掌王之警卫。后因以"虎旅"为卫士之称。张衡《西京赋》:"陈虎旅于飞廉,正垒壁乎上兰。"此处虎旅班,指勇猛的军队,亦即郑成功率领的水师。

后秋兴之三 八月初十日小舟夜渡惜别而作

其 三

北斗垣墙暗赤晖〔1〕,谁占朱鸟一星微〔2〕。
破除服珥装罗汉〔3〕,自注:姚神武有先装五百罗汉之议,内子尽橐以资之,始成一军。
减损虀盐饷佽飞〔4〕。

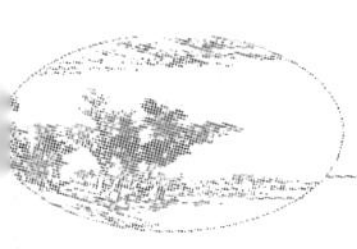

娘子绣旗营垒倒[5]，自注：张定向谓阮姑娘，吾当派汝抱刀侍柳夫人。阮喜而受命。舟山之役，中流矢而殒，惜哉。

将军铁稍鼓音违[6]。自注：乙未八月神武血战死崇明城下。

须眉男子皆臣子，秦越何人视瘠肥[7]？

自注：夷陵文相公来书云云。

题　解

郑成功从江上撤退，钱谦益也打算随军入海，这组诗即是写给柳如是的告别诗，从回忆崇祯十三年结为夫妻起，历数她的才华勇略，故国之情和复明之志，此刻难分难离，等于死别。也说明他与柳如是商定，这次要随军，参与海上斗争，故结集时命名《投笔集》，取自班超投笔从戎之意。钱氏只把《后秋兴之三》放入《有学集》卷十，即使《投笔集》未能流传于后世，也可从中窥见复明活动的蛛丝马迹。

注　释

〔1〕“北斗”句：北斗，北斗七星，指向北方。垣墙，院墙，围墙，可引申为长城。北斗垣墙，隐指清朝。赤辉，红色日光，指明朝。〔2〕“谁占”句：占，占卜，用来预知吉凶。朱鸟，星宿名，南方朱鸟七宿的总称。沈括《梦溪笔谈》：“天文家朱鸟，乃取象于鹑。故南方朱鸟七宿，曰鹑首。鹑火、鹑尾是也。”指柳如是以占卜预测郑成功抗清斗争成败，表现其关心国家大事的情怀。〔3〕“破除”句：破除，耗费用尽。服珥（ěr），穿戴的金银首饰。珥，珠玉所做耳饰，也叫“瑱”、“珰”。据自注姚志卓率领的抗清队伍，是借助柳如是捐赠妆奁中珠玉耳饰等橐资以成。　　〔4〕“减损”句：减损，减少。虀（jì）盐，素食，指过清苦生活。饷（xiǎng），军粮，也作“馕”、“饟”，后泛指军队俸给为饷。佽飞，见前《左宁南画像歌为柳敬亭作》注释[15]，这里指军队的士兵。

〔5〕“娘子”句：娘子，妇女通称。从自注看出，是指南明隆武时定西侯张名振的参将阮姑娘。营垒倒，军营中构筑壁垒倒塌，喻战死。 〔6〕“将军”句：将军，即姚志卓，南明隆武朝封仁武伯，诗下自注“神武”，即仁武音伪。铁稍（shuō），铁槊。违，离开，引申战死。 〔7〕“秦越”句：秦越，春秋时秦、越两国，一在西北，一在东南，相去极远，故言疏远者常以秦越作比喻。韩愈《诤臣论》：“今阳子在位不为不久矣，而未尝一言及于政，观政之得失，若越人视秦人之肥瘠，忽焉不加喜戚于其心。”瘠肥，瘦弱与肥胖。诗末文相公，指文来之，夷陵（今湖北宜昌）人。

其　四

闺阁心悬海宇棋[1]，每于方罫系欢悲[2]。
乍传南国长驱日[3]，正是西窗对局时[4]。
漏点稀忧兵势老[5]，灯花落笑子声迟。
还期共覆金山谱[6]，桴鼓亲提慰我思[7]。

注　释

〔1〕心悬海宇：即心怀天下。此诗写柳如是是位巾帼女英，在反清复明运动中不让须眉，不仅用占卜预测义师的利钝成败，为其欢喜忧悲，还在郑成功入江未能速战夺取金陵、师老势衰时，直欲做一梁红玉，援桴击鼓，激励军民夺取胜利，具有不同凡响的勇略。 〔2〕“每于”句：方罫（guǎi），棋盘上的方格。意即以下围棋占卜吉凶。 〔3〕南国长驱日：指清顺治四年（1647），黄毓琪起兵海上，自舟山出发，谋复常州的反清活动。〔4〕“正是”句：写钱谦益和黄琉琪取得联系，资助义师，还让柳如是亲赴海上犒师。 〔5〕“漏点”句：漏点，计时漏壶滴下的水点。老，指士气衰落不振。写柳如是因郑成功未能速战速胜，使师老势衰而忧虑不安。 〔6〕金山，山名，见前《冬至后京江舟中感怀八首》之七注释[5]。 〔7〕桴鼓：擂响战鼓。这二句表现柳如是欲以梁红玉为榜样的英姿。

后秋兴之四 中秋夜江村无月而作

其　四

身世浑如未了棋，桑榆策足莫伤悲[1]。
孤灯削柹丸书夜[2]，间道吹箫乞食时[3]。
暮雨芦中双桨急[4]，月明江上片帆迟。
荒鸡唤得谁人舞[5]，只为衰翁搅梦思。

题　解

这是第四组诗。第一、二叠以郑成功复明水师为写作主线，经第三叠赋别柳如是转折过渡，至本组诗起一变为以作者自我为主线，抒其入清后二十年的亡国之痛、降清之辱，及旧巢已毁、新枝难栖的失落感，和以桑榆之年策足复明，从受命永历时的欢欣鼓舞到完全绝望、无所寄托，堕入人生悲剧的深渊，感情和思想的演进均可一一按诗而数。这使《投笔集》既是"明清之诗史"（《柳如是别传》），又是"思欲晚盖"（归庄《祭钱牧斋先生文》），以期世人谅解的心史。

注　释

〔1〕"桑榆"句：桑榆，用"失之东隅，收之桑榆"典，见《后汉书·冯异传》。比喻先负后胜，先失败后成功。策足，骑乘牲口代步赶路。

〔2〕"孤灯"句：削柹（shì），古时以木为牍，削牍所弃木皮叫削柹。《后汉书·杨由传》："又有风吹削哺。"注："哺，当作柹。"丸书，封闭严密的书札，即蜡丸。《通鉴》："颜真卿以蜡丸达表于灵武。"此指顺治六年钱谦益给瞿留守送

去一封密信，为南明军事行动进行策划。　〔3〕“间道”句：间道，小路。《汉书·高帝纪》：“从间道走军。”颜师古注曰：“间，空也。从空隙而行，不公显也。”　吹箫，用伍子胥吴市吹箫乞食事。见前《书夏五集后示河东君》注释[2]。此句指顺治七年钱谦益游说马进宝事。　〔4〕“暮雨”二句：指钱谦益于顺治十六年八月小舟夜渡赴郑成功军营商量，帮助策划军事事。作者曾在第八首诗里“自注：梦度险岸，劣容脚指，江乡夜行，光景宛然”。〔5〕荒鸡：野外之鸡。其典见前《东归漫兴六首》之二注释[7]。

后秋兴之六 九月初二日泛舟吴门而作

其　四

棋罢何人不说棋，闲窗覆较总堪悲[1]。
故应关塞苍黄候[2]，未是天公皂白时[3]。

自注：宋《天文志》：“庾翼与兄冰书云：岁星犯天关，江东无他故，而石虎频年问关，此复是天公愦愦，无皂白之征也。”

火井角茫长焰焰[4]，日宫车辇每迟迟[5]。
腐儒未谙楸枰谱[6]，三局深惭厘帝思[7]。

题　解

此录第四首，回忆顺治六年(1649)作者曾给留守桂林瞿式耜一封密信，全文载于瞿式耜上桂王《报中兴机会疏》里。金鹤冲于年谱里说：“九月二日泛舟吴门，作《后秋兴》云：腐儒未谙楸枰谱，三局深惭厘帝思。按：此即指己丑与瞿留守书所论三局，留守入以告帝，壬辰之秋，帝命先生联络东南”。这应是钱氏晚年参加抗清活动最有力的一个证据。

注 释

〔1〕覆校，重新查核。〔2〕苍黄：即苍凉，凄惨悲凉。喻指明朝已灭，清朝统治全国。〔3〕皂白：皂，黑。皂白，黑白。意即老天黑白不分。〔4〕"火井"句：火井，产可燃气之井。古多用以煮盐，又称盐井。四川有火井，在临邛县西南。角芒，即锋芒、光芒。此处用来喻意农民起义军以永历六年（顺治九年，1652）夺取桂林事。〔5〕"日宫"句：日宫，指京都。封建帝王以日比己，所居之地为日宫。车辇，车驾。此句用来比喻南明永历帝的小朝廷节节败退。〔6〕"腐儒"句：谙（ān），熟悉。楸（qiū）枰，棋盘，古代多用楸木做成，故名。〔7〕"三局"句：钱谦益的密信是以"楸枰三局"为喻，有"全着"，是占据湖北襄阳、荆州两地，巩固江南根本。"要着"，是出兵巴蜀，上控关陇，下掇荆襄，以湖南为驻跸之地。最后是"急着"，用来挽救目前危局，策划清军将领倒戈，壮大力量。如后来的金华之行，即是钱谦益以"急着"实行的一步棋子。廑（jǐn），通廑，殷勤。

后秋兴之十二 壬寅三月二十日以后，大临无时，啜泣而作

其 四

百神犹护帝台棋〔1〕，败局真成万古悲。
身许沙场横草日〔2〕，梦趋行殿执鞭时〔3〕。
忍看末劫三辰促〔4〕，苦恨孤臣一死迟。
惆怅杜鹃非越鸟〔5〕，南枝无复旧君思。

题 解

壬寅，康熙元年（1662）。大临，聚哭告哀。啜（chuò）泣，抽噎，饮泣。这年郑成功已去了台湾，南明桂王被缅人俘虏，献于吴

三桂，杀害于昆明，抗清斗争全然失败。听到这些传言和消息，钱谦益痛苦异常，明祚已灭，着着输尽，抚摸身上的累累伤痕，悔恨、孤独、失落，是贯穿这组诗的一条情感线索。

注释

〔1〕帝台棋：神名。《山海经·中山经》："苦山之首，曰休与之山，其上有石焉，名曰帝台之棋。五色而文，其状如鹑卵。"注："帝台，神人名。"〔2〕横草：谓军队行于草野，使草倒伏，用来比喻功劳极为轻微。《汉书·终军传》："军自请曰：军无横草之功，得列宿卫，食禄五年。"注："言行草中，使草偃卧，故云横草也。" 〔3〕"梦趋"句：行殿，皇帝行幸时所住宫殿。执鞭，执鞭驾车。旧多指操贱役，此处表示甘心为明朝服务。 〔4〕"忍看"句：末劫，佛教语。谓末法之劫，有饥馑、疾疫、刀兵等祸，借指黑暗乱世。三辰，日、月、星。 〔5〕"惆怅"句：杜鹃，杜宇。见前《西湖杂感二十首》之一注释〔21〕。越鸟，南方之鸟，见前《金陵杂题绝句二十五首，继乙未春留题之作》之六注释〔3〕。均用来表达思念故国。

后秋兴之十三 自壬寅七月至癸卯五月，伪言繁兴，鼠忧泣血，感恸而作，犹冀其言之或诬也。

其 二

海角崖山一线斜〔1〕，从今也不属中华〔2〕。
更无鱼腹捐躯地〔3〕，况有龙涎泛海槎〔4〕？
望断关河非汉帜〔5〕，吹残日月是胡笳〔6〕。
嫦娥老大无归处〔7〕，独倚银轮哭桂花〔8〕。

题 解

壬寅至癸卯,康熙元年至二年(1662—1663)。鼠忧,鼠通瘋,忧惫之病。《诗·小雅·正月》:“哀我小心,瘋忧以痒。”毛传:“瘋、痒,皆病也。”钱谦益在家乡常熟听到有关桂王种种说法,尽管还抱着流言不实的侥幸心理,但又不能不闻而忧思泣血,将君死国亡之悲愤发泄于诗。末尾借嫦娥悲剧摅其走投无路,悲痛欲绝之心情,嫦娥所哭之桂树尚能随砍随合,而桂王则死而不能复生,其亡国亡君的孤寂无主更甚于嫦娥,实为可哀也。

注 释

〔1〕海角崖山:指广东新会南海中崖山,为扼守南海的门户。南宋末左丞相陆秀夫与张世杰奉赵昺为帝坚守于此,作为抗元的最后据点,但仍被攻陷,陆秀夫背负赵昺沉海而死,南宋彻底灭亡。 〔2〕中华:指华夏族的国土。 〔3〕鱼腹捐躯:为国而死处所。屈原“宁赴湘流,葬于鱼腹之中。”(《楚辞·渔夫》),或陆秀夫与赵昺沉海“鱼腹葬君臣”。(方回挽诗)〔4〕“况有”句:龙涎,即龙涎屿。《星槎胜览》:“龙涎屿,望之峙南巫里洋中海面,至春闲群龙来集于上,交戏而遗涎沫,番人驾独木舟,登此采归。”海槎,独木舟之类的船。以此比喻清军海船在南海上进行掠夺。 〔5〕汉帜,即汉赤帜。见前《题淮阴侯庙》注释[5]。汉帜为华夏族的象征。〔6〕“吹残”句:日月,合字为明,即明朝。胡笳,原指少数民族乐器,此比喻清廷以武力进行征服。 〔7〕嫦娥老大:喻自己,年已老大,时过八旬。罗浮《咏月》诗:“嫦娥老大应惆怅,倚泣苍苍桂一轮。” 〔8〕“独倚”句:银轮,月亮。桂花,月中桂树。典故见前《桂殇四十五首》之十三注释[3]。此以“桂花”比喻杀害于昆明的南明桂王朱由榔。

其 四

自古英雄耻败棋,靴刀引决更何悲[1]?

君臣鳌背仍开国[2]，生死龙湖肯后时[3]。
事去终嗟浮海误[4]，身亡犹叹渡江迟[5]。
关张无命今犹昔[6]，筹笔空烦异代思[7]。

注释

〔1〕引决：自裁、自杀。清廷为扑灭海上斗争，实行“平海五策”，将山东、江、浙、闽、粤沿海居民内迁，割断与海上的一切联系，郑成功转而收复台湾。这使内地遗民大失所望，又随着入台不久病逝，抗清败局已定，作者心灯澌灭，哀苦之情不绝。此诗即是感叹郑成功终因台湾误了大事，即便身亡时后悔又有何用！这是当时遗民共同心理。　〔2〕鳌（áo）背：鳌，传说海中大龟。鳌背，借指孤立于海中台湾。　〔3〕龙湖：即龙湖之痛，可泛指丧亲悲痛。《汉书·郊祀志上》：“黄帝采首山铜，铸鼎于荆山下。鼎既成，有龙垂须髯下迎黄帝。……百姓仰望黄帝既上天，乃抱其弓与龙髯号。”此句意即为郑成功暴卒于台湾，以及支撑永历政权的农民军李定国辞世而悲痛。
〔4〕“事去”句：嗟，慨叹。浮海，乘船在海上行，意即去了台湾。　〔5〕“身亡”句：身亡，康熙元年（1662）郑成功在台湾逝世。渡河，用宗泽典。《宋史·宗泽传》：“时泽忧愤，疽发于背，无一语及家事，但呼过河者三而卒。”郑成功临终则抓破脸面，大呼“我无面目见先帝及思文帝（按，崇祯帝）”。
〔6〕关张：关羽和张飞。李商隐《筹笔驿》诗：“管乐有才终不忝，关张无命欲何如？”用来比拟郑成功、李定国。　〔7〕筹笔：筹笔驿，古驿名，在四川省广元县北，亦称朝天驿。相传三国时蜀相诸葛亮出师运筹于此。李商隐有《筹笔驿》诗咏之。

吟罢自题长句拨闷二首 壬寅三月二十九日

其　二

不成悲泣不成歌，破砚还如墨盾磨[1]。

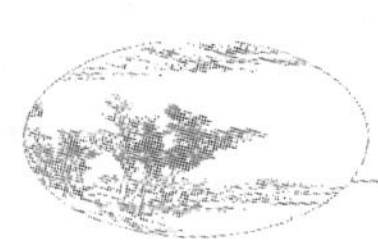

拌以余生供漫兴[2],欲将秃笔扫群魔。
途穷日暮聊为尔[3],发短心长可奈何[4]。
赋罢无衣方卒哭[5],百篇号踊未云多[6]。

题　解

此诗是《后秋兴之十二》后附录二首,选一首。钱谦益次杜甫《秋兴八首》诗韵,一和再和,而至于十三,是大型的组诗。利用次韵,每叠写八首,反复申写一个意象,赋物抒怀,随韵写志,十三和诗每一组有一组意境,一韵有一韵的情怀,好比十三根经线八支纬线相互交叉,结构极为严密和稳定。只是在十二叠后有所变化,感到意犹未尽,附加二首"长句",用来解闷排忧,表达处在日暮穷途人老心长之时"言为不逊"之情。

注　释

〔1〕墨盾磨:在盾牌上磨墨。见前《奉酬山海督师袁公兼喜关内道梁君将赴关门二首》之一注释[4]。　〔2〕"拌以"句:拌(bàn),搅和。漫兴,谓率意作诗,不刻意求工。　〔3〕"途穷"句:途穷日暮,秦汉前习用语,谓日景已暮而行程尚远,比喻力竭计穷。《史记·伍子胥传》:"为我谢申包胥:'吾日暮途远,吾故倒行而逆施之。'"　聊为尔,暂且这样做。　〔4〕发短心长:喻年老而智谋深。《左传·昭公三年》:"齐侯田于莒,卢蒲嫳见,泣且请曰:'余发如此种种,余奚能为。……(公)欲复之,子雅不可,曰:'彼其发短而心甚长,其或寝处我矣。'"　〔5〕无衣:《诗·秦风》篇名。《左传·定公四年》:"申包胥如秦,乞师秦哀公,为之赋《无衣》。"　〔6〕号踊(yǒng):号哭顿足。

癸卯中夏六日重题长句二首

其　二

百篇学杜拟商歌[1]，墨渖频将渍泪磨[2]。
世难相寻如鬼疰[3]，国恩未报是心魔[4]。
射潮霸主吾衰矣[5]，观井仙人奈老何[6]。
取次长谣向空阔[7]，江天云物为谁多。

题　解

癸卯中夏六日，康熙二年（1663）农历五月六日。中夏，夏季第二月，即五月。这两首诗是总结诗，选其二。《投笔集》始作于顺治十六年，终于康熙二年，历时五载，但联结紧密，似一气呵成，且沉郁苍凉，圆熟浑成，是明清之际少有其比的鸿篇巨制。陈寅恪高度评价说："《投笔集》诸诗，摹拟少陵，入其堂奥，自不待言，且此集牧斋诗中颇多军国之关键，为其所身预者，与少陵之诗仅为得诸远道传闻及追忆故国平居者有异。故就此而论，《投笔》一集实为明清之诗史，较杜陵尤胜一筹，乃三百年来之绝大著作也。"（《柳如是别传》），写完《投笔集》，钱谦益已八十二岁，次年便病逝，这是其最后一个诗歌结集。

注　释

〔1〕"百篇"句：拟商歌，模仿《诗》中《商颂》，写作故宫禾黍的亡国悲歌。见前《次韵答皖城盛集陶见赠二首》之一最后二句。　〔2〕"墨渖"句：墨渖，墨汁。　渍（zì）泪，浸泡泪水。　〔3〕鬼疰（zhù）：鬼病，难以告人的怪

病。疰，病名，久治不愈的慢性传染病中一种。　〔4〕心魔：即心魔贼。佛教语，烦恼魔也。烦恼之恶魔能贼害世出世间之善法，谓之心魔贼。借以表示报国之心未泯。　〔5〕射潮霸主：指吴越王钱缪射潮筑塘事。见前《丙申重九海上作四首》之二注释〔7〕。　〔6〕观井仙人：用彭祖故事。苏轼《代滕甫论西夏书》："俗言彭祖观井，自系大木之上，以车轮覆井，而后敢观。"彭祖即篯铿，为钱氏有姓之祖。见前《伏波弄璋歌六首》之六注释〔4〕。这两句都是作者自指。　〔7〕"取次"句：取次，任意，随便。长谣，指作者所写次《秋兴八首》诗一百零四首，加上自题诗四首，共一百零八首，编为《投笔集》，成为明清以来用七律诗所写的最大组诗。

病榻消寒杂咏四十六首

其　九

词场稂莠递相仍〔1〕，嗤点前贤莽自矜〔2〕。
北斗文章谁比并〔3〕，南山诗句敢凭陵〔4〕。
昔年蛟鳄犹知避〔5〕，今日蚍蜉恐未胜〔6〕。
梦里孟郊还拊手〔7〕，千秋丹篆尚飞腾〔8〕。

题　解

钱谦益于诗前有说明，云："癸卯冬，苦上气疾，卧榻无聊，时时蘸药汁写诗，都无伦次。升平之日，长安冬至后，内家戚里，竞传《九九消寒图》，取以铭诗，志《梦华》之感焉。"这一组诗作于钱谦益去世前一年即康熙二年(1663)冬天，卧病床上，回顾平生，追思往事。虽然此时九九消寒的风俗犹存，但人事全非，引起不尽的"梦华"，亦即隔世之感，只有用梦来慰藉痛苦不堪无所归依的灵魂，咀嚼命运的况味，充满感伤和幻灭的色彩。诗从追忆五六岁至

到八十馀岁，陆陆续续，记梦写梦，既是以诗写的自传，历叙主要生平，回味人生，带有总结性，又是对人生如梦的虚幻易变和明清两代从个人角度所作的历史思考和自我反省，堪称他的绝笔之作。

注释

〔1〕“词场”句：词，犹文坛。稂莠（láng yǒu），两种有害禾苗的杂草。递（dì），传送。相仍，相继，连续不断。此诗写其骄人的文学成绩，无论是文学创作，还是理论批评，都有总结明代、开创清代的价值和意义。他以韩愈自比，是领袖文坛的盟主，承上启下，继往开来，衣被一代，是他可以告慰人生的丰碑。　〔2〕“嗤点”句：嗤点，见前《姚叔祥过明发堂共论近代词人戏作绝句十六首》之二注释〔1〕。莽，鲁莽，冒失。自矜，自夸。　〔3〕“北斗”句：北斗文章，比喻其文受人敬仰。《新唐书·韩愈传》：“自愈没，其学盛行，学者仰之如泰山北斗。”比并，相比。　〔4〕“南山”句：南山，指韩愈《南山诗》，用汉赋排比铺张手法，搜罗奇字硬语、押险韵，一韵到底，连用带“或”字的诗句五十一个，叠字诗句十四个，描述终南山四时景色变化和各种形态的山势，是韩愈奇崛险怪，以学问为诗的代表作。凭（píng）陵，侵凌，进逼。
〔5〕蛟鳄：蛟龙和鳄鱼，水中猛兽。　〔6〕蚍蜉（pí fú）：大蚂蚁。韩愈《调张籍》诗：“蚍蜉撼大树，可笑不自量。”　〔7〕“梦里”句：孟郊（751—814）字东野，湖州武康（今浙江）人。近五十岁中进士，任溧阳县尉。一生困顿，与韩愈交谊密切，为韩孟诗派，又与贾岛齐名，倡苦吟诗风。有《孟东野集》。拊（fǔ）手，拍手。《龙城录》：“退之常说少时梦人与丹篆一卷，令强吞之，旁一人抚掌而笑。觉后亦似胸中如物噎，数日方无恙，尚能记其上一两字，非人间书也。后识孟郊似与之目熟，思之，乃梦中旁笑者。信乎相契如此。”
〔8〕“丹篆”句：丹篆，指著述。用朱笔书写和精心为文。尚飞腾，还会飞起升腾。这是坚信自己文学成就会垂之不朽。

其十七

颂系金陵忆判年〔1〕，乳山道士日周旋〔2〕。

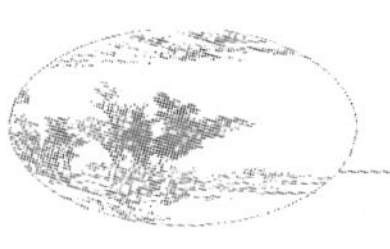

过从漫指龙门在[3]，束缚真愁虎穴连[4]。
桃叶春流亡国恨[5]，槐花秋踏故宫烟[6]。
于今敢下新亭泪[7]，且为交游一惘然[8]。

事俱戊子《秋槐集》。

注释

〔1〕“颂系”句：颂系，有罪入狱而不加刑具。《汉书·惠帝纪》：“有罪当监械者，皆颂系。”注：“颂读曰容。容，宽容之，不桎梏。”判年，半年。此诗回忆戊子（清顺治五年，1648）因反清活动入金陵狱事。　〔2〕乳山道士：林古度。见前《次韵茂之戊子秋重晤有感之作》[题解]。　〔3〕“过从”句：漫，随意。龙门，喻声望高的人。《后汉书·李膺传》：“膺独持风裁，以声名自高，士有被容接者，名为登龙门。”　〔4〕“束缚”句：束缚，拘限。　虎穴，虎之洞穴，比喻清廷牢狱。《汉书·酷吏传》：“尹赏修治长安狱，穿地方深各数丈，以大石覆其上，名为虎穴。”　〔5〕“桃叶”句：桃叶，即桃叶渡，又名南浦渡，在南京秦淮河。亡国恨，杜牧《泊秦淮》诗：“商女不知亡国恨，隔江犹唱后庭花。”　〔6〕槐花：槐树之花。见前《红豆树二十年复花……》之四注释[2]。　〔7〕新亭泪：国家沦亡的悲痛眼泪。见前《鸡人》注释[3]。　〔8〕惘（wǎng）然：失意貌，不知所以。

其十八

忠驱义敢国恩赊[1]，板荡凭将赤手遮[2]。
星散诸侯屯渤海[3]，飙回子弟走长沙[4]。
神愁玉玺归新室[5]，天哭铜人别汉家[6]。

一云“共和六载仍周室，章武三年亦汉家”。

迟暮自怜长塌翼[7]，垂杨古道数昏鸦。

记癸未岁与群公谋王室事。

注释

〔1〕“忠驱”句:忠驱义敢,意即感于忠义为所驱使,并报答国恩。 赊,赊欠,欠了国恩。此诗记钱谦益于明崇祯十六年癸未,在北都覆亡前夕,以一介文人,自诩知兵,但“赤手”无寸铁,欲有所作为,挽救明室危机,除了渴望起复任用,如他早已嘱望“屯渤海”的登莱巡抚,再就是联络握有兵权的武帅,如马士英,以及闽帅郑芝龙和驻守武昌的左良玉等,做一个拯世救时的乱世英雄,然而这一切努力都成了泡影。 〔2〕“板荡”句:板荡,指政局混乱和社会动荡,见前《西湖杂感二十首》之一[题解]。赤手,徒手。遮,摭挡,抵挡。 〔3〕“星散”句:屯(tún),聚集。渤海,渤海郡。今河北河间县以东,至沧县,北至京兆安次县,南至山东无棣县,皆其地。《后汉书·袁绍传》:“绍遂以渤海起兵,以从弟后将军术,冀州牧韩馥、豫州刺史孔伷、兖州刺史刘岱、陈留太守张邈、广陵太守张超、河内太守王匡、山阳太守袁遗、东郡太守乔瑁、济北相鲍信等同时俱起,众各数万,以讨卓为名。” 〔4〕“飙回”句:飙(biāo)回,喻动乱。《后汉书·光武纪赞》:“九县飙回,三精雾塞。”长沙,用吕温《题阳人城》诗:“忠驱义敢即风雷,谁道南方乏武才?天下起兵诛董卓,长沙子弟最先来。”此句指驻守武昌的宁南侯左良玉。 〔5〕“神愁”句:玉玺,皇帝的玉印。自秦以后,以玉为玺,为皇帝所专用,用以指皇位。新室,指关外满洲军事集团所建立的清朝。 〔6〕“天哭”句:铜人,见前《丙戌南还赠别故侯家妓人冬哥四绝句》之一注释[5]。 〔7〕塌(tā)翼:垂下双翅,喻失意困顿。

其二十二

中年招隐共丹黄[1],栝柏犹馀翰墨香[2]。
画里夜山秋水阁[3],镜中春瀑耦耕堂[4]。
客来荡浆闻朝咏,僧到支筇话夕阳[5]。
留却《中州》青简恨[6],尧年鹤语正悲凉[7]。

孟阳议仿《中州集》体例,编次本朝人诗。

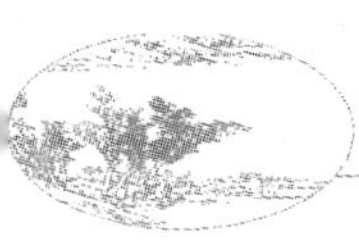

注 释

〔1〕“中年”句:中年,指明万历四十五年(1617)夏天,钱谦益35岁,因父丧丁忧,与嘉定程孟阳于虞山相遇订交,并有“栖隐之约”。招隐,招人归隐。丹黄,点校书籍,一般用两种颜色,以朱笔书写,如遇误字时则用雌黄涂抹。此诗写作者与程孟阳相处,徜徉山水,谈禅征道,过着幽深清远的林下生活。并由程孟阳提议以元好问《中州集》为例,他来选诗,钱谦益备史,两人在一起编辑明代诗人诗歌,选了三十家后因故搁置。易代后,至清顺治六年由作者昼夜赶工,独自编完《列朝诗集》并撰写全部小传,成为一部井中心史。 〔2〕栝(guā)柏:桧树与柏树。 〔3〕秋水阁:在钱谦益位于虞山西麓的乡下别墅“拂水山庄”,“水阁云岚”是其山庄八景之一。 〔4〕耦耕堂:为欢迎程孟阳到来,钱谦益构筑此堂、取《论语》“长沮、桀溺耦而耕”之意作堂名。“秋原耦耕”是山庄八景又一景。 〔5〕“僧到”句:支筇(qióng),即手杖。筇,竹名,可为杖,故杖也可叫筇。此意是携带手杖。 〔6〕“留却”句:却,副词,表示完成。留却,留下。杜甫《一百五日夜》诗:“斫却月中桂,清辉应更多。”中州,即元好问《中州集》,借以指以诗存史的《列朝诗集》。〔7〕尧年鹤语:用刘敬叔《异苑》事:“晋太康二年冬,大寒,南州人见一白鹤语于桥下曰:‘今兹寒,不减尧崩年也。’于是飞去。”此句以鹤寿长而知尧死之年,用来悲痛朱明王朝灭亡及以前的往事。

其三十三

老大聊为秉烛游[1],春春浑似在红楼[2]。
买回世上千金笑[3],送尽生年百岁忧。
留客笙歌围酒尾[4]。看场神鬼坐人头[5]。
蒲团历历前尘事[6],好梦何曾逐水流[7]。

追忆庚辰冬半野堂文讌旧事。

注释

〔1〕“老大”句：聊，姑且，勉强。秉烛游，即秉烛夜游，及时行乐。《古诗十九首》诗：“生年不满白，常怀千岁忧。昼短苦夜长，何不秉烛游？”钱谦益一生百不如意，心存大志，以宰相自许，却迭遭挫折，坎坷蹭蹬。只有柳如是到来，叫他喜出望外，极为得意，琴瑟和合，恩爱风流，抵得上二十馀年官场所受排挤与压抑，晚年更是志同道合，共同参加抗清复明活动，使他对这段姻缘十分惬意，甚至在易箦之际犹恋恋在口，与其生命共存。 〔2〕浑似：完全像。 〔3〕千金笑：即千金买笑。花费千金，买得一笑，谓不惜代价，博取美人欢心。鲍照《代白纻曲》诗：“千金顾笑买芳年。”此指柳如是。〔4〕“留客”句：笙歌，吹笙唱歌。围，环绕，围绕。酒尾，饮酒未了或即将终了。 〔5〕“看场”句：钱曾注云：“公云，文讌时，有老妪见红袍乌帽三神坐绛云楼下。”此即钱谦益正配陈夫人伙同诸妾，勾引妖尼在宅内装神弄鬼，以阻止迎娶柳如是。 〔6〕“蒲团”句：蒲团，用蒲编制圆垫，为僧人坐禅及跪拜时所用。历历，分明可数。前尘，即前生。尘，佛教语，佛教称人间为尘，如“尘世”、“凡尘”等。 〔7〕“好梦”句：此句是说与柳如是婚姻不会随水流去，将永远铭刻于自己心间。

其四十二

丈室挑灯饯岁馀[1]，披衣步屧有相於[2]。
诗诠丽藻金壶墨[3]，谓编次唐诗。
史覆神逵玉洞书[4]。余将定《武安王集》。
穷以文章为苑囿，老将知契托虫鱼[5]。
无终路阻重华远[6]，自合南村订卜居[7]。

除夜定远、夕公、遵王见过。

注释

〔1〕“丈室”句：丈室，长宽各一丈的房屋，喻狭小。 挑灯，点灯或拨动

灯芯使灯增亮。饯、送行。岁馀,一年将尽之时。此诗记录钱氏学术活动的一个侧面。他著述一生,孜孜不倦,于除夕之夜,还披卷挥毫,写作不停,撰著大量诗文史著,有《开国群雄事略》、《明史断略》、《列朝诗集》及小传,佛学《楞严蒙钞》等,对明清之际学术风尚和实学思潮有开辟路径之功,是可与"顾亭林处士及黄南雷先生"鼎足而三的学者(见阎若璩《潜邱札记》)。

〔2〕"披衣"句:步屟(xiè),散步。屟,木板拖鞋。相於,相亲相厚。此指其弟子冯班等。　〔3〕"诗诠"句:诗诠,选诗。诠,通铨,铨选,选择。金壶墨,出王嘉《拾遗记》:"浮提之国,献神通、善书二人,出肘间金壶四寸,上有五龙之检,封以青泥。壶中有墨汁如淳漆,洒地及石,皆成篆隶科斗之字,记造化人伦之始,佐老子撰《道德经》垂十万言。及金壶汁尽,二人刳心沥血,以代墨焉。……老子曰:'除其烦紊,存五千言。'及经成工毕,二人亦不知所在。"此句按诗下自注指编辑《唐诗合选》。　〔4〕"史覆"句:史覆,史家审察。神逵,神道,神行四通八达之路。语出张衡《思玄赋》:"神逵昧其难覆兮,畴克谋而从之?"注:"九交道曰逵。覆,审也。"玉洞书,即《重编义勇武安王集》二卷。义勇武安王,三国蜀汉将军关羽。钱谦益取元胡琦编"关王事迹",明吕柟编"义勇武安王集"重新刊正,整理为八篇,名《重编义勇武安王集》,简称《武安王集》。　〔5〕"老将"句:知契,知己。虫鱼,孔子认为读《诗》可以多识草木鸟兽虫鱼之名,汉代古文经学家注释儒家经典,注重典章制度及名物的训释、考据,后遂以"虫鱼"指训诂考证之学。　〔6〕"无终"句:无终,春秋时山戎国名,秦置无终县。今河北蓟县有无终故城。陶潜《拟古》诗:"辞家夙严驾,当往志无终。"注:"田畴,字子春,北平无终人。"重华,虞舜名。《尚书·舜典》:"曰若稽古帝舜,曰重华,协于帝。"疏:"舜能继尧,重其文德之光华。"陶潜《咏贫士诗》:"重华去我久,贫士世相寻。"　〔7〕"自合"句:合,应该,应当。南村,用陶潜《移居》诗:"昔欲居南村,非为卜其宅。"卜居,择地居住。杜甫《寄题江外草堂》诗:"卜居必林泉。"诗末自注三人,分别是冯班(定远)、陆敕先(夕公)、钱曾(遵王)。